I

Ich hatte sie schon lange kommen sehen.

Wir gingen in entgegengesetzter Richtung über den Bergpass, den die Bergenser «Die Hochebene» nennen, als sei sie die einzige der Welt. Sie kam von Ulriken und ging in Richtung Fløien. Ich selbst hatte soeben das Trappefjell erklommen und folgte der Reihe kleiner Steinpyramiden über den Berg, der seit alters her Alfjellet hieß. Es war ein Donnerstag Mitte April, und das Thermometer schwankte immer noch zwischen ein- und zweistelligen Zahlen. Unten auf dem Midtfjell hatte ich die charakteristischen, spitzen Lockrufe der Alpenstrandläufer gehört. Oben zog unter den treibenden Wolken der erste Keil von Graugänsen gen Norden, von einer unerklärlichen Sehnsucht in Richtung Møre getrieben. Der Frühling war in Anmarsch. Aber auf der Höhe lagen immer noch Flecken von Schnee. In den Mooren oberhalb von Hyttelien sank man tief in den Matsch ein, wenn man neben den Pfad trat.

Plötzlich war sie verschwunden, wie eine Waldfee. Das letzte Stück vor der Borga-Felskluft, wo die Bergriesen wohnen und ein über die Hochebene weisender Zeigefinger in den Himmel ragte, verlor ich sie aus den Augen. Einen Augenblick lang stand ich verdattert da, dann tauchte sie auf meiner Seite der Felskluft wieder auf, mit federnden Bewegungen den Berg hinauf stapfend. Ich trat neben den Pfad, um sie vorbeizulassen.

Sie war sportlich gekleidet, trug einen leichten Wanderrucksack, braune Kniebundhosen, eine grüne Windjacke und eine weiße Strickmütze. Als sie an mir vorbeiging,  Lächeln und ein munteres «Hei!», wi

«Aber–» hörte ich sie plötzlich nicht…»

Ich drehte mich um und begegne

«Veum?»

«Genau.»

Ich filterte schnell meinen Eindruck. Ihre Augen waren blaugrün und ihr Blick war klar. Sie war größer als ich, an die 1,85. Trotzdem hatten ihre reinen Züge, die breiten Lippen und die glatte Haut ihrer von der scharfen Bergluft geröteten Wangen etwas entschieden Feminines. Ein paar Schweißtropfen hatten sich in dem hellen Flaum auf ihrer Oberlippe gesammelt; ansonsten wirkte sie überraschend unangestrengt und atmete leicht wie ein Marathonläufer, der bergab läuft.

Sie kam ein zwei Schritte zurück, wie um die Größe auszugleichen, zog einen grauen Wollhandschuh aus und streckte mir die Hand entgegen. «Berit Breheim.»

«Hei.» Wir schüttelten uns die Hand.

«Ich bin Anwältin, in einer Gemeinschaftspraxis, unter anderem mit Vidar Waagenes.»

«Genau. Aber wir haben uns wohl noch nicht...»

«Nein, aber ich weiß, wer Sie sind.»

«Schade, dass ich nicht dasselbe sagen kann.»

«Ich hatte sogar vor, Sie anzurufen.»

«Putziges Zusammentreffen, was? Dass wir uns hier oben begegnen, meine ich.»

Sie lächelte schief. «Ich gehe oft über die Hochebene, wenn ich gründlich über etwas nachdenken muss.»

«Und das müssen Sie gerade?»

«Ich weiß wohl, dass Sie ein paar Mal Kontakt zu Vidar hatten.»

«Wir haben gegenseitig ein wenig voneinander profitiert, sozusagen.»

«Ich könnte mir vorstellen, Ihnen einen Auftrag zu erteilen.»

«In Verbindung mit einem Fall, an dem Sie arbeiten?»

«Nein, es ist – privat.»

«Solange es nicht... Ich meine, Ehegeschichten übernehme ich nicht.»

«Ich bin nicht verheiratet», sagte sie und es klang wie eine Einladung.

«Ich auch nicht.»

«Dann sind wir zwei.»

«Na ja, nicht aus Prinzip...»

«Nein, ich auch nicht.» Sie lächelte tiefgründig. «Könnten Sie morgen früh in mein Büro kommen, um acht?»

«Sie sind offenbar eine Frühaufsteherin.»

«Den Rest des Tages bin ich beschäftigt, und ich möchte gern, dass

Sie schnell beginnen. Ich hoffe, Sie haben im Moment nicht zu viel anderes?»

Ich machte eine vage Handbewegung, um nicht zu viel zu versprechen. Aber sie brauchte sich keine Sorgen zu machen. Ich hatte im Moment überhaupt nichts anderes.

«Tja, dann – ist das abgemacht?»

«Vorausgesetzt, ich höre den Wecker.»

Sie lächelte höflich. «Dann noch eine schöne Wanderung.»

«Danke, gleichfalls.»

Ich hätte natürlich mit zurückgehen können. Dadurch wäre der Weg nicht kürzer geworden. Aber andererseits – sie hatte gesagt, sie hätte über etwas nachzudenken, die morgige Gerichtsverhandlung vielleicht – also war es sicher besser, nicht zu stören. Sobald ich oben auf der anderen Seite der Borgakluft war, drehte ich mich trotzdem um. Ich wollte sehen, wie weit sie gekommen war. Sie sah sich auch um. Über die Kluft hinweg winkten wir einander zu, dann ging jeder in seine Richtung weiter.

Es war schon okay. Ich hatte auch einiges zu klären. Es war nur gut für mich, allein zu sein.

2

Einen Menschen umzubringen macht etwas mit uns.

Es waren fast zwei Monate vergangen seit jenem Abend Ende Februar, als ich einen Mann namens Harry Hopsland dorthin zurückgeschickt hatte, woher er gekommen war, und doch schmerzte sein letzter Blick wie eine Entzündung in meinem Gedächtnis. Ve –!, hatte er mich verflucht, als er über den Rand des halbfertigen Betongebäudes verschwand. Ve –!, hallte das Echo wieder, in jeder Stunde der schlaflosen Nächte, die ich danach durchlebt hatte.

Die Frau in meinem Leben während der letzten acht Jahre – meine alte Freundin vom Einwohnermeldeamt, Karin Bjørge – hatte so gut sie konnte versucht, mich zu trösten: Es war nicht deine Schuld, Varg! Es war Notwehr. Wenn nicht er, dann hättest du da gelegen! – Aber ich hätte ihn retten können, hatte ich argumentiert. Ich hätte ihn stattdessen verhaften lassen können. Und was dann? Er wäre wohl wieder rausgekommen, mit genauso dunklen Vorsätzen wie damals …

Sie hatte Recht. Ich wusste es. Nichtsdestotrotz war es eine qualvolle Zeit gewesen. Ich schlief schlecht. Harry Hopsland suchte mich in meinen Träumen heim, und als ich im Vorzimmer der Anwaltspraxis von Breheim, Lygre, Pedersen & Waagenes vorsprach, anderthalb Minuten vor acht am nächsten Morgen, hatte ich ein Gefühl, als hätte ich Putzwolle und Benzin im Kopf, irgendetwas unbestimmbar Graues, das jederzeit Feuer fangen konnte.

Ich wurde von einem klassischen Sekretärinnenpaar empfangen: Die ältere trug ein gepflegtes Netz von Fältchen um die Augen, das dunkle Haar war elegant drapiert, sie war diskret, aber delikat gekleidet und unten auf der schmalen Nase saß eine leichte Lesebrille. Ihre Kollegin war in den Zwanzigern, blond, mit morgenmuffeligem Blick und deutlich jugendlicher gekleidet, in engen schwarzen Hosen und einer Bluse, die so tiefrot war, dass sogar ein ausgestopftes Tier darauf reagiert hätte. Die Schilder auf dem Tresen verrieten mir ihre Namen: Hermine Seterdal und Bente Borge.

Ich wandte mich höflich an die Ältere. «Ich habe einen Termin mit Berit Breheim. Veum ist mein Name.»

Es glitzerte in den dunklen Augen. «Ja, Sie sind ja schon mal hier gewesen, bei Herrn Waagenes.»

Einen Augenblick sah ich sie erstaunt an: Hatte ich etwa Eindruck auf sie gemacht, oder hatte sie nur ein gutes Gedächtnis?

«Frau Breheim erwartet Sie. Es ist die zweite Tür rechts. Sie sehen Sie durch die Glastür.»

«Danke Ihnen.»

Ich folgte der angewiesenen Marschroute, klopfte leicht an die Tür, begegnete Berit Breheims Blick von innen und trat ein. «Guten Morgen.»

Sie lächelte. «Guten Morgen.»

Das Büro war auf eine raffinierte Weise einfach eingerichtet: Ein Schreibtisch am Fenster mit Blickrichtung zur Tür, ein kleiner Beistelltisch und zwei Stühle in der einen Ecke, ein Bücherregal voller schwerer Gesetzestexte in der anderen.

Sie erhob sich und kam um den Schreibtisch herum. «Eine Tasse Kaffee?»

«Ja, bitte.»

Sie ging zur Tür. «Bente! Könntest du uns etwas Kaffee besorgen?»

Die jüngere Sekretärin antwortete bestätigend von draußen und Berit Breheim kam wieder zurück.

Sie war dezent gekleidet, trug eine cremefarbene Seidenbluse, einen schwarzen Rock und silbern schimmernde Strümpfe. Ihr Körper war wohlgeformt und athletisch, aber sie war vom Typ her eher Diskuswerferin als Hochspringerin. «Ich muss um zehn Uhr ins Gericht.»

«Sie werden gewinnen.»

Sie öffnete den Mund, um zu antworten, aber gerade da kam Bente Borge mit zwei eleganten, schmalen, weißen Kaffeetassen herein, einer kleinen Schale mit Zucker, einem Sahnekännchen und einer Thermoskanne in italienischem Design, alles auf einem rostroten Tablett, dass perfekt zum schwarzen Holz des Beistelltisches zwischen den beiden Stühlen mit dem roten Lederbezug passte.

Berit Breheim schenkte Kaffee ein und tat dann, was ich erwartet hatte. Sie kam direkt zur Sache. «Wie ich schon gesagt habe, als wir uns gestern trafen: Es geht um einen Auftrag, für mich privat.»

Ich nickte abwartend.

«Ich habe eine Schwester, die Bodil heißt. Ein paar Jahre jünger als ich. Achtunddreißig, um genau zu sein. Sie lebt in einer – wie soll ich sagen – schwierigen Ehe.»

«Ich hoffe, Sie erinnern sich …»

«Ja, ja, Veum. Aber um so etwas geht es nicht.»

«Okay.» Ich hob die Hände, als Zeichen, dass sie fortfahren sollte.

«Fernando, ihr Mann, ist Spanier. Fernando Garrido, Schiffbauingenieur von Beruf und als Inspekteur bei einer hiesigen Reederei angestellt, TWO – eine Abkürzung für Trans World Ocean. Früher hießen sie Reederei Helle.»

Ich beugte mich vor. «Hat das etwas mit Hagbart Helle zu tun?»

«Sie sind gut informiert, Veum. Das gefällt mir. Ja. Aber Hagbart Helle ist gestorben, 1989 war das wohl, und die Firma wurde verkauft. Die Besitzer sitzen in London, aber die Firma ist – surprise, surprise!

9

– in Jersey registriert. Die Filiale in Bergen leitet ein gewisser Herr Halvorsen, Bernt Halvorsen, wenn ich mich nicht irre. Nicht dass das etwas mit der Sache zu tun hätte, aber wo Sie nun fragten …»

«Ich bin nun mal einer, der fragt.»

«Das Problem ist, dass sie verschwunden sind. Beide, Bodil und Fernando.»

«Aha! Und Sie meinen, daran sei etwas Verdächtiges?»

«Tja, verdächtig … Eigentlich nicht. Sonst würde ich zur Polizei gehen. Aber es gibt – besondere Umstände, die mich etwas beunruhigen.»

«Und was für Umstände sind das?»

«Vor anderthalb Wochen, am Palmsonntag, wurde ich aufs Polizeipräsidium in Bergen gerufen, um Fernando zu vertreten. Er hatte die Nacht in Haft verbracht wegen Randaliererei und brauchte einen Anwalt. Ich rief sofort Bodil an, um zu hören, was sie dazu zu sagen hatte.»

«Und?»

«Tja … Eigentlich war es nicht so dramatisch. Ursprünglich wollten sie ihren Hochzeitstag feiern. Zehn Jahre, wenn ich mich nicht irre.»

«Dann sollten sie das verflixte siebte Jahr hinter sich haben.»

«Tja. Jedenfalls haben sie angefangen zu streiten. Das eine Wort gab das andere, und zum Schluss waren sie so laut geworden, dass der Mann im Haus direkt gegenüber die Polizei anrief.»

«Aufmerksamer Nachbar, offenbar.»

«Verdammt aufmerksam, wenn Sie mich fragen. Was ging ihn das alles an? Solche Dinge lassen sich normalerweise gütlich regeln. Mit einem vernünftigen Dritten, der ihnen ins Gewissen redet.»

«Aber die Polizei meinte also, es gäbe Grund, ihn mitzunehmen?»

«Sie meinten, er sei ziemlich aggressiv geworden. Sie wissen schon – südländisches Temperament und alles. Aber ich kann Ihnen versichern … Er war ganz verzweifelt, als ich ihn dort traf, in der Ausnüchterungszelle.»

«Aber Sie haben ihn rausbekommen?»

«Ja, ja. Kein Problem. Ich habe ihn selbst nach Hause gefahren. Aber ich bin nicht mit reingegangen.»

«Nein?»

«Ich dachte, es sei das Beste, wenn sie sich aussprechen können. Die beiden. Ich bin auch mal verheiratet gewesen. Ich weiß, wie das in solchen Situationen ist.»

«Eine Erfahrung, mit der Sie nicht allein dastehen.»

«Sie auch?»

Ich nickte. Dann sagte ich: «Sagen Sie... Sie und Ihre Schwester... Wie nah stehen Sie einander?»

Sie wippte leicht mit dem Kopf hin und her. «So nah, wie man es erwarten kann, wenn jede ihr eigenes Leben lebt und dabei sehr beschäftigt ist.»

«Haben sie Kinder?»

«Bodil und Fernando? Nein.» Sie lächelte schief. «Wir gehören nicht zu den Fruchtbaren dieser Gesellschaft, weder sie noch ich, wie es scheint.»

«Das kann auch ganz egal sein, so wie die Welt aussieht. Wo arbeitet sie denn?»

«Bei einer Versicherung.»

«Schiffsversicherung vielleicht?»

Sie hob ironisch die Augenbrauen. «Wie konnten Sie das erraten. Aber soviel ich weiß, hatte sie gerade aufgehört.»

«Aha.»

«Sie wollte es auf eigene Faust versuchen, als freischaffende Finanzberaterin.»

«Und wie läuft das?»

«Tja, um das zu beurteilen, ist es wohl noch zu früh.»

«Na gut. Sie haben ihn also nach Hause gefahren, am Morgen des Palmsonntags. Aber die Geschichte endet dort noch nicht, oder?»

«Nein. Ich gab ihnen ein paar Tage. Aber als ich am Mittwoch in der Osterwoche anrief, ging niemand ans Telefon. Es war ja kurz vor Ostern, deshalb war es wohl auch nicht so merkwürdig.»

Die Familie besaß zwei Ferienhäuschen: eine Hütte in Hjellestad und eine in Ustaoset. Um sicherzugehen, hatte sie auch dort angerufen, aber nirgends jemanden erreicht. Sie selbst war Ostern in der Stadt geblieben. «Eigentlich sollte ich mich auf den Fall, an dem ich gerade arbeite, vorbereiten, aber das Wetter war dann ja so strahlend, dass ich doch die meiste Zeit draußen verbracht habe. Ich bin mehrmals über die Hochebene gelaufen, und am Karfreitag war ich auf dem Gulfjell, um noch mal die Skier auszuprobieren.»

«Klingt vernünftig.»

Am Dienstag hatte sie begonnen, sich ernsthaft Sorgen zu machen, und mehrmals bei ihnen zu Hause angerufen, ohne Erfolg.

«Wo wohnen sie?»

«In Morvik in Åsane. Wir hatten da schon ewig eine kleine Hütte, die sie abreißen ließen, nachdem Vater 1983 gestorben war.»

«Sie hatten offenbar eine ganze Reihe von Feriendomizilen.»

«Die Hütte in Morvik haben wir fast nie genutzt. Sie war so karg und klein. Die Hütte in Hjellestad kam aus Mutters Familie, und die in Ustaoset… Die haben sie sich selbst angeschafft, so um 1950 herum. Aber wie gesagt… Können wir wieder zur Sache kommen?»

«Selbstverständlich.»

«Ich bin rausgefahren und habe geklingelt. Mehrmals. Niemand hat aufgemacht. Am Ende bin ich zum Bootshaus runtergegangen. Ich wusste, dass sie dort einen Reserveschlüssel hängen hatten. Ich fand ihn und schloss auf, nicht ohne bange Ahnungen, das kann ich Ihnen versichern. Aber sie waren, so weit, grundlos. Oder eben doch nicht. Das Haus war leer. Es war keine lebende Seele da.»

«Und offenbar auch keine tote.»

«Nein.»

«Sie haben sicher auch bei TWO angerufen und dort nach Garrido gefragt?»

Sie sah mich herablassend an. «Natürlich. Aber alles, was sie mir dort sagen konnten, war, dass er verreist sei.»

Ich nickte. «Und Sie haben sich noch nicht an die Polizei gewandt?»

«Würde ich dann hier sitzen und mit Ihnen reden?»

«Kaum.»

«Eben.»

«Was ist mit Spanien?»

Sie zuckte mit den Achseln. «Das ist natürlich eine Möglichkeit.»

«Von wo genau kam er, Ihr Schwager?»

«Aus der Gegend von Barcelona. Sein Vater hatte eine kleine

Schiffsbaufirma. Aber er ist gestorben. Ein älterer Bruder von Fernando hat sie übernommen.»

«Haben Sie versucht, dort anzurufen?»

«Nein… Und ich möchte sie auch nicht beunruhigen, ohne Grund.»

«Tja…» Ich blätterte in meinen Notizen. «Also… Was glauben Sie, könnte dahinter stecken?»

«Tja… Vielleicht ist es nur eine Art Versöhnungsreise, um unter diese Episode einen Schlussstrich zu ziehen. In dem Fall wäre es nur peinlich, wenn ich die Polizei einschalten würde, während sie weg sind.»

«Aber so ganz sicher fühlen Sie sich auch nicht?»

«Nein.» Sie öffnete einen kleinen braunen Umschlag, der auf dem Schreibtisch gelegen hatte. «Hier ist der Schlüssel. Fahren Sie raus und schauen Sie, ob Ihnen etwas auffällt.»

«Ihnen ist selbst nichts Außergewöhnliches aufgefallen, da draußen?»

«Nein. Wenn nicht, dann muss ich Sie fast auch bitten, nach Hjellestad rauszufahren und eventuell sogar nach Ustaoset, um ganz sicherzugehen.»

«Das klingt fast, als würden Sie das Schlimmste befürchten?»

Sie zögerte. Dann schien sie Anlauf zu nehmen. «Es wäre nicht das erste Mal, dass jemand in unserer Familie einen Todespakt einginge.»

«Ach, nein?»

«Da gibt es ein schweres Erbe…»

«Dann verstehe ich fast…»

«Was?»

«Nichts. Erzählen Sie mir lieber – auch davon.»

3

Der schwarze Wagen, ein Opel Olympia Vorkriegsmodell, fuhr viel zu schnell die gewundene Straße nach Hjellestad entlang. Der Asphalt war nass und schwarz, und das regenschwere Septemberdunkel hatte die Konturen der Landschaft um sie herum ausgewischt. Das Licht der Scheinwerfer ließ die Straßendecke wie einen Spiegel erscheinen, eine gigantische Rutschbahn, auf der sie dahinsausten, ohne zu wissen, wohin die Reise sie führen würde.

Johan! Vorsichtig!

Der Mann hinter dem Steuer antwortete nicht. Seine Wangenmuskeln arbeiteten und sein Blick war starr auf die Fahrbahn gerichtet. Er trug einen Smoking. Auf dem Rücksitz lag sein Instrument, ein Tenorsaxophon, das er noch nicht in den Koffer gepackt hatte. Die Frau mit dem dunkelroten, flammenden Haar hatte Streifen von Wimperntusche auf den Wangen, und ihre Stimme klang verweint. Glaubst du, er verfolgt uns?, schluchzte sie und drehte den Kopf halb nach hinten.

Warum sollte er? Glaubst du, er hat nicht genug bekommen?

Du hättest nicht so hart zuschlagen sollen! Was, wenn du ihn…

Er oder ich! Wen von uns hättest du vorgezogen mit aufgesprungener Unterlippe?»

Das Blut ist richtig gespritzt!

Wer hat denn angefangen?

Angefangen…

Ihr Blick ging ins Leere. Er streckte eine Hand aus und strich ihr beruhigend über den Oberschenkel. Sie schauerte. Sie schossen wie ein Bobschlitten in die Zielgerade, durch die letzte Kurve. Er parkte unter den dunklen Baumkronen, zog die Handbremse an, wandte sich ihr zu und sagte: – Endstation, Frau Breheim…

«Es gab nie einen Zweifel, dass sie da oben gewesen waren», sagte Berit Breheim und sah mich mit einem merkwürdig Widerschein im Blick an.

«Da oben?»

«Im Sommerhaus in Hjellestad. Es liegt abgeschieden in einem Wäldchen. Sie haben… Das Mundstück seines Saxophons lag noch da.»

«Vielleicht hat er für sie gespielt?»

«*The one I love belongs to somebody else*?», sagte sie mit einem deutlichen, sarkastischen Fragezeichen.

«Was war geschehen?»

«Tja, was war geschehen? Die Details werden wir wohl niemals erfahren, aber der Ausgang war schicksalhaft. Irgendwann in der Nacht haben sie sich wieder ins Auto gesetzt. Wer gefahren ist, muss sehr betrunken gewesen sein, denn als das Auto gefunden wurde, ein paar Tage später, hatte es Schrammen an beiden hinteren Kotflügeln und einen langen, hässlichen Riss an einer Seite.»

«Wo wurde es gefunden?»

«Im Meer vor Hjellestad. Ein Bootsbesitzer entdeckte Ölspuren und sah Reflexe unter Wasser. Deshalb rief er die Polizei. Das Auto wurde an Land gehievt, und dort fand man sie, meine Mutter und – ihren Freund, die Arme umeinander geschlungen, bis zuletzt, in einer tödlichen Umarmung, als hätte keiner von beiden einen Versuch unternommen, aus dem Wagen und an die Wasseroberfläche zu kommen. So ist diese Idee von einem Todespakt entstanden.»

«Und die Polizei hat sich damit zufrieden gegeben?»

«Ich habe nie etwas anderes gehört, aber… Ich war damals auch erst sechs Jahre alt. Bodil war zwei. Das meiste wurde von uns fern gehalten, und später – tja… Papa hat nie davon gesprochen.»

«Von welchem Jahr ist die Rede?»

«1957.»

«Wo waren Sie und Ihre Schwester, als es passierte?»

«Bei einer Tante, im Nye Sandviksvei. Papa kam uns erst am Sonntagabend abholen, und da begriff ich, dass etwas nicht stimmte. Seine ganze Oberlippe war geschwollen, und ich weiß noch, dass ich nach Mama fragte. Aber er antwortete nicht, und Tante Solveig kam mit uns nach Hause. Immer wieder habe ich versucht, die Eindrücke von diesem Tag und den folgenden hervorzuholen, aber ich kann mich nur an Bruchstücke erinnern. Papa mit der geschwollenen Oberlippe, Tante Solveig, die in Tränen ausbrach, Bodil, die unentwegt schrie, ohne dass jemand sie tröstete. An die Beerdigung habe ich überhaupt keine Erinnerungen, obwohl man mir erzählt hat, dass ich dabei war. Das Einzige, woran ich mich ganz sicher erinnere, ist, wie Papa mit Sara nach Hause kam und sagte, dass sie heiraten würden. Aber das war erst 1958. Alles dazwischen ist weg.»

«Ich verstehe.»

«Ein paar Jahre später, 1960 und 1964, bekamen Bodil und ich zwei Halbbrüder, Rune und Randolf.»

«Aber das mit dem Todespakt, wie Sie es nannten, wo haben Sie das her?»

«Von jemandem, dem ich später begegnet bin. Viele Jahre später. Von Hallvard Hagenes. Er war der Neffe des Mannes, mit dem Mama in den Tod ging, Johan Hagenes.»

«Hallvard Hagenes? Der Musiker?»

«Ja. Er spielt ebenfalls Saxophon. Aber jedenfalls … Er hat erzählt, was in seiner Familie geredet wurde, obwohl man auch dort nicht gerne darüber sprach.»

«Aber sie nannten es einen Todespakt?»

«Ja. Und es sprang mir ins Auge, als ich darüber nachdachte … Was sollte es sonst gewesen sein?»

«Tja … Wenn es die Polizei damals nicht in Frage gestellt hat, dann gibt es wohl keinen Grund für uns, das heute zu tun, so viele Jahre später. Aber…» Ich beugte mich vor. «So interessant das auch sein mag … Gibt es einen Grund für eine Verbindung zwischen dem, was 1957 passiert ist und der Tatsache, dass Ihre Schwester und ihr Mann jetzt verschwunden sind, so lange – sechsunddreißig Jahre später?»

«Nein, nein! Um Himmels willen. Ich versuche nur zu erklären, warum ich so besorgt bin.»

«Diese Hütte in Hjellestad, die Sie vorhin erwähnt haben, ist das dieselbe, in der sich Ihre Mutter und ihr Freund, wie Sie ihn nannten, aufhielten, in der letzten Nacht, bevor sie ins Meer fuhren?»

«Ja. Es ist dasselbe Haus.»

«Sie haben auch dafür einen Schlüssel, nehme ich an?»

«Ja.» Sie öffnete eine Schreibtischschublade. «Und für die Hütte in Ustaoset, falls es nötig sein sollte.» Sie zog einen Ring mit drei Schlüsseln hervor und zeigte mir zwei davon. «Das hier ist der für Hjellestad. Der hier ist für Ustaoset. Und der hier für den Geräteschuppen in Hjellestad.» Sie schob sie über die Tischplatte in meine Richtung.

«Und haben Sie vielleicht ein Foto von Ihrer Schwester und ihrem Mann?»

Sie nickte. «Natürlich. Ich war darauf vorbereitet. Hier…»

Sie gab mir einen Briefumschlag. Ich öffnete ihn und schüttelte das Foto heraus. Es war eine Danksagungskarte mit einem Hochzeitsfoto. Die Frau hatte glattes, helles Haar, das im Nacken hochgesteckt zu sein schien. Ihre Züge waren klassisch und hübsch, etwas runder als die ihrer Schwester vielleicht, aber die Verwandtschaft war leicht zu erkennen. Der Mann war dunkelhaarig und glatt rasiert, auch die Augen waren dunkel. Das Foto war zu klein, als dass man bei beiden klarere Charakterzüge hätte herauslesen können.

«Ist dies Foto das Einzige, was Sie haben?»

«Ja, es war das Einzige, das ich gefunden habe. Wir machen nicht so oft Fotos in unserer Familie. Vielleicht hat das damit zu tun, dass es uns daran erinnert, wie fragil so ein Familienfoto sein kann. Plötzlich fehlt jemand, ohne das irgendwer richtig erklären kann, warum.»

«Tja, ich verstehe. Aber – wie alt ist dieses Bild?»

«Sie haben 1983 geheiratet.»

«Zehn Jahre, mit anderen Worten. Aber vielleicht haben sie sich nicht so sehr verändert?»

«Ich glaube nicht, dass Sie Probleme haben werden, sie wieder zu erkennen.»

«Wir wollen es hoffen.»

Sie warf einen schnellen Blick auf ihre Armbanduhr. «Brauchen Sie noch etwas? Einen kleinen Vorschuss vielleicht?»

«Tja … Da Sie es nun schon erwähnen … Es liegen ein paar ungeduldige Rechnungen in meinem Büro, die jedes Mal, wenn ich reinkomme, die Zähne nach mir fletschen.»

«Fünftausend, ist das genug?»

«Das reicht auf jeden Fall für die ersten Tage. Spesen kommen noch dazu.»

«Natürlich. Sie brauchen einer Anwältin nicht beizubringen, wie man Rechnungen schreibt.»

«Ich hatte auch schon den Verdacht, ja.»

Sie bekam meine Kontonummer und versprach, den Betrag sofort zu überweisen. Sie hatte keine Ahnung, was sie auslöste. Die in der Bank würden einen Schock bekommen. Die Kurse an der Osloer Börse schossen augenblicklich in die Höhe. Sobald ich auf der Straße stand, nahm ich Kurs auf die nächste Bank. Ich musste versuchen, den Betrag abzuheben, bevor er von einem meiner Gläubiger geschluckt wurde.

4

Vor meinem Bürofenster war alles beim Alten.

Der Frühling hatte einen Schuss vor den Bug bekommen. Regenschauer drängten mit einer steifen Brise aus Südwest im Rücken über die Stadt herein. Die Knospen, die noch vor ein paar Tagen beim kleinsten Sonnenstrahl bereit gewesen waren, alle Hüllen abzuwerfen und sich uns allen zu zeigen, die sie sehen wollten, hellgrün und nackt, hatten sich wieder zusammengekrümmt und in sich selbst eingeschlossen. Oben auf Rundemanen lag noch immer eine Regenbogenhaut aus dünnem Schnee und starrte uns kalt an, als wollte sie uns sagen, wir sollten nicht zu ruhig schlafen. Noch immer konnten uns aus heiterem Himmel Frostnächte überraschen.

Auf meinem Anrufbeantworter war eine Meldung. «Hier ist Torunn Tafjord, ich bin freie Journalistin und versuche, Privatdetektiv Varg Veum zu erreichen. Ich rufe aus dem Hotel Idou Anfa in Casablanca an, es ist Freitagmorgen, 8.30 Uhr Ortszeit. Können Sie mich zurückrufen? Die Telefonnummer ist 00212 2200235.»

«Casablanca?», sagte ich zu mir selbst. Das klang wie ein schlechter Witz. Ich spielte die Meldung noch einmal ab und notierte mir die Nummer.

Torunn Tafjord? Irgendwo weit hinten auf meiner Festplatte meinte ich, den Namen abgespeichert zuhaben; wenn nicht woanders her, dann von den Autorenzeilen einiger Artikel in einer der so genannten «überregionalen Zeitungen» aus dem Zeitungsviertel in Oslo. Aber aus Casablanca?

Ich wählte die zwölf Ziffern und ließ es drauf ankommen. Nach dreimaligem Klingeln nahm sie ab. «Hallo?»

«Hier ist Varg Veum. Ich rufe aus Bergen an. Ist Rick da?»

Sie lachte leicht. «Nein, er ist abgereist, schon lange. Danke, dass Sie so schnell zurückgerufen haben.»

«Was kann ich für Sie tun?»

«Sie sind doch der Privatdetektiv, oder?» Ihre Sprache hatte einen unverkennbaren Einschlag von Sunnmøredialekt, den man besonders an den R's erkannte, was meiner Erfahrung nach dafür sprach, dass sie aus Ålesund kam.

«Das kann ich wohl nicht verleugnen.»

«Dann hören Sie … Ein Kollege aus Bergen hat Sie mir empfohlen. Ove Haugland.»

«Ach, Ove … Wie geht's ihm?»

«Gut, hoffe ich. Ich habe in der letzten Zeit nur am Telefon mit ihm gesprochen. Aber er war sich sicher, dass Sie mir helfen können.»

«Erzählen Sie mir erst, worum es geht.»

«Es geht um ein Schiff, das für eine Reederei fährt, die ursprünglich ihren Sitz in Bergen hatte.»

«Aha.»

«Die Reederei heißt Trans World Ocean.»

Ich streckte mich nach meinem Notizbuch, öffnete es und notierte. «Den Namen habe ich schon gehört.»

«Das Schiff heißt *Seagull*. Im Moment liegt es hier, in Casablanca, auf dem Weg von Conakry in Guinea zu irgendeinem Ort in Norwegen namens Utvik.»

«Utvik in Stryn oder Utvik in Sveio?»

Sie zögerte. «Genau da bin ich mir nicht sicher. Das war einer der Gründe, warum ich mich an Sie gewandt habe.»

«Sie wollen, dass ich herausfinde, um welchen der beiden Orte es sich handelt?»

«Ja.»

«Können Sie irgendwas über die Fracht des Schiffes sagen?»

«Noch nicht. Aber ich habe einen Verdacht.»

«Wollen Sie, dass ich das auch untersuche?»

Sie zögerte wieder. «Nur unter der Hand.»

«Und damit meinen Sie, ich soll nicht zu Trans World Ocean tapern, wo immer sie ihre Büros haben, und sie direkt ausfragen?»

«Ich fürchte, das wäre nicht so schlau.»

«Warum nicht?»

«Ich glaube, das würde ihnen nicht gefallen, und ich möchte gern vermeiden, dass sie Verdacht schöpfen, jemand könnte ihnen auf der Spur sein.»

Ich warf einen Blick in mein Notizbuch. Unter Trans World Ocean und *Seagull* hatte ich einen Namen geschrieben. «Sagen Sie, Frau Tafjord...»

«Sagen Sie doch bitte Torunn.»

«Haben Sie selbst jemals Kontakt zu Trans World Ocean gehabt?»

«Nein, nie.»

«Sagt Ihnen der Name Fernando Garrido etwas?»

«Nein. Sollte er das?»

«Ich weiß es nicht. Aber dies ist das zweite Mal im Laufe von ein paar kurzen Morgenstunden, dass ich den Namen Trans World Ocean höre. Solche Zusammentreffen machen mich immer etwas – wie soll ich sagen – unruhig?»

«Das kann ich gut verstehen. Worum ging es bei dem anderen Mal?»

«Das sollte ich vielleicht für mich behalten, bis auf weiteres.»

«Na gut. Aber was sagen Sie? Können Sie mir den Gefallen tun?»

Ich habe eine gestörte Persönlichkeit. Es fällt mir schwer, Frauen etwas abzuschlagen. Sie brauchten nicht einmal so nett zu fragen wie Torunn Tafjord. «Ich kann es versuchen», sagte ich. «Herauszufinden, ob es Utvik in Stryn oder in Sveio ist, sollte nicht so schwer sein. Bleiben Sie noch in Casablanca?»

«Nein, ich folge dem Schiff in Richtung Norden. Rufen Sie mich nicht an. Ich melde mich bei Ihnen.»

Das hörte ich nicht zum ersten Mal. So endete es meistens mit den Frauen in meinem Leben. Ruf mich nicht an, sagten sie. Ich melde mich... Und dann hörte ich nie wieder etwas von ihnen. «Sie erinnern sich, was Ilsa zu Rick gesagt hat», murmelte ich. «Wenn es nicht umgekehrt war.»

«Was denn?»

«*We will always have Paris.*»

«Und was meinen Sie damit?»

«Vergessen Sie nicht, anzurufen...»

Dabei ließen wir es bewenden. Immerhin das hatten wir: dieses Telefongespräch zwischen Bergen und Casablanca.

Nachdem wir aufgelegt hatten, jeder in seiner Stadt, schlug ich im Telefonbuch nach, um herauszufinden, wo die Büros lagen. Das Resultat verwunderte mich nicht sonderlich. Die neuesten Mitglieder der Bergenser Reedereibranche saßen nicht um Vågen herum, mit Aussicht auf die Skoltegrunnskaien und die großen Kreuzfahrtschiffe, die bald fast als Einzige dort noch anlegten, in der kurzen Sommersaison von Mai bis September. Die Büros der Trans World Ocean befanden sich in Kokstad, wo die Aussicht kaum etwas anderes zu bieten hatte als Nadelbäume, Industriegebäude und die Flugzeuge, die auf Flesland starteten und landeten.

Ich notierte mir die Adresse und nahm sie mit, als ich ging. Aber zunächst wollte ich in die entgegengesetzte Richtung.

5

Wenn man um diese Tageszeit nach Morvik in Åsane wollte, ohne festgelegte Rückfahrtzeit, dann konnte man nur eines tun. Ich ging in den Nedre Blekevei, um den Wagen zu holen; einen Toyota Corolla, 89er Modell, mit dem ich herumfuhr, während ich gleichzeitig versuchte, meine Versicherungsgesellschaft zu überreden, mir als Ersatz für den, der mir im Februar kaputtgegangen war, einen neuen zu bezahlen. Das war ein Ereignis, an das ich jetzt lieber nicht denken wollte. Es war ein besonders dramatischer Winter gewesen, sogar für meine Verhältnisse.

Ich folgte den Anweisungen von Berit Breheim. Das Haus, zu dem ich wollte, lag am Fuß eines steilen Hügels, an dem «Privatweg» stand, einen Steinwurf vom Meer entfernt und mit dem nächsten Nachbarn als Puffer zwischen ihm und dem Morvikveien. Das Nachbarhaus war so ein Typenbau mit weiß gekalkter Grundmauer und gebeiztem Paneel, von der Sorte, wie sie jedes zweite Lehrerehepaar baute. Ich warf einen Blick hinauf, als ich aus dem Wagen stieg. Ein Gesicht zog sich schnell zurück, aber nicht schnell genug, um meinem Blick zu entgehen.

Das Haus von Bodil Breheim und Fernando Garrido war stilvoller.

Es hatte drei Stockwerke und war in einer Art neofunktionalistischem Stil gebaut: Kastenförmig, mit weiß gestrichener Holzvertäfelung. Nach Osten hin lag eine große Terrasse und an der Böschung im Norden des Hauses hatten Schneeglöckchen, weiße und blaue Krokusse und ein paar Büschel buttergelber Primeln längst das Terrain erobert. In den Berghang war eine Garage eingebaut. Ich versuchte, sie zu öffnen. Sie war abgeschlossen.

Der Haupteingang bestand aus glatt poliertem Teak mit dunkelgrünen Bleiglasfenstern. Bevor ich den Schlüssel hervorholte, klingelte ich. Niemand kam, um zu öffnen. Mit einem Blick zum Nachbarhaus schloss ich auf.

Drinnen sah ich mich um. Die Halle war groß und hell. Das Tageslicht fiel durch große Dachfenster herein. An der Wand gegenüber hing ein hohes, schmales Bild, eine farbliche Explosion ohne klares Motiv. Eine Wendeltreppe führte in den ersten Stock, eine Schiefertreppe ins Untergeschoss.

Ich fühlte mich nicht wohl. Ein Haus zu betreten, in dem man eigentlich nichts zu suchen hat, dessen Bewohner einen nicht eingeladen hatten und wo man nie sicher sein konnte, was man darin finden würde, war mir schon immer zuwider gewesen.

Ich ging systematisch durch alle Zimmer, durch jedes Stockwerk. Ich begann im Untergeschoss, wo ich ein rustikales Wohnzimmer mit einer gut bestückten Bar vorfand, das zur Terrasse hin lag. Die zwei Schiebetüren konnten ganz geöffnet werden, wenn die Temperatur es zuließ. Im hinteren Teil lagen Besenkammern, ein Waschraum, zwei Toiletten, ein Duschraum und eine Sauna, alles dunkel und verschlossen. An den Haken hingen saubere Handtücher, und alles sah gepflegt und ordentlich aus.

Der Wohnraum im Erdgeschoss hatte die Größe eines Tennisplatzes. Die gesamte Wand zum Meer hin war aus Glas, eingerahmt von schweren, hellgrünen Samtgardinen, die man nachts vorziehen konnte, wenn man drinnen nackt auf dem Tisch tanzen wollte. Die Möbel waren solide genug, um das auszuhalten. Die Bilder an den Wänden zeigten dieselben starken Farben wie das in der Halle: Goldgelb, Ockergelb und Azurblau, mit einer sonnengetränkten südländischen Atmosphäre. Eine Stereoanlage von B&O von der exklusivsten Sorte schmückte eine kurze Wand, und ich konnte mit einem schnellen Blick durch den Raum feststellen, dass es mindestens vier Lautsprecher gab. Vom Fenster aus sah ich das Dach eines Bootshauses und einen schwimmenden Anleger aus Beton, der ins Meer hinaus ragte. Auf der anderen Seite des Fjordes lag Askøy und fing die Meeresdünung ab.

Die Küche zeugte von der gleichen teuren Eleganz und dem gleichen Preisniveau. Es war auf jeden Fall nicht Geldmangel, was Bodil Breheim und Fernando Garrido dazu veranlasst hatte, zu verduften. Hier könnten sie monatelang von dem leben, was ihnen der Verkauf ihrer Bratpfanne einbrächte.

Schließlich ging ich in den ersten Stock hinauf. Ich begann im Schlafzimmer, das zum Meer hinaus lag. Es enthielt ein großes Doppelbett, eine weiß gestrichene Spiegelkommode mit einem Stuhl davor, einen tragbaren Fernseher auf einem Beistelltisch am Fußende und zwei bequeme Lehnsessel in den Ecken, wo sie sitzen und den Anblick des Ganzen genießen konnten, wenn ihnen danach war. Ich ging weiter ins Gästezimmer, wo das Bett gemacht war, für den Fall, dass einer von ihnen die Nacht allein verbringen wollte. Zwei kleine Arbeitszimmer, beide mit Computer ausgerüstet, ein großes Badezimmer und zwei separate Toiletten vollendeten das Bild. Alles vermittelte den Eindruck aufgeräumter Perfektion.

Der letzte Raum, in den ich kam, war ein Kinderzimmer. Es lag auch zum Meer hinaus, und das Tageslicht strömte herein. An der einen Wand stand ein frisch bezogenes Kinderbett. An den Wänden hingen Bilder von Tieren und Blumen. Aber es waren nirgends Spielsachen zu sehen, gar keine Spur von dem Kind, was einmal hier gewohnt haben musste. Der ganze Raum hatte etwas merkwürdig Verlassenes und Trostloses, als gehörte er eigentlich gar nicht dorthin.

Aber sie hatte doch gesagt…

Ich holte meine allerletzte Investition hervor, ein Stück Fortschritt, zu dem ich schließlich nicht mehr hatte Nein sagen können. Die Tyrannei der Telefonzellen war vorbei. Alle netten Detektive hatten einen neuen Freund. Jetzt liefen wir stattdessen mit unförmigen Handys am Gürtel herum, bereit, beim ersten besten Piep! gezückt zu werden. Meins war ein Nokia 101, wog ca. 300 Gramm und hatte eine

Reichweite, die täglich zunahm, im Takt mit dem Ausbau des Mobilfunknetzes. Jedenfalls erreichte es das Büro von Breheim, Lygre, Pedersen & Waagenes.

Mit Berit Breheim stand es schlechter. Sie war im Gericht und nicht erreichbar, leider, sagte eine Stimme, die ich meinte der älteren der beiden Sekretärinnen zuordnen zu können. Ich bedankte mich und unterbrach die Verbindung.

Ich ließ das leere Kinderzimmer bis auf weiteres für sich sprechen, als einzigen Störfaktor in diesem geschmackvollen und gut ausgestatteten Haus. Bevor ich ging, überprüfte ich, ob es möglich war, die Garage vom Haus aus zu öffnen. Das war es. Ich benutzte den automatischen Türöffner an der Wand in der Halle und draußen schwang das Tor auf. Aber die Garage war leer. Alles, was ich dort fand, war ein Satz Winterreifen an der einen Wand und ein Werkzeugschrank, der ebenso gut ausgestattet war wie der Rest des Hauses. Es roch nach Auto, aber das Werkzeug war nicht häufig gebraucht worden, das konnte ich sehen. Noch etwas, wonach ich Berit Breheim fragen musste: Hatten sie ein Auto, und wenn ja, wo war es dann?

Wenn ich nicht jemand anderen fragen konnte …

Ich machte die Garage wieder zu, schloss die Tür hinter mir ab und sah zum Nachbarhaus hinauf. Das Gesicht war wieder an seinem Platz, aber diesmal zog es sich nicht zurück. Ich nickte und gab ihm ein Zeichen, dass ich käme.

6

Er stand in der Tür und wartete, als ich den Schotterweg herauf kam. Vom ersten Moment an hatte ich den starken Eindruck, dass dieser Mann mit dem falschen Fuß in sein fünftes Jahrzehnt getreten war. Er war schlaksig und mager, sein Profil scharf und sein Lächeln nervös. Es wäre sicher durchaus charmant gewesen, hätte er sich die Mühe gemacht, es etwas zu polieren. Er hatte eine erloschene Zigarettenkippe im Mundwinkel und starrte mich aus dunklen, fast fiebrigen Augen an.

«Wer sind Sie?», fragte er. «Kommen Sie von der Polizei?»

«Nein, nein…» Ich streckte ihm die Hand entgegen. «Veum. Ich bin im Auftrag der Familie hier.»

Er gab mir seine, vorsichtig, als hätte er Angst davor, was ich damit anstellen könnte. «Sjøstrøm.»

«Ich frage mich… Ihre Nachbarn da unten, Bodil Breheim und Fernando Garrido. Wissen Sie, ob die verreist sind?»

Er sah mich misstrauisch an. «Tja… Ich habe sie jedenfalls seit Ostern nicht mehr gesehen.»

«Nein, eben. Und das Haus ist leer.»

«Sie haben – nachgesehen?»

«Ja.»

«Nein, wie gesagt… Das letzte Mal, dass ich sie gesehen habe, muss – Mittwoch vor Ostern gewesen sein.»

«Und das ist bald anderthalb Wochen her.»

«Ja, das ist – eine Weile her.» Er sah an mir vorbei, wie um sich zu versichern, dass sie nicht in der Zwischenzeit aufgetaucht waren.

«Um ganz ehrlich zu sein, Sjøstrøm: Die Familie macht sich mittlerweile Sorgen. Sie haben mich beauftragt, Nachforschungen anzustellen. Könnten Sie mir ein paar Fragen beantworten?»

«Ich?»

«Ja, als nächster Nachbar haben Sie doch sicher das eine oder andere beobachtet, oder?»

«Doch natürlich, wenn ich etwas beitragen kann… Aber wollen Sie nicht reinkommen?»

«Gern, danke», sagte ich und folgte ihm ins Haus.

Der Kontrast zum Nachbarhaus war frappierend. Der Flur war dunkel und kalt. Ich folgte ihm eine Treppe hinauf und durch eine Tür ins Wohnzimmer. Durch die großen Fenster sah ich den oberen Teil des Nachbarhauses, das Meer dahinter und Askøy auf der anderen Seite des Fjordes. Ein verschlissener alter Sessel stand dem Fenster zugewandt. Neben dem Stuhl stand ein Tisch mit einem überfüllten Aschenbecher; zweifellos sein fester Beobachtungsposten.

Er hatte nicht immer allein gewohnt. In vieler Hinsicht war es ein halbes Haus, obwohl er versucht hatte, das zu kaschieren. Er hatte die Bilder an den Wänden umgehängt, aber helle Flecken verrieten, dass früher mehrere dort gehangen hatten. Wenn ich nach dem urteilte, was noch da war, dann hatte die Person, die ausgezogen war, den besseren Geschmack gehabt, es sei denn, sie wäre auch für die Hälfte, die noch da hing, verantwortlich gewesen. Das einzige Bild, das mir ins Auge fiel, war ein Druck, der einen Windjammer unter Segeln zeigte, vor einem Himmel voller ziehender grauer Wolken. Die Möbel füllten ungefähr die Hälfte des Raumes. Die Sitzgruppe bestand aus einem Sofa, und die Druckstellen auf dem Teppichboden verrieten, wo die anderen Teile gestanden hatten. Aber den Couchtisch hatte er behalten dürfen. Man konnte sich fast wundern, dass sie ihn nicht in der Mitte durchgesägt hatten, wo sie schon einmal beim Teilen waren.

Zwei einsame Esszimmerstühle und reichlich Platz gaben mir das Gefühl, wieder in der Tanzschule meiner Jugend zu sein, wo wir wie Schiffbrüchige an der Wand entlang gestanden hatten, mit einem Ozean zwischen den Mädchen und uns. In einem großen Aquarium schwamm ein einsamer Fisch herum. An dem Platz, wo früher eine Schrankwand gestanden hatte, hatte er ein Radio mit Plattenspieler und einen Stapel LPs aufgestellt. Den CD-Spieler und den Fernseher hatte sie offenbar mitgenommen. Ein kleiner Reisefernseher in einer Ecke war sein Fenster zur Welt. Typischerweise war er eingeschaltet und zeigte etwas, das mir wie eine brasilianische Seifenoper vorkam, ohne Ton, aber mit temperamentvollen Frauen, die auf dem kleinen Bildschirm heftige Ausbrüche mimten. Er machte keine Anstalten ihn abzuschalten, und während meines gesamten Besuchs glitt sein Blick in regelmäßigen Abständen dorthin, als wolle er sichergehen, dass er nichts Wichtiges verpasste.

«Sie haben brüderlich geteilt, wie ich sehe», kommentierte ich.

Er sah mich ärgerlich an. «Sie durfte wählen, wie sie es gewohnt war.»

«War sie so auch an Sie gekommen?»

Er schnaubte und stellte einen Esszimmerstuhl an den Couchtisch. Er selbst nahm auf dem Sofa Platz. «Was wollen Sie wissen?», fragte er und sah mich erwartungsvoll an.

«Wie schon gesagt … Wir sind wirklich nicht sicher, wie ernst die Sache ist. Aber Tatsache ist … Ihre Nachbarn sind seit Ostern verschwunden, und die Familie macht sich langsam Sorgen. Wie ist Ihr Verhältnis zu ihnen?»

«Zu denen da unten?» Er wurde rot im Gesicht. «Doch, das werde ich Ihnen geradeheraus sagen, Veum! Es war immer schlecht!»

«Aha. Gibt es dafür einen besonderen Grund?»

Mit schwerfälligen Bewegungen stand er auf, trat an das große Fenster und winkte mir, ihm zu folgen. «Da können Sie es sehen!» Er zeigte hinunter. «Als meine Frau und ich hier 1978 einzogen, lag da unten nur eine kleine Hütte. Wir konnten direkt auf den Fjord sehen. Man konnte jedes Schiff verfolgen, das vorbeikam. Ja! Es gibt Menschen, die Freude an solchen Dingen haben. Den Verkehr auf dem Meer zu verfolgen. Die Hurtigrute. Die Westamarane. Die Frachtschiffe. Aber dann – 1983 – übernahmen die da unten, rissen die Hütte ab, und im Laufe von wenigen Jahren hatten sie stattdessen diesen Wolkenkratzer gebaut. Weg war die Aussicht! Weg waren die Schiffe!»

«Aber Sie bekamen doch sicher eine nachbarrechtliche Ankündigung?»

«Ankündigung! Sie meinen, das hätten die nötig gehabt, was?» Er rieb die Handflächen gegeneinander. «Mit Geld kann man sich von allen Widerständen freikaufen. Das weiß doch jeder Idiot!»

«Na ja...» Ich ahnte, dass ich es hier mit einem klassischen norwegischen Nachbarschaftsverhältnis zu tun hatte. «Also mit anderen Worten... Ihr Verhältnis war nicht das beste?»

«Das kann ich Ihnen versichern. Sie sind, um es mal klar auszudrücken, ein paar richtige Arschlöcher, alle beide!» Damit wandte er dem Fenster den Rücken zu und ließ sich wieder auf das Sofa fallen.

Ich folgte ihm. «Aber nichtsdestotrotz... Zurück zu der Tatsache, dass sie jetzt verschwunden sind... Sie haben selbst gesagt, Sie hätten sie seit dem Mittwoch vor Ostern nicht mehr gesehen, war das nicht so?»

«Doch, Mittwoch muss es gewesen sein. Sie sind mit dem Auto weggefahren.»

«Genau. Ich habe gesehen, dass die Garage leer ist. Wissen Sie, was für ein Auto sie fuhren?»

«Einen BMW 520, ziemlich neu.»

«So genau?»

«Von Autos verstehe ich etwas.»

«Farbe?»

«Dunkelblau.»

«Und haben Sie vielleicht auch die Nummer?»

Er dachte zwei Sekunden nach, dann gab er sie mir.

Ich schrieb sie in mein kleines Notizbuch. «Haben Sie gesehen, ob sie Gepäck dabeihatten?»

Er sah mich unzufrieden an. «Also, ich hänge mich ja nun nicht aus dem Fenster, um alles mitzukriegen, was da unten passiert!»

«Nein, nein. Also mit anderen Worten …»

«Nein, ich habe nicht gesehen, ob sie Gepäck dabeihatten.»

«Aber haben Sie gesehen, ob beide wegfuhren?»

Er zögerte einen Augenblick. «Das kann ich nicht genau sagen. Jedenfalls saß er am Steuer, da bin ich mir sicher.»

«Hatten Sie vielleicht selbst gerade Osterferien?»

«Nicht im gewöhnlichen Sinne. Ich bin Frührentner. Herz reimt sich auf Schmerz, wissen Sie. Ich hatte vor bald vier Jahren einen soliden Infarkt, und der Arzt war davon überzeugt, dass die Scheidung der Grund war.»

«Dann haben Sie mit anderen Worten reichlich Gelegenheit, zu verfolgen – was passiert?»

«Sie meinen …» Er nickte zum Fenster. «Da unten?»

«Auch das.»

«Doch, ja … Aber Buch darüber führe ich nun auch nicht gerade!»

«Nein, nein», sagte ich schnell. «So war es nicht … Aber es stimmt doch, dass Sie es waren, der die Polizei rief, als am Wochenende vor Ostern da unten Randale war?»

«Ja. Ich empfand es als meine Pflicht.»

«Was war das Problem? Laute Musik?»

«Musik! Das hätte ich wohl ausgehalten. Es war ein höllischer Streit. So, wie sie geschrien hat, hätte man meinen können, er wäre dabei, sie umzubringen.»

«Und Sie haben natürlich keine Ahnung, worum sich der Streit drehte?»

«Ach nein?» Er sah mich vielsagend an. «Was glauben Sie?»

«Na ja, das müssen ja nun wohl Sie beantworten, Sjøstrøm.»

«Ein anderer Mann, natürlich.»

«Den Sie beobachtet haben – hier?»

«Es ist kein Geheimnis, dass sie sehr…», er zeichnete wie zwei Kaninchenohren Anführungszeichen in die Luft, «… ‹allein› ist. Garrido ist viel unterwegs, kontrolliert Schiffe in der ganzen Welt, soweit ich es verstanden habe. Und dann kommt es vor, dass sie Besuch bekommt.»

«Aha…»

«Ich habe jedenfalls mindestens zwei verschiedene Männer da unten beobachtet, in Zeiten, als Garrido verreist war. Am Palmsamstag ist, so wie ich es interpretiere, Garrido unerwartet nach Hause gekommen, einen Tag zu früh.»

«Ach ja?»

«Ich konnte ihre Stimmen bis hier oben hören.»

«Sie sprechen immer noch von Samstagabend?»

«Nein, nein! Das hier war mitten am Vormittag. Ich habe auf die lauten Stimmen reagiert und bin ans Fenster gegangen. Da standen Garrido und dieser Typ vor dem Haus und haben sich angepöbelt. Keine Ahnung, worum es ging, aber sie waren sich auf jeden Fall nicht einig.» Er grinste breit, wie um zu sagen, dass es bessere Unterhaltung nicht einmal im Fernsehen gibt. «Und am selben Abend fing der Krach wieder an.»

«Aber da war der andere Mann längst weg, vermute ich.»

«Ja, ja! Es war kurz davor, dass Garrido ihn den Berg da raufscheuchte, das kann ich Ihnen versichern.»

«Dieser Mann… Haben Sie eine Ahnung, wer das gewesen sein könnte?»

Er schüttelte langsam den Kopf. «Eleganter Typ. Gut angezogen, mit einem gepflegten Bart und einem roten Ferrari, den er immer oben an der Hauptstrasse parkt, wenn er zu Besuch kommt.»

«Alter?»

«Tja… Ungefähr gleich alt wie sie. So Mitte dreißig.»

«Und er war oft da?»

«Na ja, oft… Er war jedenfalls schon ein paar Mal da gewesen. Was weiß ich? Vielleicht war er auch anderweitig gebunden.»

«Das war der eine Mann. Aber… Sie sagten, es gäbe noch einen?»

Er nickte. «Der andere spielt Saxophon.»

Ich richtete mich unwillkürlich auf. «Saxophon? Woher wissen Sie das?»

«Ich habe es gehört. Er hat für sie gespielt, wenn er da war.»

«Offenbar nicht besonders soft, wenn Sie es bis hier oben gehört haben?»

«Sie… Es war nachts, und ich schlafe immer mit offenem Fenster. Sogar im Februar. Und so groß ist der Abstand nun auch wieder nicht.»

«Nein. Im Februar dieses Jahres?»

Er nickte. «Ja.»

«Aber dieser Kerl… Wie sah er aus?»

«Das können Sie selbst herausfinden.»

«Sie haben ihn nur gehört?»

«Nein, aber ich weiß, wie er heißt.» Als ich nicht antwortete, fuhr er fort: «Ich habe ihn in der Zeitung gesehen, auf dem Foto einer Band, in der er spielte.»

«Und Sie haben sich den Namen gemerkt?»

«Na, immerhin habe ich ihn ja wiedererkannt! Man weiß nie, was einem eines Tages nützt. So wie jetzt, zum Beispiel…»

«Vorausschauend von Ihnen. Und wie ist sein Name?»

«Hallvard Hagenes.»

Ein kalter Schauer rieselte zwischen meinen Schulterblättern herab. Zum Schein schrieb ich den Namen auf. Vielleicht hätte ich überrascht sein sollen. Aber aus irgendeinem Grunde war ich es nicht.

7

In richtig alten Zeiten hätte es mich eine gute Tagereise gekostet, von Morvik in Åsane nach Hjellestad in Fana zu kommen. Sogar mit dem Auto hätte ich damals, bevor Teile der Strecke in den achtziger Jahren zur Autobahn ausgebaut worden waren, einige Stunden auf kurvigen

Straßen einplanen müssen. Jetzt fuhr man mit Autopilot, mit einer klitzekleinen Verzögerung bei der Mautstation im Helleveien, dann durch den Fløientunnel und auf der anderen Seite der Stadt wieder hinaus. Auf dem letzten Stück, nach der Abfahrt bei Blomsterdalen, erinnerte die Straße dennoch hässlich an alte Zeiten, und ich musste wieder auf ein vorsichtigeres Tempo herunterbremsen.

Im Jachthafen von Kviturspollen herrschte hektische Aktivität. Die Bootsmenschen hatten den Regenschauern und dem starken Wind getrotzt. Jetzt galt es, zum 1. Mai fertig zu werden, wenn alle Freizeitskipper hinausfuhren und gegen Steuererhöhungen demonstrierten, indem sie in einer Bootsprozession über den Byfjord segelten.

Ich hielt ein paar Mal an, um die Karte zu Berit Breheims Anweisungen zu konsultieren, bevor ich auf den kleinen, ausgeschilderten Parkplatz fuhr, nicht weit von Bergens Segelverein entfernt. Dann folgte ich der angegebenen Route durch den Wald zur Hütte. Der Weg war leicht zu finden, durch Blaubeergestrüpp und dunkelgrüne Mooskissen. Oben in den Bäumen sangen die ersten Sopranisten der Saison energisch ihre Arien. Zwischen den Baumstämmen hindurch konnte ich den Raunefjord und die Berge von Sotra schimmern sehen.

Dann tauchte die Hütte aus dem Wald auf, rot mit blau gestrichenen Fensterrahmen. Die Fenster wirkten dunkel und leer. Unter der Westterrasse waren kleine gefällte Birken gestapelt, und die Blumenbeete sahen zugewachsen und ungepflegt aus. Der kleine Geräteschuppen an der Ostseite schien ebenso verlassen.

Ich ging einmal um die ganze Hütte herum. Alles wirkte still und friedlich. Die Einzigen, die Krach machten, waren die Vögel. Ich stellte fest, dass die Eingangstür verschlossen war. Daraufhin holte ich den Schlüsselring heraus, den ich von Berit Breheim bekommen hatte, steckte den passenden Schlüssel ins Schloss und drehte ihn herum. Ich schob die Tür vorsichtig nach innen. Kein gefangenes Tier sprang mir ins Gesicht. Das Einzige, was mir entgegenkam, war der süßliche und klamme Geruch von eingesperrtem Winter.

«Hallo?», sagte ich in den dunklen Flur hinein. Niemand antwortete.

Dann ging ich systematisch durch die Hütte, von Raum zu Raum, im Erdgeschoss und auf dem Dachboden. Es gab vier Schlafzimmer, eines davon mit einem Doppelbett. In zweien standen Etagenbetten. Keines der Betten war bezogen.

Ich drehte die Hähne auf, aber das Wasser war abgstellt oder die Rohre zugefroren. Jedenfalls kam nichts heraus. Aber der Kühlschrank war an. Doch er enthielt nur ein paar Gläser Marmelade, eine halb volle Tube Kaviar, ein Glas Oliven und ein paar Flaschen Mineralwasser.

Die Hütte war gut, aber nicht luxuriös ausgestattet, mit Radio, Fernseher, Kühlschrank und Herd. An den Wänden hingen Landschaftsbilder, ein paar davon in Öl, sowie ein paar Fotos, von denen der Kleidung nach zu urteilen, einige in den vierziger Jahren in Hjellestad aufgenommen sein mussten. In einer Ecke des Wohnzimmers gab es einen Kamin. Ich beugte mich vor und betrachtete die Asche. Sie war kalt und grau, wie eine zufällige Hinterlassenschaft in einem verlassenen Krematorium. An der Wand über dem Kamin hing eine Schrotflinte. Einen Moment lang starrte ich sie gebannt an, dann riss ich mich langsam los und wandte mich wieder dem Raum zu.

Auf einem kleinen Tisch lag ein Gästebuch. Ich nahm es und blätterte darin. Die erste Eintragung war von 1960. Auf manchen Seiten waren Bilder eingeklebt, die meisten von Kindern, die ältesten in Schwarz-Weiß, die neueren in Farbe. Ich meinte auf einigen Berit Breheim und ihre Schwester wiederzuerkennen.

Ich blätterte zur letzten Eintragung, deren Datum weniger als ein Jahr zurück lag:

12.120.1992
Habe aufgeräumt und für den Winter hergerichtet. Wehmütig wie immer. Muss F. in Flesland abholen.
Bodil.

Ich notierte den Inhalt im Hinterkopf und das Datum in meinem Notizbuch. Dann sah ich mich noch einmal um.

Ich hatte ein merkwürdiges Gefühl im Leib. Hier hatten sie also 1957 ihre letzte Nacht verbracht, Tordis Breheim und Johan Hagenes. Was hatten sie gemacht? Hatte er sein Saxophon genommen und ihr «I'm in the mood for love» vorgespielt? Hatten sie sich geliebt, zum allerletzten Mal? Wie viel hatten sie getrunken? Und was hatte sie dazu gebracht, sich ins Auto zu setzen, zum Kai in Hjellestad zu fahren und in «the deep, blue sea», und das noch nicht einmal mit Bassbegleitung. Hatten sie dort in der Tiefe ihre Ruhe gefunden? Oder geisterten sie noch hier oben herum? Hallte das Echo seines allerletzten Saxophonsolos von diesen Wänden wieder, um Mitternacht am Jahrestag ihres dramatischen Todes? Hörte man noch ihr symbolisches Klatschen aus dem Jenseits? Oder...

Plötzlich zuckte ich zusammen. Ich wandte mich zur Tür. Hatte ich da nicht etwas gehört wie – Schritte?

Ich ging zum Fenster. Draußen näherte sich Berit Breheim vorsichtig. Sie legte ihr Gesicht an das, was ihr eigenes Spiegelbild in der Scheibe sein musste, bevor sie mein Gesicht durch ihres hindurch erkannte. Sie zog sich abrupt zurück und hob erschrocken die Hände an den Mund.

Ich winkte ihr beruhigend durch die Scheibe zu und ging in Richtung Tür. Wir trafen uns in der Türöffnung.

«Ich hatte keine Ahnung... Ich dachte, einer der Nachbarn hätte seinen Wagen da abgestellt.»

«Sie konnten meinen Bericht nicht abwarten?»

«Nein, ich – war früher fertig im Gericht, als ich erwartet hatte, und weil es sowieso Freitag ist...»

«Na gut, kommen Sie rein. Vielleicht können Sie erkennen, ob jemand hier gewesen ist. Für mich sieht es nicht so aus.»

«Ich bin hier so selten. Bodil und Fernando benutzen diese Hütte. Ich selbst habe immer das Fjell vorgezogen.»

«Die Hütte in Ustaoset ist also eher nach Ihrem Geschmack?»

«Sozusagen, ja. Außerdem...»

«Ja?»

«Nein.» Sie sah sich um und erschauderte. «Immer wenn ich hier bin, muss ich an meine Mutter denken und daran, was damals, mit ihr und diesem Mann passiert ist. Ich habe nie verstanden, dass Papa es über sich brachte, weiterhin hierher zu kommen, und dass es auch Sara nichts ausgemacht hat.»

«Ich habe nicht ganz mitbekommen... Wann, sagen Sie, ist Ihr Vater gestorben?»

33

«1983.»

«Aber Ihre Stiefmutter lebt noch?»

«Sie ist in bester Verfassung. Immerhin ist sie auch erst sechzig.»

«Und Ihre beiden Halbbrüder? Haben Sie Kontakt zu ihnen?»

«Wenig. Sara war nett zu uns, nichts von wegen böser Stiefmutter und so, wenn Sie das glauben. Aber was uns verband war Papa, und als er nicht mehr da war, blieb nichts übrig. Wir treffen uns meistens an einem der Weihnachtstage. Das ist alles.»

«Wohnen alle drei hier in der Gegend?»

«Randolf nicht. Er ist auf Spitzbergen, ausgerechnet. Aber Rune treffe ich ab und zu. Er ist auch in der Versicherungsbranche.»

«So wie Bodil, meinen Sie?»

«Ja, aber nicht bei der gleichen Gesellschaft.»

«Ist es wahrscheinlich, dass sie aus irgendeinem Grund zu einem von ihnen Kontakt aufgenommen hatte?»

«Das kann ich mir schwer vorstellen. Und ich will auf keinen Fall, dass Sie… Verstehen Sie… Ich meine, bei unserer Vorgeschichte. Ich kann Sara förmlich hören, wenn sie den Verdacht schöpft, dass Bodil genauso wie Mama…»

«Lassen Sie uns die Sorgen nicht schon vorwegnehmen.»

Zum ersten Mal ahnte ich einen hysterischen Unterton in ihrer Stimme. «Dann sagen Sie mir doch, wo sie sind!»

«Tja…» Ich hob die Hände und sah mich um. «Sehen Sie etwas, das darauf hindeutet, dass sie hier waren?»

«Nein.»

«Sagen Sie… Sie haben erwähnt, dass Sie einen Musiker kannten oder getroffen haben, der Hallvard Hagenes hieß.»

«Ja.»

«Haben Sie ihn durch Bodil kennen gelernt?»

Sie warf den Kopf in den Nacken. «Durch Bodil? Wie meinen Sie das?»

«Na ja, ich dachte nur… Glauben Sie, dass sie Kontakt zu ihm hatte?»

«Zu Hallvard Hagenes? Sie… Ich spreche von etwas, das zwanzig Jahre zurückliegt. Damals hat er mir das von dem – Onkel und Mama erzählt.»

«Also hat keine von Ihnen mehr Kontakt zu ihm?»

«Ich jedenfalls nicht.» Es geschah etwas mit ihrem Gesicht. «Sie meinen doch nicht, dass ... Dass da etwas zwischen – Bodil und Hallvard Hagenes sein könnte?»

Ich machte eine vage Kopfbewegung.

Sie sah mich aufgewühlt an. «So grausam kann das Schicksal doch nicht sein! So sehr bewegt sich das Leben doch nicht in Kreisen, oder? Oder?»

«Man entdeckt die merkwürdigsten Dinge, wenn man erst einmal zu graben anfängt.»

«Das Lebensmotto eines Privatdetektivs?», fragte sie, plötzlich mit Sarkasmus in der Stimme.

«Vielleicht.» Ich hielt ihren Blick fest. «Da ist noch etwas, wonach ich Sie gerne fragen würde ...»

«Ja?»

«Als ich durch das Haus ging, da draußen in Morvik, kam ich zum Schluss in einen Raum, der verdammt an ein Kinderzimmer erinnerte ...»

Sie wurde blass. «Oh Gott!» Wieder hob sie die Hände vor den Mund. «Oh nein! Wo denn?»

«Oben im ersten Stock. Überrascht Sie das?»

«Überrascht ...»

«Sie haben es nie gesehen?»

«Nein, was sollte ich ... Da oben sind ja nur Schlafräume! Aber ... ich hätte mir in meinen wildesten Fantasien nicht vorgestellt, dass sie es behalten haben, so!»

«Ich glaube, das müssen Sie mir erklären.»

Sie nickte, strich sich mit der Hand über die Stirn und sah mich mit einer Art Abwesenheit im Blick an, als sei sie eben erst aus einer Ohnmacht erwacht. «Ja, ich werde ...» Sie schluckte. «Es muss 1986 gewesen sein, drei Jahre nach ihrer Hochzeit. Bodil war schwanger, und sie haben sich so gefreut. Ich habe versucht, sie zu warnen, habe sie an das erinnert, was ich selbst erlebt hatte, damit sie nicht alles zu selbstverständlich nahmen. Aber sie hörten nicht auf mich. Sie kauften die Ausstattung, sie strickte Babykleider, sie richteten sogar das Zimmer für – das Kleine ein. Und dann hat sie es verloren. Genau so,

35

wie ich – meine verloren hatte. Mehrere.» Sie wedelte leicht mit einem Arm. «Danach wurde sie nie wieder schwanger, jedenfalls weiß ich nichts davon. Aber dass sie mit dem Zimmer nichts gemacht haben! Dann haben sie es ja zu einer Art – wie soll ich es nennen? -,- einem Mausoleum gemacht? Für ein ungeborenes Kind?»

«Es hat also mit anderen Worten nie ein Kind in diesem Bett geschlafen?»

«Nein.»

Wir sahen einander eine Weile an, als würden wir jeder unsere Verwunderung darüber im Gesicht des anderen spiegeln. Schließlich riss sie sich los und sah sich ein letztes Mal um.

«Tja», sagte sie. «Hier ist jedenfalls nichts.»

«Nein. Sieht nicht so aus.»

Wir gingen nach draußen, und ich schloss ab. Zwischen den Bäumen im Westen der Hütte sah ich den Deckel des alten Brunnens. Es war ein massiver, viereckiger Holzdeckel, der mit großen Scharnieren am Rahmen befestigt war. Ein solides Vorhängeschloss hielt den Deckel pflichtbewusst an seinem Platz, und mehrere der Rahmenhölzer waren vor nicht allzu vielen Jahren erneuert worden.

«Und der Brunnen ist also nicht mehr in Gebrauch, war es nicht so?»

«Das stimmt.»

«Aber das Schloss sieht neu aus, oder?»

«Das ist wegen der Sicherheit. Hier sind ja Kinder in der Gegend. Es wäre eine Katastrophe, wenn eins hineinfallen würde.»

«Natürlich.»

Wieder musste ich ein Gefühl von Unbehagen abschütteln. «Na, dann…»

«Gehen wir», sagte sie, und ihre Stimme zitterte leicht.

Gemeinsam gingen wir durch den Wald zurück zu unseren Autos. Sie fuhr einen Mitsubishi Galant in Grau metallic, und wir fuhren bis zum Flyplassveien hintereinander her. Dort bog sie in Richtung Stadt ab, während ich in Richtung Kokstad weiterfuhr. Es war an der Zeit, Trans World Ocean einen Besuch abzustatten.

8

Die Geschäftsräume von Trans World Ocean befanden sich in einem metallicgrauen Gebäude, das auch von Mitsubishi hätte entworfen sein können. Der Eingangsbereich war aus Glas und blauem Stahl. Zwei Wimpel schmückten die Auffahrt, der eine mit den norwegischen Farben, der andere mit dem Logo der Firma auf weißem Grund: Ein Wikingerschiff, geformt aus den Buchstaben TWO, das unter vollen Segeln durch einen blau-grünen Kreis fuhr.

Das Erste, was ich sah, als ich die Eingangshalle betrat, war der gleiche symbolische Kreis an der hinteren Wand und ein stilisiertes, gusseisernes Wikingerschiff, das als Mahnmal vergangener Größe auf See von der Decke hing; aus der Zeit, als die Seefahrer von Norden aus das große Meer zwischen Norwegen und Vinland überquerten, in Katanes und Dubh Linn Burgen errichteten, auf den Flüssen nach Holmgard und Tuskaland segelten, ihre Speere in allen Furchen versenkten, die sie erreichen konnten und allen den Kopf abschlugen, die protestierten.

Der gut gebaute Wachmann hinter der Schranke mit der Sicherheitsschleuse sah fast aus, als stamme er in direkter Linie von denselben Seefahrern ab, nur dass sein Haar kurz rasiert war und er sich nicht die Mühe gemacht hatte, sich einen Bart stehen zu lassen. Sein hellblaues Hemd trug das Logo der Reederei auf dem Oberarm und hatte an den Ärmeln so scharfe Bügelfalten, dass ich sie lieber nicht an den Hals bekommen wollte. Ich verzog mein Gesicht zur allerhöflichsten Maske, als ich ihm mein Anliegen vortrug. «Könnte ich bitte Fernando Garrido sprechen?»

Er sah zuerst einmal sowohl freundlich als auch zuvorkommend aus. «Werden Sie erwartet?»

«Nein.»

Er warf nicht einmal einen prüfenden Blick auf seinen Monitor. «Garrido ist nicht im Hause.»

«Ach, nein? Wie lange wird er weg sein?»

Er betrachtete mich abschätzend. «Das kommt ganz darauf an, wie Sie es betrachten.»

«Aha?»

«Nach meinen Informationen hat er aufgehört, hier zu arbeiten.»

«Ach, ja? Davon hatte ich keine Ahnung.»

«Nein, es kam wohl etwas plötzlich. Auch für uns.»

«Aber… Mit wem könnte ich denn dann sprechen?»

«Worum geht es denn?»

«Das ist zu umständlich zu erklären, aber können Sie nicht jemanden erreichen, der mit ihm zusammengearbeitet hat?»

«Tja.» Zum ersten Mal richtete er den Blick auf den Monitor, führte die Maus vorsichtig über das Pad und tat, als würde er überlegen, wer in Frage käme. «Kristoffersen, vielleicht. Er wohl am ehesten.»

«Dann versuche ich es mit ihm.»

«Wenn er im Hause ist!» Mein Freund hinter der Schranke hob die Stimme gerade so, dass es Eindruck machte. Ich hielt meine Klappe und ließ es ihn allein herausfinden. Schrankenmenschen soll man nicht auf die Zehen treten. Sie haben die ganze Welt in ihrer Hand.

Er nickte stumm, wählte eine Nummer und wartete ein paar Sekunden, bevor er in das Mikrofon sprach, das an einem Bügel um seinen Hals hing. «Hier ist jemand, der nach Garrido fragt.» Pause, während er zuhörte. «Aber er hat gebeten, mit Ihnen sprechen zu dürfen.» Erneute Pause. «Nein, ich habe ihm …» Er wurde unterbrochen. Ich hörte keinen Ton aus seinem Kopfhörer, aber er wurde dunkelrot im Gesicht.

Dann wandte er sich wieder mir zu. «Wie war der Name?», bellte er.

«Veum.»

Er gab es weiter, ohne viel zu erreichen, und richtete seinen Blick wieder auf mich. «Das sagt ihm nichts.»

Ich wurde langsam ungeduldig. «Sagen Sie ihm, sein Name sagt mir auch nichts, aber wenn er lieber mit der Polizei reden möchte, dann kann er das gerne tun.»

«Mit der Polizei?»

«Ja.»

Er sah mich sardonisch grinsend an und gab die Botschaft nicht ohne Schadenfreude weiter. Dann lauschte er der Antwort, grunzte zurück und unterbrach die Verbindung. «Er kommt runter.»

«Halleluja, Brother! Herab aus hohen Hallen …»

Anderthalb Minuten später meldete Kristoffersen seine Ankunft.

Er füllte seinen zweireihigen Anzug bis zum Bersten, war aber dennoch auffallend leichtfüßig, wie ein gedopter Sumo-Ringer. Sein dunkles Haar war nach hinten und von etwas gescheitelt, das an einen Säbelhieb erinnerte.

Sein teddybärenhaftes Aussehen hatte ihm allerdings keine gute Laune beschert. Der Blick, den er mir zuwarf, war eine Sturmwarnung. «Was soll dass heißen?», bellte er.

«Unter vier Augen», sagte ich und nickte vielsagend zum Schrankenwärter.

Kristoffersen schnaubte ärgerlich und winkte mich dann auf seine Seite der Sicherheitsschleuse. Mein Freund drückte auf einen Knopf, die beiden Saloontürflügel aus Plexiglas öffneten sich und ich trat ein.

Ich streckte meine Hand aus. «Mein Name ist Veum. Es geht um Garrido.»

Er übersah die Hand. «Hier rüber.»

Er führte mich hinter eine Trennwand und zu einer minimalistisch gestalteten Sitzecke, vor hohen Glaswänden zu einem Atrium, wo man sicher im Sommer in der Mittagspause gemütlich eine Tasse Kaffee trinken konnte. Jetzt saß dort niemand und es bot mir auch keiner einen Kaffee an.

Er gab mir ein Zeichen, mich zu setzen. Er selbst blieb stehen, wie um zu demonstrieren, dass die Sache nicht lange dauern würde. Also blieb ich ebenfalls stehen.

«Worum geht's?»

«Garrido hat gekündigt, sagt der Schrankenwärter?»

«Ja, und?» Der temperamentvolle Blick, den er dem Mann an der Schranke zuwarf, versprach nichts Gutes für die Zukunft des Mannes in der Firma.

«Sie wissen nicht, wo er sich befindet?»

«Wer? Garrido?» Er sah mich unwirsch an. «Haben Sie es bei ihm zu Hause versucht?»

«Das ist gerade das Problem. Er ist nicht aufzufinden.»

«Dann ist er wohl in Urlaub, Mann!» Ehe ich antworten konnte, kam er mir zuvor. «Sagen Sie … Wer sind Sie eigentlich? Was wollen Sie?»

«Ich bin Privatdetektiv.»

Er schnaubte. «Und was sollte das eben mit der Polizei?»

«Wenn Garrido nicht bald auftaucht, dann wird es ein Fall für die Polizei.»

Er sah immer ungeduldiger aus. «Na und? Was um Himmels willen haben wir damit zu tun?»

Ich hob meine Stimme ein wenig. «Er hat hier gearbeitet, bis wenige Tage vor seinem Verschwinden! Das sollte Sie zumindest ein klein wenig besorgt machen, oder?»

«Sagen Sie, Veum… Wollen Sie damit andeuten, dass etwas Kriminelles passiert ist – mit Garrido?»

«Seine Frau ist auch verschwunden.»

«Bodil? Und was meinen Sie mit verschwunden? Ich sag doch, sie sind sicher in Urlaub gefahren.»

«Das habe ich gehört, aber es überzeugt mich nicht sehr.»

Wir standen uns gegenüber und betrachteten einander. Er griff in die Innentasche seines Jacketts, holte eine Packung Zigaretten heraus, gab mir nicht die kleinste Gelegenheit wenigstens Nein, danke zu sagen, sondern zündete sich mit einem kleinen, vergoldeten Feuerzeug selbst eine an. Er inhalierte so tief, dass ich förmlich sehen konnte, wie der Rauch durch seine Bronchien gefiltert wurde. Dann hustete er tief und herzhaft, so dass es klang, als käme es vom Boden eines Fahrstuhlschachtes. «Er brauchte wohl Ruhe, nach den heftigen Erschütterungen der letzten Zeit.»

«Und was meinen Sie mit…»

Er wedelte mit der Zigarettenhand. «Es ist kein Geheimnis, dass er mit dem Rest der Leitung hier auf Kollisionskurs war, mich eingeschlossen.»

«Und worüber waren Sie sich uneinig?»

«Das – gehört zum Privatleben der Gesellschaft, Herr Privatdetektiv. Und wir sehen keinen Grund, es durch – zufällige Besucher in die Welt hinauszuposaunen.»

«Aber deshalb hat er also gekündigt?»

«Das können Sie interpretieren wie Sie wollen», sagte er unwillig, während er den Rauch langsam durch die Nasenlöcher blies.

Ich versuchte einen Blindschuss. «Hat das vielleicht etwas mit der *Seagull* zu tun?»

Er sah mich finster an. «Mit der *Seagull?*»

«Ja?»

«Was…» Er biss sich auf die Zunge. «Wie schon gesagt, darüber äußern wir uns nicht.»

«Dann werde ich Garrido wohl selbst fragen müssen, wenn ich ihn treffe.»

«Tun Sie das, Veum! Tun Sie das gern! Und grüßen Sie ihn von mir, ja? Sagen Sie, dass wir ihn keine Sekunde lang vermisst haben, seit dem Augenblick, als er durch die Tür da gegangen ist.» Er nickte zum Ausgang und bewegte sich auch in die Richtung. «Wenn das alles war, dann…» Im Vorbeigehen drückte er mit einer brutalen Bewegung die Zigarette in einem Aschenbecher aus.

Ich folgte ihm widerstrebend.

Ein elegant gekleideter Mann in hellem Anzug wollte gerade die Sicherheitsschleuse passieren. Er war Mitte dreißig, hellblond, frisch frisiert und trug einen äußerst gepflegten Bart. Er hatte regelmäßige Züge, blaugrüne, kühle Augen, und die schwache Röte seiner Haut gab ihm etwas dezent Feminines. Ich vermutete, das war die Erklärung für den Bart.

Er nickte Kristoffersen zu und sah mich fragend an. An Kristoffersen gewandt sagte er: «Gehst du gerade?»

«Nein, nein. Ich komme hoch.»

«Gut.»

Er ging die Treppe zur Büroetage hinauf. Ich sah ihm lange nach. Ich hatte den Mann noch nie gesehen, aber er erinnerte mich sehr an jemanden, dessen Beschreibung ich kürzlich gehört hatte – von Fernando Garridos Nachbarn.

«Wer war das?», fragte ich.

«Unser geschäftsführender Direktor, Bernt Halvorsen.»

«Er fährt Ferrari, stimmt's?»

«Ja, aber…» Noch einmal durfte ich erleben, wie er sich auf die Zunge biss, jedenfalls im Geiste. Bis wir draußen waren, sagte er denn auch kein Wort mehr. Als ich wieder hinter der Schleuse stand, brummte er angestrengt etwas, drehte sich um und ging.

«Ein roter Ferrari, wenn ich mich nicht irre», sagte ich zum Schrankenwärter.

41

«Stimmt genau», antwortete er, da er wahrscheinlich auch nichts mehr zu verlieren hatte.

Bevor ich Feierabend machte, fuhr ich zum Flugplatz nach Flesland, parkte meinen Wagen ordnungsgemäß und überprüfte dann jeden einzelnen dunkelblauen BMW 520 auf dem Langzeitparkplatz auf Garridos Nummer. Schließlich konnte ich mit Sicherheit feststellen, dass er hier jedenfalls nicht war.

Aber wo war er dann? Das herauszufinden stand mir noch bevor. Der Möglichkeiten waren viele, vom Nordkap bis Lindesnes. Die Frage war eigentlich nur: Wo sollte ich anfangen?

9

An einem Samstag um zwölf Uhr mittags in ein Jazzcafé zu gehen, fühlte sich kontinental und unnorwegisch an. Während der Rest der Bevölkerung Staub saugte und sauber machte, um anschließend Milchreis zu essen und sich das wöchentliche Kriminalhörspiel anzuhören – und ein anderer Teil schon mit der längsten Einkaufsrunde der Woche beschäftigt war, ohne Kompass von Laden zu Laden –, versammelten sich die Jazzfans in dunklen, verrauchten Räumen und lauschten sehnsüchtigem Swing und bittersüßem Blues, größtenteils dargebracht von Musikern, deren Altersspanne von zwanzig bis weit über sechzig reichte. Bei verhangenem Blick wurden sie übermäßig redselig, getrieben von einer Form munterer Melancholie, der Kraft, die diese Jazzclubs hauptsächlich am Leben hielt.

Die letzte Blüte des mehr oder weniger florierenden Jazzmilieus der Stadt war das Jazz- und Bluescafé, das die Kneipe «Den Stundesløse» diesen Winter aufgemacht hatte. Es lag im Keller des Gebäudes, das einmal das Ole-Bull-Kino gewesen war und in dem sich mittlerweile eine große Diskothek mit mehreren Bars befand.

Ich traf Karin um kurz vor zwölf vor dem Gebäude. Dem Plakat am Eingang zufolge stand an diesem Samstag die Tydal Jazz Company auf dem Programm. Wir gingen in die unterirdischen Hallen, ich bestellte einen Halben, sie ein Glas Weißwein, und ich startete einen ersten Versuch, in dem schon verrauchten Lokal bekannte Gesichter auszumachen. Oben auf der Bühne hatten sich die Musiker längst häuslich eingerichtet. Jetzt saßen sie an einem kleinen Tisch in einer Ecke und tranken Kaffee, mit Ausnahme des Orchesterleiters Lasse Tydal selbst, der mit einem Bierglas in der Hand an der Bar stand.

Er nickte gemütlich, als ich auf ihn zukam. «Hallo, du!», begrüßte er mich in gestelzter Hochsprache, bevor er wieder in sein waschechtes Bergensisch verfiel. «Unterwegs, um neuen Sprit für die Maschine zu tanken?»

«Nutze jede Gelegenheit. Und dein Lungenvolumen spielt noch mit?»

«Ich halte mich mehr an Balladen, weißt du. Aber es ist noch Kraft im Horn. Wart's nur ab.»

Lasse Tydal war gut sechzig, hatte eine hohe Stirn und über den Ohren noch volles, graues Haar. Einen Teil seiner Blaskraft holte er offensichtlich aus dem Bauch, wo er sich einen geräumigen Balg angelegt hatte.

«Übrigens… Ein jüngerer Kollege von dir, Hallvard Hagenes – weißt du was über ihn?»

«Na klar! War mal ein talentierter junger Mann, Tenorsax.» Er sah sich im Lokal um. «Manchmal schaut er hier rein, aber heut scheint er nicht da zu sein. Jedenfalls noch nicht. Er fährt Taxi, um sich über Wasser zu halten. Es ist noch nie leicht gewesen, als Jazzmusiker zu überleben, aber heutzutage ist es fast unmöglich geworden, wenn man nicht zur absoluten Topklasse gehört.»

«Und das tut er nicht?»

«Nicht bei dem Markt, den wir hier in Norwegen haben, jedenfalls. Hast du ihm vielleicht einen Job anzubieten?»

«Nein, leider nicht. Ich wollte ihn nur etwas fragen.»

«Tore Lude und Reidar Rongved, die beiden da drüben, haben ein paar Triojobs mit ihm zusammen gemacht. Ich kann dich ihnen in der ersten Pause vorstellen, wenn du willst. Jetzt soll es gleich losgehen.»

«Wo meinst du, steht er auf der lokalen Rangliste?»

«Oh, weißt du, es gibt viele gute Tenoristen hier in der Gegend.

Søbstad ist still going strong, die Hystad-Brüder, Olav Dale. Aber Hagenes ist auch nicht schlecht. Spielt alles von Freejazz bis zu Standard. Aber weißt du, er hat ein eindrucksvolles Erbe angetreten. Ich kann mich noch an seinen Onkel erinnern. Johan Hagenes. Unsere Antwort auf Lester Young, als er ganz oben war.»

«Kanntest du ihn?»

«Ja, klar! Aber… Wir müssen anfangen. Wir sprechen uns später.»

Er nahm sein Bierglas mit und ging zur Bühne, wo die anderen Musiker schon Platz nahmen: Tore Lude am Klavier, Reidar Rongved am Bass und Mons Midtbøe am Schlagzeug, während Terje Tornøe vorsichtig das Mundstück seiner Trompete probierte. Lasse Tydal sagte ein paar Worte zu den anderen, stellte sein Bierglas auf einem kleinen Tisch im Hintergrund ab und hängte sich den Gurt seines kupferfarbenen Tenorsaxophons um den Hals. Ich ging wieder zurück zu Karin.

Sie sah mich fragend an. «Das hat aber gedauert.»

«Ich bin mit jemandem ins Quatschen gekommen.»

«Bist du dienstlich hier, oder wie?»

«Ich brauche nur ein paar Informationen.»

Ich konnte es nicht weiter ausführen, weil ein Vertreter der Veranstalter auf das Podium stieg, um die Gäste des Abends vorzustellen, woraufhin die Tydal Jazz Company sofort eine swingende Version des «Tiger Rag» anstimmte, mit heftigen Solos von Terje Tornøe, einem kristallklaren Trompetenton, der ein Silbermuster in den Zigarettennebel wob und die Gespräche an den Tischen um uns herum zum Verstummen brachte.

Am Abend zuvor hatte ich mein Tagewerk tief konzentriert über dem Telefonbuch beendet. Ich hatte herausgefunden, wo Bernt Halvorsen und Hallvard Hagenes wohnten; der Erstere in Hopsneset, der andere im Rosengrenden. Außerdem hatte ich aus reiner Neugier Berit Breheims Adresse in Fantoft herausgesucht. Sie wohnte nicht weit von der abgebrannten Stabkirche entfernt, die ein Brandstifter vor weniger als einem Jahr zerstört hatte.

Die Tydal Jazz Company arbeitete sich durch das Jahrhundert vor. Nach dem Eröffnungsstück hatte Tore Lude mehrere Ragtimesongs angeführt. Jetzt führte Lasse Tydal mit einer vollen, warmen Tenorstimme in Ellingtons unsterblichem «All too soon», einer der alten Glanznummern von Ben Webster.

«Ich muss möglicherweise morgen kurz nach Ustaoset rausfahren», sagte ich zu Karin. «Kommst du mit?»

«Ich? Auf Skiern?». Sie lächelte milde.

«Du hast Recht. Vielleicht sollte ich die Skier mitnehmen.»

«Du kannst ja eine kleine Trainingsrunde fürs Skarverennen einbauen. Ist das nicht übrigens nächstes Wochenende? Ein paar Mädels aus dem Büro wollen hochfahren.»

«Und du nicht?»

«Nein. Ich nicht.»

Der erste Teil wurde mit einem donnernden Schlusspunkt beendet, noch einem Klassiker: «Whispering». Nachdem sich die Musiker wieder an den für sie reservierten Tisch gesetzt hatten und Tassen und Gläser neu gefüllt waren, entschuldigte ich mich bei Karin und schlenderte zu ihnen hinüber. Lasse Tydal hatte das Ganze offenbar vergessen, aber als er mich kommen sah, schlug er Aufmerksamkeit heischend auf den Tisch. «Ach, genau… Tore, Reidar… Das hier ist Veum, ein ganz alter Kumpel. Er braucht ein paar Infos über Hallvard Hagenes.»

Die beiden Musiker sahen mich skeptisch an. Tore Lude war Anfang vierzig, hatte eine Wolke ergrauender Locken auf dem Kopf, einen kompakten Körper und einen leicht gebeugten Nacken. Reidar Rongved war der Jüngste der Band, noch in den Dreißigern, hatte halblange, dunkle Haare und trug eine dicke Brille.

«Infos?», sagte Tore Lude.

«Ja, nichts Großartiges», sagte ich und lächelte leicht. «Aber sein Name ist in Verbindung mit einem Fall aufgetaucht, an dem ich gerade arbeite…»

«Ein Fall? Bist du ein Bulle, oder was?»

«Eher oder. Privatdetektiv.»

Mons Midtbøe, der gutmütige, rothaarige Bassist, ließ einen langen Pfiff los. «Peng-peng», sagte er und schoss mit einer nicht vorhandenen Pistole in die Luft. Terje Tornøe erhob sich mit einem lebensmüden Gesichtsausdruck und ging auf die Toiletten zu.

«Ich kann mir niemanden vorstellen, den zu überprüfen es weniger

Grund gäbe als Hallvard Hagenes», sagte Tore Lude schroff. «Er lebt nur für die Musik. Und um zu überleben, fährt er Taxi.»

«Hat er Familie?»

«Nicht einmal eine Freundin, wenn du mich fragst.»

«Nein?»

Lude sagte in die Runde: «Nicht dass ich wüsste, jedenfalls. Oder?»

Die anderen bestätigten es, indem sie den Kopf schüttelten. «Nicht dass er schwul wäre, oder so», sagte Reidar Rongved. «Dafür haben wir oft genug ein Hotelzimmer geteilt, auf Tourneen und so, ich hätte gemerkt, wenn er solche Vorlieben hätte.»

«Gebranntes Kind scheut das Feuer», sagte Lasse Tydal.

Ich sah ihn an. «Und was heißt das in diesem Fall?»

Tydal blickte zu Lude. «War er nicht eine Zeit mal ziemlich down?»

«Doch, da war wohl mal was», sagte Tore Lude. «Aber so lange ich mich zurückerinnern kann, waren Frauen bei ihm Fehlanzeige, wenn ich es mal so sagen darf.»

«Vielleicht hat ihn die Sache mit seinem Onkel verschreckt», fügte Lasse Tydal hinzu und sah mich an. «Ich weiß nicht, ob du gehört hast, wie Johan Hagenes damals umgekommen ist?»

«Doch, hab ich. Aber du meinst doch wohl nicht, er…»

«Wenn man von der Sonne spricht», sagte Mons Midtbøe. «Da kommt er gerade rein.»

Ich drehte mich in die Richtung, in die er sah. «Welcher ist es?»

«Der Einsneunzig-Mann, der gerade auf den Tresen zugeht, um sich ein Bier zu holen», sagte Lasse Tydal und gab dann dem Rest der Band ein Zeichen, dass es an der Zeit sei, wieder aufs Podium zu steigen.

Terje Tornøe kam auf dem Weg von der Toilette an Hallvard Hagenes vorbei. Ich setzte mich wieder zu Karin, behielt Hagenes aber im Auge. Er bestellte sich ein Bier, blieb an der Theke stehen und sah sich offenbar nach einem freien Platz um bei Leuten, die er kannte. Offenbar fand er keinen und ließ sich am Tresen nieder, während er seine Aufmerksamkeit auf die Band richtete, die jetzt zum zweiten Teil des Programms ansetzte.

Sie hielten sich nach wie vor an die 40er- und 50er-Jahre. Klassiker wie «Night and day», «Prelude to a kiss» und «Over the rainbow»,

46

erfüllten mit angenehm kühlen Improvisationen den Raum. Lasse Tydal hatte eine volle, starke Tenorstimme und sang bewusst leise und romantisch. Terje Tornbøe war für die energischen Trompetenausbrüche zuständig, während Tore Lude mit seinem spielerischen, leichten Tangentenspiel zweifellos der Talentiertere war. Reidar Rongved und Mons Midtbøe bildeten den Background und hatten während des ganzen Auftritts nur jeder ein symbolisches Solo, Rongved bei «Prelude to a kiss», Midtbøe bei «Pick yourself up».

Hallvard Hagenes verfolgte das Ganze mit einem leichten Lächeln, diskret trommelte er mit der freien Hand den Rhythmus. In der anderen hielt er sein Bierglas, an dem er nur zaghaft nippte. Er war groß und schlaksig, hatte ein etwas knochiges Gesicht, eine markante Nase und ein kleines Kinn. Mit einer Kopfbewegung oder mit der Hand warf er in regelmäßigen Abständen seinen dunklen Pony aus der Stirn.

Das Lokal füllte sich langsam, und viele mussten sich mit einem Stehplatz zufrieden geben. Wer mit seiner sonnabendlichen Einkaufsrunde fertig war, schaute im «Den Stundesløse» vorbei, samt all seinen Taschen und Paketen, in der Hoffnung, einen Platz zu finden, an dem man sich kurz ausruhen konnte. Darin wurden die enttäuscht, die keine Bekannten fanden, neben die sie sich quetschen konnten, aber die Musik auf der Bühne fesselte dennoch die meisten von ihnen.

Als der zweite Programmteil vorbei war, stand ich schnell von meinem Platz auf, um Kontakt zu Hallvard Hagenes aufzunehmen, aber ich kam nicht dazu. Neben mir seufzte Karin demonstrativ, als sie Paul Finckel sah, den Journalisten, der, mit einem Bier in der Hand und einer heruntergebrannten Zigarette im Mundwinkel, auf unseren Tisch zusteuerte. Mein alter Klassenkamerad aus Nordnes hatte eine Tendenz, sich immer wieder in denselben alten, mottenzerfressenen Kindheitserinnerungen zu verlieren, und sie hatte all seine Geschichten schon mal gehört. Dass er sich, soweit ich sehen konnte, in einer ziemlich versoffenen Phase befand, machte die Sache nicht besser.

Wenige Menschen, die ich kenne, haben so viele Häutungen durchlaufen wie Paul Finckel: Gewichtszunahme, Gewichtsabnahme, lange Haare, langer Bart, kurze Haare, kurzer Bart, immer mit einem etwas verspäteten Blick auf die Modekonjunktur, da er konsequent seine Einkäufe im Ausverkauf des nächsten Jahres machte. Nichtsdestotrotz war er weitaus mehr up to date, als ich es jemals sein würde. Das Ganze war, das hatte ich mittlerweile begriffen, ein Spiegelbild dessen, wo er sich zurzeit auf der Beziehungskurve befand: Am Anfang, am Ende oder mitten in einer Beziehung – oder völlig außer Funktion. Jetzt traf definitiv Letzteres zu, und das schon seit einer ganzen Weile, seinem Taillenumfang und den unappetitlichen Bartstoppeln nach zu urteilen.

«Der Varg führt seine Blondine aus, was?», brummte er gemütlich, als er sich neben mich quetschte, ohne vorher zu fragen, ob es mir passte.

«Oder umgekehrt», sagte Karin spitz.

Sein Blick schwamm. «Genau.»

«Und du?», fragte ich, gerade so höflich wie alte Freundschaft und aktueller Nutzungswert es geboten.

«Tja, es gab in letzter Zeit so viel Rock 'n' Roll in meinem Leben, dass ich beschlossen habe, die Seele und das ganze System mal mit etwas goldeneren Tönen zu ölen.» Er hielt sein Glas hoch, als enthielte es besagte Töne.

Karin stand auf und nickte zur Toilette. «Ich komme gleich wieder.»

«Das will ich doch hoffen.»

Sie lächelte säuerlich mit einem resignierten Blick zu Paul Finckel.

Ich konzentrierte mich auf den Störenfried. «Sag mal, Paul … Wo du nun schon da bist … Trans World Ocean, sagen die dir was?»

«TWO, ja. Ehemals Reederei Helle. Good timing. Kämpft mit den roten Zahlen, hab ich gehört. Aber wer tut das im Moment nicht. Die sollten mein Bankkonto mal sehen, dann würden sie sich gleich besser fühlen.»

«Kämpfen mit den roten Zahlen? Ernsthaft?»

Er sank etwas nach vorn, nicht unbedingt aus Diskretion, sondern, weil er sich nicht mehr gerade halten konnte. «Das werden wir nie erfahren, weil es alles gibt, von einer gut platzierten Leckage bis hin zur nüchternen Pressemitteilung über geregelte Abwicklung.»

«So schlimm?»

«Nein, nein. Ich meine nur, zur Illustration…»

«Was für eine Art Fracht befördern sie?»

«Alles, was es zwischen Himmel und Erde gibt, Vargi. You name it, they transport it – und das zu the end of the world, wenn du es dahin haben willst. Go for the money, das war immer ihr Motto. Du weißt ja, wo sie ihre Wurzeln haben?»

«Bei Hagbart Helle & Co.»

«Genau. Der Schwindler aller Schwindler im norwegischen Reedereibetrieb. Andere mussten ertragen, vor Gericht zitiert zu werden – ich nenne keine Namen…» Er lächelte hässlich, als wüsste jeder Bergenser, an wen er dabei dachte. «Aber Hagbart Helle ist als ehrenhafter Mann ins Grab gegangen, mit einer weißen Weste, einer Büste vor dem Hauptquartier des Reedereiverbandes und seinem Namen in Goldbuchstaben an einem Krankenhausflügel in Nassau auf den Bahamas.»

«Ist es einer seiner Erben, der die TWO leitet?»

«Kein familiäre Verbindung, soweit ich weiß. Die Besitzer sitzen im Ausland. Die Abteilung hier wird von einem gewissen Bernt Halvorsen geleitet, einem typischen Schnösel, wenn du mich fragst.»

Ich beobachtete, dass Karin auf dem Rückweg stehen geblieben war, um mit jemandem zu reden, den sie kannte. Hallvard Hagenes hatte die Pause genutzt und war zur Band hinübergeschlendert. Als Lasse Tydal etwas zu ihm sagte und auf mich zeigte, hob ich die Hand zu einem diskreten Gruß. Hagenes nickte kurz, wie um zu zeigen, dass er mich gesehen hatte, dann wandte er mir den Rücken zu und nahm seine Gespräch mit den anderen wieder auf.

«Schon mal von einem Schiff namens *Seagull* gehört?»

Finckel schüttelte den Kopf. «Negativ. Nichts.»

«Und Utvik in Stryn – oder vielleicht eher in Sveio? Kennst du Hafenanlagen, die die TWO anläuft?»

«Keinen Schimmer. Not at all, Vargi.»

«Tja… Sollte dir noch was einfallen, weißt du ja, wo du mich findest.»

Er sah mich etwas irritiert an. «Ich wollte noch lange nicht gehen.»

«Nein, aber das müssen wir vielleicht.»

Die Tydal Jazz Company begann ihren dritten Programmteil mit einer heftigen Version von «I got rhythm». Als ich mich nach Hallvard Hagenes umschaute, war er verschwunden. Ich erhob mich halb und ließ den Blick über die Versammlung wandern, konnte ihn aber nirgends entdecken. Ich sah zu Lasse Tydal hinauf, der deutlich die Schultern hochzog, wie um sich wieder auf sein Spiel zu konzentrieren.

Er war ganz einfach verduftet. Auf Karin dagegen konnte man sich verlassen. Sie kam zurück, tapfer wie sie war, und trieb geduldig Konservation mit Paul Finckel, bis der letzte Ton gespielt war, die Band ihre Instrumente wieder einpackte und sich das Lokal langsam leerte. Dann gingen wir nach Hause.

10

Die Hardangervidda war noch wegen Schnee gesperrt. Um so schnell wie möglich nach Ustaoset zu kommen, hatte ich den ersten besten Schnellzug in Richtung Osten gebucht, um halb acht Uhr am Sonntagmorgen.

Um zehn vor halb elf stieg ich aus dem Zug. Es fiel leichter Schneeregen, und der scharfe Westwind brachte mich dazu, meine Strickmütze aus der Anoraktasche zu holen und sie mir tief über die Ohren zu ziehen. Ich sah in die Richtung, die Berit Breheim mir angegeben hatte. Sie hatte die Wahrheit gesagt. Die Hütte war leicht zu erkennen.

Ich hatte sie am Abend zuvor angerufen. Als ich ihr erzählt hatte, dass Garrido bei Trans World Ocean gekündigt hatte, war sie erstaunt gewesen: Davon hatte ich keine Ahnung!

Könnte er deshalb am Wochenende vor Ostern so von der Rolle gewesen sein?

Das ist natürlich möglich.

Davon hat er Ihnen nichts gesagt?

Nicht ein Wort.

Merkwürdig. Dieser Hallvard Hagenes…

Ja?

Ich habe heute versucht, mit ihm Kontakt aufzunehmen, aber es schien so, als hätte er keine Lust dazu.

Wieso?

Finden Sie nicht, dass das merkwürdig klingt?

Konnten Sie ihm denn vermitteln, worüber Sie mit ihm sprechen wollten?

Nein.

Tja … Sie sind der Detektiv, nicht ich.

Also … Wie haben Sie vor, den Sonntag zu verbringen?

Warum fragen Sie?

Ich will morgen nach Ustaoset rausfahren. Hätten Sie Lust mitzukommen?

Absolut nicht! Ich habe am Montag einen Gerichtstermin, den ich vorbereiten muss. Wenn ich Zeit hätte, selbst hinzufahren, dann hätte ich Sie ja wohl nicht engagiert, oder?

Ist diese Hütte schwer zu finden?

Nein. Nehmen Sie den Zug?

Ja.

Sie können sie vom Bahnhof aus sehen. Ein Blockhaus mit blauen Türen, blauem First und blauen Fensterläden. Folgen Sie einfach dem Weg östlich vom Hotel.

Anfangs hatte ich mich wie Spencer Tracy in «Ein Mann stieg aus dem Zug» gefühlt. Dann wanderte ich los. Ustaoset lag die längste Zeit des Jahres wie ausgestorben, aber zu Ostern war es ausgesprochen dicht bevölkert. Im Umkreis von fünf Kilometern um den Bahnhof lag eine der größten Hüttensiedlungen des Landes. Im unteren Teil folgten die Freizeithäuschen enger aufeinander als die Regentage in Bergen.

Der Weg war geräumt und mit Sand gestreut, so dass die Hüttenbesitzer mit ihren Citytraktoren direkt bis auf ihr Grundstück fahren konnten – wenn sie wollten, und das wollten sie sicher. Aber es waren nicht viele, die an diesem Wochenende zwischen Ostern und dem Skarverennen die Gelegenheit genutzt hatten. Aus dem Schornstein einer Nachbarhütte stieg grauweißer Rauch. Das war das einzige erkennbare Zeichen von Leben.

Die Hütte, zu der ich wollte, lag tief im Schnee versunken, mit verschlossenen Fensterläden und Rändern von weißem Schnee in den Fugen. Der Haupteingang war freigeschaufelt, und im Schnee waren halb zugewehte Stiefelspuren zu erkennen. Ich drückte vorsichtig die Türklinke herunter, aber die Tür gab nicht nach. Dann holte ich den Schlüssel aus der Tasche, den Berit Breheim mir gegeben hatte, schloss auf und trat ein.

Ich tastete an der Wand rechts von der Tür herum und fand den Lichtschalter. Die Deckenlampe ging an. Ich befand mich in einem kleinen Windfang. Dort standen mehrere Paar Skier. An ein paar Haken hingen verschlissene Jacken. Eine Tür mit Rosenmalerei führte weiter in die Hütte hinein. Ich trat ein, fand einen weiteren Lichtschalter und machte auch hier Licht.

Ich stand in einem großen, gemütlichen Wohnraum mit Tischen und Bänken aus lackierten Holzbalken, schwarz-weißen Naturfotos an den Wänden und Rentiergeweihen über beiden Türen, die in die anderen Zimmer führten. Aber niemand hatte den Kamin angezündet, und es saß auch niemand gemütlich auf den Sesseln davor. Der Raum war kalt wie eine Gefriertruhe. Von meinen Kleidern und aus meinem Mund stiegen Frostwolken auf.

Ehe ich mich richtig umgesehen hatte, hörte ich draußen schon schwere Schritte. Ich drehte mich zum Windfang um und begegnete dem scharfen Blick eines Mannes in der Tür. «Wer sind Sie, wenn ich fragen darf, und was machen Sie hier?»

Er war größer als ich – weit über einsachtzig –, mager und breitschultrig und hatte ein lederartig braunes, runzliges Gesicht, dass von viel Bewegung in der frischen Bergluft zeugte. Seine Augen waren blau, die Nase schmal und spitz, und sein Mund hatte einen überraschend sensiblen und femininen Zug.

«Mein Name ist Veum, und ich bin im Auftrag von Berit Breheim hier.»

«Aha?» Er sah mich skeptisch an. Dann trat er ein und streckte mir die Hand entgegen. «Harald Larsen. Ich wohne in der Nachbarhütte. Wir haben eine Absprache, dass ich nach der Hütte sehe, wenn sie nicht hier sind.»

«Ich verstehe», sagte ich und ergriff seine ausgestreckte Hand.

«Fjellmenschen sind es gewohnt, zusammenzuarbeiten, auch wenn wir von verschiedenen Seiten des Landes kommen. Berit kenne ich schon, seit sie klein war.»

«Und Bodil…»

«Bodil auch, natürlich. Aber sie habe ich lange nicht gesehen. Nachdem sie diesen Ausländer geheiratet hat…»

«Garrido.»

«Genau. Er ist bei einer Reederei, oder?»

«Ja.»

«Ich war früher selbst in der Schifffahrtsbranche tätig, bevor ich aufgehört habe.»

«Aber nicht in Bergen, oder?»

«Nein, nein. In Oslo.»

«Ist es lange her, seit Sie sie zuletzt gesehen haben?»

«Sie meinen…»

«Bodil und ihren Mann.»

«Oh, meine Güte, das muss viele Jahre her sein! Damals waren sie ziemlich frisch verheiratet, meine ich. Das ist auch nicht so verwunderlich. Er war eben kein großer Skiläufer. Berit hat die Hütte am meisten benutzt. Aber in den letzten Jahren auch nicht mehr so oft. Dieses Jahr war sie noch gar nicht hier, obwohl wir Ostern ein Traumwetter hatten!»

«Und die Spuren draußen…»

«Das werden wohl meine sein. Ich hab gern etwas zu tun, und wenn ich sowieso hier oben bin, dann schaufle ich oft auch ihren Eingang frei. Dann hat sie es nicht so schwer, falls ihr plötzlich doch einfallen sollte, mal herzukommen.»

«Sie verbringen also viel Zeit hier oben, seit Sie pensioniert sind?»

«So viel ich kann! Von der Stadt habe ich genug. Auslandsreisen brauche ich nicht mehr, und ich bin seit vier Jahren Witwer. In den Bergen fühle ich mich frei, sommers wie winters. Hier komme ich zur Ruhe, finde mich selbst. Stehe dem Unergründlichen von Angesicht zu Angesicht gegenüber, um es mal etwas feierlich auszudrücken.»

«Sie haben gesagt… Sie kannten also auch die Eltern von Berit und Bodil?»

«Ja, aber natürlich! Wir kamen ungefähr gleichzeitig hierher. 1950, im Herbst. Ansgar und Tordis haben die Hütte fertig gekauft, aber sie war erst wenige Jahre alt, von 1947 oder 1948, soweit ich mich erinnere. Ich habe meine selbst gebaut. Im Jahr darauf wurde Berit geboren.»

«Sie haben ein gutes Erinnerungsvermögen.»

«Wir waren gute Freunde. Hatten viel miteinander zu tun. Svanhild und Tordis wurden richtig gute Freundinnen. Es war nicht mehr dasselbe – danach.»

«Sie denken an – Breheims zweite Frau?»

«Ja, seine neue Frau, Sara... Tja, sie war jedenfalls kein Fjellmensch. Und wenn, dann nur in der heißesten Sommerzeit. Sie fühlte sich im Schnee nicht wohl. So haben sie dann die Hütte immer weniger genutzt. Ansgar kam öfter allein. Wir hatten ein paar tolle Herbsttouren zusammen, sind auf Vogeljagd gegangen. Aber er hat nie darüber gesprochen. Weder über Tordis noch über Sara. Und ich habe es auch nicht angesprochen. Wir haben über andere Dinge geredet. Unsere Arbeit, die Weltsituation, die Landschaft und die Jagd. Wo man am wahrscheinlichsten Rebhühner kriegen würde. Solche Dinge.»

«Und die beiden Söhne?»

«Die haben wir fast nie gesehen. Genauso selten wie Sara.»

«Und als sie erwachsen waren?»

«Ich glaube, die Hütte wurde den beiden Mädchen aus der ersten Ehe überschrieben, und wie gesagt, in den letzten Jahren ist nur Berit hier gewesen. Wissen Sie, warum sie Ostern nicht da war?»

«Tja, sie hatte wohl ganz einfach zu viel zu tun, so wie ich sie verstanden habe.»

«Ach so?» Er sah sich um. «Und was sollten Sie nun eigentlich überprüfen? Ob alles in Ordnung ist?»

«Ja...» Ich zögerte ein wenig. «Es ist so, dass... Bodil und ihr Mann sind für eine Zeit verreist, ohne zu sagen, wohin sie fahren wollten, und da ich sowieso hier vorbei...»

«Aber sie hat doch nicht etwa geglaubt, sie wären hier?»

Ich zuckte mit den Schultern. «Ich weiß nicht, wie viel Sie über... Ob Sie die alte Familiengeschichte kennen...»

Er nickte düster. «Doch, allerdings kenne ich die. Jetzt verstehe ich langsam.» Er sah mich besorgt an. «Aber sie denkt doch wohl nicht, dass Bodil und … Dass sie in die Fußstapfen der Mutter treten würde, sozusagen?»

«Das war genau der Grund, warum sie auf jeden Fall sicher gehen wollte, dass sie … dass hier niemand ist.»

«Aber das war doch eine ganz andere Zeit! Ganz andere Menschen. Tordis war…»

«Ja?»

«Na ja… Ich kann mich noch gut daran erinnern, wie sie ihm begegnet ist.»

«Begegnet – wem?»

«Diesem Saxophonisten, mit dem sie in den Tod ging.»

«Ach ja?»

«Es war am Ostersamstag 1956. An dem Abend gingen wir immer unten ins Berghotel. Tordis und Ansgar, Svanhild und ich. Das Wetter war eine Enttäuschung, das weiß ich noch. Am Gründonnerstag und am Karfreitag war es strahlend gewesen, aber am Ostersamstag zogen Wolken auf und hier oben wehte ein scharfer Wind. Normalerweise brannten Fackeln vor dem Hotel, aber in dem Jahr hatten sie erst gar keine aufgestellt.»

Sie hatten ihre Mäntel an der Garderobe abgegeben und sich festliche Schuhe angezogen, die Herren schwarze, frisch polierte, die Damen elegante mit hohen Absätzen. Der Hoteldirektor hatte sie selbst zu ihrem Tisch begleitet und Tordis den Stuhl gehalten, ebenso wie er selbst es für Svanhild tat. Sie hatten wie immer einen Tisch am Fenster bestellt, so dass sie über die Eisenbahnschienen zum Ustevatn sehen konnten.

Es war kaum zufällig, dass Tordis die Aufmerksamkeit des Direktors zuteil wurde. Mit ihrem wallenden roten Haar, der hohen Brust und dem schimmernden Blick wurde sie wie selbstverständlich Gegenstand von Bewunderung wie auch Neid aus vielen Ecken des Speisesaals. Das eisgrüne, eng anliegende Kleid mit dem kühnen Ausschnitt verriet durch eine kleine geplatzte Naht, dass sie zwei Kinder geboren hatte, das Letzte vor knapp einem Jahr. Ihr Mann – dunkelblond, gute Figur und schick gekleidet – versuchte mit einer Mischung aus Phlegma und Irritation die bewundernden Blicke, die seiner Frau überall folgten, zu übersehen. Er hatte offenbar die Absicht, seine angeborene Eifersucht auch an diesem Abend im Zaum zu halten. Tordis war von Natur aus ein Flirt, aber soweit Harald Larsen wusste, hatte bis jetzt immer die gute Erziehung über die Natur gesiegt. Er befürchtete, Ansgar wäre zu vielem fähig gewesen, sollte sie einmal anders reagieren.

Du siehst so nachdenklich aus, Ansgar!, bemerkte er. Bedrückt dich etwas?

Nein, nein! Ansgar lächelte angestrengt. Es ist nur, wie sagt man? – Die dem Augenblick angeborene Melancholie?

Angeboren?, sagte Svanhild mit einem koketten kleinen Lächeln.

Und wer sagt das?, Kommentierte Tordis mit hochgezogenen Brauen.

Tja…

Er ließ seinen Blick über die anderen Tische wandern, nickte Bekannten zu und sortierte die Gäste des Hotels und die Hüttenbesitzer auseinander. Aber es nützte nichts. Egal wie lange er den Blick schweifen ließ, er kehrte immer wieder zurück an genau dieselbe Stelle, an den oberen Rand der glatten, elfenbeinfarbenen Schulter von Tordis Breheim.

Was für ein Anblick! Nicht dass es an Svanhild etwas auszusetzen gegeben hätte, abgesehen von ihrem etwas zu kurzen Körper, der sie aussehen ließ wie eine Puppe, die jemand in einem Kinderzimmer vergessen hatte. Aber Tordis… Svanhild ging als Unsichtbare durch die Welt. Tordis hingegen war ein Magnet für die Blicke der Männer – nicht nur für seine…

«Und was geschah?»

«Nach dem Essen wurde getanzt, und die Direktion hatte für die Ostertage ein Tanzorchester aus Bergen engagiert. Fragen Sie mich nicht, wie sie hießen, aber an den Saxophonisten erinnere ich mich noch, als sei es gestern gewesen.»

«Johan Hagenes?»

«Ja, später erfuhren wir auch seinen Namen.»

«War er so gut?»

«Das ist nicht der Grund, warum ich mich an ihn erinnere.»

Mit Tordis zu tanzen war etwas ganz anderes als mit Svanhild zu tanzen. Sie hatte immer zu schwer in seinen Armen gehangen, als sei sie ein Paket, das er über die Tanzfläche transportieren musste, koste es, was es wolle. Tordis dagegen schwebte wie eine Vogelfeder auf einem Windhauch, wie eine Wolke über den Himmel. Den Kopf etwas geneigt und ihren beweglichen Körper in leichtem Bogen gegen seinen hageren und sehnigen gedrückt, hängte sie ihren grünen Blick in seinen, wie ein Versprechen von etwas, das in der Realität unerreichbar war, ein Vertrag, der nie unterschrieben würde.

Aber an diesem Abend war sie anders gewesen, unaufmerksam und zerstreut, und als er versucht hatte, ihrem Blick dorthin zu folgen, wohin er ständig abglitt, landete er auf dem Podium. Es knisterte fast hörbar zwischen ihr und dem Saxophonisten, Signale flogen hin und her, schneller als die Finger des Musikers auf den Klappen seines Instruments auf und ab glitten. Bei Ansgar und – das musste er zugeben – auch in sich selbst spürte er jäh ein unbezähmbares Gefühl, einen blutigen Biss von Eifersucht, stärker als er es jemals zuvor empfunden hatte. Später hatte er gedacht, dass er einen Schatten dieser Eifersucht nie mehr wieder losgeworden war. Nicht zuletzt durch das, was dann geschehen sollte …

Hinterher hatte er versucht zu verstehen, was eigentlich abgelaufen war. Hatte sie diesen Mann vielleicht schon vorher gekannt? Oder hatte der Wahnsinn des Augenblicks sie erfasst? Konnte etwas anderes dahinter stecken, etwas zwischen Ansgar und ihr, von dem er niemals etwas erfahren würde? Auch das würde er niemals erfahren, das hatte er längst eingesehen …

Er hatte wieder mit Svanhild getanzt und mit einer Frau aus einer der Hütten weiter oben am Hang, jedoch ohne Tordis dabei ganz aus den Augen zu lassen, wie sie über den Boden schwebte, schwebte und schwebte, den Blick auf den Saxophonisten gerichtet, der «The one I love belongs to someone else» und «I'll be seeing you» und andere sentimentale Standardstücke aus dem Tanzmusikrepertoire spielte.

Als er das erste Mal bemerkte, dass sie weg war, machte das Orchester gerade Pause. Aber es war noch früh am Abend, und er nahm an, dass sie hinausgegangen war, um sich die Nase zu pudern, wie die Frauen es nannten, wenn sie hinausgingen und andere Dingen taten.

Aber sie war auffallend lange weg, und eine so große Nase hatte sie nun wirklich nicht. Ansgar hatte sich an die Bar gestellt, hatte mehr getrunken als gewöhnlich und war auffallend still gewesen.

Dann kam das Orchester wieder aufs Podium und plötzlich war auch Tordis wieder da, die Wangen stärker gerötet als sonst, und als er sie aufforderte, spürte er einen Hauch von Frost von ihren Fingern ausgehen, als sei sie draußen in der Kälte gewesen. Hast du frische Luft geschnappt?

Mmh.

In der nächsten Pause wiederholte sich das Ganze, und jetzt war auch Ansgar verschwunden. Svanhild sah ihn verwundert durch den Rauch seiner Zigarette hindurch an. – Wo sind sie denn hin, Harald?

Wie? … Wer?

Na, Tordis und Ansgar!

Sie verdrehte die Augen, aber wenig später bekamen sie die Antwort. Laute Stimmen ertönten aus der Eingangshalle. Durch den Lärm hindurch erkannten sie Ansgars Stimme, die immer wieder in Fisteltönen schrie. Als sie den Geräuschen nachgingen, trafen sie auf Tordis und Ansgar in hitziger Diskussion: Er immer noch brüllend, während sie alles daran setzte, ihn dazu zu bewegen, leiser zu werden. – Es war nicht so wie du glaubst!

Ach, nein? Hab ich es nicht mit meinen eigenen Augen gesehen? Du hast ihn geküsst!

Oh! Sag das nicht so …

Verzweifelt sah sie sich um. Er war ihrem Blick begegnet und einen Schritt vorgetreten, aber Svanhild hatte ihn zurückgehalten.

Das müssen sie selbst …

Ansgar gab der Garderobiere ein Zeichen, die schon ihre Mäntel geholt hatte. Jetzt ergriff er sie, warf sie sich über den Arm, stieß ihre Stiefel zum Ausgang und schob Tordis brutal in dieselbe Richtung.

Ansgar! Oh Gott, Wie kannst du so …

Raus! Raauuus!

Der Hoteldirektor trippelte hinter ihnen her, den anderen Gästen verzweifelte Blicke zuwerfend. Er griff ihre Stiefel und folgte ihnen in den Windfang im Eingangsbereich. Dort blieben sie stehen und versuchten sich zu einigen. Tordis' Blick strebte immer wieder in die Eingangshalle, und es lag eine so dunkle Verzweiflung darin, dass er noch einen weiteren Schritt vortrat.

Er hatte auf Svanhild hinuntergesehen. Meinst du nicht, wir sollten mit ihnen gehen?

Nein, Harald! Das geht uns nun wirklich nichts an! Damit müssen sie allein fertig werden, hatte sie geantwortet und ihn dann endgültig in den Speisesaal zurückgezogen, zu dem Tisch am Fenster, der plötzlich wie eine verlassene Insel im Stillen Ozean wirkte, so umgeben von stummen und dennoch sprechenden Blicken, so allein saßen sie den Rest dieses seltsamen Abends…

Nach einer Weile kam das Orchester wieder auf das Podium, der Saxophonist zuletzt, so spät, dass die ersten Töne des ersten Songs schon erklangen, als er die Bühne betrat.

Als Svanhild und er nach Hause gingen, nach Mitternacht, war es in der Hütte von Tordis und Ansgar völlig dunkel. Am Ostersonntag trafen sie die beiden auf einer Loipe in Richtung Skarven, als sei nichts geschehen, und später wurde die Episode nie mehr erwähnt, von keinem von ihnen. Bis zu den tragischen Ereignissen 1957, als Svanhild und er einander am Frühstückstisch angesehen hatten, nachdem sie die Meldung in der Zeitung gelesen hatten. Oh, mein Gott, war das nicht der Saxophonist?

Doch…

«Soll das heißen… Haben Sie von Breheim niemals eine Erklärung bekommen?»

«Wir haben nie wieder darüber gesprochen, Veum. Mit keinem Wort!»

«Was also zwischen Ostersamstag 1956 und jenem Tag im September 1957 passiert sein mag, davon wissen Sie nichts?»

«Nein, was gäbe es da auch zu wissen? Jeder kann sich den Rest der Geschichte ja zusammenreimen!»

«Und was war Ostern in dem Jahr? 1957, meine ich.»

Sein Blick schweifte in die Ferne. «Ich erinnere mich vage, aber… Ein anderes Orchester spielte unten im Hotel, und außerdem… Tordis und Ansgar blieben an dem Abend zu Hause, ohne dass sich einer von ihnen verpflichtet gefühlt hätte, uns eine Erklärung dafür zu geben, warum sie mit unserer Tradition brachen. Das war aber auch nicht wirklich nötig.»

«Nein.»

Ich sah mich in der leeren Hütte um. Also hier waren sie stattdessen gewesen, am Ostersamstag 1957. Vielleicht hatten sie eine Flasche Wein getrunken. Ansgar hatte sich ein Glas Whisky genehmigt oder zwei, sie einen dünnen Likör, während sie versucht hatten, so wenig wie möglich an das zu denken, was im Jahr zuvor geschehen war, und was – nach allem, was ich wusste – noch immer gärte zwischen Johan Hagenes und ihr. Ein klassisches Dreieck, dessen eine Spitze irgendwo draußen im Dunkeln war. Ein halbes Jahr später waren zwei von ihnen tot.

«Und nun?» Harald Larsen sah mich inquisitorisch an.

«Tja … Es ist ja ganz offensichtlich niemand hier.»

«Also dann …»

Noch einmal sah ich mich um, aber es hatte nicht den Anschein, dass er mich allein lassen wollte. Vielleicht störte ich durch meine bloße Anwesenheit schon die Erinnerungen an die, die einmal hier gewohnt hatten. Schließlich zuckte ich mit den Schultern. «Tja, dann werde ich wohl einfach – wieder fahren.»

Er nickte, offenbar zufrieden mit meiner Schlussfolgerung.

Wir schalteten das Licht aus und traten hinaus. Er sah mir beim Abschließen zu. Ein paar einzelne Schneeflocken legten sich wie Schuppen auf meine Schultern. Der Himmel über Ustaoset war grau und fahl. Es war an der Zeit, zum Bahnhof zurückzugehen.

«Die Hütte da drüben ist unsere», sagte er, als wir auf die Straße oberhalb der Häuser kamen und zeigte auf eine niedrige, teerfarbene Blockhütte, die der der Familie Breheim nicht unähnlich war.

«Sie war offenbar eine starke Persönlichkeit, Tordis Breheim, oder?», fragte ich, bevor wir uns verabschiedeten.

Wieder glitt sein Blick in die Ferne, und es schien, als striche ein unsichtbarer Windhauch über sein Gesicht. «Ich kann Ihnen eines sagen, Veum. Ich habe mit Svanhild mein ganzes Leben verbracht, aber sogar jetzt noch, nachdem sie beide tot sind, Tordis sogar schon seit sechsunddreißig Jahren, denke ich öfter an sie. An Tordis, meine ich.»

Ich sah ihn stumm an, in Erwartung einer Fortsetzung.

Seine Augenwinkel waren feucht geworden, aber er sagte nichts mehr, und mit einem festen Händedruck trennten sich unsere Wege. Er ging zurück zu seiner Hütte; ich hinunter zum Bahnhof.

II

Als der moderne Mensch, der ich war, hatte ich mich auf einen Aufenthalt im Speisewagen auf der Rückfahrt nach Bergen gefreut. Aber so etwas gab es in den Zügen tagsüber nicht mehr, und das stärkste, was sie von ihren Rollwägelchen servierten, war Coca-Cola. Ich nahm noch ein paar Pappbecher Kaffee dazu; einen in jeder Pfote war eine meiner festen Lebensregeln. Ich kam sturznüchtern und mit dem besten Gewissen der Welt nach Hause. Um mich dessen zu entledigen, schenkte ich mir ein Schnapsglas voll Aquavit ein, bevor ich wieder bei Berit Breheim anrief.

Sie war sofort dran. «Hallo?»

«Hier ist Veum.»

«Und?»

«In Ustaoset waren sie auch nicht.»

Sie antwortete nicht.

«Und Sie haben noch immer nichts gehört?»

«Nein.»

«Ist es denn dann nicht langsam Zeit, die Polizei einzuschalten?»

«Das hatten wir schon, Veum. Ich habe nicht vor, mich lächerlich zu machen, am wenigsten vor der Polizei.»

«Und wenn… Sie muss doch gute Freundinnen gehabt haben, oder? Jemanden, dem sie sich anvertraut hat?»

«Bodil?»

«Ja.»

«Na ja, die hatte sie vielleicht. Aber ich bin keiner vorgestellt worden. Wir waren, wie ich schon versucht habe, Ihnen zu erklären, nicht so eng verbunden, im Alltag.»

«Okay, das begreife ich langsam. Aber ihre Stiefmutter, oder einer ihrer Halbbrüder? Die könnten vielleicht etwas wissen.»

«Das glaube ich kaum.»

«Meinen Sie, ich brauche es gar nicht erst zu versuchen?»

Sie zögerte. «Nur wenn Sie meinen, dass es sein muss.»

«Die Frage ist doch, ob es für Sie sein muss. Ich versuche nur, eine Aufgabe zu lösen, die Sie mir gestellt haben.»

«Ja, ich … tut mir Leid, Veum, aber ich bin … Ich bin gerade ganz woanders mit meinen Gedanken. Dieser Fall, an dem ich arbeite … Kein einfacher Fall, kann ich Ihnen versichern, für eine Frau.»

«Ach nein?»

«Nein. Aber tun Sie, was Sie wollen, und rufen Sie mich an, sobald Sie mehr wissen.»

Ich hob stumm mein Glas. «Dann wünsche ich Ihnen Glück mit Ihrem Fall.»

«Ich danke Ihnen. Gute Nacht.»

«Gute Nacht.»

In dieser Nach schlief ich schlecht. Ein paar Kilometer entfernt schlief Karin Bjørge in ihrer eigenen Wohnung. Ich war einundfünfzig, Vater eines Sohnes von fast zweiundzwanzig und mit einer Lebensgefährtin aus Løten, aber ich selbst hatte, seit Beate mich 1973 verlassen hatte, mit niemandem mehr zusammengelebt. Mit Karin hatte sich eine Form von Zusammenleben entwickelt, die Trendforscher vielleicht «Eigenwohner» nennen würden. Es war eine Beziehung, die uns beiden gut passte. Sie brauchte nicht meine Schmutzwäsche zu waschen, und ich hatte keine anderen Rechnungen zu bezahlen als meine eigenen.

Andererseits … In Nächten wie dieser, wo heftiger Regen gegen die Fenster peitschte und ich den Kopf voller verwirrender Gedanken hatte, wäre es schön gewesen, einen warmen, runden Rücken zu haben, an den ich mich schmiegen konnte, einen anderen Körper, den ich umarmen und einen Nacken, gegen den ich zaghaft atmen konnte, um sie nicht zu wecken.

Amor ist ein tollpatschiger Planer, ein impulsiver Wirrkopf und ein Kapriolendreher von Gottes Gnaden. Wenn man jung ist, schießt er die ganze Zeit wild um sich, bis man einem Nadelkissen voller fehlgeleiteter Pfeile gleicht. Dieser brünstige junge Welpe hat eine Binde vor den Augen und Watte in den Ohren. Er sieht weder, wo er hinzielt, noch nimmt er die Schmerzensschreie von all den Fehlschüssen wahr. Im reiferen Alter wird der Abstand zwischen den Treffern größer. Man treibt sich nicht mehr ständig in der Schusslinie der Liebe herum, aber wenn er dann trifft – blind, wie immer –, kann es umso schmerzhafter sein. War es das, was Tordis Breheim und Johan Hagenes erlebt hatten? War es ein solcher Schmerz, der sie zu dem geführt hatte, was Berit Breheim einen Todespakt genannt hatte? Ein letzter Ausweg, ein Sprung ins ewig Leere, wo alles und nichts sie erwartete? Hatte dieses Ereignis so lange Schatten geworfen, dass es noch sechsunddreißig Jahre später Konsequenzen nach sich zog – für Tordis Breheims Tochter, Bodil, und ihren Mann, Fernando Garrido?

Sollte ich vielleicht in den Quellen nach weiteren Angaben zu den Ereignissen dieser Septembernacht 1957 suchen? War eine dieser Quellen vielleicht Hallvard Hagenes? Hatte die Polizei irgendwelche Unterlagen über den Fall? Konnte ich noch andere fragen? Was war mit dem anderen Auftrag, den ich bekommen hatte, auch der in Verbindung mit Trans World Ocean? War das nur ein Zufall, oder hatte auch es mit Fernando Garridos und Bodil Breheims Verschwinden zu tun? Aber zuallererst: Wo in aller Welt waren sie? Hatte ich etwas übersehen? Bei ihnen zu Hause? In den Hütten in Hjellestad und Ustaoset?

Gegen vier Uhr stand ich auf, ging in die Küche, schenkte mir ein Glas Wasser ein, ging zum Küchenfenster und sah hinaus. Ein dunkler Schatten schlich sich an der gegenüberliegenden Hauswand entlang: eine Katze auf nächtlichen Freiersfüßen oder Amor in Verkleidung?

Es lag eine demonstrative Ruhe über der Stadt, eine Illusion, die bald zerstört werden würde; spätestens wenn die ersten Busse durch die Straßen rollten und der Morgenverkehr wie eine düstere Dünung durch die Straßen der Stadt wogte. Ein Tidenhub, der alles mit sich riss: dunkle Erinnerungen, unangenehme Gedanken und schlaflose Nächte …

Ich ging wieder ins Bett und bekam schließlich noch ein paar Stunden blinden Schlaf. Als ich mich später ins Büro aufmachte, musste ich es dennoch einsehen: Es war ein typischer Montagmorgen mit einem grauen Filter vor den Augen und Schwielen an der Seele.

Ich hatte zwei Namen auf meiner Liste. Bernt Halvorsen und Hallvard Hagenes.

Ich kochte mir eine Kanne frisch gemahlenen, starken Kaffee. Als ich die erste Tasse trank, war mir, als würde sich ein Stahlnetz um meine von der schlaflosen Nacht angesengten Nerven legen. Ich stand von meinem Stuhl auf und lief rastlos im Zimmer auf und ab, raufte mir die Haare und mein Blick flackerte. Ich ging zum Schreibtisch und öffnete die linke untere Schublade. Dort rollte ihr einziger Inhalt, die blanke Aquavitflasche, herum. Ich schluckte schwer. Die Wahl fiel leicht. Entweder sie oder das Auto.

Vielleicht war es ein Zeichen von Reife, dass ich mich selbst besiegte. Ich wählte das Auto und fuhr zur TWO nach Kokstad, ohne Termin. Ein Blindschuss, würden manche sagen. Aber dann waren wir immerhin zwei – Amor und ich.

12

Es war derselbe gut gebaute Schrankenwärter, der mich empfing. Sein wachsamer Blick verriet, dass er mich nicht vergessen hatte und sich dieses Mal nicht verplappern würde. Außerdem hatte niemand Zeit, um mit mir zu sprechen, am wenigsten der Herr Direktor.

Ich beugte mich vertraulich über die Schranke. «War wohl Knoblauch im Essen, gestern, was?»

«Häh?» Das reichte schon, um ihn aus der Ruhe zu bringen.

«Seien Sie so nett und erzählen Sie Herrn Halvorsen dasselbe, was Sie am Freitag Herrn Kristoffersen gesagt haben. Wenn er nicht mit mir reden will, dann kann er sich auf Besuch von der Polizei freuen. Sein Ferrari ist identifiziert worden, können Sie ihm sagen.»

«Sein Ferrari ist identifiziert worden?»

«Sind das etwa zu viele Worte?»

Er sah mich grimmig an, wählte eine interne Nummer und gab die Mitteilung weiter. «Mmh? Mmh», sagte er in den Hörer. Als er aufgelegt hatte, heftete er seinen Blick wieder auf mich. «Direktor Halvorsen bittet Sie zu warten, er wird sehen, was sich …»

«Er wird sehen? Wonach denn?»

Mit einem zahmen Lächeln nickte er zu einer Ledersitzecke vor der Sicherheitsschleuse. Auf einem Tisch lag eine Auswahl an Zeitschriften und Zeitungen über Schifffahrt und Wirtschaft. Das war so ungefähr das Gegenteil von meiner Lieblingslektüre, aber ich setzte mich trotzdem, griff nach der nächsten Drucksache und begann, darin zu blättern. Als ich etwas aufschlug, das an eine Börsentabelle erinnerte, suchte ich nach den Reedereiaktien von Trans World Ocean. Soweit ich die Zahlen durchschaute, lag ihr Kurs ziemlich weit unter dem der Branchenkollegen. Ich ging davon aus, dass man das als schlechtes Ergebnis zu betrachten hatte. Danach las ich einen Artikel, auf welche Aktien ich setzen sollte, falls ich das Geld dafür hätte. Dachten sie dabei vielleicht an die eintausendfünfhundert Kronen Gewinn, die ich im letzten Jahr gemacht hatte?

Ich seufzte tief und sah mich um. Nichts, womit man sich hätte beschäftigen können. Ich stand auf und ging wieder zur Rezeption. Zumindest konnte ich ja mal versuchen, wie weit ich den Wärter treiben konnte. «Sagen Sie …»

Er sah grimmig von der ersten der zehn Seiten über den Fußballclub Brann in der lokalen Boulevardzeitung auf.

«Was hält den Herrn Direktor denn auf? Repariert er gerade das Ertragsminus des letzten Jahres oder ist er dabei, ein neues zu Wasser zu bringen?»

Er unterdrückte ein Gähnen. «Er wollte schauen, wann er Zeit hätte.»

«Ja, aber er müsste jetzt verdammt noch mal doch wohl fertig geschaut haben, oder? Rufen Sie an, bestellen Sie ihm einen Gruß von mir und sagen Sie ihm, dass es mit Brann in dieser Saison auch den Bach runtergehen wird. Er kann die Zeitung weglegen.»

«Glauben Sie wirklich?»

«Was?»

«Dass es dieses Jahr den Bach runtergeht?» Er sah aus, als hätte ich ihm erzählt, seine Großmutter läge im Sterben.

«Sie haben gestern gegen Fyllingen 2 zu 1 verloren, oder? Brauchen

65

Sie ein noch sichereres Zeichen?» Ich zeigte auf das Telefon. «Wähl, wähl. Klingel, klingel.»

Merkwürdigerweise tat er, worum ich ihn gebeten hatte. Nur kam dabei nichts Gutes heraus, weder für ihn noch für mich. «Aber er hatte doch», versuchte er die Maschinengewehrsalve von Halvorsen zu unterbrechen. «Das habe ich ihm gesagt! – Ja, gut, okay!»

Er knallte den Hörer auf, dunkelrot im Gesicht. Bevor er etwas sagte, nahm er sich sichtbar zusammen, atmete mehrmals tief ein und aus – wie er es beim Betriebspsychologen gelernt hatte – und konzentrierte sich darauf, nicht die Telefonzentrale zu zertrümmern. Als er endlich sprach, war seine Stimme verkniffen gepresst. «Veum …»

«Das bin ich.»

«Herr Direktor Halvorsen hat mich gebeten, Ihnen folgende Mitteilung zu machen: Da Sie es offenbar so eilig haben, sei er gezwungen, Sie zu bitten, ein anderes Mal wieder zu kommen.»

«Mit anderen Worten, er zieht die Polizei mir vor?»

«Dazu – hat er nichts gesagt.»

Ich fluchte innerlich. Entweder hatte er schlicht und einfach zu viel zu tun, oder er hatte mich durchschaut: Was hatte ich schon in der Hand, um damit zur Polizei zu gehen?

Ich versuchte, das Beste aus der Situation zu machen. «Dann beantworten Sie mir doch bitte eines!»

Er sah mich abweisend an. «Und was sollte das sein?

«Wann wird die *Seagull* in Utvik erwartet?»

«*Die Seagull?*» Er drückte auf ein paar Tasten und betrachtete den Monitor. Dann fiel ihm sein neuer Vorsatz wieder ein und er unterbrach sich selbst und wurde stumm wie eine Seifenschale.

Ich griff nach der einzigen Seife, die drin lag. «Utvik in Sveio.»

«Ja, ja. So viel hab ich auch begriffen.»

Ich gönnte mir einen Augenblick des Triumphes. Jetzt hatte ich jedenfalls etwas für Torunn Tafjord.

Er sah mich grimmig an. «Sie verstehen ja wohl, dass ich Ihnen da keine Auskunft geben kann?»

«Und warum nicht?»

«Solche Dinge erzählen wir nicht jedem.»

«Tja, aber wo Sie jetzt sowieso wieder auf den Arbeitsmarkt treten müssen...»

«Wie bitte?» Wieder war er dabei, überzukochen. Die Betriebspsychologin hatte noch ein gutes Stück Arbeit vor sich, bevor sie mit ihrem Ergebnis zufrieden sein konnte. Er stand in seiner ganzen Breite auf und zeigte auf den Eingang. «Da ist der Ausgang!»

«Begleiten Sie mich? Ich könnte Ihnen ein paar gute Ratschläge geben...»

Er sah aus, als würde er gleich über die Schranke hüpfen, und mir fiel plötzlich ein, dass ich an diesem Tag noch einige Aufgaben zu lösen hatte. Es würde keinen Sinn machen, ihn in der Notfallambulanz zu verbringen.

Ich hob die Hand zu einem abwehrenden Gruß. «Rufen Sie mich einfach an. Ich habe gute Verbindungen zum Arbeitsamt.»

Aber ich wartete die Antwort nicht ab. Ich war schon auf dem Weg nach draußen.

13

Der April ist ein unberechenbarer Monat. Es gibt Tage, da liegt ein Silberschimmer in der Luft, Tage, die sind so klar und durchsichtig, als wären sie aus Glas, auf den Fensterscheiben eine sich spiegelnde Sonne. Es gibt Tage mit Frost und Schnee, der schnell in Regen übergeht, mit Nordwind, der schräg um die Häuserecken schneidet und einem mit seinem Frostatem bis auf die Knochen dringt. Und es gibt Tage wie diesen, mit einer messerscharfen Sonne und Wolken, die verspielt wie neugeborene Lämmer über die Wiese dort oben tollen.

Rosegrenden liegt wie ein unter Naturschutz gestellter kleiner Flecken mit weiß gestrichenen Häusern aus dem 19. Jahrhundert zur stark befahrenen Sjøgaten hin. Durch dieses kleine Viertel war früher die Landstraße von Helleneset und den Distrikten vor Bergen verlaufen, damals, als die Menschen zu Fuß gingen oder ritten oder einen Pferdekarren benutzten, um in die Stadt zu kommen. Es war keine besonders breite Straße gewesen. Die meisten hatten sowieso das Schiff genommen.

Das kleine Viertel bestand aus kleinen Holzhäusern, aber nicht die Rosenbüsche, die die Hauswände schmückten, hatten ihm den Namen gegeben. Man hatte es nach einem gewissen Skipper Rose, Gott hab ihn selig, benannt, der gegen Ende der zwanziger Jahre des 19. Jahrhunderts eines der Häuser zum Sandviksveien gebaut hatte.

Das Haus, in dem Hallvard Hagenes wohnte, lag mitten im Rosesmuget. Die Eingangstür war schwarz gestrichen. Neben der Klingel war sein Namensschild hinter einer kleinen Plexiglasscheibe befestigt. Schon von draußen hörte ich sein Saxophon. Ich blieb eine Weile stehen und hörte zu, ohne die Melodie richtig identifizieren zu können. Es klang wie freie Assoziationen, aber das Grundmuster trat klar hervor, und zwischendurch gab es Strophen, die vertraut schienen.

Ich wartete auf eine Pause in den Improvisationen. Am unteren Teil der Straße stand eine Kombination aus restaurierten Lagerhäusern und neueren Industriebauten. Ein gleichmäßiger Strom von Autos und Bussen floss durch die Sjøgaten, aber draußen auf dem Fjord war nicht viel Leben zu sehen. Es hatte sich vieles verändert, seit es den neuen Rosengrenden gab.

Als Hallvard Hagenes endlich fand, dass es Zeit sei, eine Pause zu machen, lehnte ich mich gegen die Klingel. Gleich darauf füllte er die Türöffnung mit seiner ganzen lang gestreckten Gestalt aus. «Ja?»

Ich konnte sehen, dass er vergeblich versuchte, herauszufinden, woher er mein Gesicht kannte. «Ich bin Varg Veum. Sie haben mich möglicherweise am Samstag im Den Stundesløse gesehen.»

«Ja… Genau.» Es dämmerte ihm offensichtlich schwach. «Und was kann ich für Sie tun?»

«Ich bin Privatdetektiv, und ich versuche herauszufinden, wo Bodil Breheim und ihr Mann Fernando Garrido geblieben sind.»

«Bodil? Was soll das bedeuten? Wo sie geblieben sind?»

«Sollten wir das nicht vielleicht drinnen besprechen?»

Er sah auf seine Uhr. «Ich habe gleich Dienst. Fahre Taxi.»

«Aber – bis dahin vielleicht?»

«Na gut, okay.» Er trat zurück in den kleinen Flur und führte mich schnell in die inneren Gemächer: Eine Küche und ein Wohnzimmer

68

mit angrenzender Schlafkammer, die aber jetzt offenbar als eine Art Büro genutzt wurde. Ein Monitor leuchtete mir entgegen. Auf dem, was als Schreibtisch diente, sah ich Stapel mit unbezahlten Rechnungen, Notenblätter, ein paar Bücher und eine Hand voll Zeitungsausschnitte, dem obersten nach zu urteilen waren es Konzertkritiken. Im Treppenhaus hatte ich eine schmale Treppe gesehen, die auf den Boden führte. Ich nahm an, dass er dort sein Schlafzimmer hatte. Es war nicht sehr komfortabel, besonders für einen Mann mit seinen Maßen. Für eine Lebensgefährtin war hier definitiv kein Platz.

Er wies mich auf einen der beiden altmodischen Lehnsessel, nahm das Saxophon von dem anderen herunter, legte es sanft auf dem kleinen Sofa ab, das zusammen mit dem dunkelbraunen Sekretär und dem runden Tisch das gesamte Mobiliar ausmachte. «Ich fürchte, ich habe keine Zeit, um Kaffee aufzusetzen.»

«Das macht nichts. Wir können gleich zur Sache kommen. Woher kennen Sie Bodil Breheim?»

«Kennen…» Er fuhr sich mit der Hand durchs Haar und seine Nasenflügel zitterten leicht. «Es war eigentlich ihre Schwester, mit der… Vor vielen Jahren.»

«Berit?»

«Ja. 1972. Wir waren beide aktiv in der Bewegung gegen die EG, und… ja.»

Berit Breheim war eine attraktive, rothaarige Jurastudentin von einundzwanzig Jahren gewesen. Er selbst war ein schlaksiger Siebzehnjähriger, der das Langhaugen-Gymnasium besuchte und als Fünfter in der Rockgruppe Fiskerjenten Sax spielte, die nach der Sängerin benannt war, Astri Hauso, die aus Nautnes i øygarden kam und die Kunstlinie besuchte. Sie machte die Texte, in klangvollem Dialekt und so anti-EG-mäßig, wie es zu der Zeit erwartet wurde: *EG, warum sterben deine Schafe? – EG, warum verrottet dein Vieh? – Wann wirst du die Augen aufmachen? – Kann mir das jemand erzählen?*

Er war ihr zum ersten Mal bei einer Demonstration im September begegnet, als sie nebeneinander auf dem Marktplatz standen, während Arthur Berg, Hallvard Bakke und Rune Fredh jeweils ihre kurzen Appelle vom Stapel ließen. Er hatte das Saxophon in einem Instrumentenkasten über der Schulter getragen, weil Fiskerjenten während der Versammlung im Gamle Folkets Hus nach der Demonstration spielen sollte, und in einer Pause zwischen zwei Aufrufen hatte sie leicht an den Kasten geklopft und gefragt: Was hast du da drin? Ein Maschinengewehr?

Ein Saxophon. Linkisch wie er war, hatte er ihr die Hand entgegengestreckt. Hallvard Hagenes. Hallo.

Sie hatte ihn erstaunt angesehen. Was hast du gesagt? Hagenes?

Ja, wieso?

Egal, ich dachte nur so …

Hinterher hatte er die ganze Zeit ihren Blick gespürt, aber wenn er sich zu ihr umdrehte, schaute sie weg, und später – im Gamle Folkets Hus – hatte er sie im Saal gesehen, während sie spielten, und danach, als sie fertig waren, hatte sie ihm von Weitem zugewinkt, während er ganz hinten im Raum ein Bier trank. Ein paar Tage später war er im Büro der Volksbewegung auf sie gestoßen, wo sie auf dem Boden lag und mit einem Filzstift die Plakate für die bevorstehende Demonstration des Tages beschrieb. Haste Lust, mir zu helfen? Sie hatte mit großen Augen lange zu ihm aufgesehen. Er hatte Lust.

«Von da an waren wir zusammen.»

«Berit Breheim und Sie?»

«Ja.»

«Sie waren siebzehn und sie einundzwanzig?»

«Sie können sich ja denken, wie das war. Einundzwanzig! Aus meiner Perspektive war sie eine reife Frau, und – sie wurde die Erste.»

«Sie haben miteinander geschlafen?»

Er nickte. «Das taten doch alle zu der Zeit, oder nicht?»

«Naja … Vielleicht.»

«Aber Sie waren wohl zu alt dafür.»

«Ich war über das Welpenstadium hinaus, sozusagen.»

«Aber jetzt muss ich …» Er zeigte auf die Uhr und erhob sich zu seiner vollen Größe.»

«Aber wir haben ja nicht einmal … Wo steht Ihr Wagen?»

«Unten am Sandvikstorget. Ich muss jedenfalls da runter. Trond, der andere Fahrer, wartet sicher schon auf mich. Wenn ich nicht pünktlich bin, wird der Chef sauer, und er kontrolliert mich in regelmäßigen Abständen», erklärte er auf dem Weg nach draußen. «Wir können da unten weiterreden. Es ist nicht sicher, dass ich sofort eine Fuhre bekomme.» Er schloss die Tür hinter uns ab, und wir gingen zum Sandviksторget.

Er wechselte das Thema. «Aber als Sie kamen, da haben Sie gesagt… Ist Bodil wirklich verschwunden?»

«Jedenfalls ist sie weg. Wann haben Sie sie denn getroffen?»

«Das erste Mal?»

«Ja.»

«Oh Gott. Das ist lange her.»

«Ach ja?»

«Damals ist nichts passiert, wenn Sie das meinen.»

«Ich meine gar nichts.»

«Das war – einige Zeit später.»

«Wir befinden uns immer noch im Jahre 1972?»

«Ja. Berit und ich waren schon seit einigen Monaten zusammen, und… Es war ziemlich anstrengend gewesen, kann ich Ihnen sagen. Nachdem der EG-Kampf vorbei war, hatte sie noch mehr Zeit für – uns. Oder für mich eben. Mit der Arbeit für die Schule und Fiskerjenten noch dazu… Ich war in der zweiten Gymnasialklasse, und ich bekam absolut nicht immer den Schlaf, den ich brauchte. Jedenfalls gingen meine Noten in den Keller.»

Es war kurz vor Weihnachten gewesen, und sie hatte ihn feierlich angesehen. Am Sonntag bist du bei uns zu Hause zum Essen eingeladen.

Häh? Zum Essen?»

Ja. Findest du das blöd?

Nein, nicht blöd, aber… Deine Eltern kennen lernen, meinst du?

Meinen Vater und meine Stiefmutter.

Deine Mutter ist tot?

Sie hatte ihn merkwürdig angesehen. Wusstest du das nicht?

Nein. Das hast du mir nicht erzählt.

Aber ich habe dich doch nach deinem Onkel gefragt, der auch Saxophon gespielt hat.

Onkel Johan, ja.

Der gestorben ist…

Bei einem Autounfall.

71

Meine Mutter saß im selben Auto.

Was? War das deine Mutter, die ...

Sie hatte ihn lange angesehen. Haben sie dir zu Hause nie erzählt, was damals passiert ist?

Doch, aber nicht ... Es wurde nie ein Name genannt. Einen Todespakt haben sie es genannt, das zwischen Onkel Johan und einer Frau, die er kennen gelernt hatte ...

Einen Todespakt! So haben sie es erklärt?

Ja. Ein doppelter Selbstmord, begangen von zwei Menschen, die auf Abwege gekommen waren ...

Ein Todespakt ...

Wir waren am Sandvikstorget angekommen, wo ein schwarzer Mercedes mit Taxischild auf dem Dach wartete. Hallvard Hagenes tauschte ein paar Informationen mit seinem Kollegen aus, einem fettleibigen Kerl mit nervösem Aussehen, nach viel zu vielen Stunden hinter dem Steuer, mit schwarzem Kaffee und bitteren Zigaretten als einzigem Wachmacher. Dann setzte er sich selbst ans Steuer, loggte sich ins System ein und gab mir ein Zeichen, dass ich mich neben ihn setzen könnte.

«Da begriffen Sie also das erste Mal, dass sie mehr von Ihnen wusste, als Sie ahnten?»

Er nickte.

«Was hat das bei Ihnen ausgelöst?»

«Es war ja eine schockierende Geschichte. Der doppelte Selbstmord, meine ich.»

«Ja.»

«Tja, ich musste ja nachfragen, ob sie sich deshalb für mich interessiert hatte. Als sie hörte, wie ich hieß.»

«Und was sagte sie dazu?»

«Na ja, sie hat es zugegeben. Dass es am Anfang so gewesen sei. Aber später hätte sie mich – gemocht.»

«Und wie war es, ihren Vater und ihre Stiefmutter kennen zu lernen?»

«Es wurde eine eigenartige Geschichte ...»

Er hatte sich wie ein Debütant auf einem Tanzschulball gefühlt. Die Familie Breheim wohnte in einem herrschaftlichen Haus im Südmannsvei, und ihre beiden Halbbrüder, zwölf und acht Jahre alt, waren wie Äffchen durch den großen Garten getobt, kichernd und grinsend, als sie ihn sahen. Sie konnten beim Essen kaum still sitzen. Ihre Schwester, Bodil, war auf ihrem Zimmer geblieben und hatte sich nur widerstrebend zum Essen herunterholen lassen. Bei Tisch saß sie mürrisch da und starrte die ganze Zeit auf ihren Teller; er war an diesem Sonntag kaum ihrem Blick begegnet. Breheim selbst sah aus, als hätte er wenig übrig für diesen Jungen, den seine älteste Tochter ins Haus gebracht hatte, während die Stiefmutter – eine dunkelhaarige Frau mit niedlichen, fast puppenhaften Gesichtszügen – ihr Bestes tat, um die Konversation in Gang zu halten, ohne dass sie besonders darauf reagiert hätten. Frau Breheim war noch keine vierzig; sie war sieben Jahre jünger als ihr Mann und «mehr wie eine große Schwester für mich als eine Mutter», hatte Berit ihm erzählt. Auch Berits Blick hatte er während des Essens nicht einfangen können. Sie hatte die ganze Zeit zu ihrem Vater gesehen, als erwartete sie eine Reaktion von ihm. Im Nachhinein war ihm die ganze Mahlzeit wie ein Albtraum vorgekommen. Ihm war der kalte Schweiß ausgebrochen; das Steak war in seinem Mund hart und trocken geworden, und er hatte kaum schlucken können. Als sie endlich wieder draußen waren, mehrere Stunden später, hatte er zu sich selbst gesagt: Nie wieder… Nie wieder!

«Und in gewisser Weise behielt ich Recht. Ich sah keinen von ihnen jemals wieder. Außer Berit, natürlich. Und dann Bodil. Aber das war…»

Plötzlich gab sein Computer Laute von sich. Eine Meldung tickte auf der Papierrolle hervor. Er wartete, bis sie beendet war, riss dann den Papierstreifen ab und las. «Okay, Veum. Jetzt habe ich eine Fuhre.» Er tippte eine Bestätigung ein und nickte zur Tür auf meiner Seite.

«Aber… Kann ich Sie nicht vielleicht später irgendwo telefonisch erreichen? Wir sind ja noch kaum zur Sache gekommen.»

Er schaltete in den ersten Gang und sah mich ungeduldig an. «Die Sache mit Bodil, meinen Sie? Davon habe ich keine Ahnung!»

Ich erwiderte seinen Blick. «Ach nein?»

«Aber – na gut.» Er ratterte eine Nummer herunter. «Das ist die vom Wagen hier. Versuchen Sie's.»

Ich öffnete die Tür und stieg aus. Bevor ich sie wieder zuschlug, beugte ich mich hinunter und sagte: «Nur eines noch. Sie wüssten nicht zufällig jemandem aus dem Jazzmilieu, mit dem ich über Ihren Onkel sprechen könnte?»

Er dachte einen Augenblick nach. «Rufen Sie doch Lasse Tydal an. Vielleicht kann er Ihnen einen Tipp geben. Aber jetzt muss ich los, Veum!»

«Dann fahren Sie!»

Ich schlug die Tür zu, und er parkte schnell aus. Bevor ich noch meinen eigenen Wagen aus der Parklücke manövriert hatte, war er verschwunden. Ich fuhr ins Zentrum, parkte im Markveien und ging wieder in mein Büro. Es standen noch immer die gleichen Namen auf meiner Liste.

14

Was mag ein Mann wie Lasse Tydal treiben, wenn er nicht Saxophon spielt?, fragte ich mich. Und dann noch an einem Montagmorgen?

Ich schlug im Telefonbuch nach und versuchte auf gut Glück, ob er zu Hause war. Das war er nicht. Aber seine Frau war da. «Lasse? Der ist im Büro», sagte sie.

«Und wo ist sein Büro?»

«Beim Finanzamt Bergen.»

Oh Scheiße. Wer konnte denn ahnen ...

«Er ist Sachbearbeiter», fügte sie hinzu, als klänge das weniger gefährlich.

«Ich danke Ihnen.»

Ich öffnete die linke untere Schublade, holte die Flasche hervor, schraubte den Verschluss ab und sog den unverkennbaren Geruch von Kümmel tief in die Lungen ein, um Mut zu sammeln, bevor ich die Nummer des Finanzamtes wählte. Aber ich hätte ganz entspannt sein können. Erstens hing ich zehn Minuten lang in der Warteschleife, bis ich endlich einen lebendigen Menschen an den Apparat bekam, und zweitens war die Dame, die sich dann meldete, definitiv eine der liebenswürdigsten der Stadt, und sie hatte überhaupt nichts dagegen, mich weiter durch das System zu schleusen.

«Tydal.»

«Veum.»

«An einem Montag…»

«Es hat mir eben gefallen, was ich am Samstag gehört habe.»

«Das freut mich, Veum, aber was kann ich heute für dich tun?»

«Du hast gesagt, du hättest Johan Hagenes gekannt.»

«Na ja – gekannt… Aber, doch. Wir waren ungefähr gleich alt, und ein paar Mal haben wir im selben Orchester gespielt. In der Saxophongruppe von Kjell Tombra Anfang der Fünfziger, als wir man grade zwanzig waren. Aber dann gingen wir getrennte Wege. Haben in unterschiedlichen Gruppen gespielt, er meistens mit einer, die sich Blåmanden nannte, ich mit diversen anderen, im Golden Club drüben im Industriehaus. Und dann passierte ja das mit Johan und dieser Frau, und ich selbst ging über die Grenze und hab da mein Glück versucht. Bin erst 1977 zurückgekommen.»

«Und direkt zum Finanzamt?»

«Du, ich hatte die Ausbildung, und ich hab hier schon gearbeitet, bevor ich nach Schweden ging.»

«Was weißt du über Johan Hagenes und was mit ihm und dieser Frau 1957 passiert ist?»

Er konnte sich noch erinnern, als wäre es gestern gewesen. Er hatte bei einem Bier in der Hotelbar vom Norge gesessen, an einem Dienstagabend, als Bjørn Heggelund, der Bassist von Blåmanden, hereinkam, sich umsah, ihn erkannte und auf ihn zu eilte.

Er wusste nicht recht, ob er gestört werden wollte. Eine der schönsten Schauspielerinnen der Stadt, mit einem sehr eleganten, schräg aufgesetzten Samthut auf dem Kopf, saß am Nebentisch, hielt ein Glas Champagner in der Hand und ließ sich von zwei höflichen Geschäftsmännern den Hof machen. Er selbst hatte mit halb geschlossenen Augen dagesessen und sich in einem Wunschtraum vorgestellt, dass sie ihm verhangene Blicke zuwarf und nicht den beiden mit den plappernden Brieftaschen, deren Steuererklärung er sich gleich morgen eigenhändig zur Nachprüfung vornehmen würde.

Hast du schon gehört?, rief Bjørn Heggelund aufgeregt, als er sich neben ihn setzte und per Handzeichen bei der Serviererin auch ein Bier bestellte, die diskret zurücknickte.

Ob ich was gehört habe?

Von Johan Hagenes!

Nein.

Die Serviererin stellte das Bier elegant auf dem weißen Tischtuch ab.

Er nutzte die Gelegenheit, sich selbst auch noch eins zu bestellen, bevor Bjørn Heggelund fortfuhr. Also, pass auf. Da war dieses Frauenzimmer im Saal, an einem Tisch direkt vor dem Podium. Ein verdammt tolles Weib, wenn du mich fragst. Groß, rothaarig und mit einem Körper, um den sie Marilyn Monroe beneidet hätte.

Ach, ja? Du hattest also die Brille auf?

Er schob sie zurecht und nickte. Nun ist das ja gar nicht so ungewöhnlich, dass ein – na ja, Blickkontakt – entsteht, zwischen uns aus der Band und jemandem da unten. Das weißt du ja selbst. Und als Johan «All of me» spielte, als letzten Song vor der ersten Pause, war es, als würde er das ganze Lied nur für sie spielen. Sogar wir anderen haben es bemerkt. In der Pause war Johan verschwunden. Als er endlich wieder auftauchte und wir fragten, wo er gewesen sei, zuckte er nur mit den Schultern. Das erste Stück vom zweiten Teil war «When I fall in love», und der Kontakt zwischen *the tenor man and the lady* war nicht weniger intensiv. Das Problem war allerdings, dass sie ihren Mann dabei hatte. Er saß im Seitenaus und kochte und merkte genauso, was da vor sich ging – zumindest in den Köpfen der beiden –, wie wir anderen auch. Ich dachte im Stillen: Scheiße, darüber muss ich mit ihm reden – mit Johan, meine ich. Es geht verdammt noch mal nicht an, sich so aufzuführen. Aber jetzt – jetzt wird es nicht mehr dazu kommen.

Wie meinst du das? Was ist denn passiert?»

Die schöne Schauspielerin lachte ihr perlendes Lachen, aber er sah nicht mehr in ihre Richtung. Er war viel zu sehr gefangen von dem, was Bjørn Heggelund zu erzählen hatte.

Als der zweite Teil vorbei war und wir gerade das Podium verlassen wollten, kam ihr Mann nach oben gestürmt, packte Johan am Kragen und fing an, ihn zu beschimpfen. Es gab ein Handgemenge, der

Mann schlug zu, Johan duckte sich und schlug zurück – ein perfekter Uppercut, wenn du mich fragst, direkt aufs Kinn. Der Typ biss sich auf die Lippe, und es floss Blut. Es gab ein furchtbares Durcheinander. Die Kellner kamen herbeigestürzt und der Restaurantchef, und erst als sich die Lage etwas beruhigt hatte, merkten wir, dass Johan abgehauen war – und die Lady mit ihm.

Oh Scheiße!

Der Typ drehte völlig durch, wie du dir denken kannst. Drohte, den ganzen Laden kurz und klein zu schlagen, und wenn er die beiden in seine Finger kriegte, dann... Kannst dir denken, was er alles tun wollte.

Und?

Bjørn Heggelund hob hilflos die Arme. – Tja... Das Nächste, was ich höre, heute Nachmittag, ist, das Johan tot ist.

Was sagst du da? Tot?

Draußen bei Hjellestad in seinem Wagen aus dem Meer gefischt, und zwar mit der Rothaarigen an seiner Seite. Ein Tod in Schönheit, würden wohl manche sagen, fügte er mit einem grimmigen Gesichtsausdruck hinzu. Aber um nichts in der Welt hätte ich ihn selbst gewählt.

Es wurde still am anderen Ende der Leitung.

«Und weiter?», fragte ich.

Lasse Tydal räusperte sich. «Na ja, weiter nichts. Der Fall wurde nie untersucht, soweit ich weiß. Kurz danach ging ich nach Schweden, wie gesagt, und die Einzige, die ich noch mal wiedergesehen habe, ist die schöne Schauspielerin. In den Wochenzeitschriften, allerdings.»

«Und Bjørn Heggelund?»

«Auch tot. Wurde auf einer Bahre rausgetragen, als Miles Davis in der Grieghalle spielte, irgendwann in den Achtzigern. Der neue Stil war zu viel für ihn, hieß es.»

«Mm... weißt du von anderen, die etwas wissen könnten? Jemand, der auch bei Blåmanden spielte, zum Beispiel?»

«Du könntest es mit Truls Bredenbekk versuchen, dem Pianisten. Er hat mit den meisten mal zusammengespielt, und ich glaube, dass er damals auch bei Blåmanden dabei war.»

«Und wo finde ich ihn, was meinst du?»

«Ich würde an deiner Stelle im Telefonbuch nachschlagen.»

«Dem besten Freund eines jeden Privatdetektivs. Danke dir, Tydal. Ach, übrigens …»

«Ja?»

«Sollte dir da irgendwie meine Steuererklärung in die Hände geraten, könntest du sie nicht einfach in aller Stille durchgehen lassen?»

«So läuft das hier bei uns nicht, Veum.»

«Nein, das hab ich schon gemerkt.»

15

Ich rief bei Breheim, Lygre, Pedersen & Waagenes an und fragte nach Berit Breheim. Sie war im Gericht, teilte man mir mit.

Also ging ich mit gesenktem Kopf auf das Telefonbuch los.

Ich fand Truls Bredenbekk. Er wohnte im Roald Amundsens Vei, einen Fehlpass vom Brann-Stadion entfernt.

Wo ich das Telefonbuch nun schon auf dem Schoß hatte, schlug ich auch *Breheim, Sara* nach. Sie wohnte im Starefossveien. Auch eine akzeptable Adresse. *Breheim, Rune*, den Halbbruder, der bei einer Versicherung arbeitete, fand ich ebenfalls. Er wohnte nicht ganz so mondän, in einem typischen Neubaugebiet in Bønes. Alle waren gut zu erreichen.

Mit dem Halbbruder auf Spitzbergen war es schon schlechter, aber was hatten denn eigentlich diese Menschen mit dem Verschwinden von Bodil Breheim und Fernando Garrido zu tun? Was machte es für einen Sinn, das tragische Unglück von 1957 wieder auszugraben? Wenn es nur nicht immer von selbst wieder aufgetaucht wäre, egal, in welche Richtung ich mich auch drehte.

Ich stellte den Anrufbeantworter an, schloss das Büro ab und fuhr beim Gericht vorbei, in der Hoffnung, ein paar Worte mit Berit Breheim wechseln zu können, bevor ich meine Untersuchungen fortsetzte.

Das Tinghus in Bergen hat ein massives Eingangsportal, bewacht von den vier in Stein gehauenen Kardinaltugenden. Mit strengen Blicken beobachten sie jeden, der das Gebäude betreten will, ob angeklagt oder nicht. Sogar diejenigen, die sich hier nur trauen lassen wollen, fühlen sich manchmal beklommen; vielleicht war das nicht mal unangebracht, in Anbetracht der Scheidungsquoten.

Ich ging die Treppe hinauf in den zweiten Stock. Ein Gerichtsdiener erklärte mir, wo Berit Breheims Fall verhandelt wurde. Ich öffnete vorsichtig die Tür, steckte den Kopf hinein, orientierte mich schnell und nahm dann in einer der hinteren Reihen unter den wenigen Zuhörern Platz.

Berit Breheim war sehr beschäftigt und zeigte in keiner Weise, dass sie mein Kommen registriert hatte. «Verehrtes Gericht», sagte sie mit reiner und klarer Stimme. «Die Fakten des Falles zweifelt niemand an. Andererseits kann kein Zweifel daran bestehen, dass die Klägerin den Angeklagten freiwillig mit nach Hause nahm, und sie lud ihn nicht nur zum Kaffee ein. Sie servierte Likör, sogar selbst gemachten Schwarze-Johannisbeer-Likör, wie wir erfahren haben, und ich erinnere an ihre Kleidung an diesem Abend: Ein sehr kurzer Lederrock, schwarz, und ein eng anliegendes, rotes Top mit tiefem Ausschnitt, so tief, dass der schwarze BH zu erkennen war.»

Auf der Anklagebank nickte ein Mann um die dreißig bestätigend, mit einem winzigen Lächeln auf den Lippen. Der junge Staatsanwalt am anderen Ende des Saales, der aussah, als habe er gerade das theologische Staatsexamen bestanden, räusperte sich warnend und sah den Richter an. Eine Anwältin mit hellem Haar und schmaler Brille beugte sich zur Klägerin hinüber und gab leise Kommentare ab. Die Frau war Mitte zwanzig und trug einen grauen Pullover und ein dunkles Jackett. Sie starrte Berit Breheim blass an.

«Ist es verwunderlich, erlaube ich mir zu fragen, verehrtes Gericht, dass mein Klient das als eindeutige Einladung auffasste? Dass er, betrunken von dem Likör, den sie ihm selbst serviert hatte, nicht ganz begriff, dass sie plötzlich ihre Meinung geändert hatte?»

Die Anwältin sprang auf. «Euer Ehren! Ich erhebe Einspruch gegen den Ausdruck, ‹plötzlich ihre Meinung geändert hatte›. Es ist aus der Verhandlung hervorgegangen, dass die Geschädigte nie – ich wiederhole, nie! – eine andere Absicht hatte, als dem Angeklagten eine Tasse Kaffee und ein Glas Likör anzubieten, als passenden Ausklang für eine ansonsten netten Abend.»

Der Richter strich sich über das dünne, graue Haar und nickte müde. «Anwältin Breheim. Ich muss Sie bitten, Ihre letzte Aussage umzuformulieren.»

Berit Breheim lächelte sarkastisch und nickte den anderen Richtern vielsagend zu. «Ich formuliere um: ... Die Geschädigte änderte ihre Meinung überhaupt nicht. Es gab nie einen Zweifel daran, wozu sie einlud. Ich erinnere an den Bericht des medizinischen Sachverständigen. Ja, es hat ein Geschlechtsverkehr stattgefunden. Nein, es konnten keine erkennbaren Anzeichen von Gewalt gefunden werden. Die geschwollene Oberlippe der Geschädigten rührt, wie mein Klient erklärt hat, von einem kleinen Malheur während des Liebesspiels her, als sie mit den Köpfen gegeneinander schlugen. Als es passierte, haben sie nur darüber gelacht.»

Sie machte eine Kunstpause und fuhr dann fort: «Meine Schlussfolgerung lautet deshalb wie folgt: So wie die Sachlage ist, gibt es nur eine mögliche Forderung, und das ist diese. Wir beantragen Freispruch von der unserer Meinung nach völlig grundlosen Anklage. Wir beantragen weiterhin, dass meinem Klienten alle Unkosten, die ihm durch diese höchst unangenehme Sache entstanden sind, erstattet werden, zusätzlich zu einer Entschädigung für die unserer Auffassung nach falsche und unberechtigte Anklage.»

Der Staatsanwalt schüttelte demonstrativ den Kopf. Mit ernstem Gesichtsausdruck sammelte Berit Breheim die Papiere zusammen, die vor ihr auf dem Tisch lagen, warf einen strengen Blick auf die Klägerin und setzte sich dann neben ihren Klienten, der sich gegen sie lehnte und dankbar lächelte. Die junge Frau am anderen Ende des Saales brach in Tränen aus und verbarg ihr Gesicht in den Händen. Ihre Anwältin legte beruhigend einen Arm um sie, während sie Berit Breheim missbilligend ansah.

Der Richter warf einen schnellen Blick auf seine Uhr. «Dann zieht sich das Gericht zu einer zwanzigminütigen Pause zurück.» Er schlug mit dem Hammer auf den Tisch, nickte kurz, erhob sich und ging zum Seitenausgang. Alle im Saal erhoben sich.

Ich fing Berit Breheims Blick ein. Wenn sie erstaunt war, mich zu sehen, dann verbarg sie es gekonnt. Stattdessen nickte sie zur Tür und gab mir ein Zeichen, dass wir draußen miteinander sprechen könnten.

Die engen Flure und die Empore über der großen Mittelhalle des Tinghus veranlasste die Menschen, sich in Grüppchen zu versammeln, oft in entgegengesetzten Ecken der Empore, wo sie einander aus der Distanz betrachten konnten, ohne Gefahr zu laufen, von der Gegenseite gehört zu werden. So war es auch dieses Mal.

Die Klägerin hatte sich so weit von der Tür zum Gerichtssaal entfernt, wie es möglich war, ohne sie aus dem Blick zu verlieren. Sie hatte sich auf eine Bank gesetzt und starrte angespannt auf den Boden, während ihre Anwältin und eine Frau, die ich als Freundin oder Schwester identifizierte, neben ihr saßen und leise mit ihr sprachen. Die Klägerin sah aber nach wie vor mit ausdruckslosem Gesicht zu Boden.

Der Angeklagte hatte eine Hand voll männlicher Freunde und eine Frau, die seine Mutter sein mochte, sowie ein paar Journalisten um sich versammelt. Er redete munter und witzelte nach Ost und West. In regelmäßigen Abständen wurde das Gelächter der Gruppe zur Klägerin hinübergespült, die sich bei jeder Welle von Gelächter, die ihr entgegenschwappte, förmlich duckte.

Der Staatsanwalt und Berit Breheim wechselten ein paar Worte, als sie den Saal verließen. Berit Breheim nickte in meine Richtung, sie beendeten ihr Gespräch, und der Staatsanwalt verschwand um die Ecke in Richtung Herrentoilette. Sie kam zu mir herüber und gab mir formell die Hand, während sie mich inquisitorisch ansah. Der schwarze Talar stand ihr gut. Der Kontrast zu den roten Haaren und der hellen Haut verlieh ihr eine klassische Ausstrahlung, die durch ihre hohe Gestalt noch verstärkt wurde. Sie hätte aus dem Gemälde eines klassizistischen Malers entsprungen sein können: *Frau als Dienerin des Gesetzes*.

«Veum ... Was führt Sie hierher?»

«Ich muss Sie etwas fragen, bevor ich weitermache.»

«Ja, ich dachte auch nicht, dass Sie hier sind, um Ihre Zeit totzuschlagen.»

«Genau. Sie haben Hallvard Hagenes selbst erwähnt. Aber nicht einmal, als ich zum zweiten Mal über ihn sprach, haben Sie etwas davon gesagt, dass Sie einmal ein Paar waren.»

Sie errötete leicht. «Na ja, ein Paar ... Erstens ist es so lange her, und zweitens hat es auch nicht lange gedauert.»

81

«Nein?»

«Oder hat er vielleicht etwas anderes gesagt?»

«Nein, wir – wurden in gewisser Weise nicht fertig.»

«Aber Sie haben ihn offenbar getroffen.»

«Ja.»

«Und Bodil? Wusste er etwas über Bodil?»

«Nicht einmal, dass sie verschwunden ist.»

«Tja!» Sie hob resigniert die Arme.

«Und noch etwas… Damals, 1957…»

«Ich hätte es nie erwähnen sollen!»

«Warum nicht?»

«Das kann doch nichts mit der Sache zu tun haben! Ich habe es einzig und allein aus dem Grund hervorgekramt, weil ich glaubte… dass das möglicherweise etwas über Bodils – wie soll ich sagen –, über Bodils Psyche aussagen könnte.»

«Und woran denken Sie dabei?»

«Daran, dass man schließlich in eine Situation kommen kann, wie Mutter es empfunden haben muss, wo der Tod der einzige Ausweg ist. Wenn alle Hoffnung vergebens ist. Eine Form von selbstvernichtendem Defätismus.»

«Und das meinen Sie bei Ihrer Schwester gesehen zu haben?»

Sie wirkte resigniert. «Wie gut kannte ich sie eigentlich? Über solche Dinge redet man ja wohl normalerweise nicht ohne weiteres, oder?»

«Nein», sagte ich und fügte dann hinzu: «Jedenfalls nicht mit irgendwem. Aber vielleicht mit seiner Schwester?»

Ein Gerichtsdiener trat auf den Flur und erklärte: «Die Verhandlung wird jetzt fortgesetzt.»

Ich sagte schnell: «Ich hatte übrigens nicht erwartet, Sie auf dieser Seite des Saales zu finden.» Ich nickte zu dem Angeklagten hin, der vertrauensvoll seine hoch aufgerichtete Verteidigerin anlächelte.

Sie hob die Brauen. «Ach, nein?»

«Ich meine, Ihre Argumente sind…»

«Ja? Meinen Sie, sie seien nicht stichhaltig?»

«Ich verstehe nur nicht, dass Sie eine solche Aufgabe übernehmen. Als Frau, meine ich.»

Sie sah mich säuerlich an. «Meine Aufgabe als Verteidigerin ist nicht, Frau zu sein, Veum. Es geht darum, dass mein Klient so gerecht wie möglich behandelt wird, dass dem norwegischen Gesetz entsprochen und niemand unschuldig verurteilt wird. Vergessen Sie nicht, der Zweifel muss jedem so lange zugute kommen, bis das Gegenteil bewiesen ist.»

«Okay, okay!» Ich wedelte abwehrend mit den Armen. «Vergessen Sie's! Ich bin kein Jurist.»

«Offensichtlich nicht.» Sie lächelte gemessen und ging als eine der Letzten zurück in den Gerichtssaal.

Ich folgte ihr nicht. Ehe ich michs versähe würde auch an mir jemand zweifeln, und ich war ganz und gar nicht sicher, ob der Zweifel in dem Fall mir zugute käme, auch wenn ich einen noch so fähigen Anwalt hätte, egal welchen Geschlechts.

16

In meinem Fach gibt es zwei Möglichkeiten, wenn man jemanden aufsuchen will. Man kann vorher anrufen, sagen, wer man ist, und aller Wahrscheinlichkeit nach sofort abgewiesen werden. Oder man kann denjenigen persönlich aufsuchen, zu Hause oder bei der Arbeit, wo es sofort viel schwieriger ist, Nein zu sagen.

Von Sara Breheim wusste ich nur, dass sie im Starefossveien wohnte, zwei Söhne mit dem verstorbenen Ansgar Breheim hatte, als Stiefmutter «ganz okay» gewesen war und Harald Larsen in Ustaoset zufolge «auf jeden Fall kein Fjellmensch». Nichtsdestotrotz hatte sie sich am Berghang über Bergen niedergelassen, dicht unter dem Starefossen und mit dem ganzen Fløienfjell hinter dem Haus, in einem Doppelhaus, dessen südlichen Teil sie bewohnte, mit Aussicht auf Ulriken.

Die Frau, die auf mein Klingeln hin öffnete, verstärkte den Eindruck, dass Ansgar Breheim ein Mann gewesen sein musste, der einen Sinn für schöne Frauen hatte und sie auch bekam. Wenn die schöne und umschwärmte Tordis Breheim schwer im Zaum zu halten gewesen war, so war Sara Breheim bestimmt kein schlechter Ersatz gewesen. Um die sechzig Jahre alt war diese dunkelhaarige Frau mit nur ganz vereinzelten, dekorativen grauen Strähnen im Haar noch immer unzweifelhaft eine Schönheit. Ihr Gesicht war oval und ohne harte Konturen, und sie strahlte eine charmante Mischung aus Ruhe und Anmut aus. Sie trug ein einfaches schwarzes Kleid, hatte eine grau melierte Jacke locker über die Schultern geworfen und war so diskret geschminkt, dass man es kaum merkte. Mit einem munteren Blitzen in den dunkelblauen Augen brachte sie mich automatisch dazu, mich gerade aufzurichten und den Bauch einzuziehen. «Sara Breheim?»

«Ja?»

«Mein Name ist Veum. Varg Veum. Ich bin im Auftrag Ihrer Stieftochter Berit unterwegs, und in dem Zusammenhang wollte ich Sie gerne kurz sprechen.»

«Ein Auftrag?»

«Ja, ich bin Privatdetektiv, und Ihre andere Stieftochter, Bodil, ist verschwunden.»

«Verschwunden!» Sie sah mich erschrocken an. «Was sagen Sie da? Aber… Kommen Sie rein!»

Sie führte mich durch einen Flur und eine Treppe hinauf. Der Raum, in den wir kamen, wirkte sehr voll, mit dunklen schweren Ledermöbeln, glänzenden Vitrinen, königlich dänischem Porzellan hinter hohen Glastüren und in Leder gebundenen Büchern auf Regalen.In dem weiß gekalkten Kamin glühten noch schwach ein paar Holzscheite. Durch ein dreiflügliges Fenster, das von stehenden, hängenden und kletternden Topfpflanzen eingerahmt war, erkannte man die Silhouette von Ulriken, wo die eine der beiden Schwebebahngondeln gerade dabei war, die erste Haltestation zu verlassen, mit einem kleinen Wippen der bauchlastigen Konstruktion.

«Setzen Sie sich doch», sagte Sara Breheim und wies mich zu einem Ledersofa von der Sorte, aus der man schwer wieder hochkommt, wenn man sich erst einmal gesetzt hat. «Kann ich Ihnen etwas anbieten?»

«Nein, danke, ich…»

«Vielleicht ein Glas Mineralwasser wenigstens?»

Ich nickte. Sie holte eine Flasche und bekam die Chance, zwei schmale, ziselierte Gläser aus ihrer Sammlung vorzuführen. Das schillernde Mineralwasser schäumte leicht auf.

Sie setzte sich ebenfalls. «Erzählen Sie, bitte. Verschwunden, sagen Sie? Bodil?»

«Ist es lange her, dass Sie sie gesehen haben, Frau Breheim?»

«Tja. Zu Weihnachten, denke ich. Da waren wir alle zusammen, außer Randolf natürlich, der ja auf Spitzbergen ist.»

«Was macht er da oben?»

«Er ist Ingenieur. Angestellt bei Store Norske.» Sie lächelte. «Ich erwarte ihn übrigens am Wochenende.»

«Ach ja? Gibt es einen besonderen Anlass?»

«Nein, nein. Er hatte noch eine Woche Ferien gut, und da er ja Weihnachten nicht zu Hause war, dachte er wohl, es sei an der Zeit, seine alte Mutter einmal zu besuchen.»

Ich nahm die Herausforderung sofort an. «Alt? Sie sind aber doch nicht…»

«Vielen Dank, Herr Veum. Ich bin auf jeden Fall noch nicht zu alt für Schmeicheleien, wie ich merke.»

Einen Augenblick lang trafen sich unsere Blicke, und es entstand eine kleine Pause, bevor ich den Faden wieder aufgriff. « Dieser Weihnachtsbesuch…»

«Dieses Mal waren wir bei Rune. Er hat jetzt so viel Platz in seinem neuen Haus. Berit, Bodil und Fernando waren da und Rune und seine Familie. Und ich, natürlich. Das waren alle.»

«Ist Rune der Einzige, der Kinder hat?»

«Oh ja. Drei entzückende Enkelkinder, kann ich Ihnen versichern. Sie sehen sie auf den Bildern dort auf der Anrichte.»

Ich sah in die Richtung. Dort standen eine Reihe gerahmter Fotos, manche bei einem professionellen Fotografen aufgenommen, andere Vergrößerungen von Privatfotos.

«Also haben Sie Ihre Stieftochter bei dieser Weihnachtsfeier das letzte Mal gesehen?»

«Ja, ich denke wohl. Und jetzt haben wir schon April. Wie die Zeit vergeht!» Sie lächelte milde, wie um zu unterstreichen, wie wenig unsereiner dagegen tun konnte.

«Und… ist irgendetwas Dramatisches passiert, damals?»

«Nein, etwas Dramatisches? Was sollte das gewesen sein? Ich kann Ihnen versichern, Herr Veum, dass in unserer Familie nur Frieden und Harmonie herrschen. Ich habe von Anfang an alles, was in meiner Macht stand, getan, damit sich die beiden Mädchen in keiner Weise von Rune und Randolf an die Seite gedrängt fühlten, und ich glaube, das ist mir gelungen.»

«Niemand hat etwas anderes behauptet.»

«Das freut mich zu hören. Und ich wäre eine ebenso gute Großmutter für Berits und Bodils Kinder gewesen, wenn sie welche gehabt hätten, wie ich es für Runes bin. Aber Sie haben mir noch immer nicht erzählt... Was ist mit Bodil? Sie soll verschwunden sein? Und Fernando?»

«Er ist auch verschwunden.»

Ich schilderte ihr kurz die Details. Sie hörte mir ernst zu. Als ich fertig war, sagte sie: «Aber das ist doch – überspannt! Fernando und sie sind sicher in Urlaub gefahren. So oft haben sich Berit und Bodil ja wohl auch nicht gesehen!»

«Nein?»

«Nein. Ich meine – nicht so selten, wie wir uns als ganze Familie getroffen haben, natürlich, aber ein herzliches Verhältnis hatten sie ja schon seit vielen Jahren nicht mehr.»

«Nein? Warum nicht?»

«Na ja... Erst war da die Geschichte mit diesem Jungen.»

«Mit welchem Jungen?»

«Ein Freund, den Berit mit nach Hause brachte, und in den sich Bodil sofort verliebte. Und dann stellte sich heraus, dass es – auf Gegenseitigkeit beruhte.»

«Sprechen Sie von Hallvard Hagenes?»

«Hallvard, ja. Danach waren sie wie Hund und Katze – viele Jahre lang. Bodil und Berit. Und es wurde auch nicht besser, als sie anfingen, um das Grundstück da draußen in Morvik zu streiten.»

«Das taten sie?»

«Ja, aber die Entscheidung lag schließlich bei Ansgar. Wenn Berit und Rolf sich nicht hätten scheiden lassen, dann hätte es wohl vor Gericht geendet. So kamen sie zu einer Art Vergleich, so dass Berit ausgezahlt wurde, natürlich.»

«Wie hat Ihr Mann darauf reagiert?»

«Na ja, er war ja schon tot. Das war ja der Grund für die ganze Geschichte. Bevor er starb, hatte niemand etwas gesagt.»

«Und das war 1983, ja?»

«Dass Ansgar starb? Ja. Er bekam Krebs an – na ja, also an der Prostata – und der war schon zu weit fortgeschritten, als es entdeckt wurde.»

«Das tut mir Leid.»

«Oh, ich bitte Sie. Das kann jedem passieren.» Sie sah mich streng an, als wolle sie sagen: *Fühlen Sie sich bloß nicht zu sicher.*

«Kannten Sie ihn schon, damals, bevor seine Frau umkam?»

«Ob ich ihn schon kannte? Wie meinen Sie das?»

«Ich meine… Er hat Sie im darauf folgenden Jahr geheiratet, stimmt das?»

«Ja, schon, aber es war ein ganzes Jahr vergangen, und… Er war nicht dafür gemacht, allein zu leben. Wie sollte er die Verantwortung für zwei kleine Mädchen tragen, so beschäftigt, wie er mit dem Geschäft war?»

«Ich habe wohl nicht mitbekommen… In welcher Branche war er tätig?»

«Herrenausstattung. Ich dachte, das wüssten Sie? Aber wir haben verkauft, als Ansgar starb. Und die Käufer haben jetzt wieder an eine schwedische Kette weiterverkauft.»

«Waren Sie vielleicht selbst im Geschäft angestellt?»

Ihr Blick blieb in der Luft hängen, ohne meinem zu begegnen. «Ich habe dort selbst verkauft, damals. So haben wir uns kennen gelernt.»

«Also mit anderen Worten… Sie kannten sich tatsächlich schon, bevor seine erste Frau ums Leben kam?»

«Ja, und?»

Tordis Breheim, schick von der Straße hereinrauschend, das rote Haar wie immer um ihre Schultern wallend, mit einen kleinen, kecken, eleganten Hut, Pelzkragen, eleganten Schuhen. Guten Tag, Fräulein Taraldsen. Ist mein Mann im Hause?»

Sie selbst, mit dunklem Haar, weißer Haut, in einer am Hals offenen, eierschalfarbenen Bluse und einem engen schwarzen Rock. – Sie finden ihn im Büro, Frau Breheim.

Süss-säuerliches Lächeln. – Ich danke Ihnen.

Oh, keine Ursache…

Später am selben Tag wurde sie zu Breheim gerufen. Er hatte sie mit diesem aufmerksamen, bedächtigen Blick angesehen, der sie jedes Mal wieder erschauern ließ.

Diesmal war er vom Schreibtisch aufgestanden und zu ihr getreten. Er hatte sich zurückgelehnt, um sie genauer zu betrachten und ihr dabei leicht über die Schulter gestrichen, wie um ein Haar wegzuwischen. Meine Frau meinte, die Bluse, die Sie heute tragen, sei ein wenig zu gewagt, Fräulein Taraldsen.

Oh, aber! Ohne es zu wissen, waren ihr die Tränen in die Augen getreten, aber ob es aus Ärger war, vor Schreck oder weil sie plötzlich um ihre Stellung fürchtete, konnte sie nicht sagen.

Na, na! Nehmen Sie es nicht so schwer… Sie hat es nicht so gemeint. Aber Sie können in Zukunft daran denken, ja? Damit wir sie nicht unnötig verärgern.

- Ja, doch, natürlich, Herr Breheim! Ich werde mich umziehen, sobald ich… Ich verspreche, Sie werden mich nie mehr darin sehen!

- Aber nun mal nicht so hastig, Fräulein Taraldsen. Ich persönlich finde, dass Sie in der Bluse ganz besonders hübsch aussehen…

Und dann, ohne weitere Worte, hatte er ihr einen Zeigefinger unter das Kinn gelegt, ihr Gesicht ein wenig angehoben, sich vorgebeugt und sie leicht auf den Mund geküsst. Verwirrt und errötend war sie aus dem Büro wieder in ihre eigene Abteilung getaumelt, und…

Mehr war nicht passiert, das könne sie beschwören!

«Ich bitte Sie, Frau Breheim! Ich habe nichts dergleichen…»

«Wenn Sie ahnten… Er war so furchtbar unglücklich in der Zeit danach. Als sie tot war, meine ich. Alle mussten ihn bedauern, und ich… Mich kannte er ja schon. Und er hatte das Gefühl, sich mir anvertrauen zu können. Und so kamen wir dann doch zusammen.»

«Doch?»

«Ja, weil ich es gar nicht glauben konnte… Er war immerhin mit einer Schönheit verheiratet!»

«Na ja. Sie waren aber sicher auch nicht zu verachten, denke ich.»

«Also…» Sie errötete tatsächlich. «Ich danke Ihnen, noch einmal, aber wie gesagt… Neben ihr verblassten alle.»

«Darf ich fragen… wie alt Sie waren, damals?»

«Ja, Sie tun es doch schon!», sagte sie, mit gespielter Verärgerung in der Stimme. «Aber da Sie so nett fragen… Ich war vierundzwanzig, und dann können Sie sich ja ausrechen, wie alt ich heute bin.»

«Das Alter interessiert mich nicht so sehr.»

«Nein? Sie sind offenbar ein außergewöhnlicher Mann.»

«Na ja…»

«Aber Ansgar war auch gerade erst dreißig geworden, also war der Altersunterschied gar nicht so groß.»

«Nein, Tordis Breheim war sehr jung, als sie starb.»

«Ja. Viel zu jung, natürlich!»

«Wissen Sie etwas über die Umstände, die zu dem Unglück führten?»

Ihr Blick ging in die Ferne und ihr Gesicht bekam einen eigenartigen, fast jugendlichen Ausdruck. «Ich war ja so eine Art Zeugin, für den Anlass.»

«Ach, ja? Sie meinen…»

Sie zögerte. «Es hat einfach keinen Sinn gehabt… den Mädchen davon zu erzählen, meine ich. Aber ich war dabei, als es passiert ist.»

«Wo bitte waren Sie?»

«In dem Tanzlokal, als Ansgar und dieser Musiker aneinander geraten sind.»

«Aber Sie waren nicht mit Breheim da?»

«Nein, nein! Ich sage Ihnen doch… Ich war – mit jemand anderem da.»

Nichtsdestotrotz hatte sie Ja gesagt, als Ansgar Breheim sie zu einem Slowfox aufgefordert hatte, und sie hatte sich nicht gewehrt, als er ihren Körper eng an seinen gepresst hatte, so als sei sie seine Frau und nicht Tordis.

Hinterher hatte sie sich gefragt, ob sich Tordis vielleicht deshalb mit diesem Musiker so aufgeführt hatte? So, dass Ansgar einfach gezwungen gewesen war, zu reagieren… Aber Ansgar hatte das von sich gewiesen: Nein, nein, Sara! Das ist eine Geschichte, die schon lange läuft…

89

Sie sah es immer noch vor sich: Wie Ansgar den Musiker an der Jacke packte und ihn vom Podium herunterzog, der lautstarke Streit und die plötzliche Schlägerei… Als das Ganze plötzlich vorbei war, hatte sie gesehen, wie Tordis schnell zur Tür lief, dicht gefolgt von dem aufgebrachten Musiker, Ansgar saß noch mit dem Rücken zur Bühne auf dem Boden und hielt eine Serviette an die Lippen gedrückt, während ihm das Blut auf das Hemd und den dunklen Anzug tropfte.

Was ist denn passiert?, hatte einer der hinzukommenden Gäste gefragt.

Er ist von einem der Musiker zusammengeschlagen worden, antwortete ein Kellner, der Ansgar auf die Beine half. Der kriegt hier auf jeden Fall kein Engagement mehr, dafür werde ich sorgen. Der Oberkellner war blass vor Wut. Kennen Sie ihn? Direktor Breheim, meine ich?

Nein.

Sara hatte sich vorgebeugt. Aber ich. Ich und mein… Wir sind beide bei ihm angestellt.

Der Kellner hatte erleichtert ausgesehen. Dann denke ich fast, dass Sie… Jemand muss ihn jedenfalls nach Hause bringen, oder zur Notfallambulanz.

Ansgars Blick war wirr herumgeirrt, und es hatte lange gedauert, bis er sie direkt angesehen hatte. S-S-Sara?, hatte er gemurmelt, und sie hatte den starken Schnapsgeruch aus seinem Mund wahrgenommen.

Ja, ich bin da, Herr… Wir werden Sie heil nach Hause bringen, wir… Seien Sie ganz beruhigt!

«Und das taten Sie?»

«Was sonst hätte ich tun können?»

«Und Ihr Kavalier an dem Abend, was tat er?»

«Er kam natürlich mit.»

«Und bei der Notfallambulanz…?»

«Na ja, sie konnten nicht so viel tun. Es war viel Blut, aber die Verletzung war gering, und er wurde nach Hause geschickt.»

«Und dafür sorgten Sie beide? Sie und Ihr Kavalier?»

«Ja. Wir brachten ihn nach Hause und auch ins Bett.»

«War er allein?»

«Ja, die Mädchen waren bei Solveig, seiner Schwester. Sonst war niemand da.»

«Also… Nachdem Sie und Ihr Kavalier Ansgar Breheim ins Bett geholfen hatten, was passierte dann?»

«Nichts. Zwischen uns, meine ich. Wir fuhren jeder zu sich nach Hause. Wie es sich gehört. Es war nicht – wie Sie denken.»

«Hat er einen Namen, dieser Kavalier?»

«Natürlich, aber ich kann nicht einsehen, was das mit dem zu tun hat, was Sie heute ermitteln sollen, so viele Jahre später. Es fällt mir überhaupt schwer, da einen Zusammenhang zu erkennen.»

«Ich wüsste gern seinen Namen.»

Sie sah mich starr an. «Und ich habe nicht vor, ihn Ihnen zu geben.»

«Warum nicht?»

«Weil Sie das nichts angeht! Konzentrieren Sie sich darauf, Bodil zu finden, wenn es wirklich so sein sollte, dass sie verschwunden ist.»

«Sie glauben nicht daran?»

«Nicht bevor ich es in der Zeitung lese.»

«Nein, genau.»

Ich weiß nicht, woran es gelegen hatte, aber auf irgendeine Weise waren wir im Graben gelandet. Das, was wie ein den Umständen entsprechend liebenswürdiges Gespräch begonnen hatte, endete mit einer kalten und abweisenden Barriere, die einzureißen ich keinen Grund fand, so wie die Sache im Augenblick stand.

«Haben Sie eine Antwort auf das bekommen, weswegen Sie gekommen waren, Herr Veum?»

«So ungefähr.»

«Ja, dann wird es mir eine Freude sein, Sie hinauszubegleiten.»

«Die Freude ist ganz auf meiner Seite, sozusagen.»

Aber ihrem Gesichtsausdruck nach zu urteilen, war die Freunde gar nicht so groß. Sie brachte mich bis vor die Tür, und als ich in den Wagen stieg, registrierte ich, dass sie mich von dem großen Fenster aus beobachtete, wie um sicherzugehen, dass ich nicht wartend dort sitzen blieb, für den Fall, dass ein 1957 verschmähter Freier auftauchte – sechsundzwanzig Jahre zu spät.

17

Vom Starefossveien fuhr ich auf direktestem Weg in den Roald Amundsens Vei. Auf dem Nymarksfeld absolvierten eine Reihe von Fußballern die erste Trainingseinheit des Tages, aufgeteilt in zwei Mannschaften, die sich durch ihre grell gefärbten Hemden unterschieden. Überwacht von einem verkniffenen Trainer. Ich blieb nicht stehen, um ihnen zuzusehen. Ihre Nerven waren sowieso schon bis aufs Äußerste gespannt, nach dem miserablen Trainingsspiel gegen Fyllingen vom Wochenende.

Truls Bredenbekk war überraschend rüstig für einen über Siebzigjährigen. «Johan Hagenes? Na klar! Kommen Sie nur rein», sagte er sofort, als ich mein Anliegen vorgetragen hatte, und um zu unterstreichen, wie fit er war, hängte er sich an die verchromten Stahlrohre an der Decke seines Flurs und machte ein paar schnelle Klimmzüge, rauf und runter, rauf und runter, ließ sich dann locker wieder fallen, ging weiter und öffnete die Tür zum Wohnzimmer, ohne Anzeichen von Atemlosigkeit. Ich folgte ihm beeindruckt.

«Man muss die Arme in Form halten», erklärte er. «Obwohl ich jetzt nur noch selten spiele.» Nichtsdestotrotz setzte er sich ans Klavier und spielte blitzschnell die Anfangsstrophen von «If you knew Susie», sprang wieder auf, hechtete zu einem der Sessel seiner braungrünen Sitzgruppe und lud mich ein, Platz zu nehmen. «Kaffee?»

Ich begriff schnell, dass er zu der Sorte Mensch gehörte, die nicht lange still sitzen kann, ohne etwas zu tun zu haben. «Ja, gerne.»

Damit war er wieder aufgesprungen und schon in der Küche. Das Geräusch von sprudelndem Wasser und Tassen, die auf Untertassen gestellt wurden, drang zu mir heraus, und während er wartete, dass das Wasser kochte, erschien er mehrmals in der Türöffnung, um mich zu fragen, ob ich Milch oder Zucker wolle (nein danke, weder noch), ob ich selbst ein Instrument spielte (nur Mundharmonika) und ob ich Johan Hagenes jemals hatte spielen hören.

«Nein, leider nicht. Ich war fünfzehn, als er starb.»

«Ach, ja dann», sagte er gedankenverloren, als würde er möglicherweise in der nächsten Minute dieselben Fragen noch einmal stellen.

Das dunkle Wohnzimmer war klein und kompakt. An der Wand

dem Klavier gegenüber stand ein sehr dominierender, altmodischer Radioschrank, aufgerüstet mit Grammofon, Kassetten- und CD-Spieler und einer reichen Auswahl an Platten und CDs. In eine Ecke gequetscht stand ein kleiner Fernseher, und mit der Front in Richtung Fernseher stand ein Trimmrad. Die verschlissene Sitzgarnitur, der flache Couchtisch und ein Esstisch mit drei Stühlen machten den Rest des Raumes zu einem Parcours, in dem man sich mit größter Vorsicht bewegen musste, um überhaupt ans Ziel zu gelangen. Durch die geschlossenen Fenster drang das Geräusch von aufschlagenden Lederbällen, schrillen Pfeiftönen und wütenden Ausrufen.

Truls Bredenbek kam hereingeeilt, deckte blitzschnell den Tisch und war schon wieder draußen in der Küche, um den Kaffee zu filtern. Er war klein und leicht, hatte glattes, nach hinten gekämmtes hellbraunes Haar mit markanten grauen Strähnen. Seine Finger waren überraschend kurz und klobig, aber das beeinträchtigte offensichtlich nicht seine Virtuosität auf den Tasten.

«Endlich!», sagte er, als er den Kaffee einschenkte, um zehn Sekunden später wieder aufzustehen und in die Küche zu laufen, einen Teller mit Keksen und eine Schale Erdbeermarmelade zu holen.

Wieder zurück sah er mir intensiv in die Augen. «Also los, Veum. Was wollen Sie wissen?»

Einen Augenblick lang war ich abwartend, um zu sehen, ob er wirklich vorhatte, ruhig sitzen zu bleiben. Als es so aussah, sagte ich: «Vor allem … Wie war eigentlich Johan Hagenes? Vom Typ her, meine ich.»

«Vom Typ her? Tja. Ich kannte ihn ja vor allem als Musiker, wissen Sie. Er war kein schlechter Saxophonist. Zu der Zeit war ja Stan Getz der große Name. Getz und Al Cohn und Zoot Sims. Er hat sich wohl an dem Stil versucht. *Cool, you know.* Aber in Wirklichkeit gehörte er der Lester-Young-Schule an, etwas trockener im Ton und mit kontrollierten, präzisen Improvisationen. Privat haben wir uns normalerweise nicht getroffen, außer wenn wir mal bei einem Konzert aufeinander stießen. Wenn andere spielten, meine ich.»

«Aber sonst … War er ein Frauenheld, zum Beispiel?»

«Frauenheld? Johan Hagenes? Nein. Er war so wie ich. Und ich habe ja auch nie geheiratet.»

«Und das heißt …»

Er bewegte sich etwas unruhig, als hätte er schon zu lange still gesessen. «Aber ich weiß nicht, ob er es vermisst hat. Ich meine – Kinder und solche Verpflichtungen. Es ist immer hart, wenn man versucht, vom Spielen zu leben, und er hatte wohl auch vor, nach Stockholm oder Kopenhagen zu gehen, wie so viele von uns. Da gab es die großen Jobs, ja sogar Plattenverträge, wenn man Glück hatte. Aber er kam auch nicht weiter als Bergen. Doch, ein paar Gastauftritte in Oslo, natürlich, Stavanger, Haugesund, *you name it.*»

«In all den großen Metropolen mit anderen Worten?»

«Und er war wirklich nicht schlecht. Mich hat er an Leif Pedersen erinnert, der hier in der Gegend ziemlich bekannt war, in den dreißiger und vierziger Jahren.»

«Wie lange haben Sie zusammen gespielt?»

«Tja… Abgesehen von ein paar sporadischen Gastauftritten war das vor allem bei Blåmanden, wo wir 1953 angefangen haben …»

Er stand abrupt auf, hastete zum Klavier, setzte sich auf den Hocker und spielte ein paar Strophen von «Blue moon», während er rezitierte: *«Blåmanden – du hast Sterne auf dem Rücken – kannst mich immer froh beglücken – wenn ich sehe dein Profiiiil…* Nicht gerade große Poesie, aber ein etablierter Standardsong, den wir zu einem selbst geschneiderten Mitsinger machten, und den wir alle vier sangen, wenn wir einmal keinen Sänger dabei hatten. Ich war der älteste, so ungefähr zehn Jahre älter als die anderen – Johan Hagenes, Bjørn Heggelund am Bass und Helge Bystøl am Schlagzeug.»

«Also dann waren Sie der Primus Motor?»

«In gewisser Weise war ich das wohl. Die Arrangements waren von mir. Ich habe uns auch die meisten Engagements besorgt, aber Helge hat die Frauen aufgerissen.» Er spielte ein paar Strophen von «Whispering» an und sang eine Strophe der populären Übersetzung: *«Geliebte, komm in meine Arme …»*

«Bei einer Gelegenheit ist das wohl Johan Hagenes auch passiert, oder?»

Er nickte zerstreut. «Sie meinen – das, was dazu geführt hat, dass er umkam?»

«Zum Beispiel.» Er spielte weiter, ohne auf die Tasten zu schauen. «Das war nicht das erste Mal, dass er dieser Frau begegnet ist.»

«Nein, das habe ich gehört.»

Das Engagement in Ustaoset Ostern 1956 kam damals wie ein Geschenk des Himmels. Er erinnerte sich noch an das Gefühl von Erwartung, als sie aus dem Zug stiegen, mit allen Instrumenten und dem Rest ihres Gepäcks. Sie wurden mit einem Wagen vom Bahnhof abgeholt und den halben Kilometer zum Hotel gebracht. Danach bekamen sie jeweils zu zweit ein Zimmer, ganz am Ende es Korridors, oben unter dem Dach des hinteren Gebäudes. Abends spielten sie; vormittags konnte, wer wollte, Ski laufen gehen. Tatsächlich wollte das nur Helge Bystøl, der die Osterferien seiner Kindheit in Kvamskogen verbracht hatte und ein beinharter Skiläufer war. Außerdem behauptete er allen Ernstes, dass es ihm abends bessere Chancen bei den Frauen bescheren würde, wenn er sie am Tage schon auf der Loipe nach Skarvet oder Tuva gesehen hatte. Helge Bystølen war der Frauenheld unter ihnen, mit seinem charmanten Lächeln und den lebendigen Augen hinter dem Schlagzeug. Aber diesmal sollte Johan Hagenes die Hauptrolle spielen.

«Sie haben sicher von Liebe auf den ersten Blick gehört, Veum?»

«Davon gehört ist genau richtig ausgedrückt.»

«Ich glaube, so etwas muss zwischen Johan und – dieser Frau passiert sein.»

Es war unübersehbar gewesen. Vom ersten Augenblick an, als die beiden Paare, mit der rothaarigen Schönheit als natürlichem Mittelpunkt, das Lokal betraten, schien der Saxophonton von Johan Hagenes eine neue Schwingung zu bekommen, und er hatte selbst noch nie «Polkadots and moonbeams» so eindringlich gespielt gehört, dass man meinte, den Text vor seinem inneren Ohr zu hören: «*There were questions – in the eye of other dancers ...*»

Die Frau mit dem roten Haar hatte den Kopf gehoben. Sie lauschte bewegungslos wie eine Elfenbeinstatue in der recht dunklen, gelblichen Beleuchtung, und der Blick, mit dem sie Johan Hagenes ansah, war ebenso überrumpelt wie direkt: «*But my heart knew all the answers – and perhaps a few things more ...*»

Durch Zufall war er ihnen in der Pause draußen im Foyer begegnet. Wer es eingefädelt hatte, dass sie sich begegneten, oder ob es nur das böse Spiel des Zufalls war, hatte er nie erfahren, aber als er an ihnen vorbeiging, hörte er die ersten Worte, die sie miteinander wechselten.

– ... Breheim.

– Johan Hagenes.

– Aber ... Sie sind auch aus Bergen?

– Ja, ich ...

Dann war er außer Hörweite gewesen.

Als sie nach der Pause auf die Bühne zurückkamen, war ihm aufgefallen, dass Johan Hagenes ziemlich erregt aussah und rote Frostrosen auf den Wangen hatte, als wäre er draußen gewesen. Wo bist du gewesen?, hatte er gefragt.

Ich brauchte plötzlich etwas frische Luft, hatte der Saxophonist geantwortet, ohne ihn anzusehen. Sein Blick war längst wieder auf der gegenüberliegenden Seite der Tanzfläche, an einem der Fenstertische, wo die Frau, die also Sowieso Breheim hieß, wieder auf ihrem Platz saß. Das erste Stück nach der Pause war denn auch passenderweise «The one I love belongs to someone else» gewesen.

«Und in der nächsten Pause hat es geknallt.»

«Was ist passiert?»

Er hob ratlos die Arme. «Das weiß der Henker ... Er ist auch in dieser Pause wieder verschwunden.»

So wie er seinen Bericht die ganze Zeit mit kurzen, ausdrucksvollen Ausschnitten aus den aktuellen Melodien illustriert hatte, stimmte er nun plötzlich ein paar trillernde Strophen an, die ich nach einer Weile als «But not for me» identifizierte. Aber sein Blick war in weiter, weiter Ferne ...

Als sie nach der zweiten Pause wieder auf die Bühne zurück wollten, wurden sie durch einen ungeheuren Radau in der Eingangshalle gestört. Die Frau mit den roten Haaren wurde unter lauten Beschimpfungen von ihrem Mann zum Ausgang geführt. Er ging mit ihren Mänteln über dem Arm direkt hinter ihr und hinter ihm folgte der Hoteldirektor mit ihren Stiefeln in den Händen, wie um sich zu versichern, dass sie auch nichts vergaßen.

So etwas muss man sich nicht bieten lassen!

Es war nicht so, wie du denkst!

Ach nein?

Es war etwas ganz anderes!

Du kriegst gleich was ganz anderes, verdammt! Und zwar so, dass du es merkst!

Der Hoteldirektor hatte versucht zu schlichten. Aber Herr Direktor Breheim!

Der wütende Mann hatte sich abrupt zu ihm umgedreht. Und Sie halten Ihre Schnauze! Was muten Sie eigentlich Ihren Gästen zu? Wenn ich meinen Geschäftsfreunden davon erzähle…

Aber Herr Direktor…

Nix aber Herr Direktor! Breheim hatte die Tür aufgestoßen und das Hotel wutschnaubend verlassen, und als der Hoteldirektor Helge Bystøl, Bjørn Heggelund und ihn selbst entdeckt hatte, hatte sich seine Wut gegen sie gerichtet. Und Sie nehmen den Nachtzug! Heute noch! Und die Rechnung werden Sie zahlen…

Wir?, fragte Helge Bystøl.

Was zum Teufel haben wir denn getan?, hakte Bjørn Heggelund nach.

Johan Hagenes war nirgends zu sehen gewesen, bis er dann mitten im ersten Stück auf die Bühne gestolpert kam. Und als Helge Bystøl gefragt hatte, wo er gewesen war, hatte er nur mit gequältem Gesichtsausdruck geantwortet: Auf der Toilette…

Ist dir klar, was du hier angerichtet hast?

Angerichtet?

«Der Hoteldirektor kochte vor Wut. Ich kann Ihnen sagen, Veum, wir wurden mitten in der Nacht in den Zug gesetzt und nach Hause geschickt wie Mängelware, und danach haben wir nie mehr ein Engagement im Ustaoset Hochfjellhotel bekommen.»

«Und das alles wegen…»

«Ich glaube… Es war, als könnten sie nicht voneinander loskommen, vom ersten Augenblick an. Wie magnetisch voneinander angezogen.»

«Und als das Ganze dann schließlich so endete, anderthalb Jahre später…»

Er nickte. «Na ja. Es kam nicht gerade überraschend, aber dass es so dramatisch enden würde, das hatte natürlich niemand voraussehen können.»

«Nein. Haben Sie jemals mit Johan Hagenes darüber gesprochen? Über seine Beziehung zu Tordis Breheim, meine ich?»

Plötzlich stand er vom Klavierhocker auf, trat zur Wand, ließ einen Finger über die Rücken seiner LP-Sammlung gleiten, als würde er nach etwas suchen, es aber nicht finden. «Einmal hat er mir erzählt... Es war spätnachts. Wir saßen auf unserem Zimmer im Hotel Alexandra in Loen, wo wir im Mai des Jahres ein Wochenende spielten.»

«1957?»

«Ja. Er erzählte mir, dass diese Frau – Tordis Breheim... Dass er nie vorher jemandem begegnet sei, der ihn so sehr beeindruckt hätte wie sie. Dass er nicht wisse, wie er ohne sie leben sollte, dass sie aber zwei kleine Kinder hätte – zwei Mädchen, wenn ich mich nicht irre –, die zu verlassen sie nicht den Mut hatte, obwohl ihre Gefühle für ihn genauso stark seien. Ich glaube...»

«Ja?»

«Ich glaube ganz einfach, es war die große Liebe seines Lebens.»

«Und zu große Dosen von fast allem können ganz einfach tödlich sein, habe ich gehört.»

Plötzlich stand er still. Ganz still. So still, dass es direkt auffällig war.

Durch die Fenster tönten die wütenden Rufe zu uns herein. Der Trainer da draußen schien kurz vorm Durchdrehen zu sein.

«Ja. Da mögen Sie Recht haben», sagte er dann. «Lebertran und Vitamine und Liebe...»

«Der Abend, als sie umkamen... Können Sie sich da an etwas Besonderes erinnern?»

«Nein, ich...»

Sie hatten zwei gewöhnliche Liedfolgen gespielt, hauptsächlich traditionelle Tanzmusik, wie das Hotel es gewünscht hatte. Er hatte schon früh im ersten Teil bemerkt, dass das Ehepaar Breheim im Saal war, und als er zu Hagenes hinüberschielte, war der schon in einer Art von Trance, wie ein zum Tode verurteiltes Nagetier vor einer Schlange. Ihm war aufgefallen, dass er, obwohl er Tordis Breheim niemals selbst von Angesicht zu Angesicht gegenübergestanden hatte, doch davon überzeugt war, dass sie grüne Augen haben musste, wie die leibhaftige Olga Barcowa aus den Detektivheften, die er als Junge gelesen hatte: Olga Barcowa, «Die grüne Gefahr!»...

Das Hotel war groß, mit Sälen und Fluren, Hintertreppen und Abseiten, und er hatte keine Ahnung, wo Johan Hagenes die Pause zwischen dem ersten und dem zweiten Teil verbracht hatte, aber als er wieder auf die Bühne kam, war es zu spät, ihn aufzuhalten, bevor das Scheinwerferlicht – jedenfalls für die, die in der Nähe saßen – den unverkennbaren Abdruck von blutrotem Lippenstift auf seinem Hemdkragen offenbarte.

Die anderen wechselten einen Blick, ebenso neidisch wie ratlos. Die fehlende Diskretion war mittlerweile auffällig, und als Johan Hagenes und Breheim nach dem zweiten Teil aufeinander losgingen, konnte sich keiner von ihnen mehr wirklich darüber wundern.

Es war ein Bild gewesen, das einem amerikanischen Melodrama würdig war. In den Armen eines Kellners, während ihm das Blut aus einem Riss in der Oberlippe tropfte, hatte Breheim wutschnaubend hinter Johan Hagenes her gesehen, der Tordis Breheim zum Ausgang führte. Johan mit einem entschuldigenden Blick auf seine Kumpels aus der Band, während Tordis Breheim mit einer Mischung aus Angst und Verzweiflung ihren Mann anstarrte.

Dass sie die beiden zum letzten Mal sahen, hatten sie sich nicht in ihren wildesten Fantasien vorstellen können. Als es geschah, hatten sie mehr als genug damit zu tun, den dritten Teil ihres Auftritts vollkommen umzugestalten, weil das Klavier jetzt das einzige Soloinstrument war.

«Erst Dienstagnachmittag habe ich erfahren, was passiert war. Da rief mich Bjørn Heggelund an und erzählte mir, Johan Hagenes und Tordis Breheim seien tot.»

«Wurde jemand von Ihnen nachher von der Polizei zum Verhör bestellt?»

«Ja, klar, aber ich glaube nicht, dass sie uns wirklich zugehört haben. Sie schienen nicht so besonders interessiert, um es mal so auszudrücken.»

«So viele Jahre später erinnern Sie sich sicher nicht mehr daran, wer damals die Untersuchungen leitete?»

«Doch, das tue ich, weil er hier in der Strasse gewohnt hat, als ich ein Junge war. Polizist Neumann haben wir ihn genannt. Hans Jacob Neumann.»

«Und wie alt könnte er sein, wenn er noch lebte?»

«Über neunzig bestimmt. Und er lebt noch. Ich weiß das. Versuchen Sie es im Domkirken-Altersheim. Da habe ich ihn gesehen, als ich das letzte Mal meine Tante Edel besucht habe.»

«Also ich muss schon sagen, Sie haben wirklich den absoluten Überblick.»

«Nicht mehr als es normal ist, in meinem Alter.»

Er spielte eine letzte Strophe auf dem Klavier, als einen natürlichen Schlusspunkt: «They can't take that away from me.»

18

Das Domkirken-Altersheim hatte Anfang der sechziger Jahre, als es neu gebaut war, eine Weile als Hotel fungiert, nachdem das ehrwürdige alte Hotel Norge abgerissen war und sich das neue auf dem Grundstück am Ole-Bulls-Platz noch im Bau befand. Norge-Apartment Hotel hatten sie es damals genannt. Es lag ruhig und zurückgezogen, mit dem St.-Jakobs-Friedhof als Pufferzone gegen den Verkehr in der Kong Oscars Gate, der üppig mit Linden, Buchen und Kastanien bewachsen war.

Der alte Mann, der sich nach Auskunft der Frau an der Rezeption so sehr über Besuch freuen würde, wohnte in einem Zimmer im siebten Stock. Er schlief mit einer Decke über den Beinen in seinem Rollstuhl, als ich hereinkam, aber die Pflegerin, die mich begleitet hatte, trat zu ihm und rüttelte ihn schnell wach. «Hans Jacob! Sie müssen aufwachen! Sie haben Besuch!»

«Was? Wen?» Er hob den Kopf und sah sich um. Als er mich erblickte, lächelte er breit, als sei ich einer seiner allerbesten Freunde von vor vielen Jahren.

«Er hört etwas schwer, aber sonst ist er ganz okay», sagte die Pflegerin, eine dunkelhaarige kleine Frau, die trotz ihres unverkennbaren Bergenser Dialekts aus ganz anderen Breitengraden stammte.

Hans Jacob Neumann sah aus wie ein gezähmter Raubvogel, wie er dort mit krummem Rücken in seinem Rollstuhl saß. Seine Stirn war hoch, seine Glatze glatt, abgesehen von einem durchsichtigen weißen Haarkranz, der unordentlich vom Hinterkopf heraufwuchs und vor dem Fenster im Westen eine Art Glorienschein um seinen Kopf herum bildete. Dort draußen erkannte ich die Glaskuppel des Hauptbahnhofs, das prächtige Altersheim an der Ecke zur Kaigaten, das jetzt von der Kunsthandwerksschule übernommen worden war, und die frivole, stalinistische Fassade des Elektrizitätswerks, das in mir immer den Drang erzeugte, mit den Beatles «Back in the USSR…» zu singen.

Ich trat zu ihm und streckte ihm die Hand entgegen. «Guten Tag, Herr Neumann!»

Er reichte mir seine. «Ja, danke, gut. Sind Sie der neue Pfarrer?»

«Nein, nein, Mein Name ist Veum! Ich bin Detektiv!»

«Was sind Sie?»

«Detektiv!»

«Ah so!» Sein Blick klarte auf. «Wie steht's denn so an meinem alten Arbeitsplatz?»

«Äh…»

«Ihr habt einen neuen Meister bekommen, wie ich sehe?»

«Ja, sie…»

«Eindrucksvolle Fliege», schmunzelte er.

«Ich arbeite jetzt selbstständig!»

«Ja, das habe ich die ganzen Jahre auch immer gemacht.»

«Ach ja?»

«Aber es hat sich niemand beschwert. Ich weiß noch… Das war irgendwann in den dreißiger Jahren. Ein kleiner Junge war spurlos verschwunden. Es stellte sich heraus, dass er mitten in einer Schulstunde abgehauen war, weil der Lehrer ihn gequält hatte. Die Lehrer damals, das konnten richtige Tyrannen sein. Na ja… Wir haben eine richtige Fahndung nach ihm gestartet, und wissen Sie, was?»

«Nein?»

«Zwei Tage später haben ihn unsere Kollegen in Oslo gefunden. Da lag er auf einer Bank und schlief. Er war ganz einfach in den Zug gestiegen, gleich hier unten, und den ganzen Weg allein gefahren, ohne dass ihn irgendjemand mal nach einer Fahrkarte gefragt hätte. Das waren noch Zeiten! Jetzt kann man nicht einmal mehr auf Toilette gehen, ohne dass jemand Geld von einem verlangt.»

«Doch nicht hier, oder?»

«Da unten!», sagte er und zeigte in Richtung Hauptbahnhof. «Aber er war stolz wie ein Gockel, als ich ihn traf. Ich wurde nämlich hingeschickt, um ihn sicher wieder zurückzubringen. Ich war damals nur einfacher Wachmeister, aber ich erinnere mich noch immer an die Zugfahrt über die Berge. Das war nämlich das erste Mal, dass ich in Oslo war.»

Ich nickte nachdrücklich, da ich sicher war, dass er zumindest das wahrnahm.

«Ich stelle Nachforschungen an!», begann ich und wurde dann beträchtlich lauter. «Ein alter Fall!»

«Ja?» Er sah mich neugierig an. Sein Gesicht war schmal, die Nase groß, die Augen blau und feucht. Seine Brust war eingefallen, und es waren nicht mehr viele Muskeln an seinem zarten Körper. Es gehörte etwas Fantasie dazu, um ihn sich vor circa fünfunddreißig Jahren vorzustellen, groß, kraftvoll die Treppen in der damaligen Hauptpolizeiwache in Bergen rauf und runter laufend, dem alten Zwangsarbeitsgebäude in der Allehelgens Gate, das es längst nicht mehr gab.

«Ein Paar, das im Meer gefunden wurde! In einem Auto! Draußen bei Hjellestad!»

Er nickte langsam, und seine Lippen bewegten sich stumm, bevor die Worte sie erreichten, wie bei einer schlecht synchronisierten Nachrichtensendung im Fernsehen. «Das stimmt. Ich erinnere mich. Es war so – wie soll ich sagen – ungewöhnlich, dass es sich mir eingebrannt hat, hier oben.» Mit einiger Anstrengung hob er einen Arm und zeigte auf seine Schläfe, wie um sich zu versichern, dass ich ihn auch nicht missverstand. «Ende der fünfziger Jahre, stimmt's?»

Ich nickte. «1957!»

«Ich weiß noch … Wir sind wegen irgendetwas stutzig geworden. Die Obduktion hatte erbracht, dass der Mann aller Wahrscheinlichkeit nach schon bewusstlos war, bevor der Wagen im Meer landete. Er hatte Spuren von Schlägen im Gesicht und auch hier.» Er zeigte wieder an seine Schläfe. «Aber als wir es näher untersuchten, stellte sich heraus, dass er sich am Abend vorher mit dem Ehemann der Frau geprügelt hatte, im Tanzrestaurant vom Hotel Norge. Und den

Schlag an die Schläfe konnte er bekommen haben, als sie ins Wasser stürzten.»

«Haben Sie das genauer untersucht?», rief ich.

Er sah mich verwundert an. «Natürlich.»

«Und zu welchem Ergebnis sind Sie gekommen?»

«Was?»

«Wie war das Ergebnis?»

«Ach so…» Er lächelte und nickte. «Der Ehemann hatte eine Art Alibi, wenn auch nicht ganz wasserdicht. Er war selbst bei der Prügelei verletzt worden, und ein Paar aus ihrem Bekanntenkreis hatte ihn begleitet – zuerst zur Notfallambulanz und dann nach Hause. Sie behaupteten beide, er wäre nicht in der Lage gewesen, Auto zu fahren. Getrunken hatte er auch. Erst am Sonntagabend lief er bei seiner Schwester auf, bei der seine Kinder übernachtet hatten.»

«Ich bin beeindruckt, wie gut Sie sich erinnern können.»

«Ach was. Aber ich hatte selbst zwei Töchter, und ich weiß noch, dass ich dachte, wie schrecklich es für sie sein musste, ihre Mutter zu verlieren und auf diese Weise.»

«Ja. Wurde nach Frau Breheim gesucht?»

«Nein. Ein Bootsbesitzer da draußen in Hjellestad hat den Wagen entdeckt – Dienstag gegen Mittag, wenn ich mich nicht irre. Breheim hießen sie, genau! Nein, er war nicht bei der Polizei gewesen. So dramatisch ihr Abgang im Hotel auch gewesen war, so wusste er ja auf eine Weise, wo sie war – oder mit wem sie zusammen war jedenfalls. Aber dass ihr etwas so Furchtbares passiert war, das konnte er sicher nicht ahnen.»

«Nein?»

«Ein unschöner Anblick. Ich werde ihn nie vergessen.»

Der schwere Kranwagen hatte den schwarzen Opel heraufgezogen. Der Wind blies kalt vom Raunefjord herein, und ein paar Polizisten standen mit düsteren Blicken dabei und sahen das Wasser aus dem Auto laufen wie aus einem zerbrochenen Aquarium. Erst als der Wagen auf dem Kai abgesetzt wurde, erkannten sie die beiden Gestalten, die sich auf den Vordersitzen aneinander geklammert hatten, sie mit starrem, gläsernem Blick hinter dem Steuer, er mit dem Gesicht an ihrer Brust, als würde er schlafen. Niemand hatte gesprochen. Alles, was sie hörten, war das immer weiter herauslaufende Wasser und die Möwen, die wie Aasgeier über ihnen schrien: die Gläubiger des Todes, immer hellwach zur Stelle.

Ich betrachtete ihn. Er war also dabei gewesen an jenem Dienstag im September 1957, als Tordis Breheim und Johan Hagenes aus dem Meer geholt wurden. Er hatte dort am Kai gestanden und sie gesehen, als die Autotür geöffnet und die beiden herausgezogen, auf Bahren gelegt und zum Obduktionsinstitut gefahren wurden, während das Auto in die technische Werkstatt der Polizei kam zur gründlichen Untersuchung.

Er hatte dort am Kai gestanden. Hans Jacob Neumann. Aber konnte er etwas berichten? Etwas, das mehr Licht in die ganze Sache bringen würde?

«Sie haben auch die Hütte untersucht?», rief ich.

«Ja, ja! Haben die Fingerabdrücke der beiden Toten gefunden – und natürlich die mehrerer anderer Personen. Die von Herrn Breheim natürlich auch, immerhin gehörte die Hütte ja ihm und seiner Frau. Die Abdrücke von diesem Kerl im Auto…»

«Hagenes!»

«Hansen?»

«Hagenes!»

«Ja… Auf einer Rotweinflasche und ein paar Gläsern, und dann noch an ein paar anderen Stellen. Außerdem noch eine Reihe von Abdrücken, die wir nicht die Gelegenheit hatten zu identifizieren.»

«Deutete irgendetwas darauf hin, dass noch andere Personen dort gewesen waren? Außer Frau Breheim und Hagenes?»

«In der Hütte?» Er legte den Kopf schief und verzog den Mund zu einer Grimasse. «Tja. Unmöglich zu sagen. Aber es waren ja nur zwei Gläser da, und an der Flasche waren nur die Abdrücke von Frau Breheim und diesem – Hageset.»

«Sie haben ein Paar erwähnt! Die ihn von der Notfallambulanz nach Hause gebracht haben! Breheim! Wissen Sie noch, wie sie hießen?»

«Nein, leider nicht. Namen sind nicht meine starke Seite. Tut mir Leid.»

Ich lächelte und gab ihm mit einer Geste zu verstehen, dass das nicht so viel ausmachte. «Haben Sie sonst etwas herausgefunden? Als Sie den Wagen untersucht haben?»

Sein Blick ging in die Ferne. «Das Einzige, woran ich mich erinnere… Die eine hintere Tür war nicht richtig zugeschlagen. Wenn es ein neuerer Wagen gewesen wäre, dann hätte wohl irgendwo eine Lampe aufgeleuchtet.»

«Es könnte mit anderen Worten eine dritte Person im Wagen gewesen und herausgesprungen sein?»

Er sah mich verständnislos an.

«Eine dritte Person! Die herausgesprungen ist?»

Wieder machte er eine Bewegung, die so viel ausdrückte wie: Wer weiß? Aber dann fügte er hinzu: «Das Saxophon von diesem Kerl lag auf dem Rücksitz. Ich glaube, wir haben uns darauf geeinigt, dass er es wohl selbst hineingelegt und die Tür nicht richtig verschlossen hatte. So was passiert schnell.»

«Ja, so was passiert schnell», murmelte ich. «Jedenfalls ist es verdammt schwierig, das Gegenteil zu beweisen, so viele Jahre später.»

«Das Einzige, was uns stutzig gemacht hat, war… Am Saxophon fehlte das Mundstück.»

«Aber das lag noch oben in der Hütte, habe ich gehört.»

Er sah mich leicht in Gedanken versunken an. «Ach ja? – Ja, das stimmt wohl. Wenn Sie es sagen. Aber es deutet jedenfalls darauf hin, dass sie es eilig hatten, als sie aufbrachen.»

«Das stimmt», sagte ich und nickte übertrieben, damit er mitbekam, dass ich seiner Meinung war.

Hans Jacob Neumann nickte und lächelte. «Gefällt es ihm denn, dem neuen Meister?»

«Ich werde dran denken, ihn zu fragen, wenn ich ihn das nächste Mal sehe.»

«Ja, so ist es immer», sagte Neumann im Konversationston, als wären wir uns zufällig bei einer der Cocktailpartys des Altersheims oder einem Altentreff, wie sie es in diesem Hause nannten, begegnet.

Ich blieb noch eine Weile sitzen, und er erzählte mir ein paar mehr oder weniger zusammenhängende Anekdoten aus seiner langen Karriere als Hüter des Gesetzes in der Stadt zwischen den circa sieben

Bergen, denn nicht einmal die Polizei hatte jemals festgelegt, welche von den sechs, sieben oder acht nun die Richtigen waren.

Als ich ging, gab er mir die Hand und sah mir direkt in die Augen. «Grüßen Sie alle da drüben von mir. Und kommen Sie bald wieder. Nichts belebt einen so wie ein Gespräch mit guten Kollegen.»

Ich nickte und lächelte und begab mich, nicht ohne einen kleinen Stich von schlechtem Gewissen in der Brust, wieder nach unten auf die Straße. Was tat ich hier eigentlich? War es nicht an der Zeit, wieder in die Gegenwart zurückzukehren und sich nicht in einem längst abgeschlossenen Fall von 1957 zu verlieren? Oder warf der wirklich so lange Schatten, wie es manchmal den Anschein hatte?

Bevor ich mich ins Auto setzte, sah ich mir die alten Grabsteine auf dem St.-Jacobs-Friedhof an. So viele Tote, so viele Geheimnisse, für immer begraben ...

19

Als ich ins Büro zurückkam, war eine Nachricht auf meinem Anrufbeantworter. *«Hallo, Veum! Hier ist Torunn Tafjord. Ich rufe aus Hamburg an. Könnten Sie mich sobald als möglich zurückrufen?»* Sie gab eine Telefonnummer an und beendete die Nachricht.

Ich dachte fünf Sekunden nach. Dann zuckte ich mit den Schultern und wählte die Nummer. Sie nahm schnell ab. «Torunn.»

«Veum.»

«Ja, prima. Danke, dass Sie zurück rufen. Haben Sie etwas darüber herausbekommen, wonach ich Sie gefragt habe?»

«Soweit ich es verstehe, handelt es sich um Utvik in Sveio. Viel mehr kann ich Ihnen nicht sagen.»

«Na gut. Und was ist mit der anderen Sache, in der Sie ermitteln?»

«Was soll damit sein?

«Ich meinte nur ... Sind Sie damit weiter gekommen?»

«Nicht viel. Ich fürchte, dass mein Ruf als Ermittler sich gerade einen kräftigen Schuss vor den Bug einfängt.»

«Tja ...», sagte sie.

«Aber», fiel ich ihr ins Wort.

«Entschuldigung…»

«Nein, ich wollte nur… Was tun Sie in Hamburg?»

«Die *Seagull* hat hier angelegt, in Erwartung besserer Zeiten.»

«Und das bedeutet?»

«Tja, es sieht so aus, als würden sie auf etwas warten. Eine Nachricht, glaube ich. Die Stimmung an Bord wirkt ziemlich gespannt, soweit ich es mitbekommen habe. Jedenfalls unter den Offizieren.»

«Aber sie wollen immer noch nach Utvik?»

«Ich glaube, ja. Sie haben in Casablanca einen Container an Bord genommen, und den wollen sie bestimmt nicht hier abladen.»

«Und was ist drin?»

«Tja, gute Frage, Veum… Ich habe keine Ahnung. Aber da ist noch etwas, was ich Sie gerne fragen würde.»

«Schießen Sie los.»

«Sagt Ihnen der Name Birger Bjelland etwas?»

Ich verstummte.

«Hallo. Sind Sie noch da?»

«Ja.»

«Haben Sie mitgekriegt, wonach ich Sie gefragt habe?»

«Ja, aber… Er sitzt im Knast.»

«Ach, wirklich? Kann das vielleicht der Grund sein?»

«Der Grund wofür?»

«Dafür, dass sie hier liegen bleiben.»

«Schon möglich, aber wenn sie warten wollen, bis Birger Bjelland wieder rauskommt, dann fürchte ich, werden sie eine ganze Weile dort liegen bleiben.»

«Was ist er für ein Kaliber?»

«Tja. Was soll ich sagen? Er ist Geschäftsmann, um es mal freundlich auszudrücken. Verwickelt in verschiedene Formen von Kriminalität, würden andere sagen. Er sitzt unter anderem, weil er an einem umfassenden Prostitutionsring beteiligt war, den ich selbst mit habe hochgehen lassen.»

«Nicht schlecht!»

«Nun befindet sich das Mafiawesen in Norwegen Gott sei Dank noch in einem frühen Entwicklungsstadium, und wir wollen hoffen, dass es sich auch nicht weiterentwickelt. Im europäischen Vergleich ist Birger Bjelland ein Zwerg, aber hier zu Hause hat er wohl bei so manchen Machenschaften seine Finger im Spiel gehabt. Der graue Geldmarkt, die Schattenseiten des Trabrennmilieus und, wie schon gesagt, die organisierte Prostitution.»

«Könnte er auch etwas mit Trans World Ocean zu tun haben?»

«Ein interessanter Gedanke, muss ich sagen. Es gibt da etwas, das ich den geschäftsführenden Direktor Halvorsen verdammt gerne gefragt hätte, wenn er sich das nächste Mal weigert, mit mir zu sprechen.»

«Hatten Sie Schwierigkeiten, an ihn heranzukommen?»

«Schwierigkeiten ist gar kein Ausdruck, meine Liebe!»

«Hm.»

«Aber wie sind Sie auf seinen Namen gestoßen?»

«Ich habe zufällig ein Gespräch zwischen zwei Offizieren mit angehört.»

«Zufällig?»

«Ja.»

«Ich sehe, Sie haben Ihre Methoden.»

«Wie Sie Ihre.»

Ich nickte stumm. Als könnte sie mich sehen. «Vielleicht sollte ich ...»

«Ja?»

«Ich kann ein bisschen telefonieren. Und ich könnte nach Sveio rausfahren und sehen, ob ich da auf etwas stoße. Wenn nichts anderes dazwischenkommt, kann ich morgen hinfahren. Wäre das interessant für Sie?»

«Sehr!»

«Im Gegenzug ...»

«Mhm?» Sie klang, als erwarte sie, dass ich etwas Unanständiges vorschlug.

«Na ja ... Wenn der Name Fernando Garrido irgendwie auftauchen sollte, dann zögern Sie keine Sekunde und rufen Sie mich an, egal zu welcher Tages- oder Nachtzeit!»

Sie lachte leise. «Okay, Chef.»

«So hat mich nun wirklich noch niemand genannt.»

«Ein Mal muss ja das erste sein, oder?»

«Klar.»

«Okay, dann machen Sie's gut so lange.»

«Sie auch.»

Ich legte auf und betrachtete das Telefon, als würde ich irgendwie erwarten, dass sie noch einmal zurückrief.

Das tat sie nicht, also holte ich meinen Straßenführer heraus und sah mir an, wo Utvik in Sveio lag. Dann rief ich bei Bodil Breheim und Fernando Garrido an. Dort nahm noch immer niemand ab. Berit Breheim rief ich nicht an. Mit ihr wollte ich persönlich sprechen, diesmal bei ihr zu Hause.

20

Der Stavkirkeveien lag abseits, eine Sackgasse mit einigen erlesenen Einfamilienhäusern auf dem Höhenzug zwischen Fantoft und Paradis. Der Name war missverständlich, denn wenn man zu der abgebrannten Stabkirche von Fantoft wollte, musste man von der Straße abbiegen und einem Pfad durch den Wald folgen. Der Stavkirkeveien führte einzig und allein zum Fana Tennisclub, den anzuzünden sich niemand jemals die Mühe gemacht hatte. Aber auch diese Anlage hatte eindeutig bessere Zeiten gesehen.

Das Haus, in dem Berit Breheim wohnte, lag diskret zurückgezogen hinter einem grünen Maschendrahtzaun und einer dichten Hecke aus hoch gewachsenen Rhododendronbüschen, die voller Knospen waren. Als ich die schwarze, schmiedeeiserne Pforte öffnete, hörte ich ein Klingelsignal aus dem Haus, und als ich die Treppe zur Eingangstür hinaufstieg, krächzte es aus der Gegensprechanlage: «Hallo?»

«Hier ist Veum.»

«Einen Moment.»

Eine halbe Minute später hörte ich ihre Schritte hinter der Tür. Das Licht im Flur wurde eingeschaltet und gab den matten, gelben Scheiben in der Tür Farbe. Sie öffnete und sah mich fragend an. «Haben Sie sie gefunden?»

«Nein, leider nicht.»

Sie trug eine enge, dunkelgrüne Satinhose und ein locker hängendes Oberteil in einem etwas helleren Grün. «Und was wollen Sie dann jetzt?»

«Kann ich einen Moment reinkommen?»

Sie sah nicht so aus, als hätte sie dazu Lust.

«Ich habe nur ein paar zusätzliche Fragen.»

Sie lächelte gezwungen. «Also gut. Es wird ja wohl hoffentlich nicht lange dauern.»

«Ich dachte, Ihr Verfahren wäre heute beendet.»

«Es warten aber schon neue!», sagte sie ärgerlich.

«Ja, natürlich … Aber ich habe mich schließlich nicht selbst engagiert!»

«Nein, ich … Tut mir Leid.» Sie musste wieder lächeln, diesmal eher resigniert. «Ich bin immer etwas gereizt, wenn ein Fall erledigt ist, und nur noch das Urteil aussteht. Ich meine … Man hat viel Engagement investiert, das – na ja, es ist nicht immer so leicht, vor sich selbst zu rechtfertigen, womit man seine Zeit vertut.»

«Ach …»

«Ich denke an das, was Sie heute Morgen gesagt haben, als wir uns im Gericht trafen. Aber Sie müssen bedenken … Wir haben ein Rechtssystem aufrechtzuerhalten. Sogar der schändlichste übergriffige Mensch hat Anspruch auf gerechte Behandlung.»

«Natürlich. Ich wollte eigentlich nicht …»

«Nein, das will man nie, oder?», konterte sie ironisch, als befände sie sich noch immer vor Gericht. «Aber … Was wollten Sie mich fragen?»

Ich sah mich um. Wir standen im Hausflur. An den dunkelroten, leicht burgunderfarbenen Wänden hingen Tierbilder: Ein paar Jagdhunde, einer davon mit einem Rebhuhn im Maul, ein paar Katzen, die mit einem Wollknäuel spielten. Harmlose Bilder, auf denen nichts an Menschen erinnerte, abgesehen davon, dass jemand sie gemalt hatte.

Sie sah auf ihre Uhr. «Na gut! Kommen Sie rein …»

«Erwarten Sie jemanden?»

«Ich erwarte – einen Freund. Aber er kommt noch nicht sofort.»

Ich nickte und folgte ihr eine halbe Treppe hinauf und in ein Wohnzimmer. Es lag nach hinten hinaus, zu einem kleinen Garten mit Obstbäumen, Rosenbüschen und Blumenbeeten. Eine Schiebetür führte auf eine geflieste Terrasse, auf der weiße, elegante Gartenmöbel standen, weder von IKEA noch von Bohus, soweit ich es beurteilen konnte. Aber die Terrassentür war geschlossen. Es war noch nicht warm genug für kleine Tête-à-têtes unter freiem Himmel. Stattdessen hatte sie einen kleinen Tisch vor dem Fenster gedeckt: Zwei Sets, Teller, Besteck, Weingläser und noch nicht brennende Kerzen.

Ich zog ein klein wenig die Augenbrauen hoch. «Das sieht fast aus, als hätten Sie etwas zu feiern.»

Sie sah mich genervt an. «Dass ich die Verhandlungen hinter mir habe!»

«Haben Sie vielleicht den Amtsrichter eingeladen?»

Sie lächelte säuerlich. «Könnten wir zur Sache kommen? Zu unserer, meine ich!»

Ich nickte, und sie sagte: «Nun setzen Sie sich doch!»

Ich nahm auf einem teuren, dunkelbraunen Rindsledersofa mit goldenem Unterton Platz und ließ meinen Blick über die Kunst an den Wänden wandern. Auch hier dominierte die Natur, aber diesmal waren es hauptsächlich Blumenwiesen und Bäume, abgesehen von einem dramatischen Bild eines harpunierten Wals, den eine Gruppe von Walfängern in der Kleidung des frühen 19. Jahrhunderts an Land gezogen hatte. Die Meereslandschaft war überwältigend – möglicherweise eine I.-C.-Dahl-Reproduktion. Die maritime Einrichtung gipfelte in einem großen Aquarium, das von hinten beleuchtet und mit ausgesucht dekorativen Fischen bestückt war, die sich elegant durch das Wasser bewegten.

Sie seufzte demonstrativ und sagte ungeduldig: «Also!»

«Ja, ja ... Ich bin nur so fasziniert von Ihren Bildern. Sie spiegeln ja wohl einen Teil Ihrer Persönlichkeit wider, der – ja, der im Gericht jedenfalls kaum zum Ausdruck kommt.»

«Aber Sie sind nicht hergekommen, um mir zweifelhafte Theorien über meine Persönlichkeit darzulegen, oder?» Sie fuhr sich durch das hier zu Hause dekorativ zerzauste rote Haar.

«Na gut. Ich möchte noch einmal auf diese Dreiecksbeziehung von vor ein paar Jahren zurückkommen.»

Sie sah mich abweisend an. «Sagen Sie mal, kommen Sie mir etwa noch mal mit meiner Mutter und ihrer Affäre?»

«Nein, diesmal nicht. Es geht um Sie selbst, Ihre Schwester und Hallvard Hagenes – 1972, stimmt das?»

«Aha? Vor – wie lange ist das her – einundzwanzig Jahren?»

Ich nickte. «Eine lange Zeit im Leben mancher Menschen.»

«Ja? Und was wollen Sie damit sagen?»

«Aber nicht so lange, dass man nicht immer noch Groll empfinden könnte.»

«Hören Sie, Veum…»

Ich hob die Hand. «Ich habe mit Ihrer Stiefmutter gesprochen.»

«Mit Sara? Aha… Und was hatte sie dazu zu sagen?»

«Sie hatte Folgendes zu sagen: Nämlich dass die Tatsache, dass Hallvard Hagenes Sie damals wegen Bodil verlassen hat, so tiefe Spuren…»

Sie öffnete den Mund und schnaubte laut, mit einem verächtlichen Gesichtsausdruck.

«…dass Sie seitdem wie Hund und Katze gewesen seien, um ihren eigenen Ausdruck zu verwenden. Sie und Bodil, noch viele Jahre danach.»

«Das ist das Dümmste, was ich je gehört habe! Ich war immerhin bei ihrer Hochzeit. Wir haben uns bei – familiären Gelegenheiten getroffen.»

«Und wie oft?»

«Oft genug.»

«Außerdem hat sie erzählt, dass Sie über das Grundstück in Morvik in Streit geraten sind.»

«Meine Güte, sie ist wieder übergeschwappt! Die Geschichte hatten wir doch schon lange aus der Welt!»

Ich beugte mich vor. «Sagen Sie, wie oft haben Sie Bodil und ihren Mann gesehen?»

Sie hob die Arme. «Oft genug, hab ich doch gesagt! Soll ich hier für jedes Mal Rechenschaft ablegen? Was hat das damit zu tun, dass sie verschwunden sind?»

«Wenn sie nicht bald auftauchen, werden Sie gezwungen sein, zur Polizei zu gehen! Eine Suchaktion in der Presse wird sehr viel effektiver sein, als wenn ich herumlaufe und meine Nachforschungen bei einem mehr oder weniger zufälligen Personenkreis anstelle.»

«Keine Polizei, bevor wir nicht ganz sicher sind, habe ich gesagt!»

«Sicher in Bezug auf was?»

«Dass sie wirklich verschwunden sind!»

«Aber zurück zu … Wann haben Sie sie das letzte Mal gesehen?»

«Bodil …» Sie sah nachdenklich vor sich hin.

«Denn als Sie Fernando von der Polizeiwache nach Hause gefahren haben, da haben Sie sie nicht gesehen?»

«Nein, das hab ich doch gesagt! Ich habe ihn nur vor der Tür abgesetzt. Aber ich hatte ja am Telefon mit ihr gesprochen. Das habe ich Ihnen erzählt.»

«Ihre Stiefmutter erwähnte etwas von einem Weihnachtsbesuch bei einem Ihrer Halbbrüder. Rune, stimmt's?»

Sie nickte.

«Sie hatte weder Bodil noch Sie seitdem gesehen. Und Sie? Haben Sie Ihre Schwester seit Weihnachten gesehen?»

Ihr Blick wurde ausweichend. «Na ja … Wir hatten beide viel zu tun.»

«Als Ihr Schwager wegen dieser Randaliererei eingebuchtet wurde, warum bat er darum, dass Sie ihn vertreten sollten?»

«Er kannte wohl niemand anderen!»

«Ach nein? In seiner Branche?»

«Er brauchte da ja nun nicht gerade einen Geschäftsanwalt.»

«Nein, aber … Als Sie mit ihm sprachen … Hat er nichts davon gesagt, was der Grund für den Streit gewesen war?»

«Nein. Kein Wort. Und ich habe ihn auch nicht gefragt.»

«Warum nicht?»

«Sie haben nichts mit meinem Privatleben zu tun, also …»

«… haben Sie auch nichts mit ihrem zu tun?»

«Genau.»

«Aber Sie wollen, dass ich sie finde?»

«Ich will wissen, dass ihnen nichts passiert ist!»

«Richtig.» Nach einer kurzen Pause fügte ich hinzu: «Und was ist mit dem Privatleben, das nun also einundzwanzig Jahre her ist? Können wir vielleicht darüber sprechen?»

«Nein. Weil es nichts mit der Sache zu tun hat.»

«Aber Sie hatten Halvard Hagenes zuerst kennen gelernt?»

«Ich will nicht darüber reden, hab ich gesagt!»

«Ist es lange her, seit Sie ihn zuletzt gesehen haben?»

Sie war jetzt rot im Gesicht. «Sagen Sie mal, wie oft muss ich es Ihnen denn noch sagen?»

«Hören Sie... Ich wiederhole, was ich schon gesagt habe: Ich habe mich nicht selbst engagiert. Sie haben mich selbst an Hallvard Hagenes verwiesen...»

«Ich habe ihn kurz erwähnt, ja! In Verbindung mit dem, was mit Mutter passiert ist – und seinem Onkel.»

«Aber dann tauchte sein Name noch in einem anderen Zusammenhang auf, nämlich in diesem. Und nicht einmal jetzt wollen Sie zugeben, dass Sie einmal mit ihm zusammen waren.»

«Zugeben? Da gibt es doch nichts... Es waren Tropfen im Meer, Veum. Vor langer, langer Zeit.»

«Möglicherweise muss ich noch einmal mit ihm sprechen, wenn Sie mir also vielleicht zuerst Ihre Version erzählen würden, dann...»

«Herrgott noch mal!» Wieder sah sie auf die Uhr. «Was wollen Sie denn haben? Geständnisse eines jungen Mädchens? Oder vielleicht lieber – einer jungen Frau?»

Eine Frau, die liebt, zum allerersten Mal.

Das war sie gewesen. Und er hatte sie betrogen, mit ihrer eigenen Schwester.

«Was soll ich sagen? Was gibt es da viel zu erzählen?» Ihr Ton klang fast entspannt. «Hallvard und ich waren zusammen. Es kam zu einer Episode...»

Sie erinnerte sich...

Oder doch nicht?

Die ersten Blicke am Mittagstisch? Ein Lachen aus dem Garten, während sie drinnen Saft und Wasser holte? Ein paar schnelle Schritte voneinander weg, als sie einmal plötzlich um die Ecke kam, als Hallvard und Bodil...

Aber sie hatte sich nichts eingebildet. Es war der Anfang gewesen von etwas, das plötzlich ausbrach wie eine Krankheit, bis sie dann alle plötzlich wieder gesund waren und Hallvard aus ihrem Leben verschwand, als hätte es ihn nie gegeben.

Sie erinnerte sich …

Sie waren in Hjellestad gewesen, und sie musste wegen einer fiebrigen Sommererkältung im Bett bleiben, während Hallvard mit Bodil und «wohl noch ein paar Freundinnen» nach Grønneviken gegangen war, um zu baden.

Sie erinnerte sich, als wäre es gestern gewesen!

Sie hatte drinnen gelegen und draußen war starkes, klares Licht gewesen. Von weit, weit weg hatte sie die Geräusche spielender Kinder gehört, einen Außenborder auf dem Fjord, ein lautes Radio.

Sie hatte sich zurückgesetzt gefühlt, so von allem Leben ausgeschlossen, dass sie dem Fieber getrotzt, sich Jeans, ein T-Shirt und Turnschuhe angezogen hatte und durch den Wald nach Store Milde gegangen war und von dort aus nach Grønneviken und zu dem neu angelegten Forellenbecken. Sie war an den Besuchertoiletten vorbei zum See hinuntergegangen, aber sie waren nirgends zu sehen. Dann war sie einer Eingebung folgend die Felsen hinauf zwischen die Bäume gegangen, wo oft Leute lagen und sich sonnten.

Dort hatte sie sie gesehen …

Sie war stehen geblieben, wie festgefroren, und so hatte sie sich auch gefühlt, wie ein Eisblock, von Kopf bis Fuß, mit einem Raureifring um das Herz. Hallvard und Bodil …

Sie hatten auf einer Decke gelegen, und es waren keine Freundinnen zu sehen gewesen. Bodil hatte auf dem Rücken gelegen, die Beine leicht gespreizt, er auf der Seite, über sie gebeugt. Mit der einen Hand hatte er ihr über die Hüften gestrichen, auf die andere hatte er den Kopf gestützt. Bodils Finger spielten mit seinem halblangen Haar. Dann zog sie ihn zu sich herunter, und es war, als würden sie in einem endlosen, elektrisierenden Kuss verschmelzen …

Sie hatte dagestanden, im Schatten der Baumkronen.

Hallvard und Bodil hatten sich geküsst und geküsst.

Leise war sie davongegangen, ohne sich zu erkennen zu geben, aber als sie einige Stunden später zur Hütte zurückkamen, Bodil mit hektischen Rosen auf den Wangen und Hallvard mit einem Blick, der immer nur auswich, mussten sie es ihr dennoch angesehen haben. Hast du uns gesehen?, hatte Bodil gefragt, bei einer Aussprache mehrere Monate später. Warst du da, als wir es gemacht haben? Als ihr was gemacht habt, kleine Schwester? Was denn?

«Sind Sie jetzt zufrieden, Veum?» Sie sah mich wütend an, als hätte ich sie verletzt. «Macht es Sie vielleicht an, solche Geschichten zu hören, aus einem Frauenmund?»

Ich schüttelte den Kopf, und sie erzählte weiter. «Sie waren eine Weile zusammen, Bodil und er. Dann war auch das vorbei. Ich glaube – sie hatte erreicht, was sie wollte. Sie wollte nur ein Exempel statuieren, irgendwie. Zeigen, dass sie ihrer großen Schwester gewachsen war, dass sie jetzt selbst erwachsen war. Und Hallvard…» Sie zuckte mit den Schultern. «Es kamen andere Männer.»

«Ja?»

«Ja», sagte sie kurz. «Aber jetzt habe ich wirklich keine Zeit mehr, Veum. Ich muss das Essen vorbereiten.»

«Ja, tut mir Leid.» Ich stand auf. «Ihr Exmann, Rolf…»

«Er hat nun wirklich nichts damit zu tun!» Sie wurde wieder rot im Gesicht. «Solche Fälle übernehmen Sie doch nicht, oder etwa doch?»

«Nein, aber…»

«Dann würde ich Ihnen empfehlen, sich an Ihr Wort zu halten. Rolf war ein Arschloch, der größte Fehlgriff meines Lebens, und wenn Sie seinen Namen noch einmal in meinem Beisein erwähnen… Ich warne Sie, Veum. Tun Sie es nicht!»

«Tja…» Ich hob resigniert die Arme. «Aber dann habe ich mein Pulver wohl verschossen. Ich weiß ganz einfach nicht, was ich noch tun soll. Morgen werde ich es in eine andere Richtung versuchen. Vielleicht gibt es eine Verbindung zu Trans World Ocean, auch wenn ich noch nicht recht weiß, welche.»

«Aber er hat da doch gekündigt, haben Sie gesagt.»

«Ja, und zwar fristlos, wie es heißt.»

Sie sah mich fragend an. «Finden Sie nicht… Das sieht doch fast aus, als wäre alles durch und durch geplant gewesen, oder etwa nicht?»

«Wie meinen Sie das?»

«Zuerst kündigt Bodil – und macht sich selbstständig. Dann kündigt er. Als hätten sie beide alles abgeschlossen!»

«Irgendwie schon – ja.»

Sie starrte ernst vor sich hin, und wie als Schatten, der über ihr Gesicht huschte, sah ich, woran sie dachte: An den Todespakt 1957, wenn es denn einer gewesen war.

Sie brachte mich hinaus und blieb auf der Treppe stehen, bis ich die Pforte hinter mir zugemacht hatte. Noch einmal hörte ich von drinnen das Warnsignal. Ich setzte mich ins Auto, fuhr bis ans Ende der Strasse, wendete und fuhr langsam wieder hinunter. Direkt vor der Ausfahrt zum Storetveitveien stellte ich mich an die Seite und holte mein Handy heraus. Ich wählte die Nummer, die Hallvard Hagenes mir im Auto gegeben hatte. Keiner nahm ab. Ich wählte seine Privatnummer. Auch dort ging niemand dran. Vielleicht war er beruflich unterwegs. Wenn er nicht zum Abendessen bei einer gemeinsamen Bekannten eingeladen war…

Ich konnte natürlich sitzen bleiben und warten. Oder ich konnte in einer Stunde wiederkommen, noch einmal bei Berit Breheim klingeln und wahrscheinlich endgültig gefeuert werden. Ich könnte versuchen, mich durch die Hecke zu zwängen, ums Haus herum zu schleichen und einen Blick durch das Wohnzimmerfenster zu riskieren. Aber die Pforte war an die Alarmanlage angeschlossen. Vielleicht hatte sie sich auch auf andere Weise abgesichert. Ich konnte natürlich auch im Auto sitzen bleiben, bis ihr Gast wieder herauskam – später am Abend, tief in der Nacht oder vielleicht erst am nächsten Morgen.

Ich beschloss, dass ich meinen Nachtschlaf selbst brauchte und fuhr stattdessen nach Hause. Ich musste früh wieder raus. Zwischen Utvik in Sveio und mir lagen zwei Fährstrecken und zwei bis drei Stunden Autofahrt in jede Richtung. Früh am Dienstagmorgen saß ich im Auto auf dem Weg nach Halhjelm, aus dem Autoradio tönte der Lokalsender von Hordaland, und so viel schlauer klangen meine Gedanken gerade auch nicht.

21

Beim staatlichen Straßenbauamt hielt man immer noch an dem Traum einer fährfreien Hauptstraße von Stavanger nach Trondheim fest. Der Tunnel unter dem Bjørnafjord war zwar noch Lichtjahre entfernt, aber für die Dreiecksverbindung in Sunnhordaland hatten die Politiker ihren Segen gegeben, so dass die Autofahrer sich schon über höhere Fährpreise als Anzahlung für die geplanten Mautgebühren des Projekts freuen konnten. Den Zeitungen zufolge würde es trotzdem noch lange dauern, bis man überhaupt mit den Sprengarbeiten beginnen konnte. Die Mühlen des Staates mahlen langsam, in Sunnhordaland wie überall sonst.

Zwei Fähren und vier Tassen Kaffee später war ich unterwegs durch das Sveioland, auf dem Riksvei 47 nach Haugesund. Beim Verwaltungszentrum in Sveio bog ich wieder ab und folgte den Schildern die Küste entlang. Schließlich musste ich die Karte bemühen, um mich auf dem letzten Stück nicht zu verfahren.

Eine breite, asphaltierte Ausfahrt zum Meer hin war mit einem soliden Tor versperrt. Um das Grundstück herum stand ein drei Meter hoher Zaun, oben mit Stacheldraht gesichert. Am Tor hing ein Schild mit der Aufschrift: *ZUTRITT VERBOTEN. INDUSTRIEGELÄNDE.*

Ich stieg aus dem Wagen und näherte mich vorsichtig. Auf der anderen Seite des Tores zog sich die Straße weiter durch eine natürliche Vertiefung in der Landschaft und verlor sich dann aus meinem Blickfeld. Ich drückte gegen das Tor. Es war verschlossen und zusätzlich mit einer soliden Kette plus Vorhängeschloss gesichert. Man brauchte besseres Werkzeug als das, was ich dabei hatte, um es zu öffnen.

Stattdessen nahm ich die Umgebung in Augenschein. Ganz hinten konnte ich vage das Meer erkennen. Auf beiden Seiten der Senke wuchs die Vegetation dicht, aber niedrig, gestutzt von dem starken Wind, der so oft an diesem Küstenstreifen wütet. Es sollte nicht unmöglich sein, auf einen der Felsen außerhalb des Zaunes zu gelangen, um etwas mehr zu sehen.

Ich fuhr den Wagen rückwärts ein Stück die Straße wieder hinauf und parkte so weit am Rand, dass sogar ein Betonlaster vorbeikommen konnte. Dann peilte ich den nächsten Steinhügel an und kämpfte mich durch das Gebüsch am Straßenrand. Nach zehn Minuten Kämpfen und Klettern kam ich aus dem Dickicht heraus auf einen kahlen, windgepeitschten Felshügel. Von hier aus konnte man direkt bis Sletta sehen, wo das Meer die Ärmel hochgekrempelt hatte und die Möwen wie losgerissene Schaumflocken tief über den Wellenkämmen standen. Genau im Süden sah ich den Leuchtturm von Ryvarden, im Nordwesten die Südspitze von Bømlo.

Direkt unter mir lagen die Gebäude, die einmal zu einer aktiven Küstenindustrieanlage gehört haben mussten. Jetzt wirkten sie völlig ausgestorben. Die Winschen am Kai waren längst demontiert, viele Fensterscheiben zerbrochen, und kein Schiff hatte angelegt. Das Einzige, was benutzt zu werden schien, war der frisch asphaltierte, breite Wegstreifen hinunter zur Kaianlage.

Der Felsen, auf dem ich stand, führte steil hinunter auf den hohen Gitterzaun zu, der Unbefugte auch von dieser Seite aussperrte. Wenn ich jemals wieder hierher kommen sollte, müsste ich an einen Bolzenschneider denken. Jetzt sah ich keinen Grund, mich mit dem Zaun anzulegen.

Ich blieb noch eine Weile dort stehen und sah auf das Meer. Vor mir lag eine eindrucksvolle, raue Meereslandschaft. Es brauchte nicht viel Fantasie, um die Wikingerschiffe entlang der Küste fahren zu sehen, von den Tagen Harald Hårfagres bis zur Blütezeit Norwegens unter Håkon Håkonsson und Magnus Lagabøte. Jetzt war eine neue Zeit. Die Wikingerschiffe waren durch Kreuzfahrtschiffe und Schnellboote ersetzt worden, und weit dort draußen, hinter dem Horizont, wartete nicht Island, sondern die Ölplattformen in der Nordsee.

Ich riss mich los und ging wieder zum Auto zurück. Ein oder zwei Kilometer zuvor war ich an einem Landhandel vorbeigekommen. Auf dem Rückweg ging ich kurz hinein.

Der Laden war heruntergekommen und nur teilweise modernisiert, aber so altmodisch, dass ein Kaufmann hinter dem Tresen stand, war er doch nicht. Die Waren standen auf Regalen, und am Ausgang gab es eine Kasse. Die Auswahl war reichlich begrenzt, soweit ich es beurteilen konnte, aber die Hüttenbewohner der Umgebung hatten wohl auch noch nicht ihren Sommereinzug gehalten.

Eine blonde, etwas mollige Frau in den Fünfzigern räumte in den Regalen auf. Als ich herein kam, sah sie mit lebendigem, neugierigem Blick auf. Ich sah mich um. «Eine Vollmilchschokolade und eine Flasche Mineralwasser, bitte.»

«Aber selbstverständlich, dafür sind wir ja da», sagte die Frau und griff nach der größten Tafel, die sie finden konnte. «Ist die richtig?»

«Ja, danke.»

«Soll es mit oder ohne Kohlensäure sein?»

«Mit.»

Als ich bezahlt hatte und sie dabei war, mir den Großeinkauf in eine Plastiktüte zu packen, fragte ich, so locker ich konnte: «Sagen Sie… Diese Industrieanlage unten am Meer, ist da zurzeit irgendwas los?»

Sie sah mich an, hielt dabei die Waren in den Händen, als wolle sie sie plötzlich nicht hergeben. «Industrieanlage? Den alten Starfish, meinen Sie?»

«Ja – genau.» Ich zeigte in die Richtung. «Hinter einem Tor, unten am Wasser.»

«Dann ist die Antwort: Ja – und Nein.»

«Und das bedeutet?»

«Sie sind 1989 in Konkurs gegangen. Da war die Anlage seit Anfang der zwanziger Jahre in Betrieb gewesen. Aber dann haben sie so ein paar junge Spunde gerufen, die sie übernahmen. Zwei Jahre später wurde abgeschlossen, und es war aus. Meine Tochter hat da unten gearbeitet. Jetzt ist sie auch nach Haugesund gezogen.»

«Damit haben Sie den Teil der Antwort erklärt, der Nein lautete.»

«Genau. Denn die Kaianlage wird noch genutzt, wozu auch immer.»

«Ach ja?»

«Ja, in regelmäßigen Abständen kommen Wagen. Vielleicht nicht ganz regelmäßig und sehr oft nachts.»

«Was für Wagen?»

«Tankwagen würde ich sie fast nennen. Mein Schwiegersohn meint, es könnte was mit der Abfalldeponie zu tun haben.»

«Aha.»

«Aber ich weiß es nicht. Ich hab von so was keine Ahnung.»

«Tja, das klingt durchaus möglich. Problemmüll wahrscheinlich, der ausgeschifft wird.»

«So was hat er auch gesagt.»

«Aber Sie haben nie jemand gesehen? Kommt es nicht vor, dass einer anhält und einkauft?»

«Wenn sie ganz selten mal am Tag kommen, schon. Meistens kaufen sie nur schnell Zigaretten. Oder sie wollen was zu trinken – Cola, Mineralwasser… Aber ich hab sie nie nach was gefragt. Ich gehöre nicht zu denen, die unpassende Fragen stellen.»

«Nein?»

«Nein. Das geht mich ja nichts an. Ich bin froh für den kleinen Umsatz, den es bringt. Ich kann Ihnen sagen… Früher war in Utvik mehr Leben. Sie sollten mal die Alten von den großen Heringsjahren erzählen hören.»

«Das ist inzwischen ganz schön lange her.»

«Ja. Viel zu lange, wenn Sie mich fragen. Viel zu lange.»

Als wir festgestellt hatten, dass wir uns auch in dieser Sache einig waren, gab es offensichtlich nicht mehr viel, was ich aus ihr herausholen konnte. Endlich beschloss sie, mir die Plastiktüte mit der Schokolade und dem Mineralwasser zu überreichen, als sei sie etwas, das ich mir durch lange und treue Dienste verdient hätte. Ich dankte für den Einkauf, setzte mich ins Auto und wandte mich wieder Richtung Norden.

Neue Fährfahrten warteten, neue Tassen Kaffee, die zu lange in der Maschine gestanden hatten, und dieselben alten Matrosen mit dem Kompass im Blick. So war die Welt der Vestländer, weil sie einmal beschlossen hatten, sich in einem Teil des Landes niederzulassen, der vor allem aus verstreuten Inseln, hohen Bergen und tiefen Fjorden bestand. Der Albtraum eines jeden Straßenbauamtleiters, für die meisten anderen Alltag.

In Valevåg musste ich eine halbe Stunde warten. Als die Fähre endlich durch den schmalen Sund hereintuckerte, war ich beinah schon eingeschlafen.

22

Auf der Fähre zwischen Sandvikvåg und Halhjem aß ich etwas Warmes, Frikadellen in brauner Soße. Von Halhjem aus rief ich Hallvard Hagenes an. Er saß auf dem Flughafen und wartete auf eine Tour, sagte er. Ich könnte es wieder versuchen, wenn ich mich der Stadt näherte. Oben auf den Vallaheiane fuhr ich an den Straßenrand. Das ganze Bergental breitete sich vor mir aus, geschmückt wie mit Flitter in der diesigen blauen Dämmerung. Ich rief noch einmal an. Jetzt hatte er eine Tour nach Åsane.

«Wie lange wird es dauern?»

«Hören Sie, Veum. Eine kleine Pause wird mir ganz gut tun, wenn diese Tour vorbei ist. Das Café Caroline am Bahnhof. Wir können uns da in circa einer halben Stunde treffen.»

«Okay.»

Er kam nur fünf Minuten zu spät. Ich hatte mich an ein Fenster gesetzt. Durch die hohen Scheiben zur Kaigate sah ich die kleine Kapelle, die einmal zum Nonneseter Kloster gehört hatte. Vor nicht langer Zeit wurde bekannt, dass sich im Nachbargebäude ein Bordell befand – oder Massageinstitut, wie sich solche Etablissements heutzutage gerne nennen.

Hallvard Hagenes holte sich eine Tasse Kaffee und eine Waffel und setzte sich dann mir gegenüber.

«Wir sind nicht ganz fertig geworden gestern», begann ich.

Er schmierte sich Marmelade aus einem kleinen Becher auf die Waffel. «Nein?»

«Es gibt noch mehrere Unklarheiten, bezüglich unterschiedlicher Zeitpunkte, sozusagen.»

Er klappte ein Waffelherz zusammen und schob es sich Stück für Stück in den Mund. «Ach ja?», murmelte er zwischen zwei Bissen.

«Aber um am Anfang anzufangen: Was damals zwischen Ihrem Onkel und Tordis Bregheim geschah, darüber wissen Sie wahrscheinlich nicht so viel …»

«Nicht so viel? Ich kenne kaum den tatsächlichen Verlauf. Es war die Rede von einem Todespakt, wie ich Ihnen gestern schon gesagt habe. Aber sonst … Das war nicht gerade eine Geschichte, über die man sich im Beisein kleiner Kinder unterhielt, und ich war ungefähr zwei Jahre alt damals. Später war es nichts anderes als ein Ereignis aus der Vergangenheit, für kurze Zeit wieder ins Bewusstsein gerückt, weil ich Berit begegnet war.»

«Okay. Dann kommen wir also zum nächsten Punkt, als Sie Berit wegen ihrer Schwester Bodil verließen.»

Er starrte mich unwirsch an. Einen Moment lang hörte er auf zu kauen. «Was man so verlassen nennt. Sie war es, die …»

«Aber Sie wurden auf frischer Tat ertappt, oder? Sie und Bodil?»

«Auf frischer Tat? Wovon reden Sie da?»

«In Grønneviken.»

«Sagen Sie mal, wer hat Ihnen denn … Hat Berit etwa …»

Grønneviken, Ende Mai 1973 …

Doch, er musste es zugeben. Die kleine Schwester von Berit hatte ihn an der Angel gehabt, mit ihrem herausfordernden Blick, dem betörenden Lächeln und ihrem kleinen, geschmeidigen Körper.

Als Berit Fieber bekam und im Bett bleiben musste, hatte er nicht das Geringste dagegen gehabt, stattdessen mit Bodil baden zu gehen, und da, zwischen den Bäumen, auf einer Decke, hatten sie sich geküsst, noch mit vom Baden nasser Haut, mit Salzwassertropfen in kleinen Perlen auf der sonnenverbrannten Haut. Er hatte die Konturen ihrer Brustwarzen durch ihr Bikinioberteil gesehen, hart wie kleine Steine, und sie hatte seine Hand nicht weggeschoben, als er vorsichtig darüber strich, ganz im Gegenteil, sie hatte ihren Unterleib an ihn gedrückt und ihm so tief es nur ging in die Augen gesehen, hatte einschmeichelnd gelächelt, die Hände um seinen Hals gelegt und ihn an sich gezogen.

«Sie hat nie etwas gesagt …»

«Nein?»

Dann war es also doch keine Einbildung gewesen, dass jemand sie beobachtet hatte. Denn er hatte es gespürt, in der Sekunde, als er über die Schwelle trat, als sie zurück in die Hütte kamen. Er hatte es in ihren Augen gesehen, den schmollenden Gesichtsausdruck durchschaut, die plötzliche Steifheit ihres Körpers und die kalte Schulter ihm gegenüber in den Tagen danach, als sie wieder auf den Beinen war und sie beide im Bus nach Hause saßen, während Bodil noch mit einer Schulfreundin, die gerade erst angekommen war – zu spät, um abzuwenden, was schon geschehen war –, in der Hütte blieb.

«Es dauerte nicht lange, bis ich begriff, dass es vorbei war, und erst dann – kam ich mit Bodil zusammen.»

«Aha? Gehen wir es mal Punkt für Punkt durch. Berit hat sich von Ihnen getrennt …»

«Ja, und zwar ohne ein Wort! Sie hat mich einfach abgewiesen, gesagt, sie hätte andere Verabredungen, hatte nie Zeit, mich zu treffen, und dann war es einfach vorbei.»

«So gesehen könnten Sie eigentlich immer noch zusammen sein, mit anderen Worten?»

Er sah mich fragend an. «Immer noch? Wie meinen Sie das?»

«Na ja, natürlich nicht so. Aber es kam nie zu einem ausgesprochenen Bruch? Das meine ich.»

«Nein.»

Er hatte Bodil auf Torgalmenningen getroffen, im Juli, er hatte einen Sommerjob bei der Hansa-Brauerei, hatte an dem Tag aber Spätschicht, und sie war allein in der Stadt. Er sah sie vor sich: In einem kurzen Jeansrock und einer leichten, weißen Hemdbluse, so leicht, dass das Blumenmuster ihres BHs durchschimmerte. Nach einem langen und regenreichen Juni hatte die Sonne endlich die Wolken durchbrochen, und die Strahlen, die von ihrem blonden Haar reflektiert wurden, ließen ihn blinzeln, als er sie ansah. War das vielleicht der Grund, warum sie lachte?

Ist das so zu verstehen? Bist du nicht mehr mit Berit zusammen?

Sieht nicht so aus.

Spontan hatte sie sich zu ihm gestreckt und ihn auf die Wange geküsst. Oh, das müssen wir feiern! Kommst du mit? Nach Hause?

Er war mitgekommen. Sie hatten im Garten gesessen, draußen im Sundmannsvei, und aus hohen Gläsern Weißwein getrunken, und sie hatte gelächelt und über alles, was er sagte, gelacht. Mit einem schelmischen kleinen Lächeln hatte sie sich die Bluse ausgezogen und ihn dann genötigt, dasselbe zu tun. Dann hatte sie ihm über die Brust gestreichelt und ihn mit diesem merkwürdigen, sinnlichen Blick angesehen, der ihn wie Butter in der Sonne dahinschmelzen ließ. Sie waren in das große Haus gegangen, ganz nach oben unter das Dach, wo es kühl war, die Räume stilsicher möbliert, mit poliertem Holz. Im Bett der Eltern – meins ist so schmal, hatte sie gesagt, als sie ihren Rock an der Seite öffnete – hatten sie sich geliebt, hemmungslos und mit einer so zitternden Intensität, dass die Erinnerung an Berit immer mehr verblasst war, von Mal zu Mal, dem ersten, zweiten, dritten … Hinterher waren sie nackt durch das Haus gewandert, als seien sie ganz allein auf der Welt; hatten aneinander genippt, einander gelockt, miteinander gespielt …

«Na gut! Ich bin schwach geworden. Ich habe Bodil in der Stadt getroffen, irgendwann mitten im Sommer, bin mit zu ihr nach Hause gegangen und wir…» Er hob die Arme. «Sie wissen schon … Wir waren jung und ungestüm …»

«Und danach … waren Sie zusammen?»

«Tja.»

Er erinnerte sich noch … Später am selben Tag, als er gehen musste, um pünktlich seinen Job anzutreten, hatte sie ihn verletzt angesehen. Musst du wirklich gehen?

Aber es ist doch mein Sommerjob! Ich brauche das Geld!

Aber gerade heute?

Sie hatte sich um ihn herumgelegt, ihn festgehalten, war wie so ein Gummispielzeug gewesen, das sich festklebte und nicht wieder abzukriegen war.

Tut mir Leid! Ich muss, Bodil! Sie warten auf mich…

Als er ging, hatte sie ihn beleidigt angesehen, und er wusste – im Nachhinein –, dass er schon damals begriffen hatte: Diese Beziehung würde nicht dauern, sie war wie ein Fetzen von etwas Überwältigendem und Unverständlichem, für das er noch zu jung war, um es zu meistern.

«Aha? Wollen Sie damit sagen, sie sei – unkontrollierbar gewesen?»

«Na ja … Damals, vielleicht…»

Die ganze Nacht am Fließband in der Hansa-Brauerei hatte er wie in Trance dagestanden, geblendet von der Dunkelheit, mit einem Gefühl von etwas Schicksalhaftem und Unabwendbarem. Hinterher hatte er oft an den Sommer 1973 gedacht, diesen Sommer, den er wie von einem Sonnenstrahl durchbohrt erlebt hatte. Jedes Mal, wenn er zum Saxophon griff, war es, als sei ein neuer Ton in ihm entstanden, wie ein wilder Jubel, den er nur mit einem Altsax hätte ausdrücken können, wie Charlie Parker in «How high the moon».

Bodil und er… Sie waren zwei frühreife Kinder gewesen, die am Abgrund jener bodenlosen Tiefe schwankten, aus der der Rest des Lebens bestehen sollte. Als der September kam, war es plötzlich vorbei. Sie flatterte weiter wie ein Schmetterling, er vertiefte sich in die Musik: «I can't give you anything but love, baby…»

«Wir waren schließlich erst achtzehn und wussten überhaupt nicht, was wir mit den Gefühlen machen sollten, die wir da erlebten… Ich meine… Wir waren ganz einfach nicht erwachsen genug, also drifteten wir auseinander. Als der Herbst kam, war es vorbei.» Er lächelte schief. «‹September song› … Einer meiner Favoriten.»

«Aber nicht für immer, oder?»

«Nicht für immer? Was?»

«Sie haben sie wieder getroffen.»

«Welche von beiden?»

«Über welche würde Sie am liebsten zuerst sprechen?»

«Ich weiß nicht recht, worauf Sie hinaus wollen, Veum.»

Ich antwortete ihm nicht. In gewisser Weise war ich selbst unsicher. «Lassen Sie uns mit Bodil anfangen. Da sie ja nun verschwunden ist.»

Er wurde rot im Gesicht. «Davon weiß ich jedenfalls absolut nichts! Nicht mehr, als was Sie mir gestern erzählt haben», fügte er hinzu, als kleine Korrektur.

«Dann sind wir da, wo ich vorhin angefangen habe. Sie haben Sie wieder getroffen.»

Er sah mich abweisend an. «Diese Stadt ist zu klein, als dass man sich jahrelang aus dem Weg gehen könnte, Veum. Ja gut, ich habe sowohl Berit als auch Bodil wieder getroffen, wie Sie es nennen. Aber deshalb zu behaupten…»

«Deshalb zu behaupten…?»

«Hören Sie, Veum. Nennen Sie mir einen guten Grund, warum ich Ihnen erzählen sollte… Das hier geht Sie nichts an! Wen ich getroffen habe, und mit wem ich vielleicht eine Beziehung hatte, das geht Sie ganz einfach nichts an!»

«Gut, gut!» Ich beugte mich einen Deut nach vorn. «Aber Sie waren jedenfalls zu Hause bei Bodil und haben Ihr Instrument spielen lassen, und zwar erst im Februar diesen Jahres.»

Er starrte mich blass an. «Woher wissen Sie das?»

«Bestreiten Sie es?»

Er antwortete nicht.

«Na?»

«Also gut! Ich bin bei ihr gewesen, und ich habe ihr ein Lied vorgespielt, aber das war – ein Zufall, ein... Gibt es nicht einen Roman, der ‹Rendezvous mit verlorenen Jahren› heißt?»

«Ich glaube, es waren vergessene Jahre.»

«So war es jedenfalls. Ein Rendezvous mit etwas Vergangenem, eine missglückte Wiederholung. Oder, um mich an die Musikersprache zu halten, eine Neuaufnahme, die nie so gut wurde wie das Original.»

«Aber Sie haben das Lied bis zum Ende gespielt?»

«Nein, das haben wir nicht!»

Er war nach einem Auftritt noch ein Bier trinken gegangen, unten in Den Stundesløse, und da hatte sie, als er auf ein neues Bier wartete, plötzlich neben ihm gestanden...

Hallvard?

Bodil! Sie hatten sich einen Moment lang angesehen.

Oh ja, auch sie hatte Risse im Lack, Krähenfüße um die Augen, Falten um den Mund, aber das stand ihr gut, und dieser sinnliche Blick war immer noch da – mit einem Unterton dunkler Melancholie.

Dann hatte sie sich vorgebeugt, wie ein Schattenbild jenes Sommertages auf Torgalmenningen 1973, ihn auf die Wange geküsst und gesagt: Wie geht es dir?

Gut, glaube ich.

Sie hatte über seine Schulter gesehen. Bist du allein?

Mit ein paar Kollegen unterwegs. Und du?

Fernando ist auf Dienstreise.

Fernando?

Wie 1973 war er mit ihr nach Hause gegangen. Sie hatten sich jeder einen Drink aus dem reichhaltigen Barschrank eingeschenkt. Sie hatte ihm von den Freuden und den Sorgen ihres Lebens erzählt, und am

Ende hatte sie ihn gebeten: Spiel für mich, Hallvard! Spiel wie damals. Spiel «Yesterday» für mich…

«Yesterday?»

Für das, was aus unserem Leben geworden ist. «Yesterday, all my troubles seemed so far away …»

Er hatte sein Saxophon für sie zusammengesetzt, sich mitten in den Raum gestellt und «Yesterday» für sie gespielt, danach «Time after time» und zum Schluss «September song» …

«Aber wir hatten uns schon einmal verbrannt, Veum, und zwar so gründlich, dass… Diesmal gingen wir nicht in die Falle, alle beide nicht.»

Ich sah ihn an. Irgendetwas verschwieg er offensichtlich.

«Aber Sie kamen wieder?»

«Nein… Ob Sie mir glauben oder nicht… Da habe ich sie zum letzten Mal gesehen.»

«Und Sie bekamen nicht einmal einen Kuss?»

«Doch, ich bekam einen Kuss.»

Sie hatten in der Tür gestanden. Hinterher hatte er gedacht: Wir haben da als zwei Silhouetten in der Tür gestanden. Wenn jemand uns nun gesehen hat…

Er hatte den Instrumentkoffer in der Hand und machte ein, wie es ihm vorkam, dämliches Gesicht.

Hallvard…

Ja…

Sie war ganz nah zu ihm getreten, hatte sich auf die Zehenspitzen gestellt, die Arme um seinen Hals gelegt, und dann hatte sie ihn geküsst, nicht umgekehrt, anfangs jedenfalls, doch dann hatte die Umarmung ihn gefangen genommen, er hatte den Koffer abgesetzt und…

Als er schließlich ging, hatte er zum Nachbarhaus hinaufgesehen. Alle Fenster waren dunkel. Eines stand einen Spalt offen, aber das war auch das einzige Anzeichen von Leben dort.

Oben auf der Hauptstrasse wartete das Taxi, das sie bestellt hatten. Noch immer hing ihr Kuss wie eine dünne Haut auf seinen Lippen, er hatte einen Geschmack von Asche im Mund, einen Duft von Rauch in der Nase. Noch hätte er umkehren und wieder hinuntergehen können. Aber er tat es nicht. Er setzte sich in das Taxi, nickte dem Fahrer zu und gab ihm die Adresse im Rosegrenden an.

«Und das war alles?»

«Das war alles.»

Ich nahm meine Kaffeetasse in die Hand, die längst leer war. «Und Berit?»

Es blitzte ärgerlich in seinen Augen auf. «Ja? Was ist mit Berit?»

«Wann haben Sie sie zuletzt gesehen?»

«Wann ich sie ...»

«Waren Sie zum Beispiel – gestern Abend bei ihr?»

Er schob den Stuhl vom Tisch zurück. «Also ehrlich, Veum! Ich begreife immer weniger. Worauf wollen Sie eigentlich hinaus? Sie erzählen mir, dass Bodil und ihr Mann verschwunden sind. Dann kommen Sie hier an und fragen mich aus – über alles Mögliche, angefangen bei der Geschichte von meinem Onkel und der Mutter der beiden Frauen 1957 bis hin zu ... Was soll das Ganze eigentlich?»

Er stand auf. Ich sah zu ihm hoch. Er hatte natürlich Recht. Er hatte allen Grund, sauer zu werden. Was sollte das Ganze eigentlich?

Ich zuckte mit den Schultern. «Tut mir Leid, Hagenes. Aber ich weiß es nicht. Es ist einfach irgendwas an dem Fall, was mich verwirrt. Zwei Leute verschwinden, und die Polizei soll nichts davon erfahren. Konflikte aus der Vergangenheit kommen ständig wieder an die Oberfläche, wie Gasblasen aus der Tiefe eines Sees. Ein Schiff wird erwartet ...»

«Ein Schiff wird ... Sind Sie jetzt völlig durchgedreht?»

Die Frage war vollkommen berechtigt. Ich konnte ihm keine gute Antwort geben. Als er gegangen war, wartete ich eine halbe Minute, dann ging ich zum Auto, um nach Hause zu fahren. Etwas Besseres hatte ich nicht zu tun.

23

Die Wohnung war still und dunkel. Aus der Etage unter mir hörte ich die Geräusche des laufenden Fernsehers, der einzige Trost des alternden Witwers. Seine Enkelkinder sah ich nie; seine Kinder zweimal im Jahr. Manchmal dachte ich: Vielleicht sollten wir uns zusammentun. Wir könnten zumindest mal eine Partie Schach spielen.

Ich machte ein paar Lampen an und sah mich um. Mein eigener Fernseher stand stumm in einer Ecke. Die Bücherregale quollen über, die Bücher standen und lagen darin ohne System, ein wahres Chaos. Wenn ich manchmal einen bestimmten Titel suchte, war es, als wenn man bei der Steuererklärung nach einem unbekannten Ausgabeposten suchte. An den Wänden hingen kostengünstige Grafiken vom Anfang der 70er-Jahre, die Beate mir hinterlassen hatte, als sie damals das Nest verließ, gerade rechtzeitig zum internationalen Frauenjahr 1975. Sie flog lustig weiter; ich blieb wie ein Kuckuck im Nest sitzen. Auf einer Kommode im Schlafzimmer standen gerahmte Fotos: Eines von meiner Mutter ungefähr von 1950, eins von meinen Eltern kurz vor dem Krieg und eins von Thomas als Konfirmand 1986.

Es war nicht wegzudiskutieren: Meine Wohnung war und blieb eine Junggesellenbude. Nach Beate waren Frauen gekommen und gegangen, die meisten für immer. Bis auf Karin mit ihrer eigenen Basis im Fløienbakken, die sie auch kaum jemals freiwillig aufgeben würde, schon gar nicht für das, was ich ihr im Telthussmuget zu bieten hatte.

Ich suchte in meinem CD-Stapel und fand, was ich an einem solchen Abend brauchte: Ben Webster, zum Beispiel in «The Renaissance» in Hollywood am 14. Oktober 1960, damals, als ich in die letzte Klasse des Gymnasiums ging und hoffnungslos in Rebecca verliebt war, meine erste große Liebe. «Gone with the wind» spielte Webster, um danach die für das Leben der meisten Menschen treffendste aller Fragen zu stellen: «What is this thing called love?»

Ich ging in die Küche, holte die Flasche aus dem Schrank über dem Waschbecken und schenkte mir ein halbes Glas Aquavit ein. Es war Zeit für ein Resümee.

Die große Frage lautete natürlich: Wo waren Bodil Breheim und Fernando Garrido? Und als mögliche Folge einer Antwort: Was war mit ihnen passiert? Konnte es etwas mit diesem TWO-Schiff zu tun haben, das in Hamburg lag und auf bessere Zeiten wartete? Was hatte am Wochenende vor Ostern zu dem großen Krach zwischen den beiden geführt? War der Grund, dass Bernt Halvorsen und Bodil etwas am Laufen hatten? Hatte Garrido deshalb so plötzlich seine Stelle gekündigt? Oder war es wegen Hallvard Hagenes und seinem gesprächigen Saxophon? «Yesterday, all my troubles seemed so far away …»

Der Name, der in beiden Fällen immer wieder auftauchte, war Trans World Ocean, und damit auch Bernt Halvorsen. Ich setzte ihn ganz oben auf meine Einkaufsliste für den nächsten Tag.

Nachdem Webster noch ein paar Stücke gespielt hatte, diesmal mit dem Oscar-Peterson-Trio in einer Aufnahme von 1959, schraubte ich die Flasche wieder zu und ging ins Bett, zusammen mit einem Roman, mit dem ich mich schon viel zu lange beschäftigte, wie mit so vielem anderen in meinem Leben auch.

Der nächste Morgen kam viel zu schnell. Die Regenschauer standen über Askøy Schlange, und ich ging mit aufgespanntem Schirm zum Büro, um die Post durchzusehen und den Anrufbeantworter abzuhören, bevor ich einen neuen Vorstoß in Richtung Bernt Halvorsen und Trans World Ocean wagte.

Die Kreuzung zwischen Vetrlidsalmenning, Bryggen und Torget ist eine der unheimlichsten in der Stadt. Man weiß nie genau, von woher die Autos im nächsten Moment kommen. Das Beste ist, auf das grüne Männchen zu warten, wie man es als gesetzestreuer Bürger eben tut.

Ich kam gerade zu spät, um noch rechtzeitig hinüberzukommen. Die letzten Fußgänger hasteten auf der anderen Straßenseite an Land. Beim Marktplatz stand ein dichtes Feld von Autos und wartete auf Grün. Um mich herum drängten sich schon die Leute. Die Ungeduldigsten traten mir förmlich auf die Hacken, um so schnell wie möglich auf die andere Seite zu kommen wenn es das nächste Mal Grün wurde. Da passierte es. Als die Wagen in den Spuren am Marktplatz Gas gaben und in geschlossener Kolonne beschleunigten, spürte ich einen heftigen und zielgerichteten Stoß im Rücken. Ich stolperte auf die Straße, verlor den Regenschirm, und eine Frau direkt neben mir schrie: «Passen Sie auf!» Aber es war zu spät, und außerdem war es nicht meine Schuld.

Das war einer jener Augenblicke im Leben, wo alles in einer einzigen Sekunde geschieht. Bremsen quietschten, Hupen ertönten, zwei Wagen krachten ineinander und fuhren in dieselbe Richtung weiter, während ich selbst einen verzweifelten Luftsprung machte, wie um über jegliche Gefahr hinweg in den Himmel zu hüpfen, auf dem Panzer eines Wagens landete und an der Seite hinunterrutschte. Ich versuchte krampfhaft, mich zu einem Bündel zusammenzukrümmen, traf den Bordstein mit dem Rücken zuerst, spürte einen heftigen Stoß in die Seite und wurde immer weiter den Straßenrand entlanggeschleudert, während der Film mit allem, was ich in meinem Leben erlebt hatte, so schnell durch meinen Kopf raste, dass ich kaum ein Bild festhalten konnte. Einen Moment lang hing Harry Hopsland vor mir in der Luft, aber dieses Mal stürzte er nicht allein in den Tod, dieses Mal hielt er mich mit seinem Blick gefangen, und wir stürzten zusammen in ein bodenloses Dunkel. Dann riss der Film, die Bilder verschwanden, es wurde ganz weiß in meinem Kopf, wie von einem Blitz geblendet, und dann wurde es dunkel, ein durchdringendes, schwelendes Dunkel, in dem nur noch ein allerletzter Rest von Licht glomm, wie ein schwelendes Feuer, kurz bevor es erlischt. Ich dachte: Das war's, und weit in der Ferne hörte ich eine Stimme gurgeln, bevor sie in einem Strudel versank: *Ruf jemand einen Krankenwagen! Einen Krankenwagen…*

24

Harry Hopsland und ich fielen immer tiefer, im Schmerz vereint durch die Dunkelheit. Dann war er plötzlich verschwunden, und ich fiel allein weiter. Tiger schubsen nicht. Trans World Ocean. Ich wiederhole: Trans World Ocean. Wer bist du? Bodil? Nein, du musst Berit sein… Bodil habe ich nie… Ich bin gelandet, im Stockfinsteren. Verwirrt sehe ich mich um. Hoch oben dringt Licht herein. Mit gebeugten, schmerzenden Knien beginne ich zu gehen. Eine lange, schwere Treppe in dünner Luft nach oben. Wenn ich nur hinauf komme, dann werde ich – was sehen? Die Wahrheit? Ich bin die Lampe des Lebens, aber wer zum Teufel hat das Licht ausgeschaltet? Warst du das, Beate? Beate!

Die Dunkelheit umfängt die Treppe. Schritt für Schritt. Stufe für Stufe.

Ich sehe es noch immer dort oben. Das Licht.

Langsam öffne ich die Augen. Zwei Menschen beugen sich über mich. Mama? Papa! Nein, sie tragen Grün... Die Frau lächelt vorsichtig. Ihr Gesicht ist etwas Samtweiches, das sich vor meinen Augen entfaltet. Ich hebe vorsichtig die Hand. Will sie berühren. Sie nimmt meine Hand in ihre. Sie ist kühl und beruhigend. Sie lächelt. Ich lächle zurück. Der Mann sieht mich prüfend an. Legt trockene, warme Finger um mein eines Auge. Hilft mir dabei, es offen zu halten. Starrt. Ich schließe das andere. Er lässt das eine los, öffnet das andere. Ich schließe das erste.

Übelkeit.

Mir ist übel.

Ich bewege mich. Die Frau hält mich fest. «Ruhig, ruhig... Ganz ruhig...»

Der Mann nickt der Frau zu. Ihre Finger streichen mir über den Oberarm. Etwas Nasses und Kaltes. Ein Stich in den Arm, und ich schließe die Augen. Ich bin jetzt am Ende der Treppe. Ich sehe hinaus. Es ist ein schöner Anblick. Eine Berglandschaft mit tiefen, grünen Tälern. Nebelschwaden und Sonne. Ich setze mich hin. Atme aus. Werde mich jetzt ausruhen... Ausruhen.

Als ich die Augen wieder öffnete, war es Abend geworden. Das Licht war grell. Es schmerzte in den Augen. Ich wendete den Kopf ab. Die Fenster waren wie dunkle Flächen, Spiegelbilder des Raumes.

Neben meinem Bett saß ein junger Mann. Er hatte kurzes, etwas zerzaustes, abstehendes Haar, und sein Blick war freundlich und aufmerksam. «Veum?», sagte er.

«Ja.» Ich hob vorsichtig den Kopf. «Wo bin ich?»

«Im Haukeland-Krankenhaus.»

«Was tue ich hier?»

«Sie hatten einen Unfall.»

«Oh?»

Er legte einen Notizblock auf mein Bett, nahm den Kugelschreiber in die andere Hand, reichte mir eine Pranke und stellte sich vor. «Bjarne Solheim. Polizeiobermeister.»

Ich legte den Kopf auf das Kissen zurück. Die Bewegung hatte ausgereicht, um mir Übelkeit zu verursachen. «Welcher Tag ist heute?»

«Mittwochabend. Sie sind erst seit heute Morgen weg gewesen. Können Sie sich an irgendetwas erinnern?»

«Nein. Irgendwas mit einer Treppe.»

Er sah mich fragend an. «Einer Treppe?»

Ich fühlte mich todmüde. «Ja. Nein, ich weiß es nicht.»

«Sie wurden auf der Kreuzung beim Kjøttbasaren angefahren, um fünf nach neun heute Morgen.»

Nichts.

«Ach so?»

An der Tür hinter ihm wurde geseufzt. Eine grün gekleidete Frau kam herein. Sie hatte ihr dunkles Haar im Nacken zusammengebunden. Ihr Dialekt erinnerte mich an etwas. Lindås, vielleicht. «Vergessen Sie nicht, dass Sie den Patienten nicht mit Fragen quälen sollen!», sagte sie streng zu dem jungen Polizeibeamten.

Er sah zu ihr auf und lächelte charmant. «Ich notiere nur, was er sagt.» Er griff wieder nach dem Notizblock. «Er hat einiges gesagt.»

«Er ist wach», sagte ich. Ich war nicht sicher, ob ich mochte, was ich hörte.

Die Frau lächelte mich freundlich an. Sie hatte ein schönes Lächeln. «Entschuldigen Sie. Ich wollte nicht über Ihren Kopf hinweg reden.»

«Nein. Er grüßt und dankt.»

Sie kam näher. «Wie geht es Ihnen?»

«Ich bin müde. Todmüde.»

«Das ist die Gehirnerschütterung. Aber davon abgesehen, sagt der Arzt, hätten Sie bei dem Unfall viel Glück gehabt.»

«Aha?»

«Aber das wird er Ihnen morgen sicher selbst sagen. Jetzt sollten Sie, denke ich, Ihre Ruhe haben.» Sie warf einen strengen Blick auf Solheim. «Sie sollten jetzt schlafen. Das brauchen Sie am nötigsten.»

«Danke.»

Der Polizeibeamte stand auf. Er war schlank und wirkte sehr kraftvoll. An mich gewandt sagte er: «Ich sollte Sie übrigens von Helleve grüßen. Sobald Sie rauskommen, will er gern mit Ihnen sprechen.»

«Will er mich wegen unverantwortlicher Fußgängerei verklagen oder was?»

«Er hatte wohl etwas anderes im Sinn. Aber damit wollen wir Sie jetzt nicht belasten. Heute.»

«Dann machen wir es mal gut», sagte ich und hob die Hand zu einem schwachen Gruß.

Der Engel aus Lindås gab mir ein Glas Wasser und ein paar Pillen. Kurz darauf fiel ich in einen tiefen, traumlosen Schlaf.

Als ich am nächsten Morgen aufwachte, hatte ich hämmernde Kopfschmerzen. Wenn ich mich bewegte, fühlte ich mich lahm und wie weich geklopft. Ganz vorsichtig, so als seien sie aus Glas, versuchte ich, meine Glieder zu bewegen, eines nach dem anderen. Das rechte Bein vorsichtig strecken. Das linke Bein ebenso. Den rechten Arm hoch und runter. Den linken Arm zur Seite, eine Beuge zum Bettpfosten und zurück.

Die Tür ging auf und eine fröhliche Blondine kam herein, gefolgt von einer rothaarigen Kollegin. «Guten Morgen!» grüßten sie mit ansteigender Lautstärke. Die Blondine stellte das Frühstückstablett ab, während die Rothaarige fragte, ob ich aufstehen wollte. Das Beste wäre, wenn ich es allein schaffte, sagte sie, und ich sah keinen Grund zu protestieren.

Ich setzte mich im Bett auf, schlug die Decke zur Seite, zog das Nachthemd über meine nackten Oberschenkel, schwang die Beine aus dem Bett und setzte sie mit einem kleinen Hopp auf den Boden, während sie mich mit einer diskreten Hand unter dem einen Arm stützte. Ich schwankte leicht, aber ansonsten war alles in Ordnung. Mit einer Ausnahme. «Ich habe fürchterliche Kopfschmerzen», murmelte ich.

«Das ist ganz normal», sagte sie. Daraufhin begleitete sie mich in das kleine Badezimmer, wo sie mich mir selbst und der Morgentoilette überließ.

Ich betrachtete mich im Spiegel. Unter den Augen hatte ich dunkle Schatten. Die Bartstoppeln stachen in Schattierungen zwischen dunkelblond, grau und silbern hervor. Mein Körper fühlte sich an, als hätte er zehn Marathonläufe hintereinander bestritten, bei starkem Wind und bergauf. Ich war steif und lahm. Die kleinste Bewegung schickte einen Strom von Widerwillen durch die Muskulatur. Und ewig sang der Kopfschmerz. Ich fühlte mich wie ein Mann von gestern. Morgen war eine Utopie, die ich nie erleben würde.

Langsam machte ich mich im Bad fertig. Als ich ins Zimmer zurückkam, hatte sie das Bett neu bezogen und gelüftet. Nachdem ich mich mit einem Kissen im Rücken hingesetzt hatte, fragte sie mich, ob ich Kaffee oder Tee haben wollte.

«Tee. Aber vor allem etwas gegen die Kopfschmerzen.»

Sie nickte und verließ das Zimmer. Kurz darauf kehrte sie mit den schmerzstillenden Tabletten zurück, die ich mit einem Glas Wasser vor dem Essen einnahm. Dann bekam ich Tee. Ich fragte mich, um was ich noch bitten konnte, wo sie schon einmal da war. «Sie haben nicht vielleicht eine Zeitung?»

«Glauben Sie, Sie können lesen?»

«Ich hoffe doch sehr, dass ich nicht vergessen habe, wie das geht!»

«Ich sehe mal nach, ob ich im Büro eine finde. Aber Sie müssen essen. Das wird Ihnen gut tun.»

Ich aß, und sie hatte Recht. Es tat mir gut.

Ich lehnte mich im Bett zurück und schloss die Augen. Doch, ich erinnerte mich, dass ich zu Hause losgegangen war. Nikolaikirkealmenningen hinunter und die Øvregaten entlang. Beim Tabakladen auf der Vetrelidsalmenning die Zeitung gekauft, und dann …

Ich wusste nicht, ob ich mich daran erinnerte, beim Fußgängerübergang vor dem Kjøttbasar auf Grün gewartet zu haben, oder ob das an einem anderen Tag gewesen war. Immerhin ging ich so gut wie jeden Morgen die gleiche Strecke.

Das Einzige, woran ich mich erinnerte, war – Tiger? Tiger schubsen nicht; oder taten sie es gerade doch?

Trans World Ocean. Berit und Bodil Breheim. Meine Fälle … Die hatte ich jedenfalls nicht vergessen. Ich wusste noch das meiste von dem, worüber ich am Abend vorher nachgedacht hatte. Ich erinnerte mich an das Gespräch mit Hallvard Hagenes und an all die anderen, die ich in den letzten Tagen getroffen hatte: Kristoffersen und Bernt Halvorsen bei der TWO, den Nachbarn in Morvik, Harald Larsen in

Ustaoset, Sara Breheim, Truls Bredenbekk und den klapprigen, alten Hans Jacob Neumann.

Das Einzige, woran ich mich nicht erinnerte, war – Tiger?

Meine rothaarige Freundin kam mit einer deutlich gebrauchten Zeitung zurück, in der ich mehr oder weniger ziellos herumblätterte. Eine Überschrift berichtete mir vom «Ende für Sebrenica». Serbische Truppen belagerten die Stadt und deren muslimische Verteidiger. Jetzt gab es einen Waffenstillstand, die Evakuierung lief und es wurde über mögliche westliche Bombenangriffe spekuliert. Die Hardanger-vidda war noch immer wegen Schnee gesperrt, und der Brann-Trainer Hallvard Thoresen war vor dem Heimspiel am Abend gegen Lillestrøm, nüchtern optimistisch.

Vielleicht war ich einen Augenblick eingenickt. Jedenfalls schrak ich zusammen, als die Tür plötzlich aufging und sechs oder sieben Menschen hereinströmten, sich in einem Halbkreis um mein Bett stellten und mich anstarrten, als sei ich ein noch nie gesehenes Stück Strandgut.

Ein Mann, den ich meinte, schon einmal gesehen zu haben, blätterte in einem Bericht, der an meinem Bettpfosten hing, hielt an einigen Stellen inne, bekam eine neue Furche auf der Stirn und warf dann schließlich mit distanzierter Miene einen Blick in meine Richtung. «Sie sind ausgesprochen gut davon gekommen, Veum.»

«Und das bedeutet…»

«Sie haben eine Gehirnerschütterung. Ein paar Rippen sind angebrochen – hier.» Er zeigte mit der Hand auf sich selbst. «Schmerzhaft, aber unkompliziert. Sie haben einige Prellungen auf dem Rücken und werden wohl im Laufe von ein paar Tagen gelb und blau werden, aber soweit ich sehen kann, ist kein Wirbel verletzt. Und noch besser… Das Becken ist unverletzt, Sie müssen mit krummem Rücken aufgeschlagen und herumgerollt sein. Außerdem sind Sie in guter körperlicher Verfassung und haben starke Muskeln. Das hat Sie gerettet.»

«Wie lange haben Sie also vor, mich hier zu behalten?»

Er sah mich verwundert an. «Wie lange? Sind Sie denn nicht schon auf dem Weg nach draußen?»

Ein paar der jungen Herren hinter ihm lachten. Eine der Frauen verdrehte die Augen. Er selbst lächelte. «Alles in Ordnung, Veum. Wenn Sie versprechen, es mindestens eine Woche lang ruhig angehen zu lassen, kann ich Sie gleich entlassen. Sie bekommen selbstverständlich ein Rezept für ein Schmerzmittel, das Sie sich in der Krankenhausapotheke geben lassen können, bevor Sie gehen, und dann kommen Sie bitte zur Kontrolle... Mittwoch nächster Woche, schreiben Sie das auf?» Das Letzte war an eine der begleitenden Frauen gerichtet, die nickte und notierte.

«Na, dann bedanke ich mich», sagte ich mit einem angestrengten Lächeln.

«Kommen Sie nicht so bald wieder, Veum. Und vergessen Sie nicht...»

«Was?»

«Sehen Sie erst nach links, wenn Sie das nächste Mal eine Straße überqueren.»

25

Ich nahm ein Taxi zum Büro. Schon der Gedanke daran, im Bus eingequetscht zu stehen, war mir zu viel. Lassen Sie es eine Woche lang ruhig angehen! Der hatte leicht reden, bei der großzügigen Rente, die auf ihn wartete...

Ich hörte den Anrufbeantworter ab. Niemand hatte versucht, Kontakt zu mir aufzunehmen. Das war sicher auch ganz gut so.

Ich rief Berit Breheim an. Sie hatte einen Termin, aber ich erklärte ihrer Sekretärin, was mir passiert war und sagte ihr, sollte sie entgegen ihrer Erwartung einige Tage nichts von mir hören, so sei dies der Grund. Sie sollte sich selbst melden, wenn in der Sache, in der ich für sie ermittelte, etwas Neues geschah, fügte ich hinzu. Die Sekretärin war die Liebenswürdigkeit in Person und versprach, dass sie das tun würde. Bescheid sagen.

«Danke.»

Ich hatte kaum den Hörer aufgelegt, da klingelte das Telefon. «Veum? Hören Sie, wer hier ist?»

Mich konnte er nicht hinters Licht führen. Zwar sprach er jetzt eine Art Stadtslang, aber sein Vossdialekt drang immer wieder deutlich durch, dicker als der Zigarettenrauch über dem «Pentagon» spätnachts während der Vossa-Jazz-Tage. Atle Helleve war die neueste Errungenschaft der Kripo in Bergen, ein sympathischer Mann aus Hordaland, mit einem weitaus bedächtigeren Temperament als es der soeben pensionierte Dankert Muus gehabt hatte. Wenn ich Glück hatte, würde ich Muus nie mehr wieder sehen. Andererseits war mein Glückskonto nicht gerade oft in den schwarzen Zahlen. Und wie schon Hallvard Hagenes vor zwei Tagen zu mir gesagt hatte: Diese Stadt ist zu klein, als dass man sich jahrelang aus dem Weg gehen könnte.

«Was kann ich für dich tun, Helleve?», sagte ich und hoffte, dass es nicht zu ironisch klang.

«Wir wollten fragen, ob du kurz vorbeischauen könntest. Es gibt etwas, worüber wir gern mit dir reden würden.»

«Aha? Eigentlich bin ich krankgeschrieben.»

«Das ist eben genau der Grund.»

«Soso. – Na ja … Gebt ihr einen Kaffee aus?»

«Wenn du ohne *avec* auskommst?»

«Der *avec*, den ihr anzubieten habt, ist sicher sowieso nicht der tollste. Also okay. Ich bin unterwegs.»

«Und, Veum …»

«Ja?»

«Pass gut auf, wenn du über eine Strasse gehst, ja?»

«Denselben Rat haben sie mir im Krankenhaus auch gegeben.»

«Da siehst du's. Es gibt viele, die dir wohlgesonnen sind.»

«Komisch, dass ich das früher nicht gemerkt habe.»

Wir legten unisono auf. Danach blieb ich noch eine Weile sitzen. Es war nicht zu leugnen, ich war in ungewöhnlich schlechter Verfassung. Das Sägewerk unter meiner Schädeldecke arbeitete auf Hochtouren, aber es war schlecht gewartet und machte einen Höllenlärm. Das Echo verursachte mir gigantische Kopfschmerzen. Es blieb mir nichts anderes übrig als zum Medizinschrank zu gehen, der über dem Waschbecken hing, und mir noch zwei von den starken Schmerztabletten zu bewilligen, die ich vom Krankenhaus mitbekommen hatte.

Danach tauchte ich mein Gesicht vorsichtig in kaltes Wasser, um das fiebrige Gefühl auf der Haut zu lindern. Mir war übel und schwindelig, und ich fühlte mich, als wäre ich hundert Jahre alt. «Auf geht's, alter Adler», sagte ich zu meinem Spiegelbild, aber die einzige Antwort war eine bleiche Grimasse aus einem Gesicht, das mir nur vage bekannt vorkam.

Als ich nach draußen trat, war irgendetwas mit dem Licht. Es war grell, irritierend und fühlte sich auf den Augäpfeln an wie ätzende Flüssigkeit. Der Verkehr donnerte vorbei, und während ich an der Ecke beim Lido stand und auf Grün wartete, krampfte sich mir instinktiv angstvoll der Magen zusammen. Plötzlich sah ich es ganz klar vor mir. Ich war nicht bei Rot über die Straße gegangen! Jemand hatte mich gestoßen!

Ich wartete, bis die Leute auf beiden Seiten von mir auf dem Fußgängerüberweg waren und folgte ihnen dann. Ich überquerte Vågsalmenningen unterhalb des schmutzig roten alten Börsengebäudes, das längst von einer Bank annektiert worden war, und war froh, nicht weitere Verkehrsadern überqueren zu müssen bis ich in der Domkirkegaten war. Noch einmal befolgte ich den Rat, den man mir sowohl bei der Polizei als auch im Krankenhaus gegeben hatte. Ich sah mich aufmerksam um, besonders über die Schultern, bevor ich die Straße überquerte, das Polizeigebäude betrat, mich an der Rezeption meldete und mit dem Fahrstuhl in den dritten Stock des Neubaus fuhr, wo Atle Helleve mich persönlich empfing. Es wurde jetzt strenger darauf geachtet, wen sie dort in die Büroetagen hinauf ließen. Hoffentlich war es nicht ebenso schwierig, wieder hinauszukommen.

Atle Helleve trug einen gepflegten Bart, und sein Haar war frisch geschnitten, aber sein korpulenter Körper drohte noch immer die oberen Knöpfe seines Hemdes zu sprengen. Er lächelte gutmütig, gab mir die Hand, als seien wir gute Freunde, und bat mich einzutreten. «Der Kaffe ist fertig.»

«Wie lange schon?»

Aber er war nicht allein im Büro. Eine dunkelhaarige Frau stand von einem Stuhl auf, mit einem Schriftstück in der Hand und einem nachdenklichen Gesichtsausdruck. Die große Brille ließ sie intellek-

tuell wirken, und sie war diskret gekleidet: Graues Kostüm mit sitt-
samer Rocklänge, dazu cremefarbener Rollkragenpullover mit einer
ovalen kleinen Goldnadel über der linken Brust, die auch oval war.
Wir standen einen Moment da und sahen uns an. Sie lächelte leicht
als sie sah, dass ich sie wiedererkannte.

«Polizeimeister Bergensen ist gerade von der Kripo zu uns gekommen», sagte Helleve im Vorbeigehen. «Ich glaube, ihr seid euch schon
einmal begegnet.»

Ihr Lächeln bekam einen säuerlichen Zug. «Herr Veum und ich
saßen sozusagen im selben Boot, letztes Jahr im Dezember. Auf der
Hurtigrute nach Trondheim. Und sogar mit demselben Fall beschäftigt.»

«Aber das war auch alles, womit wir gemeinsam beschäftigt waren», sagte ich. «Was in aller Welt führt dich nach Bergen?»

«Dein unwiderstehlicher Charme, vielleicht?» Sie ließ die Andeu-
tung ein paar Sekunden in der Luft hängen, bevor sie demonstrativ
resigniert die Arme hob. «Nein. Irgendwie bin ich das viele Herum-
reisen wohl leid, und außerdem werde ich heiraten.»

Ich warf Helleve einen schrägen Blick zu. «Doch nicht etwa
dich?»

Er grinste. «Nein, nein, auch wenn … Na ja. Annemette hat sich
einen Biotechnologen geangelt, mit Standort hier in Bergen.»

«Aber ihr habt mich wohl nicht gebeten, herzukommen, weil ihr
noch einen Toastmaster für die Hochzeit brauchtet, oder? Ich fürchte,
ich bin zurzeit nicht sonderlich witzig.»

«Nein, das merken wir», sagte Helleve, fast peinlich berührt. Er
und Annemette Bergesen wechselten einen Blick, und er richtete sich
wieder ein wenig auf. «Aber nimm doch Platz, Veum! Also … ich werd
dir erst mal einen Kaffee einschenken.»

«Na, das ist ja ein Service.»

Aber ich tat, was er gesagt hatte, und der Kaffee schmeckte denn
auch überraschend gut, schon vom ersten Schluck an. Frisch gereinig-
te Kaffeemaschine, vielleicht. Ich sah von einem zur anderen. Einen
Augenblick schien es, als wären wir drei alte Freunde, die eine Hochzeit planten. «Was steht an?»

Helleve sah zu Bergesen, die ihm ein Zeichen gab, dass er berichten sollte. «Wie du gemerkt hast, hatten wir neben deinem Bett in Hau-keland einen Mann postiert.»

«Ja, hinterher ging mir auf, was für eine Ehre das war in Anbetracht der Personalknappheit.»

«Polizeiobermeister Solheims Aufgabe war in erster Linie, das zu notieren, was du möglicherweise sagen würdest, während du noch mehr oder weniger bewusstlos warst.»

«Das können ganz schön schweinische Sachen sein, hat mir mal eine Anästhesieassistentin erzählt …» Ich zwinkerte Annemette Ber-gesen zu.

«In dem Fall bist du wohl aus dem Alter raus, in dem man so was im Kopf hat», sagte Helleve.

«Das ist aber traurig zu hören.»

«Wir haben die Abschrift hier.» Er nickte zu dem Papier hin, das Bergensen in der Hand hielt, und sie reichte es mir unaufgefordert.

Ich las. Auch wenn es nicht besonders schweinisch war, konnte ich doch nicht verhindern, dass ich rot wurde. Es war immerhin gut, dass ich keine Staatsgeheimnisse im Kopf mit mir herumtrug.

(jammert, unverständliche Worte)
Harry! Wir fallen! Harry? Harry… (weint)
(unverständlich)
Tiger schubsen nicht().
TWO (???) (Te… we… o)
Bodil? Nein, Berit? Nein …
Tiger?
(unverständlich)
Das Licht… Wer hat das …
Beate?
(wacht auf, sieht mich direkt an und fragt: Wo bin ich?)

Ziemlich viele Frauen hier, Veum», sagte Helleve.

«Alle mit Vornamen auf B», fügte Bergesen hinzu.

«Ich habe eine Vorliebe für Frauen mit B», sagte ich. «Aber ich un-terscheide nicht immer zwischen Vor- und Nachnamen.» Als ich sah, dass sie fast errötete, fügte ich hinzu: «Das musst du doch schon damals im Dezember gemerkt haben?» Geniert lächelnd errötete sie tatsächlich.

«Aber nur Harry hat dich zum Weinen gebracht», unterbrach sie Helleve.

«Ja, aber er ist tot», sagte ich, leicht aus der Fassung gebracht.

«Nicht… Geht es um die Sache mit Birger Bjelland?»

«Genau. Im Februar diesen Jahres. Harry Hopsland. Wie du dich sicher erinnerst, hat er mich auf einem Rohbau in Sandviken mit einem Messer angegriffen. In der Hitze des Kampfes fiel er runter. Ich habe selbst die Kripo angerufen, und nicht einmal Muus meinte, ich müsste verhaftet werden. Es war Notwehr, Helleve. Er war seit Jahren hinter mir her.»

«Hinter dir her?»

«Ja. Seit ich damals beim Jugendamt gearbeitet habe.»

«Aha. Und er hat mit Bjelland zusammengearbeitet?»

«Jedenfalls hat er in dieser Sache an seiner Seite gekämpft.»

«Könnte man nicht sagen, dass Bjelland ihn gegen dich eingesetzt hat?»

«Das kannst du durchaus so sagen. Aber worauf willst du hinaus, Helleve?»

Er zeigte auf ein Papier auf dem Schreibtisch, soweit ich sehen konnte eine Kopie dessen, was ich in der Hand hatte. «Diese anderen Namen… Bodil, Berit, Beate… Kannst du die erklären?»

«Bodil und Berit gehören zu einem Fall, an dem ich gerade arbeite. Nichts Kriminelles bis jetzt.»

«Was für ein Fall ist das?»

«Ein Suchauftrag.»

Er sah mich abwartend an. «Ja?»

«Eventuell – können wir darauf zurückkommen. Beate…» Ich räusperte mich. «Das muss meine Exfrau sein.»

«Ex?»

Ich lächelte hilflos. «Wir sind seit 1974 geschieden. Warum in aller Welt ich sie erwähnt habe…»

«Etwas mit alter Liebe, die nicht rostet vielleicht?», fragte Bergesen von der Seitenlinie. «Vergiss nicht, dass du theoretisch jetzt ein toter Mann sein könntest, Veum.»

«Ich werde es mir merken.»

«Und das, wo sich Solheim nicht ganz sicher war hieß TWO, richtig?»

«Ja ganz richtig. TWO, Trans World Ocean, eine Reederei, die möglicherweise mit dem Fall in Verbindung steht, an dem ich gerade arbeite.»

«Pflichtbewusst bis zum Letzten, wie ich sehe. Der aktuelle Fall – und deine frühere Frau. Deine letzten Gedanken, theoretisch jedenfalls.»

Was er da sagte deprimierte mich aus irgendeinem Grund. «Tja…» Ich sah Hilfe suchend Bergesen an. Sie lächelte nur schief und schob ihre große Brille von der Nasenspitze wieder hoch.

«Willst du noch etwas dazu sagen?», fragte Helleve.

«Über den Fall?»

«Ja.»

Ich schüttelte den Kopf, ließ das aber schnell sein. Es erweckte den Kopfschmerz wieder zum Leben. «Die Klientin hat darauf bestanden, die Polizei rauszuhalten. Aber auf der anderen Seite… Wenn ihr versprecht, die Klappe zu halten und mir als Gegenleistung mit einer konkreten Information aushelft, könnte ich es euch kurz skizzieren.»

Sie wechselten einen Blick und Helleve nickte. «Das ist okay.»

In kurzen Zügen berichtete ich ihnen von Bodil Breheims und Fernando Garridos Verschwinden. Ich sagte nichts über die Geschehnisse von 1957 und auch nichts von *Seagull* und der verspäteten Abreise aus Hamburg. «Es ist gut möglich, dass es für das Ganze eine natürliche Erklärung gibt. Deshalb will die Familie wohl die Polizei außen vor lassen.»

Helleve nickte. «Und was wolltest du nun als Gegenleistung haben, Veum?»

«An dem Wochenende, als er verschwand, wurde Garrido wegen Randaliererei eingebuchtet und verbrachte die Nacht im Arrest. Ich würde gern den Bericht von der Verhaftung sehen und – wenn möglich noch lieber – mit den zuständigen Kollegen sprechen.»

«Hast du das Datum?»

«Nacht zum Palmsonntag, 4. April.»

Er rief auf der Wache an und brachte die Sache ins Rollen. «Sie rufen zurück, Veum.»

«Super. Aber… wolltet ihr nur eine Erklärung dafür…», ich nickte zu dem Bericht von Solheim, «…und habt mich deshalb kommen lassen? Was in aller Welt macht mich kleinen Fisch denn plötzlich so wichtig?»

Wieder wechselten sie einen Blick, als hätte ich nicht längst begriffen, dass hinter der ganzen Sache mehr stecken musste. Dann sah Helleve wieder mich an. Ernst beugte er sich vor. «Du hast hier noch etwas gesagt, Veum. Etwas mit Tiger.»

«Tiger schubsen nicht», fügte Bergesen hinzu.

«Ja, das sehe ich.» Ich grinste schief.

«Erinnerst du dich daran?»

«An was?»

«Das du geschubst wurdest?»

«Soll ich ehrlich sein, Helleve… Nein. Ich erinnere mich nicht einmal daran, dass ich an der Kreuzung stand, so wie alle sagen, aber ich weiß doch… Ich habe schon so oft diesen Fußgängerübergang genommen, und ich stand ganz still. Ich war weder in einer Vorwärtsbewegung, noch bin ich zu früh losgegangen. Es gab keinen Grund. Ich hatte es nicht eilig.»

«Also mit anderen Worten…»

Ich nickte bedächtig, um den Kopfschmerz nicht zu reizen. «Ja. Ich vermute dasselbe. Jemand muss mich geschubst haben.»

«Genau. Das meinen wir auch. Das heißt, es war ein Mordversuch, und als solchen müssen wir ihn untersuchen.»

«Aber was…»

Er hob abwehrend eine Hand. «Das hier ist nämlich nicht das Einzige, was wir haben, Veum. Es gibt noch ein Indiz. Und deshalb haben wir dich hergebeten.»

«Aha?» Ich spürte ein unangenehmes Gefühl im Bauch, wie ein sich ankündigender Bauchkrampf. «Und was ist das?»

«Folgendes», sagte Helleve geschäftsmäßig. «Einer unserer verdeckten Ermittler hat einen Bericht von einem Treffen mit einem seiner Informanten abgeliefert, wo er sich so ausdrückt…» Er nahm ein neues Papier vom Schreibtisch auf und las: *Der Kontaktmann berich-*

tete von einem hartnäckigen Gerücht im Milieu, dass schon seit mehreren Monaten ein Kopfgeld auf den Privatdetektiv Varg Veum, Geschäftsadresse Strandkaien 2, ausgesetzt sei, und dass der Mann, der dahinter steckte, der früher genannte B. Bjelland sei, zurzeit in Haft im Landesgefängnis Bergen.»

«Geschäftsadresse?», murmelte ich. «Das klingt eindrucksvoll.»

«Nichtsdestotrotz eine ernste Sache, Veum, für den, der gemeint ist.»

«Und das bin ich, stimmt's?»

«Yes.»

26

Annemette Bergesen und Atle Helleve sahen mich düster an, als hätten sie selbst eigenhändig dieses mögliche Todesurteil gefällt.

«Dies ist eine Art von verbrecherischer Aktivität, die wir sehr ernst nehmen, Veum», sagte Helleve. «Wir werden tun, was in unserer Macht steht, um es zu unterbinden.»

«Deshalb also – unser Mann in Haukeland ...»

Er nickte bestätigend. «Auch deshalb.»

Ich hob resigniert die Hände. «Tja, also ... Mit diesen Gerüchten lebe ich schon seit September letzten Jahres, als ich in Oslo an einem Fall gearbeitet habe, was eine von Birger Bjellands – wie soll ich es nennen – Geschäftsverbindungen da drüben sehr irritiert hat.»

«Du wusstest es also?»

«Ich habe dort drüben ein Gespräch belauscht, aber ... Da nichts passierte, hatte ich es längst auch diesmal als leere Drohung abgetan. Eine Nebenwirkung meines Berufs, könnte man sagen. Es war nun wirklich nicht das erste Mal.»

«Aber sieh es mal anders, Veum. Die Lust, den Auftrag auszuführen, ist jetzt bestimmt nicht weniger geworden, wo du mehr oder minder eigenhändig die Zustände aufgedeckt hast, die ihn hinter Schloss und Riegel gebracht haben, hoffentlich noch für einige Jahre.»

«Und es können noch mehr werden», fügte Bergesen hinzu, «wenn wir diesen so genannten Auftrag überprüft kriegen – und den finden, der ihn ausgeführt hat.»

«Der ist sicher schon vor den Kadi zitiert worden», sagte ich. «Weil er es nicht geschafft hat. Ihr werdet zusehen müssen, ob ihr seine Reste noch findet.»

«Nun mal ganz im Ernst, Veum.» Helleve beugte sich vor. «Willst du, dass wir jemanden als eine Art Polizeischutz für dich abstellen?»

Ich musste grinsen. «Tut mir Leid, Helleve, aber das ist tatsächlich das erste Mal, dass ich so ein Angebot bekomme. Das wäre zu Muus' Zeiten nie vorgekommen.»

«Ich meine es ernst!»

Bergesen mischte sich wieder ein. «Die Polizei kann nicht ruhig dasitzen und zusehen, dass solche Sachen passieren, Veum. Ob du nun willst oder nicht, wir werden gezwungen sein, in der nächsten Zeit deinen Alltag etwas im Auge zu behalten.»

«Na ja, wenn du die Spätschicht übernehmen könntest, dann…»

«Vielleicht findest du das nur zum Lachen», gab sie kühl zurück. «Wir nicht.»

«Solange ihr euch nicht in meine Fälle einmischt, okay.»

«Apropos.» Helleve griff nach dem Telefonhörer, wählte die Nummer der Wache und bekam den Verantwortlichen an den Apparat. «Was ist mit dem Bericht, den wir angefordert haben?»

Während er zuhörte, wandte ich mich noch mal an seine Kollegin. «Und wann soll die Hochzeit sein, wenn ich fragen darf?»

Sie lächelte. «Natürlich darfst du. Mitte Juni.»

«Habt ihr denn schon eine Wohnung?»

«Wir suchen noch. Hast du vielleicht einen Vorschlag?»

«Dann müssten wir ein Kopfgeld auf den Rentner im Erdgeschoss ansetzen. Andererseits, ich habe ihn nun schon so lange gehabt…»

«Wir werden schon etwas finden.»

Helleve legte auf. «Du kannst dich da unten melden, Veum. Einer der Kollegen, die die betreffende Person verhaftet haben, hat Dienst. Du kannst mit ihm reden, wenn es nötig ist.»

«Danke dir. Ja, dann…» Ich machte Anstalten, mich zu erheben.

«Schon in Ordnung. Aber vergiss nicht, worüber wir gesprochen haben. Und zögere nicht, anzurufen, wenn etwas passieren sollte.»

«Danke für die Aufmerksamkeit, sagte die Braut.» Ich blinzelte Annemette Bergesen zu. «Nein, diesmal hab ich nun gar nicht an dich gedacht.»

«Oh, ich bitte dich.»

Ich ging zur Tür. «Aber wir sehen uns bestimmt wieder, fürchte ich. Dies ist eine sehr kleine Großstadt, wie du bald feststellen wirst.»

Als ich auf die Wache kam, wartete Ristesund schon auf mich. Er war ein kräftiger Polizist mit rotbraunem Bart, hellem Haar und einem freundlichen Gemüt. «Ich höre, du hast nach mir gefragt, Veum?»

«Tja, nicht nach dir persönlich. Aber wenn du am Wochenende vor Ostern Fernando Garrido eingebuchtet hast, dann würde ich tatsächlich gern ein paar Worte mit dir reden.»

Er sah mich misstrauisch an. «Ist es die Schwägerin, die dich engagiert hat? Die Anwältin? Da läuft doch nicht irgendwas, hoffe ich?»

«Eine kleine Schadensersatzklage? Nein, nein. Wenn du vor eventuellen gerichtlichen Schritten Angst hast, kann ich dich beruhigen. Aber... Können wir irgendwo ungestört sprechen?»

«Ja, da drin.» Er zeigte auf ein Büro im Hintergrund. «Ich will nur eben...» Er beugte sich über seinen grauhaarigen Kollegen am Tresen und griff nach dem Journal. «Mal sehen... Hier ist der Eintrag, Sonntag, 4. April, 0.40 Uhr. *Mann, 40, eingeliefert wegen Randalierens. Streife von einem Nachbarn gerufen. Die Person setzte sich so heftig zur Wehr, dass ihm Handschellen angelegt werden mussten, und wurde daraufhin in die Ausnüchterungszelle gebracht. Archivnummer...* Tja.» Er sah auf. «Ich habe schon eine Kopie des Berichts. Wir können ihn uns da drinnen ansehen. Eine Tasse Kaffee, vielleicht?»

«Nein, danke. Ich hatte gerade...» Ich wollte das Risiko nicht noch einmal eingehen. Der gute Eindruck könnte zerstört werden.

Wir kamen in ein kleines, spartanisch eingerichtetes Büro. Ristesund setzte sich an den schmalem Schreibtisch an der einen Wand, warf einen Blick auf den Bildschirmschoner seines PCs, schwang den Stuhl herum und wies mich auf den Besucherstuhl an der Tür. Er reichte mir den Bericht, den er selbst und ein Kollege namens Bolstad unterschrieben hatten. «Du darfst ihn nicht mitnehmen, aber du kannst ihn schnell durchlesen, dann siehst du selbst.»

Der Bericht war ungefähr genauso redselig wie das Büro, in dem wir saßen. Das einzig Neue, was ich daraus entnehmen konnte, war dass der inhaftierte Fernando Garrido – hier mit vollem Namen, Geburtsdatum und Adresse – «übermäßig betrunken» gewesen war und dass seine Frau – Bodil Breheim – «aufgebracht und unruhig» gewirkt hatte, dass die hinzugerufenen Streifenbeamten «alles, was in unserer Macht stand» getan hatten, um die Gemüter zu beruhigen, aber Garrido hätte «sich ihrem Eingreifen so heftig widersetzt, dass wir schließlich gezwungen waren, ihm Handschellen anzulegen und ihn in die Ausnüchterungszelle zu bringen». Weiter wurde angeführt, dass «die Anklage wegen Gewalttätigkeit gegen einen öffentlichen Beamten» ins Auge gefasst werden sollte und Fernando Garrido am Tag darauf, «auf eigenen Wunsch» die Anwältin Berit Breheim hinzugerufen hätte, «übrigens seine Schwägerin», und danach freigelassen worden war.

«Ist in dem Fall noch Weiteres geschehen?», fragte ich.

Ristesund zupfte sich ein wenig am Bart und zuckte mit den Schultern. «Nicht, dass ich wüsste. Aber es war ja kein ernster Fall, und da der Betreffende eine saubere Akte und vorher noch nie mit der Polizei zu tun gehabt hatte, gehe ich davon aus, dass es dabei blieb. Ich meine… Wir sind nun auch keine Schwächlinge, weder Bolstad noch ich, und eine ernsthafte Bedrohung für uns war er wirklich nicht.»

«Es ist ihm nicht gelungen, euch Schaden zuzufügen, mit anderen Worten?»

«Sieht es so aus?» Ristesund grinste.

«Habt ihr einen Eindruck davon, was die Ursache des Krachs gewesen sein könnte?»

«Nein, aber wir kennen ja unsere Pappenheimer. Er war volltrunken und völlig aufgedreht. Sie wirkte ziemlich gestresst. *Aufgebracht* haben wir im Bericht geschrieben, glaube ich. Entweder war er eifersüchtig, oder umgekehrt. Das ist meistens…»

«Umgekehrt? Deutete etwas darauf hin, dass sie das Ganze angefangen hatte?»

«Nein, nein. So meinte ich es nicht. Aber meistens geht es um Eifersucht bei solchen Fällen. Oder darum, dass sie zu viel Geld für Kleider und so was ausgegeben hat. Oder dass sie sowieso niemals hätten zusammenleben sollen. Das Gewöhnliche. Dann säuft Papa sich zu, Mama kriegt einen in die Fresse, und einen Tag später sind sie wieder ein Herz und eine Seele.»

«Meinst du ... Gab es Anzeichen dafür, dass sie geschlagen worden war?»

Er dachte einen Augenblick nach. «Nein. Nicht soweit ich mich erinnern kann. Aber andererseits musste sie sich nicht ausziehen. Wenn du manche Bilder sehen würdest, die wir hier im Archiv haben, von verprügelten Ehefrauen, dann würde es dir kalt den Rücken runterlaufen, Veum! Das Gesicht kann noch gut aussehen, die Unterarme auch, alles was sichtbar ist, aber wenn wir sie dann in die Ambulanz bringen und sie sich ausziehen müssen ... Blaue Flecken überall. Brandmale von Zigaretten. Schnitte von Messern oder Rasierklingen.» Er zog eine Grimasse. «Was manche sich bieten lassen! Als ob es keine Grenzen gäbe.»

«Aber hier hattet ihr keinen Verdacht auf so was?»

«Nein. Aber ich sage ja ...»

«Ja?»

«Ich sage ja, dass alles möglich ist. Warum fragst du sie nicht selbst? Oder bringst ihre Schwester dazu, mit ihr zu reden?»

«Das ist ja gerade das Problem. Man kann nicht mit ihnen reden.»

«Mit wem?»

«Bodil Breheim und ihrem Mann. Sie sind ganz einfach verschwunden.»

Er sah mich erstaunt an. «Was meinst du damit? Ist der Fall gemeldet?»

Ich schüttelte den Kopf. «Hier kommt mein Einsatz. Es könnte ja ganz natürliche Gründe geben. Sie können beschlossen haben, um den Schaden wieder gutzumachen, in Urlaub zu fahren. Garrido hatte gerade seine Stelle gekündigt und hatte sicher noch Urlaub gut.»

«Tja, aber dann wird es wohl so sein, oder?»

«Es wäre vielleicht auch gar nicht so ungewöhnlich, oder?»

Er brummelte gutmütig. «Ich könnte dir erzählen, Veum ... Vor ein paar Monaten haben wir aus ungefähr demselben Grund einen

Kerl verhaftet. Er und seine Frau waren wie Hund und Katze, und das Letzte, was sie rief, als wir ihn zum Wagen führten, war: Sperrt ihn ein, für immer! Ich will ihn nicht mehr sehen! Aber wer, glaubst du, stand am nächsten Morgen vor dem Polizeigebäude auf der Matte, aufgetakelt wie nix Gutes und mit einem frisch gepackten Koffer im Schlepptau? Doch, da hieß es plötzlich Charterreise auf die Kanaren. Er hätte es doch wohl nicht vergessen? Die Tickets hatte sie dabei, und sie benahmen sich wie die Turteltauben auf dem Weg zum wartenden Taxi. Also…» Er hob resigniert die Arme. «Dieser Fernando und seine Madame liegen wohl auch im Süden irgendwo und lassen es sich gut gehen.»

«Hoffen wir, dass du Recht hast, Ristesund.»

Es rumorte in meinem Hinterkopf. Die Kopfschmerzen kamen langsam zurück.

Als ich das Polizeihaus verließ, fragte ich mich nur eins: Warum war ich jedes Mal, wenn jemand völlig überzeugt war, dass es für die Sache einen ganz natürlichen Grund gab, so sicher, dass es den nicht gab?

27

Ich brauchte frische Luft.

Wie wäre es mit einer Fahrt nach Morvik?, fragte ich mich selbst. Soweit ich wusste, könnten sie sogar mittlerweile nach Hause gekommen sein.

Ich holte den Wagen im Øvre Blekevei. Bevor ich losfuhr, versuchte ich noch einmal, Berit Breheim zu erreichen, aber die Sekretärin musste mit Bedauern in der Stimme sagen, dass sie noch nicht zurückgekommen war.

«Aber sie bekommt doch meine Nachrichten?», insistierte ich.

«Ich werde noch einmal aufschreiben, dass Sie angerufen haben», antwortete sie, jetzt in etwas müderem Ton.

Es war ein milder Apriltag mit wechselnder Bewölkung, einer angenehmen Brise aus Süden und lediglich einer Vorahnung von Regen in der Luft. Als ich auf die Höhe des Hesthaugvegen kam, lag der Fjord fest gespannt und starr zwischen dem Festland und Askøy. Nur ein einsamer Frachter schnitt seine schmale Spur in den Stoff auf dem Weg die Küste entlang.

Ich fuhr bei dem Schild ab, auf dem «Privatweg» stand. Die Garagentür war auch diesmal geschlossen. Auch davor stand kein Auto, und als ich klingelte, reagierte niemand. Aber ich ging nicht hinein, sondern lief auf dem Schotterweg um das Haus herum. Wenn ich mich recht erinnerte, hatte ich das letzte Mal vom Wohnzimmerfenster aus das Dach eines Bootshauses gesehen.

Es stimmte. Von der Terrasse vor dem Haus führte eine steile Treppe zum Meer hinunter. Das Bootshaus lag zur Bucht nach Norden hin. Westlich des Hauses ragte ein schwimmender Betonkai ins Meer. Am Ende des Kais stand ein Mann mit grünem Fischerhut und einer Angel in der Hand und starrte über das Wasser. Erst als ich die Treppe so weit heruntergekommen war, dass er meine Schritte auf dem rauen Beton hören konnte, drehte er den Kopf herum. Es war der aufmerksame Nachbar, Sjøstrøm.

Ich schlenderte auf ihn zu. «Beißt was an?»

Er nickte zu dem gelben Plastikeimer, der neben ihm stand. «Ein paar.»

Ich sah hinein. Dort lagen zwei ausgewachsene Dorsche und einer, der kaum das Konfirmationsalter erreicht hatte.

Er schielte neugierig zu mir herüber. «Gibt's was Neues?»

«Ich hatte gehofft, Sie könnten mir das erzählen.»

«Ich?»

«Ja. Dass sie zurückgekommen wären, meine ich.»

«Oh …»

«Sie haben nichts von ihnen gesehen?»

«Nein, ich …» Plötzlich zuckte er zusammen und zog die Angel hoch, stellte erfreut fest, wie sie sich bog und begann vorsichtig die Schur einzuziehen. «Das fühlt sich gut an – Veum, stimmt's?»

«Ja.»

«Bleiben Sie noch eine Weile, dann bekommen Sie ein kostenloses Mittagessen mit zurück.»

«Sind die denn essbar?»

«Und wie! Hier ist so starke Strömung, dass sie Spitzenklasse sind. Das garantiere ich Ihnen. Hier ist nicht mehr Phosphor im Fisch, als man braucht, um den Schniedel zu finden, wenn man nachts raus muss und pinkeln.»

«Aha…»

Ich betrachtete ihn, wie er behände den graubraunen Dorsch, der, soweit ich es beurteilen konnte, ungefähr knapp ein Kilo wog, hereinzog. Mit kundigen Händen brach er ihm den Nacken und warf ihn dann in den Eimer zu den anderen. «Passt auf, ihr da unten! Euer Onkel kommt zu Besuch.»

Ich nickte zum Ufer hin. «Dieses Bootshaus gehört Breheim und Garrido, nehme ich an?»

«Ja. Aber sie haben ihr Boot noch nicht im Wasser.»

«Und Sie? Haben Sie kein Boot?»

«Nein, ich…» Mit einem eleganten Wurf schleuderte er den Köder weit hinaus. «Ich hatte eins, aber als ich geschieden wurde, konnte ich es mir nicht mehr leisten.»

«Tja, das Problem kenne ich.»

«Aber ich werde mir ein kleines Ruderboot anschaffen oder so was. Ich habe einen Anleger da drüben.» Er zeigte auf einen Felsen südlich des Kais. «Mann muss schließlich ein Boot haben, wenn man hier so wohnt.» Er nickte zum Meer und lächelte zufrieden. «Da draußen gibt es viel kostenloses Essen, Veum. Auf die Weise kann man sein Monatsbudget ganz schön entlasten.»

«Sie wissen nicht zufällig, wo der Schlüssel zum Bootshaus ist?»

«Fühlen Sie mal unter der Verkleidung nach. Wenn ich mich nicht irre, hängt da ein Reserveschlüssel an einem Nagel direkt an einem Betonpfeiler. Ich meine gesehen zu haben, wie Garrido ihn da gesucht hat.»

«Dann geh ich mal nachschauen.»

«Kein Problem.»

«Guten Fang so lange.»

«Danke!» Diesmal bog sich die Angel zu einem Halbkreis und er wandte ihr wieder seine ganze Aufmerksamkeit zu. «Kommen Sie ruhig nachher vorbei und holen sich Ihr Mittagessen ab.»

«Vielen Dank.»

Ich ging zurück zum Bootshaus. Die Seitentür hatte ein gewöhnliches Sicherheitsschloss und war abgeschlossen. Ich befolgte Sjøstrøms Rat und tastete unter der Verkleidung hinter den Betonpfeilern. Meine Finger fanden eine Plastiktüte, die an einem Nagel hing. Ich löste die Plastiktüte, öffnete sie und zog den Schlüssel heraus. Dann schloss ich die Seitentür des Bootshauses auf. Bevor ich hineinging, sah ich wie Sjøstrøm einen dicken Dorsch aus dem Wasser zog.

Das Bootshaus war leer. Jedenfalls lag dort kein Boot. Der Wagen, auf dem es gelegen hatte, war ganz nach hinten gezogen, und rostbraune Schienen führten unter dem Tor ins Wasser. An der hinteren Wand stand eine Leiter. An einer anderen Wand hingen diverse Fischereigeräte: Netze, Reusen und Schwimmkugeln – in gutem Zustand, aber wenig gebraucht, soweit ich es beurteilen konnte. Mehrere Dosen mit Bootslack und Farbe, ein paar leere Kisten und einige Plastiktüten unterschiedlichen Inhalts standen auch noch in dem sonst recht ungemütlichen Bootshaus herum, in das das Meer unter dem Tor leise herein- und wieder hinausschwappte.

Ich sah mich um. Abgesehen von dem, was ich schon gesehen hatte, gab es nichts Besonderes zu bemerken. In einer Ecke standen ein paar leere Flaschen, Bier und Cola. Eine Colaflasche enthielt eine durchsichtige Flüssigkeit. Ich drehte den Verschluss ab und roch vorsichtig daran. Terpentin. Ich schraubte die Flasche wieder zu.

Es rumorte zwischen meinen Ohren. Eine Brechstange am Hinterkopf. Jemand versuchte, einzubrechen. Oder aus? – Ich musste mich hinsetzen und griff nach der nächsten leeren Kiste. Ich fühlte mich schwindelig und unwohl. Das Boot war weg. Das Auto war weg. Das Haus war leer. Irgendwie schien es, als hätte es Bodil Breheim und Fernando Garrido nie gegeben.

Mit schwerem Kopf stand ich auf und trat wieder hinaus ans Tageslicht. Ich ließ die Tür hinter mir offen stehen und ging hinaus auf den Anleger. Sjøstrøm sah kurz in meine Richtung, richtete den Blick kurz aufs Meer und dann wieder auf mich, als hätte er etwas Fürchterliches in meinem Gesicht gelesen.

«Es war kein Boot da.»

Er sah mich verwundert an. «Was sagen Sie? Da war kein Boot?»

«Wenn Sie mir nicht glauben, können Sie selbst nachsehen ...»

Er reichte mir die Angel und folgte der Aufforderung. «Wenn Sie die solange halten könnten…»

Ich nahm die Angel entgegen und zog langsam die Schnur ein, während er zum Bootshaus ging. Der leere Köder kam an Land, kurz bevor er zurückkam. Ich warf ihn nicht noch einmal aus. Ich hatte noch nie Glück beim Angeln gehabt.

Er trat neben mich. «Sie hatten Recht», sagte er, und ich kommentierte es nicht. Dann griff er nach der Angelrute und warf mit nachdenklichem Gesicht den Köder weit hinaus. «Die einzige Erklärung, die mir einfällt, ist, dass sie es verkauft haben müssen, im letzten Herbst, als ich vierzehn Tage im Süden war.»

«Sonst hätten Sie es gesehen, meinen Sie?»

Er nickte. «Garantiert.»

«Und wenn sie nun jetzt damit losgefahren sind? Oder zu Ostern?»

Er sah aufs Meer, und ich folgte seinem Blick, als befänden die beiden sich irgendwo dort draußen. Er schüttelte langsam den Kopf. «Ostern war zwar schönes Wetter, aber… Nein. Das ist zu früh. Eine Tagestour, ja, aber nicht mehrere Tage – wochenlang!»

Ich seufzte. «Tja, Dann weiß ich kaum noch, wo ich suchen soll. Wie lange, sagten Sie, wohnen Sie schon hier draußen, Sjøstrøm?»

Er zog langsam die Schnur ein. «Seit 78, 79. Wir hatten gerade geheiratet. Zehn Jahre später war finito. Die Ehe, meine ich.»

«Sie sind also schon fast vier Jahre allein?»

«Ein kleines Jubiläum nächstes Jahr, stellen Sie sich vor.»

«Ich habe längst mehrere gefeiert, Sjøstrøm. In dem Boot sind Sie jedenfalls nicht allein.»

«Nein. Da können Sie Recht haben.»

«Ich habe es so verstanden, dass der Kontakt zwischen Ihnen und Ihren Nachbarn nicht der beste war…»

«Tja… Wie ich letztens gesagt habe, sie haben uns die Aussicht weggenommen, als sie da oben gebaut haben.» Er nickte zum Hügel hinter dem Bootshaus. «Aber so schlimm war es nun auch wieder nicht. Wir haben uns die Kosten für die Zufahrt zu den Grundstücken geteilt. Es gab Dinge, die getan werden mussten, ab und zu. Straßenausbesserung, Drainagen und so was. Ja… Nachbarschaftsangelegenheiten.»

«Und Ihre Frau?»

«Meine Ex?»

«Ja? Zwei Nachbarsfrauen wie Bodil Breheim und sie…»

Er zog die Augenbrauen hoch und schnaubte. «Nachbarsfrauen! Haben Sie eine Ahnung. Mein Problem war doch, dass sie nie zu Hause war. Hat von früh bis spät gearbeitet. Kein Wunder, dass wir keine Kinder bekamen! Wir hatten ja kaum Zeit, welche zu produzieren. Da haben Sie das neue Frauenideal, Veum. Fragen Sie einen Experten. Alles für die Karriere, null Interesse für die Familie. Eine verdammte Feministin, das war sie!»

«So schlimm…»

«Und Bodil war auch nicht viel besser.»

«Woran denken Sie dabei?»

«Na ja. An all ihre Herrenbesuche.»

«So schlimm war es ja wohl nicht?»

«Ach nein? Ich habe es Ihnen doch das letzte Mal erzählt. Da war dieser Saxophonist, und dann der andere…»

«Ich habe mit Hallvard Hagenes gesprochen. Er sagt, er sei nur ein Mal hier gewesen.»

«Tja… Schon möglich. Aber den anderen Typen habe ich mehrmals gesehen.»

«Und Sie sind sicher, dass er zu ihr wollte?»

«Andere wohnen da unten doch nicht.»

«Ich dachte an Garrido selbst.»

«Dann war es aber verdammt merkwürdig, dass er nie kam, wenn Garrido zu Hause war, oder?»

«Tja…»

Wieder blickte er aufs Meer und warf noch einmal den Köder aus.

«Tja… Dann werde ich mich wohl mal auf den Weg machen.»

«Aber…» Er nickte zum Plastikeimer. «Ich hatte Ihnen doch ein Mittagessen versprochen.»

Ich betrachtete die toten Fische. Der Letzte schnappte noch nach Luft, wie ein Schwergewichtsboxer vor dem Knock out. «Nein danke, Sjøstrøm. Vielleicht beim nächsten Mal.»

«Das nächste Mal ist ein Schelm, Veum.»

Er sollte Recht behalten. Das nächste Mal war tatsächlich ein Schelm.

28

Als ich wieder zum Haus hinauf kam, bemerkte ich, dass ich nicht der Einzige war, der Bodil Breheim und Fernando Garrido gerne zu Hause angetroffen hätte. Jemand hatte einen schwarzen Audi Quatro direkt hinter meinem Wagen geparkt, und an der Eingangstür stand Kristoffersen von TWO und starrte mit einem Gesichtsausdruck auf die Tür, als hätte er Lust, sie mit bloßen Händen zu zerschmettern.

Als er mich entdeckte, wurde seine Laune nicht gerade besser. «Veum!», kläffte er. «Was zum Teufel tun Sie hier draußen?»

Er wandte sich in seiner ganzen Breite mir zu, holte eine Zigarette heraus und zündete sie an. Verächtlich blies er den Rauch in meine Richtung. «Ich muss dringend mit Garrido reden.»

«Da sind Sie nicht der Einzige.»

«Nein, aber das hier ist wichtig.»

«Warum, wenn ich fragen darf?»

«Wir haben noch Geschäftliches zu klären.»

«Aha? Und worum geht es dabei?»

Er machte eine ausladende Armbewegung. «Man kann nicht einfach so aus einer Firma wie der TWO aussteigen und damit rechnen, sofort für nichts mehr verantwortlich zu sein. Es lagen noch Stapel von unerledigten Aufgaben auf seinem Schreibtisch. Und wer, glauben Sie, hat die jetzt auf dem Schoß?»

«Und nun wollen Sie ihn also zu einer Kurzzeitvertretung einberufen?»

«Er hat fristlos gekündigt und ist sofort gegangen, Veum. Als säße ihm der Teufel im Nacken.»

«Und da saßen nicht vielleicht eher Sie?»

Er pumpte sich auf. «Wie meinen Sie das?»

«Ich meine … Sie scheinen mir nicht gerade der liebenswürdigste Mensch der Welt zu sein.»

«Und was zum Teufel geht Sie das an?»

Ich bildete mit dem rechten Zeigefinger und dem Daumen eine Null und hielt sie ihm vor das Gesicht. «So viel, Kristoffersen. Solange nicht gerade das der Grund für sein Verschwinden ist.»

Er blinzelte mich aus zusammengekniffenen Augen an. «Haben Sie herausgefunden, wo er sich aufhält?»

Ich tat so, als würde ich nachdenken. «Im Moment sieht es so aus, als sei er auf See.»

«Auf See?»

Ich nickte zum Meer. «Jedenfalls ist ihr Boot weg.»

«Aha?»

«Wahrscheinlich haben sie in Utvik geankert.»

«In Utvik?» Sein Gesicht verdunkelte sich. «Was zum Teufel meinen Sie damit, Veum?»

«Ich weiß nicht, ob Sie sich daran erinnern, aber als wir letzte Woche unser nettes kleines Gespräch hatten, habe ich Sie gefragt, ob Garridos Verschwinden etwas mit der *Seagull* zu tun haben könnte.»

Er war jetzt auf der Hut. Die Zigarette stach wie ein Sprungbrett zwischen seinen Lippen hervor und seine Kiefermuskulatur schwoll an. «Mit der *Seagull*?»

«Sie soll doch bald in Utvik einlaufen, oder?»

Er zögerte. «Njaa?»

«Na also … Deshalb hat Garrido gekündigt, stimmt's?»

Er kam näher. Ich sah, wie er die Fäuste ballte, und es waren große Fäuste. Das war mir schon bei unserer ersten Begegnung aufgefallen. Trotzdem hielt ich seinem Blick stand. Ich rechnete damit, dass er sich verraten würde, wenn er sich für Handgreiflichkeiten entschied. «Sagen Sie, Veum … Wer ist eigentlich Ihr Auftraggeber?»

«Habe ich das beim letzten Mal nicht erwähnt? Die Familie.»

«Garridos?»

«Nein, Bodils. Ihre Schwester.»

«Sie meinen – Berit?»

«Ja, ich meine – Berit. Sie kennen sie?»

Er schnaubte ärgerlich. «Und was will sie damit erreichen? Außer persönliche Lorbeeren?»

«Erreichen?»

«Sie ist doch Anwältin, oder? Solche Leute unternehmen nichts, was sich nicht finanziell für sie lohnt.»

«Im Gegensatz zu Leuten wie Ihnen, meinen Sie?»

«Im Gegensatz zum Teufel selbst, Veum!»

«Aber ich würde gern noch mal auf—»

«Ich auch! Wenn Sie Garrido treffen, Veum... Wenn Sie ihn treffen...»

«Sie sind da also auch nicht sicher, wie ich höre.»

«Tun Sie mir den Gefallen und überbringen Sie ihm folgende Nachricht: Sagen Sie ihm, dass sein alter Kollege Kristoffersen ihn gerne sprechen will, unter vier Augen, und dass er nichts Übereiltes tun soll, denn sonst...»

«Ja, was sonst?»

Abrupt wandte er sich ab. Mit langen Schritten ging er auf die Haustür zu und trat heftig dagegen. Dann wandte er sich wieder mir zu. «Sonst komme ich her und reiße ihm das Haus über dem Kopf ab, können Sie ihm sagen. Und zwar eigenhändig. Ich brauche dazu keine Hilfe!»

«Eine klare Botschaft.»

«Werden Sie es ihm sagen?»

«Ich werde es mir überlegen. Aber andererseits... Immerhin haben ja nicht Sie mich engagiert, Kristoffersen. Wie viel sind Sie bereit zu bezahlen?»

«Sagen Sie einfach einen Preis, Veum.»

«Das ist mehr, als Sie anbieten können, fürchte ich.»

«Ach ja?» Er sah mich verächtlich an.

«Ein ehrliches Gesicht und ein gutes Herz.»

«Sie gehören wohl zu den ganz Billigen, was?»

«So billig, dass Sie es sich nicht leisten können», konterte ich.

Ein, zwei Sekunden starrten wir einander in die Augen. Dann trat er ein letztes Mal gegen Garridos Haustür, drehte sich um und ging zielstrebig auf die Autos zu. Einen Augenblick befürchtete ich, er würde meinen Toyota derselben Behandlung unterziehen. Aber er entschied sich für das Gegenteil. Er würdigte ihn keines Blickes, setzte sich hinter das Steuer seines Audis, warf den Motor an, fuhr rück-

159

wärts aus der Einfahrt und dann zur Hauptstrasse hinauf, ohne auch nur zum Abschied zu nicken. Das verletzte mich tief. Ich hatte auf dem ganzen Weg zurück in die Stadt Tränen in den Augen.

29

Beim dritten Anlauf bekam ich Berit Breheim an den Apparat. Ich war wieder in meinem Büro, und es war keine einzige Nachricht auf dem Anrufbeantworter.

«Ich wollte Sie gerade anrufen», sagte sie, nachdem man mich zu ihr durchgestellt hatte.

«Dann habe ich der Firma ein paar Einheiten erspart.»

«Ich bin den ganzen Tag außer Haus gewesen. Hatte mehrere Sitzungen, und außerdem …»

«Ja?»

«Mein Halbbruder Randolf hat angerufen. Er war in der Stadt und wollte mit mir lunchen.»

«Das stimmt. Ihre Stiefmutter hat erwähnt, dass sie ihn erwartete. Wohnt er dort?»

«Bei Sara? Ja.»

«Und Sie haben also zusammen gegessen?»

«Ja, wir … Er machte sich auch Sorgen um Bodil. Sara hatte erzählt – ja, dass Sie da gewesen waren. Er und Bodil haben lange den Kontakt gehalten, hat er gesagt, aber in den letzten Jahren war das sehr sporadisch geworden, und seit Weihnachten hat er überhaupt nichts mehr von ihr gehört.»

«Seit Weihnachten?»

«Ja. Er hatte eine Weihnachtskarte bekommen, das war alles.»

«Hm.»

«Aber …» Ihr Tonfall änderte sich. «Wie geht es denn Ihnen? Ich habe gehört, Sie hätten einen Unfall gehabt?»

«Ja. Jemand hat mich auf der Stoßstange mitgenommen, unten bei Kjøttbasaren. Ich fürchte, ich bin im Moment nicht gerade in Hochform.»

«Das ist ja fürchterlich! Aber es war ein Unfall, nehme ich an, oder?»

«Das hoffe ich doch sehr. Wenn nicht, ist es missglückt.»

Sie zögerte ein wenig. «Also… Was haben Sie jetzt vor?»

«Ehrlich gesagt, ich weiß es nicht. Ich komme gerade aus Morvik. Es stellte sich heraus, dass ihr Boot auch weg ist. Aber der Nachbar meinte, es könnte im letzten Herbst verkauft worden sein.»

«Aha?»

«Eine Sache habe ich noch nicht überprüft. Die Familie in Spanien.»

«Ja, ich habe auch daran gedacht. Aber ich habe es schon selbst getan.»

«Ich meine, Sie hätten gesagt…»

«Ja, aber jetzt war schon so viel Zeit vergangen. Ich habe seinen Bruder angerufen und etwas um den heißen Brei herumgeredet. Habe so getan, als wären Fernando und Bodil irgendwo im Süden, hätten aber keine Adresse hinterlassen. Ob sie bei ihnen vorbeigekommen wären. Aber die Antwort war nein. In Barcelona waren sie jedenfalls nicht.»

«Haben Sie den Namen des Bruders?»

Sie wurde heftig: «Glauben Sie mir etwa nicht?»

«Doch, ich bitte Sie… Aber für alle Fälle.»

«Eduardo Garrido.» Sie gab mir auch die Telefonnummer. «Aber wenn Sie anrufen, dann passen Sie bitte auf, was Sie sagen. Die Beziehung zwischen den beiden Familien ist so schon schwierig genug.»

«Wie meinen Sie das?»

«Na ja, wie das so ist. Vor allem ist es ein gigantischer Kulturunterschied. Das verstehen Sie doch, oder?»

«Doch, vielleicht. Aber… Na ja, ich fürchte, wir haben im Moment die meisten Karten ausgespielt. Das Einzige, was ich noch in der Hinterhand habe, hat mit Trans World Ocean und Garridos plötzlicher Kündigung zu tun. Ein Kollege von ihm, ein gewisser Kristoffersen, ist auch ganz heiß drauf, mit ihm zu sprechen. Und mit diesem Bernt Kristoffersen würde ich gern noch ein paar Wörtchen reden. Vielleicht versuche ich es auf die altmodische Weise und besuche ihn zu Hause. Leute mit seinem Temperament sind da oft verletzbarer.»

«Ach, deshalb sind Sie wohl letztens auch so überraschend bei mir vorbeigekommen, was?» Sie sagte es locker, aber ich nahm den ärgerlichen Unterton wahr.

«Tut mir Leid. Sie haben mich durchschaut.»

«Sagen Sie mir Bescheid, sobald Sie etwas Neues wissen.»

«Es ist nicht leicht, Sie zu erreichen.»

«Versuchen Sie es trotzdem.»

Nachdem ich aufgelegt hatte, notierte ich einen neuen Namen auf meinem Block: Randolf Breheim. Bernt Hallvorsen stand schon drauf. Ich schrieb hinter den ersten ein Ausrufezeichen und unterstrich den zweiten, was allerdings nichts anderes bedeutete, als dass sie beide eine gewisse Aufmerksamkeit wert waren.

Wieder einmal fiel mir deutlich auf, wie beschränkt mein Arbeitsfeld in solchen Fällen war. Wäre ich Polizist gewesen, hätte ich Kopien der Passagierlisten vom Flughafen Flesland, von den Fähren, die von Bergen aus die Küste entlang und auch nach England fuhren, bekommen können und vielleicht sogar die der Norwegischen Staatsbahn. So hätte ich checken können, ob auf einer von ihnen Bodil Breheim oder Fernando Garrido gestanden hatte. Ich hätte bei der Telenor anrufen und einen Ausdruck der Anrufe bekommen können. Als Privatdetektiv hatte ich nicht viel anderes zur Verfügung als mich selbst und meine höchst begrenzte Fantasie. Außerdem war mein Kopf zurzeit in einem traurigen Zustand, nach der Begegnung mit dem Bordstein am Montagmorgen.

So wie ich mich fühlte, war es von Vorteil, vom Telefon aus operieren zu können. Ich wählte die Nummer von Sara Breheim. Eine jugendliche Männerstimme antwortete: «Hier bei Breheim?»

«Ja, guten Tag. Hier ist Varg Veum. Ist Randolf Breheim zu sprechen?»

«Das bin ich.»

«Ich führe einige Ermittlungen im Zusammenhang mit dem Verschwinden Ihrer Halbschwester Bodil durch.»

«Ja, das habe ich gehört.»

«Könnten Sie sich vorstellen, sich einmal mit mir zu unterhalten?»

«Und worüber?»

«Über Bodil, in erster Linie.»

«Tja… ich kann mir nicht vorstellen, was ich dazu beizutragen hätte.»

«Überlassen Sie das mir. Wann könnten wir uns treffen?»

«Heute bin ich beschäftigt, aber… Morgen früh, vielleicht. Ich habe einiges in der Stadt zu erledigen.»

«Eine Tasse Kaffee im Ervingen, um halb zehn – passt Ihnen das?»

«Na ja… Okay. Aber erwarten Sie nichts. Ich habe schon seit einigen Jahren nicht mehr viel Kontakt zu Bodil gehabt.»

«Alles kann von Interesse sein. Also sehen wir uns morgen?»

«Wie abgemacht. Wiederhören.»

«Wiederhören.»

Ich saß einen Moment da und betrachtete das Telefon. Dann sah ich auf die Uhr. Bernt Halvorsen gehörte sicher zu den Menschen, die lange arbeiteten. Aber wenn das Kinderfernsehen anfing, war sogar der besessenste Topmanager wieder zu Hause, um zu kontrollieren, ob die süßen Kleinen auch immer noch Äuglein zum Sehen hatten, solange sie die nur auf den Fernseher richteten und von ihm nicht zu viel verlangten. Hinterher konnte er wieder ins Büro fahren oder sich in seinem Büro zu Hause einschließen. Es sei denn, es war einer der Tage, an denen seine Frau ihn mit ins Theater, zu einer Weinprobe, ins Kino oder sonst wohin schleppte, lauter Aktivitäten, mit denen sie ihre Freizeit verbrachte und die er nicht leiden konnte. Schon in meinen Jahren beim Jugendamt hatte ich die traurigsten Resultate eines solchen Familienlebens gesehen, und ich hatte nicht den Eindruck, dass sich das Klima in den oberen Etagen der Wirtschaftsunternehmen seither verbessert hatte.

Da es Donnerstag war, servierten sie zwei Etagen unter mir traditionelle westnorwegische Gerichte. Ich aß dort in Gesellschaft eines pensionierten Pastors, der mir von seinem Spezialgebiet innerhalb der Psalmendichtung erzählte, bevor wir beide uns in unsere Zeitungen vertieften, er natürlich in die christliche Tageszeitung «Dagen», ich in ein Organ von weitaus zweifelhafterem Ruf, von Tel Aviv aus betrachtet. Hinterher ging der Pastor nach eigener Aussage zu einem Abendkonzert in die Korskirke. Ich holte meinen Wagen und fuhr zum Hopsneset, wo ich ungefähr mitten in der Kinderfensehzeit ankam.

Als Edvard Grieg sich vor gut hundert Jahren auf Troldhaugen niederließ, lag es nach damaligen Maßstäben weit draußen in der Wildnis. Jetzt war sein Grundstück von Schnellstraßen und modernen Gebäuden eingekreist, und das einmal so friedliche Nordåsvannet war fast zur Kloake verkommen, umgeben von ständig dichter werdender Bebauung und im Sommerhalbjahr stark befahren von schnellen Motorbooten. Griegs Idyll existierte nicht mehr.

In Hopsneset lebte zurückgezogen der Geldadel, ein paar der Bewohner waren Nachfahren der Ureinwohner dort, die weitaus meisten allerdings Zugezogene mit einer nicht enden wollenden Geldflut auf dem Konto, die sicher nicht eher auf Grund laufen würden, als bis man in Valhall zur allerletzten Gläubigerversammlung blies.

Bernt Halvorsen wohnte in einem Haus mit Glas-Beton-Fassade und Natursteingiebeln hinter einem Lattenzaun am Ende eines Weges, dessen Schotterbelag natürlich stilgerecht aus zerstoßenem Marmor bestand. Aber in einem Punkt hatte ich mich geirrt. Vielleicht war er ein besserer Vater, als ich ursprünglich erwartet hatte. Jedenfalls öffnete mir eine freundlich reservierte Frau mit blondem Haar, schmaler Brille und einem fragenden Gesichtsausdruck. Ich dachte sofort: Dieses Gesicht habe ich irgendwo schon einmal gesehen – in der letzten Woche.

«Frau Halvorsen?»

«Ja?»

«Mein Name ist Veum. Ist Bernt Halvorsen im Hause?»

«Worum geht es denn?»

«Um Geschäfte, fürchte ich.»

«Er liest gerade den Kindern vor.»

Ich sah an ihr vorbei in die große Eingangshalle. «Und es ist nicht möglich, ihn zu stören?»

«Wie wichtig ist es denn?»

«Es geht um ein Schiff. Wenn Sie ihm nur leise eine Nachricht zukommen lassen könnten. Sagen Sie ihm, Veum ist wieder da, wie abgesprochen, und dass es um die *Seagull* geht.»

«Aha. Kann das nicht bis morgen warten?»

«Was liest er denn vor, dass man es so schwer unterbrechen kann?»

«Die Brüder Löwenherz von Astrid Lindgern.»

«Ach so …» Ich sah auf die Uhr. «Aber ich kann warten, bis der Text von heute vorbei ist. Womit vertreiben Sie sich die Zeit?»

«Ich bin Anwältin», sagte sie kühl.

«Aha? Dann kennen Sie sicher Frau Breheim. Berit Breheim?»

Sie verdrehte die Augen. «Ich habe ihre Gegenpartei vertreten, gerade erst vor ein paar Tagen.»

«Genau das meinte ich doch. Ich wusste, dass ich Sie schon einmal gesehen hatte. Sie waren Rechtsbeistand, stimmt's?»

Sie betrachtete mich prüfend. «Genau… Sie haben mit Berit gesprochen. Ich erinnere mich.»

«Sie duzen sich?»

«Ja, Herrgott noch mal! Wir stehen nur vor Gericht manchmal auf verschiedenen Seiten. Immerhin sind wir beide Anwältinnen.»

«Aber in diesem Fall war sie also Ihrer Meinung nach auf der falschen Seite?»

«Definitiv! Ihr Mandant machte nicht gerade einen sympathischen Eindruck, oder?»

«Nein, wenn ich ehrlich bin, auf mich auch nicht. Ich war tatsächlich auch nicht ihrer Meinung.»

Von irgendwoher rief jemand nach ihr. Sie warf mir einen entschuldigenden Blick zu. «Kann sein, dass sie jetzt fertig sind. Ich gehe mal nachsehen.»

Vorsichtshalber schlug sie die Tür hinter sich zu und ließ mich auf der Schwelle stehen. Ich kehrte dem Haus den Rücken zu. Ein gepflegter Rasen, in dieser Saison noch nicht gemäht. Frühlingsblumen in voller Blüte, Osterglocken und Krokusse, Tulpen und Rhododronbüsche mit Knospen, Rosenbüsche mit frischen Trieben. Ein paar Obstbäume und ein paar Beerensträucher. Eine Schaukel und ein Klettergerüst. Die perfekte Idylle. Ein schöner Ort, um hier aufzuwachsen.

Die Tür hinter mir wurde geöffnet. Bernt Halvorsen stand wie ein Türsteher vor mir. «Veum?», sagte er, mit einer Mine, die deutlich ausdrückte, dass ich bloß nicht mit einer gefälschten Altersangabe ankommen sollte; er hatte mich schon durchschaut.

«Ja, hallo! Schön, dass Sie einen Moment Zeit haben.»

«Ich habe absolut keine Zeit. Was zum Henker erlauben Sie sich, einfach hierher zu kommen und mich zu Hause zu stören?»

«Sie haben mir selbst Bescheid gegeben, durch Ihren liebenswürdigen Wachhund in Kokstad, dass ich an einem anderen Tag wiederkommen sollte. Tja… Hier bin ich!»

«Hören Sie, Veum…»

«Aus Rücksicht auf Ihre Frau habe ich Bodil Breheim mit keinem Wort erwähnt.»

«Bodil Bre…» Er trat ganz aus dem Haus, zog die Tür hinter sich zu und sagte leise, aber heftig: «Und was zum Henker soll das heißen? Was wollen Sie damit andeuten?»

Ich zögerte. Meine Kopfschmerzen waren wieder da. Ich hatte Probleme, meine Gedanken zu sammeln. «Hören Sie, Halvorsen», sagte ich müde. «Folgende Fakten sind klar: Fernando Garrido hat bei Ihnen gekündigt. Sehr plötzlich. In der Nacht zum Palmsonntag landete er in einer Ausnüchterungszelle, nachdem er zu Hause randaliert hatte, das Resultat eines Besuchs, den Sie am Samstagvormittag dort abgestattet hatten.»

«Was?!»

«Jetzt ist er verschwunden. Er und seine Frau. Und ich habe einen glaubwürdigen Zeugen, der Sie beobachtet hat, nicht nur an dem Samstag, sondern schon mehrmals vorher, bei Garrido zu Hause – während er selbst verreist war. Ist das Grund genug, Fragen zu stellen?»

«Einen glaubwürdigen Zeugen?»

«Ja.»

Ich sah, dass er einen Augenblick zögerte. Dann sagte er: «Okay. Ich gebe Folgendes zu: Eins: Ja, Fernando Garrido arbeitet nicht mehr bei uns. Das kam sehr plötzlich und entsprach nicht meinen Wünschen. Ganz im Gegenteil!»

«Ach ja?»

«Zwei: Ja, ich war bei ihnen zu Hause an dem Samstag, von dem Sie sprechen. Nicht um Bodil zu besuchen, wie Sie andeuten, sondern um Fernando von seinem Entschluss abzubringen. Wir brauchten ihn. Er macht gute Arbeit.»

«Aber er hat abgelehnt?»

«Ja.»

«Und warum, glauben Sie?»

«Er hat keinen Grund angegeben, aber er wirkte sehr entschieden, fast etwas …»

«Ja?»

«Na ja, er wirkte irgendwie nervös, und er reagierte sehr temperamentvoll, als ich versuchte, ihn zur Rede zu stellen.»

«Er war also nicht wütend, weil Sie seine Frau besucht hatten, als er verreist war?»

Er hob etwas die Stimme. «Drei: Ich war nie zu Hause bei Bodil und Fernando, wenn Fernando nicht da war!»

«Mein Zeuge behauptet das Gegenteil.»

«Das ist eine Lüge!»

«Er behauptet auch, dass Garrido Sie beide überrascht hat, als er an dem Samstag nach Hause kam.»

«Überrascht? Ich kam vor ihm dort an. Das war alles.»

«Ach ja?»

«Ja!»

«Aussage gegen Aussage, nennt man das vor Gericht.»

«Aber wir sind hier nicht vor Gericht.»

«Nein.»

Er starrte mich wütend an. «Meine Frau hat gesagt … Sie hätten eines unserer Schiffe erwähnt.»

«Ja. Die *Seagull*. Sie liegt in Hamburg, stimmt's?»

«Schon möglich. Was ist an der *Seagull* so interessant?»

«Ich denke, dass wissen Sie selbst am besten, Halvorsen.»

Er erwiderte fest meinen Blick. «Ich habe keine Ahnung, worauf Sie hinaus wollen!»

«Aber es wird schon ans Licht kommen.»

«Sagen Sie, für wen arbeiten Sie, Veum?»

«Dasselbe hat mich Kristoffersen gefragt.»

«Kristoffersen?»

«Er ist auch auf der Suche nach Garrido.»

«Sicher nicht ohne Grund. Er hat viele unerledigte Aufgaben hinterlassen. Wenn er bei seinem Entschluss bleibt, aufzuhören, dann müssen wir noch vieles mit ihm durchgehen. Man kann nicht einfach so gehen!»

«Die Familie von Bodil fragt sich auch, wo die zwei geblieben sind. Sie können ihnen also nicht helfen?»

«Das Einzige, was ich mir vorstellen kann, ist, dass er sich einen langen und unverdienten Urlaub genommen hat.»

«Damit kommen komischerweise alle. Aber niemand hat bisher eine Postkarte bekommen, und sie haben auch niemandem erzählt, wohin sie wollten. Merkwürdig, finden Sie nicht?»

«Sehr! Ist sonst noch etwas?»

«Nein, es sei denn, Sie hätten noch etwas beizusteuern.»

«Guten Abend, Veum. Ich hoffe, ich sehe Sie nicht wieder», sagte er, öffnete die Tür und ging ins Haus.

Bevor er die Tür geschlossen hatte, sagte ich schnell: «Das kann ich nicht versprechen!»

Aber er hatte mich schon ausgesperrt. Auch er hatte kein Interesse an dem, was ich zu sagen hatte. Noch ein unnützer Ausflug. Was blieb, war der Kopfschmerz.

30

Bevor ich am nächsten Tag Randolf Breheim treffen sollte, ging ich im Büro vorbei, um den Anrufbeantworter abzuhören und die Post durchzugehen, falls welche gekommen war.

Auf dem Anrufbeantworter war eine hektische Nachricht von Torunn Tafjord: «*Die* Seagull *hat Hamburg verlassen. Ich folge ihr. Melde mich, wenn ich nach Bergen komme.*» Ich sah sie kurz vor mir, wie sie dem Schiff als Möwe über der Nordsee folgte. Wenn sie nicht so sportlich war, dass sie paddelte.

In der Post waren fast nur Rechnungen, die ich auf den Stapel legte, genauestens nach Verfallsdatum sortiert. Die obersten waren längst fällig gewesen, aber ich hoffte, dass noch ein oder zwei Wochen vergehen würden, bis die ersten Torpedos eintrafen. Wenn ich jetzt etwas brauchte, dann war es ein sicherer und gut zahlender Arbeitgeber. Vielleicht sollte ich Berit Breheim meine erste Rechnung schicken, bevor sie auf andere Gedanken kam.

Ich nahm die erste Morgenzeitung mit hinunter in die Cafeteria, holte mir eine Tasse Kaffee und fünf Waffelherzen und setzte mich an eines der Fenster. Auf Seite 2 fand ich eine Suchmeldung der Polizei. Sie suchten nach «*Zeugen eines Unfalls auf der Kreuzung Kjøttbasaren/ Torget am Mittwoch, den 21. April um 8.55 Uhr*», stand dort. «*Ein Mann um die 50 wurde von einem Wagen angefahren, der aus Richtung Torgen auf Bryggen zufuhr*». Zu meiner Erleichterung konnte ich feststellen, dass der Mann «*am Tag darauf ohne ernste Verletzungen aus dem Krankenhaus entlassen wurde*», aber die Polizei war dennoch daran interessiert, mit «*eventuellen Augenzeugen des Vorfalls*» zu sprechen.

Ein Mann mit gepflegtem, rotem Bart, dunklen Haaren und einer frischen Gesichtsfarbe näherte sich meinem Tisch. Ich dachte sofort, dass mir etwas an ihm bekannt vorkam. «Veum?»

Ich nickte bestätigend, und wir gaben uns die Hand.

«Randolf Breheim. Ich habe Sie schon im Gericht einmal gesehen.»

Ich sortierte ihn schnell in meine eigene Erinnerung ein. Er gehörte zu der Gruppe von Kumpels, die sich in der Pause um den Angeklagten versammelt hatte. Mir fiel auf, dass Randolf Breheim noch jemand war, der eine gewisse Verbindung zu dem Fall hatte, den seine Schwester in der letzten Woche verhandelt hatte. Aber dass er irgendetwas mit den Untersuchungen zu tun hätte, mit denen ich selbst befasst war, konnte ich nicht erkennen.

Während er zum Tresen ging, betrachtete ich ihn diskret. Ich meinte, Züge seiner Mutter in seinem Gesicht erkennen zu können, aber Kinnpartie und Mund musste er vom Vater haben. Sein Lächeln wirkte leicht arrogant. Er kam mit einer Cola, einer Krabbenbaguette und Salat zurück. «Ich hoffe, es geht gut?»

«Womit?»

«Mit Terje natürlich! Heute fällt das Urteil, um drei Uhr. Aber er wird freigesprochen.»

«Sind Sie da sicher?»

Er biss von der Baguette ab und schluckte, bevor er antwortete. «Wenn jede Tussi, mit der man im Bett landet, einen vor Gericht zerren würde, wo kämen wir denn da hin? Die Einzigen, die etwas davon hätten, wären die aus dem Anwaltsgewerbe.»

«Unter ihnen Ihre Halbschwester.»

«Tja. Sie kommt sicher auch ausgezeichnet ohne meine Hilfe zurecht.»

«Haben Sie ihr vielleicht diesen Fall vermittelt?»

«Ich habe Terje empfohlen, sich an sie zu wenden, ja.» Er grinste. «Wissen Sie… Bei einer Vergewaltigungsgeschichte, wenn man da eine Frau als Anwalt hat… Sicher nicht so dumm, oder?»

«Sicher nicht. Woher kennen Sie Terje denn? Und wie heißt er weiter?»

«Terje? Er heißt Nielsen. Ich kenne ihn schon, seit wir beide klein waren. Sein Onkel, Kåre Brodahl, hat in Papas Laden gearbeitet. Und dann sind wir in der Oberstufe auf derselben Schule gelandet.»

«Dann kannte er Berit also auch von früher?»

«Er wusste, wer sie war, natürlich. Aber wissen Sie, Berit ist – äh – dreizehn Jahre älter als wir. Als wir als Schuljungen befreundet waren, war sie längst ausgezogen.»

«Wie ist die Beziehung zwischen Ihnen und Ihrem Bruder und Ihren beiden Halbschwestern?»

Er zuckte mit den Schultern. «Ganz ausgezeichnet. Wir waren natürlich weit auseinander, aber unsere Mutter war sehr drauf bedacht, dass keine Unterschiede gemacht wurden, fast so sehr, dass Bodil und Berit manchmal besser behandelt wurden als Rune und ich.»

«Besser behandelt?»

«Ja, ich meine, sie haben mehr Aufmerksamkeit bekommen. Durften allein in Urlaub fahren und so. Wenn wir einen leisen Protest losließen, dann sagte Mutter immer: Jungs, vergesst nicht, dass sie einem Leid tun können. Sie haben auf so tragische Weise ihre Mutter verloren.» Er ahmte ein bisschen die Redeweise seiner Mutter nach.

«Aber sie waren ja immerhin auch deutlich älter als Sie, wie Sie gerade selbst betont haben.»

«Ja, ja. Ich beklage mich auch nicht. Verstehen Sie mich nicht falsch.»

«Und später? Als Erwachsene? Hatten Sie da immer noch Kontakt?»

«Mehr oder weniger. Ich selbst bin ja seit ein paar Jahren auf Spitzbergen, und davor war ich in Trondheim. Es gab natürlich Familientreffen und so. Sogar Rune treffe ich mittlerweile nur noch bei solchen Anlässen. Er hat ja Frau und Kinder. Ich bin fröhlicher Junggeselle.»

«Das habe ich schon begriffen.»

«Aber Sie interessieren sich vor allem für Bodil, oder?» Er sah mich skeptisch an. «Sind sie und Ferdinand tatsächlich verschwunden?»

«Ich denke, er heißt Fernando.»

«Ja, ich weiß. Aber wir fanden Ferdinand lustiger.»

«Aha. Tja, also… Ob sie verschwunden sind oder nur verreist, ohne ihrer Familie Bescheid zu sagen, das weiß ich noch nicht.»

«Aber das müssen sie doch wohl in – Fernandos Firma wissen.»

«Er hat gerade gekündigt.»

«Was sagen Sie da? Bei der TWO?»

«Ja. Überrascht Sie das?»

«Nur deshalb, weil – was soll er denn sonst machen? Oder ist er etwa von einem Konkurrenten eingekauft worden?»

«Möglich. Ich habe keine Ahnung. Wie gut kannten Sie ihn?»

«Nicht besonders gut. Wir waren natürlich bei ihrer Hochzeit. Großartige Veranstaltung. Er hatte übrigens eine sehr niedliche Schwester. Aber ich kann ja nicht so gut spanisch, und ihr Englisch war eher schlecht, deshalb haben wir…» Er lächelte auf eine Weise, die vielleicht geheimnisvoll wirken sollte. Auf mich wirkte es eher dämlich. «Es war eine ganze Delegation aus Spanien da, aber sie haben gut aufeinander aufgepasst. Ich glaube, sie hatten kein Interesse an weiteren Allianzen.»

«Für Sie fiel also nichts ab?»

«Nichts Dauerhaftes, nein.»

«Wie war denn Ihr Kontakt zu Bodil in letzter Zeit?»

«Na ja, jetzt war er schlecht. Ich glaube sogar, dass ich weder sie noch Fernando seit – Weihnachten vorletzten Jahres gesehen habe.»

«Aber Berit hat gemeint, Sie und Bodil hätten früher einen engen Kontakt gehabt?»

«Früher, ja. Sie war mir vom Alter her näher und wohnte deshalb länger zu Hause als Berit. Und sie hat dann wohl eine Art Große-Schwester-Gefühl für mich und Rune entwickelt. Jedenfalls hat sie in den Jahren, als ich in Trondheim war, sehr oft geschrieben. In der ersten Zeit auf Spitzbergen auch noch. Aber dann wurde es nach und nach seltener. Und ich will gerne zugeben, dass ich auch kein guter Briefschreiber bin. Es ist also genauso meine Schuld.»

«Und was hatten Sie für einen Eindruck von Fernando Garrido?»

Er schob sich das letzte Stück Baguette in den Mund, spülte es mit einem Schluck Cola hinunter und sagte dann zögernd: «Na ja... Ich weiß nicht, ob ich überhaupt einen richtigen Eindruck habe. Er war eher steif. Wenn wir über etwas diskutiert haben, dann war er wohl ziemlich rechthaberisch. Er war ein Fremder, Veum. Da kommt man nicht drum herum. Ich bin schon immer der Meinung gewesen, dass man am besten mit Seinesgleichen auskommt.»

«Mit anderen Worten, Sie hatten nicht viel für diese Ehe übrig?»

«Spielt das eine Rolle, was ich davon halte? Meine Schwestern – Halbschwestern – leben schließlich ihr eigenes Leben. Sie können meinetwegen heiraten, wen immer sie wollen, solange es nicht andere Frauen sind.»

«Nein, das würde Ihnen sicher nicht gefallen.»

«Nein, weil... Würde Ihnen das etwa gefallen?»

«Ich habe keine Schwestern.»

«Nein, aber prinzipiell?»

«Tja...» Ich trank einen Schluck Kaffee und sah stattdessen in mein kleines Notizbuch. «Sie haben Kåre Brodahl erwähnt. Lebt er noch?»

Auf seiner Stirn bildete sich eine Falte. «Kåre Brodahl? Natürlich tut er das. Warum fragen Sie?»

«Na ja... Ich habe mir nur den Namen notiert, als Sie ihn vorhin erwähnten. Und er war bei Ihrem Vater angestellt?»

«Er ist noch immer in der Branche, wenn ich mich nicht irre.»

«Und wo?»

Er nannte den Namen eines alteingesessenen Herrenausstatters in der Strandgate. «Sie könnten ja einen Anzug bei ihm kaufen, Veum. Es sieht aus, als könnten Sie einen brauchen.»

Ich überhörte die letzte Bemerkung und blätterte ein paar Seiten weiter in meinem Notizbuch. «Eines noch, nur... Sie haben eine Tante Solveig, stimmt das?»

Er sah verblüfft aus. «Ja?» Dann grinste er. «Sagen Sie mal, haben

Sie den Verdacht, dass Kåre Brodahl und Tante Solveig sich zusammengetan und Bodil und Ferdi-, Entschuldigung, Fernando entführt haben?» Er lachte herablassend. «Dann fürchte ich, Berit hat den Falschen engagiert.»

«Schon möglich. Solveig Breheim?»

«Solveig Sletta. Sie ist verheiratet.»

«Aber sie ist die Schwester Ihres Vaters?»

«Das stimmt. Wollten Sie sonst noch etwas wissen?»

«Wo wohnt sie?»

«Im Nye Sandviksvei, und zwar schon so lange ich denken kann.»

Ich notierte. «Gut, dann … Wenn Ihnen noch etwas einfallen sollte, dann …» Ich gab ihm meine Visitenkarte.

Er betrachtete sie widerwillig. «Dann werde ich überlegen, ob ich es weitergebe. Auch wenn ich absolut nicht begreife, worauf Sie hinauswollen.»

«Nein? Es scheint Sie nicht besonders zu bekümmern, was mit Ihrer Halbschwester und deren Mann passiert ist?»

«Warum sollte ich? Sie haben immer ihr eigenes Ding gemacht. Ich glaube keine Sekunde, dass ihnen etwas passiert ist.» Er sah auf die Uhr und stand auf. «Aber jetzt muss ich gehen. Ich habe eine Verabredung mit Terje.»

«Wollen Sie jetzt schon feiern?»

Er sah mich irritiert an. «Gäbe es einen Grund, das zu verschieben? Die Antwort ist doch klar, wenn Sie mich fragen.»

Wir nickten uns reserviert zu. Ich hatte stark das Gefühl, dass die Abneigung auf Gegenseitigkeit beruhte.

Ich sah aus dem Fenster. Drüben auf Bryggen donnerten die Autos vorbei, ohne jemanden zu treffen – noch. Das Frühlingslicht hing weiß und unbarmherzig über der Stadt. Oben am Berghang erzählte der lila Schimmer, dass es nicht mehr lange dauern würde, bis alles in Grün explodierte. Es war Zeit für den Frühjahrsputz, innen wie außen.

Als Randolf Breheim gegangen war, blieb ich mit einer weiteren Tasse Kaffee sitzen und sah meine Notizen durch. Dann ging ich hinauf in die Strandgate, um mir Anzüge anzusehen.

31

Ein Herrenausstattungsgeschäft von der noblen Sorte, früh am Morgen, außerhalb des Schlussverkaufs, ist wie ein Refugium. Keinerlei Eile mehr. Die Beleuchtung ist grell. Die Herren, die dort arbeiten, sind freundlich, routiniert und so rücksichtsvoll, als sei man hereingekommen, um eine Beerdigung zu bestellen. Die Folklore, die aus den Lautsprechern dringt, ist auch nicht dazu angetan, jemanden zu irritieren, außer vielleicht Liebhaber exklusiver Musik und andere zarte Seelen.

Der Beerdigungsinstitutsangestellte, der mich empfing, wies mich zu einer Abteilung im Untergeschoss, wo Kåre Brodahl über eine nicht allzu einschüchternde Auswahl von Anzügen in Grau, Braun und Schwarz wachte. Die meisten Nichtrentner wären sofort wieder gegangen. Ich selbst machte gute Miene zum bösen Spiel und tat, als sei ich durchaus interessiert.

Kåre Brodahl war ein schlanker, grauhaariger Typ Anfang sechzig, gut gekleidet, der sein Haar in wohlfrisierten und adrett drapierten Locken trug. Er duftete nach Rasierwasser und machte den Eindruck, als habe er die Situation in jeder Hinsicht unter Kontrolle. «Ein Anzug? Für den Alltag?» Der skeptische Blick, den er an meinem im Moment heruntergekommenen Aufzug entlangwandern ließ – schwarze Lederjacke und ebensolche Jeans –, verriet, dass er das auch für nötig hielt.

«Mm ja», sagte ich, um nicht zu viel zu versprechen. «Randolf Breheim hat mir empfohlen, hierher zu gehen.»

«Randolf?» Sein Gesicht leuchtete auf. «Das ist aber nett von ihm. Ist er zu Hause?»

«Er verfolgt das Gerichtsverfahren.»

Das Lächeln erlosch. «Ach so.» Seine Augen wurden schmal. «Ich hoffe, Sie sind nicht deswegen hier?»

«Nein, nein. Ich brauche einen Anzug. Aber der Zufall will es, dass ich mich zurzeit gerade ein bisschen umhöre bezüglich einiger Ereignisse, die sehr lange zurückliegen.»

«Ach ja?» Er nahm einen grauen, diskret gestreiften Anzug von einem Kleiderständer. «Wie wäre es damit?»

Ich seufzte. «Ich sollte ihn wohl anprobieren, oder?»

«Natürlich. Gleich hier hinten.»

Während ich hinter den dunkelblauen Vorhang ging, mir die Schuhe auszog, die Hose und die Jacke aufhängte, um mir den grauen Anzug anzuziehen, unterhielten wir uns weiter durch den Vorhangspalt. «Es geht um Ihren ehemaligen Chef, Ansgar Breheim.»

«Ansgar?»

«Damals, als seine erste Frau ums Leben kam.»

Es wurde still vor dem Vorhang.

Ich streckte den Kopf heraus. «Haben Sie gehört, was ich gesagt habe?»

Er betrachtete missbilligend meine nackten Beine. «Ich habe gehört, was Sie gesagt haben, ja. Sagen Sie, passt er nicht?»

«Doch, doch. Einen Moment noch.» Ich zog mich wieder zurück, stieg in die Hose, stopfte das Hemd hinein, zog das Jackett darüber, schlüpfte in meine Schuhe und trat wieder in den Laden.

Er sah nicht ganz überzeugt aus. «Wie fühlt er sich an?»

«Vielleicht in der Taille etwas zu weit, oder?»

«Das stimmt. Aber das können wir einnähen. Das ist kein Problem. Die Länge sieht gut aus.»

«Sie haben doch im Geschäft von Breheim gearbeitet, oder nicht?»

«Das stimmt.»

«Damals auch?»

«Als Frau Breheim ums Leben kam? Ja, damals auch schon.»

«Das war sicher ein Schock?»

«Ja, natürlich. Aber, vergessen Sie nicht, Herr…»

«Veum.»

«Das ist alles ziemlich lange her. Es war Ende der fünfziger Jahre, nicht wahr?»

«1957.»

«Genau. Seit damals ist viel Wasser die Glomma hinuntergeflossen.»

«Aber dann kannten Sie auch seine zweite Frau, oder?»

«Sara, ja. Ich kannte sie besser als die erste. Sara und ich waren ja Kollegen.»

«Und Sie sind in Kontakt geblieben später?»

«Na ja, mehr oder weniger. Wir waren nicht gerade befreundet. Mein Neffe Terje und Randolf, die waren Kumpels. Aber ich war ja bei Breheim angestellt, bis das Geschäft 1983 verkauft wurde. Dann habe ich die Stelle hier bekommen.»

«Ich möchte gern noch mal auf die Umstände von Frau Breheims Tod zurückkommen.»

«Sagen Sie mal … Haben Sie Interesse an dem Anzug, oder nicht?»

Ich betrachtete mich im Spiegel. «Ich weiß nicht recht. Er wirkt etwas formell, finden Sie nicht?»

Er hob ironisch die Augenbrauen. «Das kommt ganz darauf an, zu welchen Anlässen Sie ihn tragen möchten. Als Alltagsanzug wäre er vielleicht etwas zu formell, ja. Stimmt. Was für einen Beruf üben Sie denn aus?»

«Ich bin Privatdetektiv.»

Er sah aus, als hätte er etwas in den falschen Hals bekommen. «Privatdetektiv? Gibt es die wirklich?»

«Es gibt auf jeden Fall einen.»

Er schnaubte. «Und Sie haben nichts anderes zu erforschen als circa fünfunddreißig Jahre alte Fälle?»

«Na ja … Können Sie mir darüber etwas erzählen?»

«Über die Geschichte von damals? Nein …»

Der Blick. Daran erinnerte er sich am besten.

Der Blick, der irgendwie aus weiter Ferne kam. Ansgar Breheim, der auf dem Boden saß, an die Wand neben dem Podium gelehnt, mit einer blutigen Serviette vor Nase und Mund und wie in Trance vor sich hin murmelnd: Er hat mich einfach niedergeschlagen, einfach so …

Und danach Sara: Was sollen wir tun, Kåre?

Ein Stoß, ein Hexenschuss im Rücken, als er sich aufrichtete. Wir müssen ihn zur Notfallambulanz bringen. Das können genauso gut wir machen …

Und danach all das andere.

Aber es war der Blick, den er nicht vergessen hatte. Den er niemals vergessen würde.

«Nein, was sollte ich erzählen können? Ich erinnere mich, dass Breheim am Montagmorgen zur Arbeit kam, blass, ohne ein Wort zu sagen. Am Dienstagnachmittag erfuhren wir den Rest der Geschichte. Es war ein Schock für uns alle, natürlich. Frau Breheim, eine so großartige, lebendige Frau, und nun war sie… Wie bei Welhaven, wissen Sie?»

«Welhaven?»

«Es schwimmt eine Wildente» und so weiter. Wie diese schöne Kreatur, oder wie es da nun heißt, also wie sie tödlich verletzt ist und auf den Grund des Sees schwimmt, sich dort festbeißt und stirbt, allein.»

«Nun ist Frau Breheim ja nicht allein gestorben… Sie hat jemanden mit hinuntergezogen.»

«Und trotzdem…»

«Waren Sie vielleicht auch ein wenig fasziniert von Frau Breheim, Brodahl?»

«Fasziniert? Na ja… Eine tolle Frau war sie auf jeden Fall. Jeder, der ihr begegnete, musste beeindruckt sein. So war sie einfach.» Er stand mit einem verklärten Gesichtsausdruck da, als sei sie erst vor fünf Minuten aus der Tür gegangen.

Ich ging hinter den Vorhang, um den Anzug auszuziehen. Wo war ich selbst 1957 gewesen? Hätte ich auch ihren Weg kreuzen können? Zufällig, in diesem kleinen Stadtzentrum, wo Lebensläufe und Schicksalsstränge sich auf so vielerlei Weise ineinander verwoben im Laufe der Jahrhunderte und Jahrzehnte?

Als ich wieder hinter dem Vorhang hervorkam, sagte ich: «An ihre beiden Töchter können Sie sich sicherlich erinnern?»

Er sah mich abwesend an, noch versunken in das, wovon er gerade geträumt hatte. «Ja, ja, natürlich. Berit ist sogar meine Anwältin.»

«Ja, sie vertritt ja auch Ihren Neffen.»

«Ja.»

«Sie haben sich nicht die Zeit genommen, die Verhandlungen zu verfolgen?»

Wieder wurde sein Blick auf eine charakteristische Weise schmal. «Nein, warum sollte ich? Es ist nicht gerade ein beliebtes Gesprächsthema in der Familie. Das hier ist in erster Linie das Problem meiner Schwester. Und Terjes, natürlich.»

«Sie meinen…»

Er kochte über. «Es muss doch verdammt noch mal möglich sein, eine Frau zu bekommen, ohne sie zu so etwas zu zwingen?»

Ich nickte. «Da bin ich ganz Ihrer Meinung. Aber Berit hat offensichtlich eine harte Linie gegen die Gegenpartei gefahren. Das Urteil fällt übrigens heute Nachmittag um drei.»

«Aha.»

«Aber was mich interessiert, sind die beiden Schwestern. Berit und Bodil. Haben Sie im Laufe der Jahre Kontakt zu Ihnen gehabt? Nachdem ihre Mutter gestorben war, meine ich.»

«Ja und nein. Sie kamen natürlich manchmal ins Geschäft, und ich kannte doch Sara, ihre Stiefmutter. Aber das habe ich ja schon erklärt.»

«Und haben Sie Bodil, die jüngere, in den letzten Jahren mal gesehen?»

Er schüttelte langsam den Kopf. «Nein, nicht seit sie… Aber warum fragen Sie mich das alles?»

«Tja, nur weil sie möglicherweise verschwunden ist. Jedenfalls weiß niemand, wo sie ist. Deshalb stelle ich ein paar Nachforschungen an.»

Er sah mich ungläubig an. «Und das soll etwas mit dem zu tun haben, was 1957 mit ihrer Mutter passiert ist?»

«Nein, nein. Nicht unbedingt. Es ist nur so, dass diese alte Geschichte ständig auftaucht, ohne dass jemand darum gebeten hat.»

«Lassen Sie die Toten in Frieden ruhen, Veum. Das ist jedenfalls meine Meinung dazu.»

«Auch wenn sie herumspuken?»

«Herumspuken?»

Er sah aus wie ein Fragezeichen, als ich ging, und ich machte keinen Versuch, ihn geradezubiegen.

32

Wo war ich 1957 gewesen? fragte ich mich selbst noch einmal, während ich zu Solveig Sletta fuhr. Bei ihr hatte ich mich telefonisch angemeldet. Als sie hörte, worum es ging, hatte sie mich sofort zu sich nach

Hause in den Nye Sandviksvei eingeladen. Direkt vor dem Rothaugsvingen, hatte sie mir erklärt. Ich kann Kaffee aufsetzen, wenn Sie wollen. Ich bin schon unterwegs...

1957 war ich fünfzehn. Im September, als Tordis Breheim und Johan Hagenes in den Tod fuhren, ging ich in die 8. Klasse der Kathedralschule in Bergen und war in ein Mädchen namens Gro verliebt, mit dem ich bei strömendem Regen eine Radtour nach Askøy machte. Jeden Tag ging ich durch die Strandgate zur Schule. Jeden Tag war ich an dem Geschäft vorbeigekommen, in dem Ansgar Breheim, Kåre Brodahl und Sara Taraldsen verkauften. Vielleicht war ich sogar ein paar Mal auf der Straße an Tordis Breheim vorbeigegangen, so nah, dass ich sie hätte berühren können, etwas völlig Undenkbares, natürlich – sie eine erwachsene Frau und ich ein schlaksiger Teenager. Wenn es möglich wäre, den Film des Lebens zurückzuspulen und an solchen Stellen auf Pause zu schalten, hätte ich den Film genau in dem Moment anhalten, das Bild flimmernd stehen lassen und von meinem Platz hinter dem Projektor aufstehen, zur Leinwand gehen und es genau betrachten können. Es fuhren noch Autos durch diesen Teil der Strandgate. Erst in den siebziger Jahren wurde sie zur Fußgängerzone. Noch wanderten die Menschen aus den Fjordgebieten vom Nykirkekai zum Fiskertorg, um die Besorgungen zu machen, die man nur in der Stadt erledigen konnte. Noch war die Strandgate die erste Einkaufsadresse der Stadt, wo jede Branche vertreten war und nicht ein einziges Lokal leer stand. Und dort, auf dem Bürgersteig vor Breheim & Co., blieb eine schöne, rothaarige Frau stehen, spiegelte sich im Fenster der Eingangstür und schob ihren Hut ein bisschen zurecht, um dann die Tür aufzuschieben und eindrucksvoll wie immer den Laden zu entern. Auf dem Bürgersteig direkt hinter ihr kam ich mit der Schultasche unter dem Arm angeschlendert, in Gedanken ganz woanders, bei Gro oder Svanhild oder wer in dieser Woche gerade auf dem Sockel saß, blind für alles andere, blind für die Bilder, die ich so gern im Gedächtnis hätte, jetzt, fast sechsunddreißig Jahre später.

Aber 1957 war lange her. Alle, die in die Geschehnisse von damals verwickelt waren, und die ich inzwischen getroffen hatte, waren mindestens sechzig Jahre und älter. Solveig Sletta war keine Ausnahme.

Die Frau, die mir die Tür öffnete, hatte graues Haar mit diesem leicht goldenen Ton, der andeutete, dass sie in jüngeren Jahren eine Prinzessin Goldhaar gewesen sein konnte. Sie war recht klein, blass und hatte eine auf den ersten Blick glatte Haut, allerdings mit einem feinmaschigen Netz von Fältchen, dass ihr Alter dann doch verriet. Sie trug ein blaues Strickkleid, eine kleine Perlenkette und sonst keinen Schmuck, außer ihrem Ehering.

«Frau Sletta? Ich bin Veum.»

«Ich habe mich sehr erschrocken, als Sie anriefen. Sind Bodil und Fernando wirklich verschwunden?»

«Das versuche ich gerade herauszufinden.»

«Aber dann … Kommen Sie rein!»

Sie wohnte in der äußersten Häuserreihe vor dem Rothaugen. Auf der gegenüberliegenden Straßenseite sah sie auf eines der Bauwerke, die sicherlich auf der Siegertribüne stünden, sollte einmal das hässlichste Gebäude der Stadt gekürt werden. Die Notfallklinik, die das Blaue Kreuz 1977 dort errichtet hatte, war dazu angetan, selbst den hartnäckigsten Alkoholiker abzuschrecken, und vielleicht war das auch der Sinn der Sache. Im Kontrast zu den Holzhäusern in Skuteviken war das Gebäude ebenso hässlich wie das so genannte Fylkesbygget draußen in Nordnes; Mahnmale einer Architektur, über die es nur ein einziges Urteil geben konnte: Sie müssten abgerissen werden, je eher, desto besser. Dann hätte Solveig Sletta auch ihre alte Aussicht wieder.

Sie schenkte uns beiden Kaffee ein und setzte sich, verständlicherweise, mit dem Rücken zum Fenster. Nicht einmal in nüchternem Zustand konnte man den Anblick der Notfallklinik des Blauen Kreuzes mehr als ein paar Minuten ertragen.

Sie reichte mir einen kleinen Kuchenteller mit Spritzgebäck. «Bedienen Sie sich! Und dann müssen Sie erzählen, was passiert ist.»

Ganz kurz erklärte ich ihr die Situation und endete mit der gewohnten Frage: «Ist es lange her, seit Sie zuletzt mit Bodil gesprochen haben, Frau Sletta?»

Ihr Blick war hellblau und etwas verträumt. «Tja … Das muss wohl irgendwann im Februar gewesen sein. Sie kam immer mal vorbei, wenn sie sowieso in die Stadt musste. Ich habe ja meine eigenen Kinder und Enkelkinder, und die Mutter meines Mannes lebt auch noch.»

«Ihr Mann…»

«Ja, Hans heißt er. Er ist bei der Arbeit. Er ist bei der Norwegischen Staatsbahn angestellt, falls Sie das interessiert.»

«Als Zugführer?», fragte ich eher aus Höflichkeit.

«Nein, nein. Er sitzt in einem Büro. Er hat mit der Planung zu tun», sagte sie nachdrücklich, als sei das etwas, auf das man stolz sein könnte.

«Wie wirkte Bodil auf Sie, als Sie sie zuletzt trafen?»

«Tja… Wie wirkte sie? Wenn Sie mich fragen, hatten die Mädels etwas Resigniertes.»

«Die Mädels? Sie meinen Bodil und Berit?»

«Ja, ich nenne sie immer noch so.» Sie lächelte traurig. «Ich weiß nicht, ob Sie wissen, was mit ihrer Mutter passiert ist?»

Ich entschied mich für einen kleinen Umweg, schüttelte leicht den Kopf und sagte: «Nein… Was denn?»

Tante Solveig ließ sich nicht zweimal bitten. «Tordis, ihre Mutter, war – das muss man sagen dürfen – eine sehr freizügige Frau. An einem Tag im Herbst 1957 fuhr sie zusammen mit einem Geliebten oben bei Hjellestad ins Meer, und beide kamen ums Leben.»

«Nein, wirklich?»

«Ja! Und das war ganz sicher nicht der erste Mann, mit dem sie etwas hatte. Wer gesehen hat, wie sie einen Raum einnahm, unter vollen Segeln, sozusagen… Die Männer klebten regelrecht an ihr, wie Fliegen an einem Fliegenfänger.» Sie hob ironisch die Augenbrauen. «Sie war schick anzusehen, keine Frage, aber Sie wissen, wie es heißt, Veum: Außen blank, innen krank.»

«Sie mochten Sie nicht, wie ich höre?»

«Man soll nicht schlecht über Tote reden, aber… Die beiden Mädchen taten mir Leid, aber trotzdem… Wenn Sie mich fragen, dann hatte Ansgar es besser, nachdem er sich wieder verheiratet hat, mit Sara.»

«Sie war in seinem Geschäft angestellt, oder nicht?»

«Doch.»

«Könnten Ihr Bruder und sie schon etwas miteinander gehabt haben, bevor das mit Frau Breheim passierte?»

«Absolut nicht! Sie hatte doch selbst einen Freund damals. Sie waren so gut wie verlobt.»

«Ach ja?»

«Der Mann war außerdem auch im Geschäft angestellt.»

«Ach, ja? Sie meinen…»

«Kåre Brodahl, wenn ich mich recht erinnere. Der Himmel weiß, wo er abgeblieben ist. Aber es war dann ja natürlich vorbei, nachdem Ansgar und Sara, das heißt, bevor Ansgar und Sara… Na, Sie wissen, was ich meine.»

Ich nickte. Ich verstand, was sie meinte, und wo Kåre Brodahl abgeblieben war, hätte ich ihr erzählen könne, aber ich ließ es sein.

«Ich will Ihnen was erzählen», fuhr sie fort. «Hans hat ja immer bei ihnen eingekauft. Bekam natürlich Verwandtschaftsrabatt. Kam am Tag vor Beginn des Ausverkaufs rein und so weiter. Ich musste immer mitkommen, weil Männer ja nichts von Kleidung verstehen. Sie warf einen kritischen Blick auf mein Outfit. «Jedenfalls Hansemann nicht. Aber in den ersten Jahren, nachdem Ansgar und Sara geheiratet hatten… Kåre Brodahl war immer noch dort angestellt. Ich kann einfach nicht verstehen, warum er nicht gegangen ist. Aber genug davon. Es war, wie direkt in den Kalten Krieg zu geraten, Herr Veum. Manchmal war die Stimmung so nah am Gefrierpunkt, dass es eine Qual gewesen sein muss, dort Kleider anzuprobieren.»

«Ja, ganz sicherlich. Es muss eine etwas merkwürdige Situation gewesen sein.»

«Eine Terrorbalance hab ich es genannt. Und Brodahl hat ausgehalten. Er hat nicht aufgehört, bevor er musste, als Ansgar gestorben war und Sara beschloss zu verkaufen. Wo er jetzt ist… Wie gesagt, ich habe keine Ahnung.»

«Aber kann das etwas mit dem Tod der ersten Frau Breheim zu tun haben?»

«Ganz sicher nicht. Ich habe selbst auf die Kinder aufgepasst an dem besagten Wochenende. Sonntagvormittag rief Ansgar an und fragte, ob die Mädchen noch bis abends bleiben könnten, und als ich fragte, ob etwas nicht in Ordnung wäre, sagte er nur: Es ist wegen Tordis. Sie ist nicht nach Hause gekommen… Als er abends kam, um sie abzuholen, wirkte er ganz verstört, und außerdem ...» Sie hob ihre Finger an den Mund. «Er war verquollen und blau, weil der Unhold, mit dem Tordis es trieb, ihn niedergeschlagen hatte. Stellen Sie sich vor! Der Liebhaber schlägt den Ehemann nieder, und seine Frau fährt hinterher trotzdem mit ihm davon. Wenn Sie mich fragen, haben sie bekommen, was sie verdient haben!»

«Wie haben es die Mädchen aufgenommen?»

«Bodil war ja noch so klein. Ich glaube, dass sie sich kaum an ihre Mutter erinnern kann. Berit wurde leicht hysterisch, als sie sah, wie ihr Vater aussah. Aber sie sind dann doch mit ihm nach Hause gefahren, und zwei Tage später erfuhren wir es alle. Es ging wie eine Schockwelle durch die ganze Familie. Und für einige von uns hat es lange gedauert, bis sie es überwunden hatten.»

«Aber Ihr Bruder hat doch ziemlich schnell hinterher wieder geheiratet, oder?»

«Nicht bevor das Trauerjahr vorbei war! Aber das war wohl vor allem wegen der Mädchen. Ich meine ... Sie brauchten doch eine Mutter. Und Ansgar war nicht der Mann, der alleine sein konnte.»

«Da sind Sie nicht die Erste, die das sagt.»

«Na, dann wird es wohl stimmen.»

«Sie haben gesagt, ganz am Anfang, Sie fänden, Berit und Bodil hätten etwas Resigniertes an sich gehabt.»

«Ja.» Sie sah nachdenklich vor sich hin. «Wissen Sie ... Keine von ihnen hat selbst Kinder bekommen. Manchmal habe ich fast das Gefühl, dass sie es so gewählt haben. Als ob sie eine Angst in sich tragen, sie könnten ihren eigenen Kleinen gegenüber so rücksichtslos handeln, wie ihre Mutter es ihnen gegenüber getan hat.»

«Solche Sachen können auch physiologische Folgen haben, habe ich gehört.»

«Physio- ... Wie meinen Sie das?»

«Na ja, dass sie, obwohl sie sich Kinder gewünscht haben, nicht dazu in der Lage waren, welche zu bekommen, wegen des Widerstands, den sie in ihrem Körper tragen.»

«So?» Sie sah mich zweifelnd an, und ich war wohl selbst auch nicht hundert Prozent überzeugt.

Damit war das Gespräch mehr oder weniger beendet. Bevor ich

ging, konnte ich es dennoch nicht lassen, zu fragen: «Mit wem war Berit eigentlich verheiratet?»

Sie sah mich abwesend an. «Rolf? Ein Nichtsnutz, Veum. Glauben Sie mir, ein unbedeutender Nichtsnutz.»

Mehr sagte sie nicht, und ich bestand auch nicht darauf. Der Rest würde nicht so schwer herauszufinden sein. Ein Anruf bei Karin Bjørge sollte reichen. Aber als ich ins Büro zurückkam, hatte ich Besuch bekommen.

33

Sie hatte sich an den Tisch in meinem Wartezimmer gesetzt, die Wochenzeitschriften aus den siebziger Jahren weggeräumt, so antiquarisch sie auch waren, und ihr Notebook angeschlossen. Als ich den Kopf zur Tür herein steckte, hatte sie kaum Zeit um aufzusehen. Jedenfalls schrieb sie in Ruhe den begonnenen Satz zu Ende, bevor sie den Deckel zuklappte, aufsprang und mir entgegenkam, ein kleines Energiebündel von einer Frau, mit dunklem Haar, ovaler Brille, Lachfältchen in den Augenwinkeln und einer ausgestreckten Hand.

«Herr Veum, vermute ich?»

«Und Sie sind…»

«Torunn Tafjord. Wie haben miteinander telefoniert.» Jetzt, wo sie direkt neben mir stand, war ihr Ålesunddialekt noch deutlicher zu hören.

«Natürlich! Willkommen in Bergen…»

Sie lächelte abwartend, während ich die Tür zum Büro aufschloss. Zwei Schlösser. Als sie offen war, sagte ich: «Bitte treten Sie näher. Es gibt nicht mehr viele Menschen, die sich die Mühe machen, hier lange im Wartezimmer zu sitzen. Die Leute haben keine Zeit. Aber ich habe es schon lange. So lange, dass es mir schwer fällt, mich von ihm zu trennen.» Als sie nicht gleich zu verstehen schien, fügte ich hinzu: «Das Wartezimmer.»

Alles, was sie dabei hatte, war das Notebook und ein kleiner Wanderrucksack von der Sorte, wie man sie für eine Tagestour im Fjell benutzt. Sie trug eine grüne Windjacke über einem schwarzen Pullover und dunkelblaue Jeans. Etwas Windzerzaustes und Frisches umgab sie, das mich an eine Wandervereinshütte in der Hardangervidda denken ließ, gegen Ende September, wenn die meisten anderen Wandertouristen sich wieder ins Flachland zurückgezogen hatten.

«Warten Sie schon lange?»

«Eine halbe Stunde, ungefähr. Ich bin mit der Vormittagsmaschine aus Kopenhagen gekommen. Nach normaler Fahrtzeit sollte die *Seagull* morgen früh in Utvik sein.»

«Und was hat sie geladen?»

«Einen Container auf dem Deck, der in einer Nacht in Casablanca an Bord gehievt wurde. Aber vielleicht ebenso wichtig ist die Frage: Was wird sie hier abholen?»

«Aha. Aber nehmen Sie sich doch Platz! Soll ich einen Kaffee aufsetzen?»

«Sie haben nicht vielleicht Tee?»

«Nur Teebeutel, leider.»

«Na gut.» Sie lächelte schief. «Das ist jedenfalls besser als Kaffee.»

Während ich Wasser in den Kocher füllte und die Teebeutel auspackte, sah sie sich um. «Das ist tatsächlich das erste Mal, dass ich im Büro eines Privatdetektivs bin. Ist das eine lukrative Branche?»

«Nicht in meiner Größenordnung. Ich übernehme aus Prinzip keine Ehegeschichten, und um Industriespionage abzudecken habe ich, fürchte ich, nicht die genügenden Kapazitäten.»

«Und wovon leben Sie also?»

«Ich behelfe mich damit, Menschen zu suchen, die verschwunden sind. Junge Leute, die von zu Hause weggelaufen sind, zum Beispiel. Gerade im Moment ist es ein Ehepaar, das der Familie nicht gesagt hat, wo sie sich befinden.»

«Haben Sie herausgefunden, wo sie sind?»

«Nein. Und dann verstehen Sie vielleicht, warum ich dabei nicht reich werde.»

«Tja …»

«Aber ich übernehme einige Aufträge für eine Versicherungsgesellschaft, zu der ich ganz gute Kontakte habe. Wahrscheinlich habe ich deshalb den Kopf noch über Wasser.»

«Das ist bei mir sehr ähnlich. Als Freiberuflerin bin ich auch von Auftraggebern abhängig, die bereit sind, für meine Arbeit zu bezahlen, und das ist nicht immer so einfach.»

Das Wasser kochte, der Kocher schaltete sich ab, und ich goss Wasser in die beiden Becher, in denen jeweils ein Beutel hing. Ich schielte zu ihr hinüber. Ich sah ihr Profil vor dem Fenster, und das Licht von draußen spiegelte sich leicht in ihren schwach getönten Brillengläsern. Sie hatte klassische Züge, eine gerade Nase, ein energisches Kinn und ein leicht ironisches Lächeln auf den Lippen. Ich schätzte sie auf Mitte vierzig, aber ihre Kleidung, die behänden Bewegungen und die kompakte Energie, die sie ausstrahlte, ließen sie jünger erscheinen.

«Ihre geografische Spannweite ist offensichtlich größer als meine», sagte ich. «Jedenfalls wenn ich davon ausgehe, woher Sie mich anrufen.»

Sie lächelte. «Jedenfalls dieses Mal. Von Conakry nach Bergen.»

Ich trug die Teebecher zum Schreibtisch, und wir setzten uns jeder auf eine Seite der verschlissenen Tischplatte. «Können Sie ein bisschen verraten, worum es geht?»

Sie nickte, beugte sich vor, öffnete ihren Rucksack und nahm einen Umschlag heraus, der, wie sich herausstellte, einen Stapel Farbfotos enthielt. Sie schob eines der Fotos zu mir herüber und sagte: «Sehen Sie. Morgenstimmung in Conakry.»

Ich betrachtete das Foto. Es zeigte einen Jachthafen mit Palmen im Hintergrund. Ein lächelnder Afrikaner in einem farbenfrohen, halblangen Hemd über hellen Kniehosen winkte dem Fotografen zu. «Haben Sie das Foto gemacht?»

«Ja. Das ist Pierre. Mein dortiger Kontaktmann.»

«Pierre?»

«Französisch ist noch immer die offizielle Sprache da unten. Viele haben noch französische Namen.»

Sie schob mir die nächsten Fotos zu. «Hier sehen Sie die *Seagull* beim Beladen, ungefähr hundert Kilometer südlich von Conakry.»

Die Fotos waren aus großer Distanz aufgenommen, und ein paar unscharfe, senkrechte Linien im Vordergrund verrieten, dass sie sich beim Fotografieren hinter Schilfhalmen versteckt hatte. Ein schwarzer Tanker hatte längsseits an einer primitiven Kaianlage angelegt. Das große Löschrohr war in die hügelige Landschaft gerichtet, die am meisten einem kolossalen Abfallhaufen ähnelte.

Die *Seagull* war ein Spezialtanker mit 2800 Tonnen Leergewicht, gebaut Anfang der achtziger Jahre, und in den letzten Jahren hatte sie sich auf Problemmüll aus der chemischen Industrie spezialisiert, erklärte sie mit verblüffender Sachkenntnis. «Die Reederei hat einen Vertrag mit einem internationalen Konsortium für Müllabfuhr, hier den Abfall abzuladen, in einem Teil der Welt, den wir allen Grund haben, die Wiege der Menschheit zu nennen», schloss sie, um dann voller Entrüstung hinzuzufügen: «Aus dieser Gegend Afrikas sind wir gekommen, als wir damals von den Bäumen kletterten und uns in die Steppe hinaus bewegten. Die ersten Menschen. Jetzt zahlen wir zurück, in Form von Giftladungen, die wir unserem eigenen Kontinent ersparen wollen.»

«Legal oder illegal?»

«Formal gesehen ist alles in Ordnung!», antwortete sie temperamentvoll. «Die lokalen Behörden bekommen als Gegengabe Unterstützung in Form von Geld und Know-how. Moralisch gesehen ist es natürlich absolut verwerflich. Alle wissen davon, und deshalb wird von diesem Verkehr nie gesprochen. In den Jahresabrechnungen wird es unter verschiedenen Rubriken kaschiert. Die Schiffspapiere sind mit solcher Diskretion ausgefüllt, dass man meinen könnte, es ginge um eine internationale konterrevolutionäre Bande. Von Regierungsseite weiß niemand davon, und wenn das Sachgebiet ab und zu in der UNO diskutiert wird, dann spricht das Schweigen der reichen Nationen für sich.»

«Und es sind norwegische Reedereien darin verwickelt?»

«Wir sind ja immer noch eine Schifffahrtsnation, oder nicht? Geld stinkt nicht – ist das nicht die Losung unserer Zeit?»

«Werden Sie darüber schreiben?»

«Ja. Im Auftrag einer der großen überregionalen norwegischen Zeitungen. Eine Aufgabe, die ich bekam, weil ich schon früher mehrere Reportagen über internationale Umweltpolitik geschrieben habe.»

«Aber… als Sie mich das erste Mal anriefen, waren Sie nicht in Conakry, sondern in Casablanca.»

Sie lächelte leicht. «Können Sie sich einen besseren Ort vorstellen, um einen Nachfahren Humphrey Bogarts anzurufen?»

Ich hielt ihren Blick fest. «Nein, eigentlich nicht.»

«Aber ich war dort auch aus einem anderen Grund.» Sie zog weitere Bilder aus dem Stapel. «Hier.»

Es war dasselbe Schiff, aber jetzt an einer anderen Hafenanlage, deutlich größer und weitaus moderner als die auf den ersten Bildern. Das Foto war von Land aus aufgenommen, von einer Terrasse oder von einem flachen Dach aus, und hinter dem Schiff zog sich die Horizontlinie wie ein Rasierklingenschnitt durch das Bild.

«Sehen Sie», sagte sie und zeigte auf ein Foto, eine Gegenlichtaufnahme mit einem goldenen Unterton. «Das war abends. Das Deck ist leer.» Sie zeigte mir ein neues Foto. «Das hier ist vom nächsten Morgen. Achten Sie auf den Unterschied.»

«Ich sehe es.» Das Licht war weißer, die Konturen waren schärfer, und auf dem Deck der *Seagull* hatte jemand einen blauen Container abgestellt.

«Der wurde im Laufe der Nacht an Bord genommen.» Sie tippte mit dem Finger auf den Container. «Nicht lange danach lief die *Seagull* wieder aus.» Auf dem nächsten Foto sah man das Schiff, nachdem es vom Kai abgelegt hatte. «Nächster Hafen, der angelaufen wurde – Hamburg.»

«Jawoll. Und was geschah da?»

«Gute Frage. Was da geschah? Nichts.»

«Nein?»

«Die Aktivitäten an Land waren auffallend spärlich. Es war, als würden alle nur auf ein Zeichen von oben warten. Ich habe versucht, an Bord zu kommen, habe mich als Journalistin vorgestellt und gesagt, ich wollte eine Reportage über die Beziehung der Mannschaft zur norwegischen Seemannskirche in Hamburg schreiben. Es half nichts. Die Mannschaft stammte von den Philippinen, sagte man mir. Sie gingen nie in die Seemannskirche. Und die Offiziere? Nein, die sind aus Polen. Alle? Die anderen haben keine Zeit…» Sie machte eine resignierte Armbewegung. «Mir blieb nur, aufzugeben. Aber dann ist es mir gelungen, mit ein paar Offizieren ins Gespräch zu kommen, in einer Bar in der Nähe…»

«Aha? Und als was sind Sie dort aufgetreten? Als Bauchtänzerin?»

Sie sah mich ruhig an. «Nein, ich habe mit meinem Charme gearbeitet.»

«Und was haben Sie herausbekommen?»

«Ungefähr das, was ich Ihnen erzählt habe, als wir Montag miteinander gesprochen haben. Dass sie auf einen Kontakt mit einem gewissen Birger Bjelland warteten, um dann Kurs auf Utvik zu nehmen.»

«Haben sie das geradeheraus gesagt? Das mit Birger Bjelland, meine ich.»

«Nein, das habe ich zufällig belauscht, im Verlauf des Gesprächs. Sie sprachen darüber, wie verspätet sie ankommen würden, und dann sagte einer zu einem anderen – ich zitiere: ‹Der Teufel hol diesen Birger Bjelland. Auf den konnte man sich noch nie verlassen!› Zitat Ende.»

«Damit hatte er Recht.»

«Ja, das habe ich mitbekommen, bei unserem letzten Gespräch, dass er ein sehr zweifelhafter Typ ist.»

«Außerdem sitzt er im Knast, wie gesagt. Kontakt zu ihm können sie unmöglich gehabt haben, aber trotzdem sind sie ein paar Tage später wieder ausgelaufen?»

«Ja.» Sie sah mich etwas ratlos an. «Sie müssen stattdessen mit der Reederei gesprochen haben. Sagen Sie… Sind Sie hingefahren – nach Sveio?»

«Ja, ich hatte tatsächlich die Zeit. Aber dort gibt es nichts anderes als eine alte Kaianlage und eine stillgelegte Fischfabrik, die offenbar regelmäßig Besuch von einer Art Tankschiffen bekommt. Nach dem, was Sie jetzt erzählen…»

«Der perfekte Ort, um Problemabfall an Bord zu nehmen. Fantastisch, Herr Veum!»

«Sie können mich ruhig Varg nennen.»

«Varg.» Sie hob den Teebecher zu einer Art Skål. «Torunn.»

«Torunn.»

Sie trank einen Schluck Tee. «Wie kommt man dorthin?»

«Ich kann dich hinfahren. Es liegt zwei Fährfahrten und ungefähr drei Stunden Fahrt von hier entfernt.»

Sie nickte nachdenklich.

«Hast du eine Unterkunft?»

Sie zeigte zur Decke. «Im fünften Stock hier oben. Sie hatten das Zimmer nur noch nicht fertig.»

«Praktisch. Ja dann …» Ich sah auf die Uhr. «Ich sollte schon vor fünf Minuten im Gericht sein. Wann wollen wir fahren?»

«So früh wie möglich morgen.»

«Morgen ist Samstag, da geht die erste Fähre von Halhjelm um sieben.»

«Können wir die schaffen?»

«Dann müsste ich dich hier gegen sechs abholen.»

«Ist das zu früh?»

«Für mich nicht.»

«Dann werde ich es auch hinkriegen.»

Ich begleitete sie nach draußen, und wir trennten uns im Treppenhaus. Sie nahm den Fahrstuhl zur Rezeption im fünften Stock, ich eilte zum Gericht, in der Hoffnung, den Urteilsspruch in dem Verfahren zu hören, das Berit für Terje Nielsen geführt hatte.

34

Aber ich kam zu spät; jedenfalls für die Erklärung des Richters. Was das Resultat anging, bestand allerdings kein Zweifel. Das Erste, was mir auffiel, als ich in den vierten Stock des Gerichtsgebäudes kam, war die Klägerin, die weinend an einer der tragenden Säulen um die große Tinghalle stand, in Gesellschaft ihres Rechtsbeistands, Halvorsen, und derselben jungen Frau, die auch beim letzten Mal bei ihr gewesen war. Beide taten ihr Bestes, um sie zu trösten.

Ich nickte Halvorsen zu, die reserviert zurücknickte. Um die Ecke traf ich auf die Sieger des Verfahrens. Terje Nielsen bekam laute Gratulationen von Randolf Breheim und anderen Kumpels, während Berit Breheim und der Polizeianwalt von ein paar Journalisten interviewt wurden. Eines der Mikrofone trug das Logo des norwegischen Reichsradios.

Es bestand kein Zweifel am Ausgang. Terje Nielsen und seine Kumpels waren schon unterwegs, um zu feiern, wobei Nielsen es demonstrativ vermied, in die Richtung der Klägerin zu schauen, als er an ihr vorbeiging.

Als Berit Breheim mit ihren Ausführungen fertig war und ein paar letzte Worte mit dem Staatsanwalt gewechselt hatte, riss sie sich los und kam zu mir herüber.

«Was kommt als Nächstes?», fragte ich. «Eine Schadensersatzklage gegen die Klägerin?»

«Sparen Sie sich Ihren Sarkasmus für eine bessere Gelegenheit auf, Veum. Gibt es etwas Neues in der Sache, auf die Sie sich konzentrieren sollten?»

«Ich bin dabei, die Fäden aufzudröseln, die mit Trans World Ocean zu tun haben. Ein Schiff namens *Seagull* wird morgen früh in Utvik in Sveio erwartet. Sagt Ihnen das etwas?»

«Nicht das Geringste.»

«Dieser Terje Nielsen …»

«Ja, was ist mit ihm?»

«Ein Neffe von Kåre Brodahl, soweit ich verstanden habe.»

«Das stimmt, aber …»

«Und Kåre Brodahl war bei Ihrem Vater angestellt, damals …»

«Das stimmt auch», sagte sie mit einem ungeduldigen Blick in Richtung Halle.

«Erinnern Sie sich an ihn?»

«Natürlich erinnere ich mich an ihn. Er war ja all die Jahre Verkäufer dort, bis das Geschäft verkauft wurde.»

«Ja, ich meinte wohl eigentlich … Kennen Sie ihn?»

«Nein, kennen … Sie waren nie befreundet, Papa und er, weder vor noch nach …»

«Ich habe es so verstanden, dass er mit Ihrer Stiefmutter zusammen war, bevor Ihr Vater und sie zusammenkamen.»

Einen Augenblick lang war sie perplex. Dann reagierte sie heftig. «Wissen Sie was, Veum? Dieses Gespräch kommt mir immer absurder vor! Dafür, dass Sie Detektiv sind, finden Sie wirklich die unglaublichsten Dinge heraus, die zu untersuchen niemand Sie gebeten hat. Wären Sie nur halb so effektiv in Bezug auf Ihren tatsächlichen Auftrag, dann würde ich mich wirklich nicht beklagen!»

«Es ist nur so, dass dieser Fall immer wieder auftaucht, wie eine Erinnerung vom Meeresboden.»

«Gut. Weder das Verfahren gegen Terje Nielsen noch die mögliche Beziehung seines Onkels zu meiner Stiefmutter haben das Geringste damit zu tun, dass Bodil und Fernando verschwunden sind! Da bin ich mir hundert Prozent sicher. Wenn Sie nicht bald etwas Neues anbringen...»

«Ich habe es Ihnen schon einmal gesagt. Sie hätten die Polizei darauf ansetzen sollen.»

Sie verdrehte die Augen. «Ja, wir wissen ja alle, wie effektiv die sind!» Dann fixierte sie wieder mich. «Soll ich das so verstehen, dass Sie den Job abgeben möchten?»

Ich sah sofort den Stapel unbezahlter Rechnungen vor mir. «Nein, nein. Nicht, wenn Sie nicht darauf bestehen...»

«Nein. Noch nicht. Aber es gibt eine Galgenfrist, Veum. Wenn Sie nicht im Laufe des Montags etwas Neues anbringen, dann bin ich versucht, Ihnen zu kündigen. Haben Sie verstanden?»

«Galgenfrist ist das richtige Wort. Übernehmen Sie meinen Fall, wenn ich versage?»

«Dann nehme ich Ihnen den Fall ab, ja», sagte sie, nickte kurz und ging zum Fahrstuhl.

Ich selbst ging die Treppe hinunter. Normalerweise kommt man erst dort auf die guten Antworten. Aber dieses Mal fiel mir nicht eine ein. Ich war wohl schlecht in Form, oder ich hatte zu viel zu grübeln.

35

Ein Fähranleger im Vestlandet bei strömendem Regen ist kein Ort zum Verweilen. Die Regentropfen zeichneten Kreismuster auf die schwarze See vor uns, die Würstchenbude unten am Kai war geschlossen, und die Besatzung der Fähre fand, dass es noch zu früh war, um den Schlagbaum zu öffnen und uns an Bord zu lassen. Im

Wagen hinter uns trommelte der Fahrer auf das Lenkrad und starrte mich unwirsch an, als sei das alles meine Schuld. Ohne Torunn Tafjord neben mir wäre es kaum auszuhalten gewesen.

Sie war eine gesprächige Frau. Im Laufe der knappen halben Stunde, die wir vom Strandkai bis Halhjelm gebraucht hatten, hatte ich schnell einen Überblick über ihre berufliche Karriere bekommen. Vom Abitur 1968 am Gymnasium in Ålesund – «oder der Lateinschule, wie wir es nennen» –, von Oslo, wo sie Sprachen und Literatur studierte – Englisch, Deutsch und Literaturwissenschaft –, bis zur Journalistenschule, wo sie landete und nach zwei Jahren 1974 in ihrem Heimatort einen Job bekam, bei «Sunnmørsposten». Von Sunnmøre kletterte sie die gewöhnlichen Karrierestufen hinauf und bekam eine Stelle beim Norwegischen Reichsfernsehen, für das sie ein paar Jahre später eine Zeit lang die Stimme aus London war. 1984 war sie wieder in Norwegen. In der Zwischenzeit hatte sie geheiratet, Kinder bekommen, sich scheiden lassen und in den letzten Jahren als Freiberuflerin gearbeitet, ohne festen Stützpunkt und in verschiedensten Teilen der Welt, solange die richtigen Auftraggeber noch immer an ihrer Arbeit interessiert waren. Zurzeit wohne ich in Dublin. Warum das? Warum nicht? Ist auch eine schöne Stadt. Freunde von mir sind für zwei Jahre in Berkeley in Kalifornien, und ich passe in der Zwischenzeit auf ihre Wohnung auf, direkt südlich von Dublin Castel. Ich plane ein Buch zu schreiben. Worüber? Über die Ausbeutung der Dritten Welt, den Schmelztiegel unserer Zeit… Ein Problemkomplex, der immer größer werden wird, bis er irgendwann über uns hereinschwappt, ob wir wollen oder nicht…

Ich hatte genickt. Ich war durchaus ihrer Meinung. Die Sache war nur die, dass die Fälle, an denen ich arbeitete, meistens ganz andere und viel privatere Ursachen hatten als die Ausbeutung der Armen der Welt. Bis wir endlich an Bord gewunken wurden, hatte ich ihr im Gegenzug erzählt, was ich über Fernando Garrido herausgefunden hatte, seine Beziehung zu Trans World Ocean und sein noch ungeklärtes Verschwinden. Sie hatte zugehört, aufmerksam und geduldig, als hätte sie schon die ganze Zeit Gegenfragen stellen wollen, besonders als ich über die kleinen Konfrontationsansätze berichtete, die ich mit Kristoffersen und Bernt Halvorsen erlebt hatte. «Unvollendete

Aufgaben», so haben sie es formuliert? Ja, so ungefähr, jedenfalls. Sie hatte mich nachdenklich angesehen und tatsächlich über eine Minute lang geschwiegen.

Als die Fähre sich durch den schmalen Sund arbeitete, setzten wir uns in die Cafeteria auf dem oberen Deck. Im Laufe der fünfzig Minuten langen Überfahrt nach Sandvikvåg auf Stord hatte sie mich über den Fall informiert, für den sie schon seit mehreren Monaten Material gesammelt hatte.

Ich machte den Versuch, eine Schlussfolgerung zu ziehen. «Mit anderen Worten ... Abfall, den kein reiches Land innerhalb seiner eigenen Grenzen haben will, wird in einem der ärmsten Länder der Welt ausgekippt, gegen öffentliche Unterstützung. Heißt das ... Haben wir es hier mit einer Form von öffentlicher Politik zu tun?»

Sie lächelte krampfhaft. «Das ist einer der Fäden, die wir noch nicht aufdröseln konnten. Ein anderer Journalist mit guten Verbindungen zu Regierungskreisen arbeitet daran. Aber dass es irgendeine Form von Einverständnis zwischen dem Ministerium und den Reedereien gibt, die diesen Verkehr durchführen, erscheint mir ganz offensichtlich.»

«Ihr plant also eine Artikelserie?»

Sie nickte.

«Für wann?»

«Das hängt davon ab, wann wir den Durchbruch schaffen. Ich hoffe, dass wir heute im Laufe des Tages Bilder von der *Seagull* machen können, wenn sie ihre Tanks wieder auffüllt, am besten so gute, dass die Wagen, die den Abfall anliefern, identifiziert werden können. Am Montag will ich die Verantwortlichen in der Reederei mit unserem bisherigen Material konfrontieren. Wenn das zu einem Durchbruch führt, dann werden wir Anfang Mai anfangen können, das ganze in Druck zu geben.»

«Frag nach Bernt Halvorsen. Und solltest du einen Bodyguard brauchen, dann ...»

Sie lachte. «Ich werde daran denken.»

«Was ist mit diesem Container?»

«Tja, vorläufig ist er ein Mysterium. Das ist auch einer der Gründe, warum ich sehr gerne vor Ort sein möchte, wenn die *Seagull* anlegt.»

Während wir Stord überquerten, lichteten sich die Wolken. Die Abstände zwischen den Regenschauern wurden länger. Bei Skjersholmane konnten wir direkt an Bord der *M/F Hordaland* fahren, die uns über den Fjord nach Valevåg bringen sollte. Während der Überfahrt blieben wir im Auto sitzen. Von dort aus konnten wir sehen, wie die ersten Sonnenstrahlen die blauen und weißen Fjellformationen in Kvinnherad und Etne streiften. Plötzlich erinnerte ich mich an die Sommer meiner Kindheit in Hjelmeland im Ryfylke, bei meinem Großvater, dem Tierarzt; die Angelfahrten auf dem Fjord, die Mädchen vom Nachbarhof. Als ich Torunn davon erzählte, lächelte sie weich. «Ja, ich habe auch solche Erinnerungen, aus Godøy und Giske.»

«Warum scheint in solchen Erinnerungen wohl immer die Sonne?»

Sie zuckte mit den Schultern. «Die angeborene Verdrängungsfähigkeit der Vestländer, wenn du mich fragst. Es muss doch meistens geregnet haben.»

«Das muss es.»

Südlich von Valevåg kamen wir an dem großen, schwarz versengten Gebiet vorbei, wo zu Pfingsten des vergangenen Jahres der große Waldbrand gewütet hatte. Die schwarzen Baumstämme, die wieder austrieben, erinnerten an Kriegsruinen, ein versteinerter Wald, in dem die Natur von ihren eigenen Kräften in die Knie gezwungen worden war.

Torunn verfolgte unseren Weg auf der Karte. Beim Gemeindezentrum in Sveio bogen wir nach Westen ab. Wir fuhren an dem Landhandel vorbei, wo ich das letzte Mal gewesen war. Auch heute standen keine Autos davor. Als wir zum Tor mit dem «Zutritt verboten»-Schild kamen, registrierte ich sofort, dass das solide Schloss an seinem Platz hing und dass es auch dieses Mal keine sichtbaren Anzeichen von Aktivität hinter dem hohen Zaun gab. Wir parkten ein Stück entfernt und gingen zurück. Meine Begleiterin war jetzt hellwach und leicht nervös, was sie vorher nicht gewesen war. Ihr blauer Blick schien auf und ab zu flackern, als suchte sie nach Zeichen in der Landschaft, nach Signalen, die andere übersehen würden. Als wir zum Tor kamen, blieb sie mit den Fingern am Gitter, das Gesicht an den Zaun gepresst stehen.

Ich zeigte auf den Felsenhügel, den ich das letzte Mal bestiegen hatte. «Von da oben können wir alles überblicken, Torunn.»

Sie biss sich auf die Unterlippe. «Du meinst, wir sollten uns da oben hinlegen?»

«Hier können wir jedenfalls nicht stehen bleiben. Wenn jemand kommt, dann sieht er uns ja. Und da oben kommen wir auch leichter über den Zaun.» Ich klopfte auf den Deckel meines kleinen Rucksacks. «Ich hab eine Brotzeit dabei.»

Sie lächelte plötzlich. «Ein Mann der Tat! Das gefällt mir…» Dann drehte sie sich zum Gebüsch am Rand der Straße hin. «Also! Was zögern wir noch?»

Ich ging an ihr vorbei und nahm denselben Weg nach oben wie beim letzten Mal. Ein paar Mal drehte ich mich um und bog ein paar Zweige für sie zur Seite. Wir sprachen kaum ein Wort. Ich sparte meine Kräfte für den letzten Anstieg. Noch immer spürte ich die Nachwirkungen des Unfalls, jetzt fast wie einen Virus im Körper. Mehrmals musste ich stehen bleiben und nach Luft schnappen, während ich so tat, als würde ich mich orientieren. Als wir fast oben waren, gab ich ihr ein Zeichen, dass sie den Kopf unten halten sollte. «Wenn das Schiff schon am Kai liegt, ist es vielleicht schlauer, uns nicht allzu deutlich gegen den Himmel hinter uns abzuheben.», sagte ich.

Sie nickte.

Vorsichtig bewegten wir uns das letzte Stück bergauf. «Wo ist die Kaianlage von hier aus gesehen?», fragte sie.

Ich zeigte in die Richtung.

«Dann schlage ich vor, dass wir uns auf dieser Seite halten», sagte sie und zeigte auf die Ostseite des Hügels.

Ich nickte zustimmend. Dennoch fühlte ich mich ein wenig wie ein Mittelding zwischen Schleichender Wolldecke und Meisterdetektiv Kalle Blomquist, als wir endlich unsere Köpfe hervorstreckten – erst sie, dann ich –, nur um festzustellen, dass der Kai leer war.

Wir sahen aufs Meer hinaus. Direkt vor der Küste war es still und wie ausgestorben; nur draußen bei Bloksene schlug die Brandung weiß über die flachen Schären. Aber weit draußen, wie ein schwarzer Schatten vor dem Horizont, war ein Schiff auf dem Weg in Richtung Küste.

Sie holte ein kleines Fernglas aus ihrem Rucksack, hob es an die Augen und regulierte schnell die Schärfe. Dann nahm sie es herunter und wandte sich mit zufriedenem Gesichtsausdruck an mich. «Das ist die *Seagull!* Ich bin mir jedenfalls ziemlich sicher.»

Sie reichte mir das Fernglas, und ich richtete es auf das Schiff, aber auf diese Entfernung konnte ich weder den Namen noch das Reedereizeichen erkennen. «Ich erkenne sie wieder», sagte sie, öffnete ihren Rucksack wieder und holte eine Thermoskanne und zwei Plastikbecher heraus. «Eine Tasse Tee, während wir warten?»

Ich nickte. «Du warst vorausschauender als ich, wie ich sehe.»

«Allzeit bereit», sagte sie und machte den Pfadfindergruß.

Sie war ein Mensch, mit dem einem die Zeit leicht verging, sogar auf einem windigen Felsenhügel in Sunnhordaland. Im Laufe der nächsten Stunden erfuhr ich, dass ihre Karriere als Pfadfindermädchen relativ kurz gewesen war, ihre Ehe etwas länger, welche Musik sie bevorzugte, welche Bücher sie gern las und auf welchen Böden sie geschlafen hatte auf ihren Reisen um die Welt, auf der Jagd nach Material für ihre Reportagen. Es waren nicht wenige. Meine Sammlung war dagegen nicht der Rede wert.

Es dauerte ungefähr zwei Stunden, bis die *Seagull* sich dem Land näherte. Dann kam sie zur Ruhe, als warte sie auf ein Signal zum Anlegen. Unten an der Kaianlage war kein Zeichen von Leben zu erkennen.

«Was hat das wohl zu bedeuten?»

Sie zuckte mit den Schultern. «Wir werden sehen, was passiert.»

Mit dem Fernglas konnten wir hektische Aktivität an Deck beobachten. Sie kommentierte: «Sie versuchen offenbar, zu jemandem Kontakt herzustellen. Sie spähen die ganze Zeit hier rüber.»

«Glaubst du, sie könnten uns entdeckt haben?»

Sie antwortete nicht, aber von da an beschloss ich, auch nach hinten Ausschau zu halten, den Pfad hinunter, den wir uns selbst durchs Gestrüpp geschlagen hatten.

«Da siehst du den Container», sagte sie und reichte mir noch einmal das Fernglas.

Ich sah mir den großen, blauen Container an, der auf dem Deck der *Seagull* stand, ohne dass ich daraus schlau wurde. Ein paar Mal kam jemand von der Mannschaft und kontrollierte, dass mit ihm alles in Ordnung war. Das war alles.

Es verging eine weitere Stunde. Jetzt tauschten wir keine privaten Erfahrungen mehr aus. Unsere ganze Aufmerksamkeit war auf das Schiff, den Kai und die Landschaft hinter uns gerichtet. Wir konnten von unserem Platz aus die Straße nicht einsehen, aber in regelmäßigen Abständen hörten wir das ferne Dröhnen vorbeifahrender Autos.

Plötzlich berührte sie meinen Arm. «Jetzt passiert etwas.» Dann griff sie nach der Kamera und legte sich in Position zum Fotografieren.

Ich sah zur Kaianlage. Ein dunkler Sportwagen war auf den Kai gefahren. Die Tür ging auf und ein großer Mann stieg aus, bekleidet mit einer halblangen, dunklen Jacke, den Kragen hatte er hochgeschlagen, und einem Schal, der im Wind flatterte. Er sprach in ein Handy und gab gleichzeitig Zeichen zum Schiff hin. Gleich darauf wurde dort ein Beiboot ins Wasser gelassen und eine Hängeleiter heruntergeworfen. Zwei Männer stiegen schnell ins Beiboot, starteten den Außenborder und nahmen Kurs aufs Land. Der Mann blieb am Kai stehen und wartete auf sie.

«Darf ich mal …» Ich zeigte auf das Fernglas.

Sie reichte es mir und ich hob es an die Augen. «Dachte ich's mir doch.»

Ich spürte ihren Blick auf meinem Gesicht. «Kennst du ihn?»

«Das ist einer der beiden, von denen ich dir erzählt habe, Kristoffersen von Trans World Ocean.»

«Es ist ja kaum verwunderlich, dass jemand von ihnen hier auftaucht.»

«Nein. Jetzt fehlt nur noch, dass Garrido in dem Boot sitzt.»

36

Aber das tat er nicht.

Beide Männer im Beiboot trugen Schiffsoffiziersuniformen. Als sie auf den Kai kletterten, konnte ich feststellen, dass ich sie noch nie gesehen hatte. Ich gab Torunn das Fernglas zurück. Sie identifizierte die beiden gleich. «Der Kapitän und der Erste Steuermann. Jetzt hätten wir eine leistungsfähige Abhörvorrichtung haben sollen.»

«Leider bin ich, was die Ausrüstung angeht, nicht so up to date», sagte ich.

«Jedenfalls sehen sie nicht besonders freundlich aus.»

Das konnte ich auch sehen, sogar ohne Fernglas. Bruchstücke ihres Gesprächs drangen bis zu uns herauf, jedes Mal, wenn sie die Stimmen hoben. Kristoffersen machte eine Armbewegung und bewegte sich ein Stück weg von den beiden Offizieren, als hätte er große Lust, sie ins Meer zu werfen. Dann ging er zurück und zeigte wieder aufs Meer. Der eine Offizier gestikulierte ebenfalls heftig. Der andere hob resigniert die Arme.

«Er bittet sie, das Weite zu suchen, wie's aussieht», sagte ich.

Ihr Gesichtsausdruck war angespannt. «Wenn sie das tun … Ich brauche unbedingt ein Foto davon, wie der Problemmüll an Bord geladen wird.»

«Möglicherweise sind sie gewarnt worden – durch meine Nachfrage.»

Sie sah mich beunruhigt an. «Möglich. Aber dann ist es auch mein Fehler. Ich habe dich auf die Spur gebracht.»

Unten auf dem Kai ging die Diskussion unverändert laut weiter. Schließlich schlug sich Kristoffersen heftig mit der Faust in die Hand und zog dann die Hand flach vor ihnen durch die Luft, wie um zu unterstreichen: And that's it! Danach drehte er sich auf dem Absatz um, ging zum Auto, stieg ein, fuhr rückwärts vom Kai weg und beschleunigte so heftig, dass es bis zu uns hoch versengt roch, um dann in dieselbe Richtung zu verschwinden, aus der er aufgetaucht war. «Abgang des Boten», murmelte ich.

Die beiden Offiziere standen ruhig da und sahen ihm nach, als erwarteten sie, dass dies nur ein Spiel für die Zuschauer gewesen war und er jeden Moment wieder auftauchen könnte. Torunn ließ das Fernglas nicht eine Sekunde sinken und verfolgte die Szene so konzentriert, als könne sie von ihren Lippen ablesen, worüber sie sprachen. Schließlich sah es aus, als hätten sie einen Beschluss gefasst. Der eine kletterte wieder ins Boot und startete den Motor. Der andere blieb am Kai stehen.

«Und jetzt?», sagte ich.

«Keine Ahnung.»

Der Mann dort unten zündete sich eine Zigarette an, ging ein paar Mal den Kai auf und ab, spuckte ins Wasser und pinkelte vom Rand des Kais, ohne sich umzuschauen, ob er auch allein war. «Bitte weggucken», sagte ich.

Torunn verdrehte demonstrativ die Augen, um zu unterstreichen, dass sie im Leben schon spannendere Dinge gesehen hatte als einen Schifffahrtsoffizier, der von einem Kai in Sunnhordaland ins Wasser pinkelte. Ich glaubte ihr.

Der andere Offizier war wieder an Bord der *Seagull*. Wir konnten sehen, dass er zeigte und Befehle gab. Kurz darauf wurde das schwarze Schiff langsam in Richtung Land bewegt. Der Offizier unten auf dem Kai ging bis zur Spitze hinaus. Als das Schiff nah genug gekommen war, wurde eine Leine an Land geworfen, die er an einem Poller befestigte, dann legte die *Seagull* mit kontrollierter Eleganz am Kai an. Oben auf Deck drehte sich der Kran in die richtige Position, und Torunn machte sich wieder klar zum Fotografieren. «Der Container! Sie werden ihn an Land hieven.»

«Möglich.»

Sie hatte Recht. Einige Minuten später hing der blaue Container in der Luft über dem Deck. Dann wurde er mit kundigen Bewegungen über den Kai geschwenkt und dort heruntergelassen. Der Offizier auf dem Kai dirigierte ihn das letzte Stück und löste dann die Kranseile, worauf der Kran ebenso elegant wieder zurückschwang.

Einen Augenblick blieb er stehen und betrachtete den Container. Dann schweifte sein Blick wieder ins Land hinein, und wir duckten uns unwillkürlich. Als wir vorsichtig wieder die Köpfe hoben, war die Leine gelöst, der Mann in der Offiziersuniform dabei, die Leiter hinaufzuklettern und die *Seagull* begann, rückwärts vom Kai abzulegen.

Wir folgten ihr mit den Blicken bei ihrem Wendemanöver. Dann fuhr sie mit voller Fahrt auf den Schifffahrtsweg südlich von Bloksene und das offene Meer dahinter zu. Später sahen wir sie wie von einem unsichtbaren Magneten gezogen auf den Horizont zusteuern; jedes Mal, wenn wir unseren Blick hoben, war sie ein Stückchen kleiner.

Der Container stand verlassen auf dem Kai, wie ein Mahnmal für ertrunkene Seeleute, vergessen auf einem Kai in Sunnhordaland, darauf wartend, dass jemand ihn holen käme.

Torunn senkte das Fernglas und sah mich fragend an. «Was meinst du?

Ich zuckte mit den Schultern. «Eine Art Schmuggelware?»

«Aber es sah nicht so aus, als wollte der Mann von TWO etwas damit zu tun haben.»

«Oder er wusste nichts davon.»

Sie sah mich skeptisch an.

Ich sagte: «Denk dir folgende Situation: Du bist zweifellos auf der Spur eines höchst zweifelhaften Exportverkehrs, nicht zuletzt aus globaler Perspektive. Wir werden den Anlieferern verraten, dass wir auf der Spur sind. Wie die Kommunikation zwischen TWO und der *Seagull* abgelaufen ist, wage ich nicht zu sagen, aber es schien fast so, als hätte die *Seagull* dieses Mal die Reise nach Utvik gegen den Willen ihrer Auftraggeber unternommen.»

«So weit kann ich dir folgen.»

«Als die TWO darauf aufmerksam gemacht wurde, zum Beispiel über Funk vom Schiff aus, haben sie Kristoffersen hergeschickt, um die Sache zu klären, was er auf seine gewohnt diplomatische Weise erledigt hat.»

«Du hast eine persönliche Beziehung zu ihm, wie ich höre.»

«Und er war auch damals nicht sonderlich liebenswert. Aber der Grund dafür, warum die *Seagull* diese Fahrt nach Utvik unternommen hat, ist möglicherweise, dass sie noch eine andere Art Fracht an Bord hatte. Du hast selbst gesagt, du hättest den Namen Birger Bjelland gehört, als das Schiff im Hamburger Hafen lag. Und Birger Bjelland hat schon so vieles getan, was an der Grenze des Illegalen war. Das Problem ist nur, dass er seit Ende Februar im Gefängnis sitzt…»

«Und die *Seagull* war Anfang Februar das letzte Mal in Norwegen. Die Schiffsführung könnte mit anderen Worten gar nichts davon wissen, was mit Bjelland geschehen war.»

«Jedenfalls haben sie keinen Kontakt zu ihm bekommen.»

Sie ließ ihren Blick nachdenklich wieder hinunter auf den Kai wandern. «Aber warum, glaubst du, haben sie ihn einfach an Land abgestellt?»

«Vielleicht in der Hoffnung, dass Birger Bjelland oder jemand anders trotzdem käme, um ihn abzuholen? Oder nur, um ihn los zu sein. Um ihn einfach abzustellen und die ganze Sache zu vergessen, irgendwie. Vielleicht hatten sie das Gefühl, dass das, was sie getan haben, schon gefährlich genug war, nämlich ihn ohne Deklaration durch die Zollgrenze zu transportieren.»

«Und was machen wir jetzt?»

«Tja. Abwarten? Oder runtergehen und ihn näher untersuchen?»

Sie nickte langsam. «Ja zum Ersten. Wir warten ab. Wenn bis heute Abend nichts passiert, können wir eventuell auf das Zweite zurückkommen.»

«Und in der Zwischenzeit? Hast du etwa auch eine Feldküche dabei?»

«Nein, aber ich bin es gewohnt, wenn nötig von kleinen Rationen zu leben.»

«Unten an der Straße liegt ein Landhandel. Wir könnten runtergehen und etwas Proviant einkaufen.»

«Geh du nur. Ich bleibe, für den Fall, dass jemand auftaucht.»

«Sicher?»

«Klar.»

Somit begab ich mich wieder auf den Pfad durchs Dickicht nach unten, fand das Auto dort vor, wo wir es abgestellt hatten und fuhr die wenigen Kilometer zurück zum Landhandel. Eine knappe halbe Stunde später war ich mit meinem Einkauf wieder zurück: Eine Packung Knäckebrot, ein paar Tuben Käse, eine Dose Labskaus, das man zur Not kalt essen konnte, Äpfel und Apfelsinen, eine Tafel Schokolade, Orangensaft und ein paar Flaschen Mineralwasser.

Sie betrachtete mein Warenangebot skeptisch. «Willst du das wirklich essen?», fragte sie und zeigte auf die Labskausdose.

Ich zuckte mit den Schultern. «Man weiß nie, wie hungrig man noch wird.»

«Dann denke ich, ich halte mich an diesen Teil des Menüs», antwortete sie und biss in einen Apfel.

Ich nickte ablenkend zum Kai hinunter. «Nichts Neues?»

Sie schüttelte den Kopf. «Alles tot.»

Es wurde ein langer Tag, und je länger wir dort saßen, desto deutlicher wurde uns klar, dass Mittsommer noch in weiter Ferne war. In regelmäßigen Abständen mussten wir aufstehen und mit den Flügeln schlagen.

Als Beispiel dafür, dass es Schlimmeres gab, erzählte sie von einer Reportage, die sie einmal nach Spitzbergen verschlagen hatte, bei weit unter dreißig Grad minus, wo sie und ein lokal bekannter Fotograf von einem Schneescooter mitgenommen und gezwungen worden waren, in einem Schneeloch zu übernachten, bis sie am nächsten Morgen von einer Suchmannschaft gefunden wurden. «Wir hätten uns beinahe verlobt, so nah mussten wir beieinander liegen, um die Wärme im Körper zu halten.»

«Ich melde mich freiwillig. Ein Beispiel, das zur Nachahmung einlädt.»

«So kalt wird es hier nicht», sagte sie streng, aber nicht ohne ein kleines Lächeln in den Mundwinkeln.

Gegen acht Uhr begann es zu dämmern, und noch immer war nichts passiert. Ich holte den Bolzenschneider heraus. «Sollten wir nicht bald mal zusehen, dass wir durch den Zaun kommen?»

Sie nickte anerkennend, als sie mein Werkzeug sah. «Wir warten bis Mitternacht. Wenn sie etwas zum Abholen vereinbart haben, dann ist es nicht unwahrscheinlich, dass es nach Einbruch der Dunkelheit stattfindet.»

Wir taten wie sie gesagt hatte. Wir warteten bis Mitternacht. Meine Beine waren steif, mein Körper kalt und im Bauch hatte ich einen Hohlraum, den auch der Gedanke an die Dose Labskaus nicht füllen konnte. Ich konnte mir für einen Samstagabend durchaus festlichere Abendessen vorstellen. Sie hingegen sah auffallend fröhlich aus. In regelmäßigen Abständen hatte sie auf die Uhr gesehen. Als wir Mitternacht endlich erreicht hatten, sagte sie: «Okay. Ich glaube, wir können es wagen. Wenn du uns durch den Zaun bringst, dann gehen wir runter.»

Ich hatte den Bolzenschneider schon in der Hand. «Hoffen wir, dass keine Alarmanlage angeschlossen ist.»

«Sieht es so aus?»

«Nein.»

Ich ging ans Werk. Es war überraschend einfach, ein Loch in den Draht zu schneiden, das groß genug war, um hindurchzukommen. Wir packten unsere Sachen zusammen und nahmen alles mit. Hinter dem Zaun ging es steil hinunter zu einem alten Lagergebäude, das teilweise in den Felsen gesprengt worden war. An manchen Stellen war es so steil, dass ich ihr zum Abstützen eine Hand geben musste. An einigen Stellen konnten wir uns nur an ein paar zähen Salweidenbüschen festhalten. Schließlich waren wir hinter dem alten Gebäude, aus dem uns ein Geruch von Schimmel und Moder entgegenschlug. Erst als wir um die Ecke bogen, kam uns eine erfrischende salzige Meeresluft entgegen.

Der blaue Container wuchs mit jedem Schritt, den wir ihm näher kamen. Jetzt waren wir so nah dran, dass wir den Identifizierungscode lesen konnten, der auf eine Seite gemalt war: *UA-5143-CB*. In einer mit Plastik abgedeckten Vertiefung steckte ein maschinenbeschriebenes Papier mit französischem Text, eine Zolldeklaration, die von den Behörden in Casablanca, Marokko, abgestempelt war, und die besagte, dass der Inhalt aus «*équipement agricole*» bestand.

Ich sah Torunn an. «Landwirtschaftliche Geräte?»

«Kann alles Mögliche sein.»

«Dem Geruch nach zu urteilen, sollte man meinen, es sei vergammeltes Fleisch, was sie importiert hätten.»

Sie nickte nachdenklich. «Für den illegalen Import von afrikanischem Fleisch gibt es einen Markt.»

In dem Moment hörte ich ein Geräusch. Ich spürte, wie mein Körper erstarrte. «Aber doch wohl nicht lebend?»

Sie sah mich an. «Was meinst du?»

«Hast du es nicht gehört?»

«Was denn?»

Ich legte ein Ohr an den Container. «Da drinnen rührt sich etwas.»

«Was?!»

Mit geballter Faust schlug ich an die harte Metallfläche. «Hallo! Ist da jemand?»

Schwach ertönte ein Klopfen von innen. Noch schwächer hörten wir eine Stimme, in einer Sprache, die wir nur mit Mühe als Französisch identifizieren konnten: «*Allo! Au secours… mourons… au secours…*»

37

»Hilfe … Wir sterben!», stieß Torunn Tafjord hervor. «Sie müssen da seit über einer Woche drin sein!»

«Dann wird es Zeit, dass sie rauskommen. Wie zum Teufel kriegen wir dieses verdammte Ding auf?»

Der Container war von außen mit einem Bolzen verriegelt. Als wir ihn herauszogen und den Metallriegel zur Seite schoben, der ihn an seinem Platz hielt, konnten wir eine Luke in der Wand öffnen. Ein strenger Duft schlug uns entgegen, und wir wandten uns unwillkürlich ab.

Torunns Stimme zitterte. «Das ist – widerlich!»

Ich beugte mich vor und sah hinein. Es war stockdunkel dort drinnen. Der Geruch von Urin, Exkrementen und altem Schweiß war überwältigend. «Hallo?» Ich kramte die Reste meines Schulfranzösisch und das, was ich bei ein paar kurzen Landurlauben in Marseille vor dreißig Jahren mitbekommen hatte hervor. «Vous êtes libres. You are free!»

Auf dem Boden des Containers bewegte sich etwas. Ein mageres, menschenähnliches Wesen kam auf mich zu gekrochen. Ein schmales Gesicht sah zu mir auf. Er blinzelte. In seinem schwarzen Schnauzbart hingen Reste von Erbrochenem. Die Zunge wirkte blauweiß, als er sich die trockenen Lippen leckte. «*Nous mourons…*»

«*Non, non!*», protestierte ich und musste dann wieder ins Englische wechseln. «*We are going to help you!*»

Torunn trat neben mich. «Lass mich… Ich spreche Französisch. Versuch lieber… Hol irgendwo Hilfe. Diese armen Kerle müssen ins Krankenhaus, je eher, desto besser. Wenn ich du wäre, würde ich auch die Polizei anrufen…»

«Darauf kannst du Gift nehmen!»

Ich wählte die 112 und schilderte die Situation. Der Wachhabende notierte, wo wir uns befanden und wollte selbst einen Krankenwagen bestellen. «Bleibt, wo ihr seid!», schloss er.

«Wir haben keine akuten Reisepläne», murmelte ich, aber er hatte schon aufgelegt.

Im Inneren des Containers ragten die dünnen Beine von einem, der die Überfahrt nicht überlebt hatte, unter einer Wolldecke hervor. Draußen auf dem Kai versammelte sich nach und nach ein verhuschtes Grüppchen von Menschen. Großäugig und mit offenen Mündern betrachteten sie die Landschaft um sich herum. In dem Container waren zwischen zwanzig und dreißig Personen gewesen. Die Mehrzahl waren Männer, die meisten zwischen zwanzig und vierzig. Die Frauen klammerten sich an ihre Männer. Eine von ihnen war deutlich schwanger und wurde von einem älteren Mann und einem fünfzehn-sechzehnjährigen Jungen auf den Beinen gehalten. Es waren noch mehrere männliche Jugendliche und zwei reife Frauen dabei. Sie sahen nordafrikanisch aus. Die Männer waren mager und sehnig; sogar die Schwangere sah merkwürdig ausgehöhlt aus. Mehrere von ihnen hatten abgebrochene Nägel und blutige Wunden an den Händen, als hätten sie versucht, sich aus dem Container herauszukratzen. Ungefähr die Hälfte sprach Französisch, die Übrigen verständigten sich in einer Sprache, von der ich annahm, dass es Arabisch sein musste.

«Es ist Arabisch wie man es in Teilen Algeriens spricht, mit berberischem Tonfall», erklärte Torunn.

«Das sprichst du doch nicht etwa auch?»

«Nein, leider, aber ich kann ein paar Alltagsausdrücke.»

Die armen Menschen sahen uns an, als seien wir Marsbewohner. Torunn bekam heraus, dass sie glaubten, sie seien in Deutschland.

«Nein, ihr seid in Norwegen», erklärte sie ihnen, ganz langsam sprechend.

«*Norvège?*»

«*Oui, oui*», nickte sie, und als sich die Neuigkeit zu den anderen der Gruppe verbreitet hatte, sahen sie, wenn möglich, noch verschreckter aus.

Torunn hatte ihre Kamera hervorgeholt und eine Reihe Fotos von der Szene gemacht. «Was hat man euch versprochen, wenn ihr hier ankämt?»

«Arbeit», sagte der mitgenommene Sprecher der Gruppe.

«Freiheit vom Terror!», fügte ein anderer Mann um die dreißig hinzu. «Islamisten! Mörder! Die bringen alle um, die einen neuen Gedanken haben. Unsere Frauen sind Huren, sagen sie. Sie haben unser Nachbardorf ausgerottet, mit Frauen und Kindern. Haben sie nachts niedergemetzelt, während sie schliefen! Wären wir geblieben, wären wir auch schon tot.» Der Ausbruch machte ihn schwindelig, und er ging langsam in die Knie, mit dem Rücken am Container, bis er auf dem Boden saß.

Torunn wandte sich wieder an den Ersten. «Und wie viel haben Sie dafür bezahlt?»

Der Mann nannte einen Betrag, und sie schüttelte entsetzt den Kopf. «Das sind die normalen Sätze! Wir sind billig davongekommen.»

«Billig? Lieber Gott!», murmelte Torunn und sah sich nach etwas um, auf das sie sich stützen konnte. Von weit her hörten wir den ersten Hubschrauber. Kurz darauf hing er in der Luft über dem Kai. Er hatte kaum aufgesetzt, als auch schon die ersten Leute vom Rettungsdienst gebückt auf uns zu rannten, während der Luftzug der Rotoren ihr Haar nach vorne blies.

Wir begrüßten sie und erklärten ihnen kurz die Situation. Während die Sanitäter die ersten, oberflächlichen Untersuchungen der unerwarteten Gäste vornahmen, hörten wir ein brummendes Motorengeräusch, Metall, das durchschnitten wurde und Tore, die aufgeschoben wurden. Kurz darauf bogen zwei Zivilfahrzeuge, ein Polizeiwagen und zwei Krankenwagen auf den Kai ein.

Einer der Polizisten in Freizeitkleidung war ein großer, breit gebauter Kerl mit hellblondem, fast weißem Haar, hellblauen Augen und einer leicht rötlichen Gesichtsfarbe. Er gab erst Torunn und dann mir die Hand. «Arve Sætre, Polizeibeamter in Sveio.» Dann stellte er uns zwei der Männer aus dem anderen Wagen vor. «Ich habe Ihrer Meldung entnommen, dass die Größenordnung des Falls Unterstützung aus Haugesund erfordert. Das sind Holgersen und Liland, von der dortigen Kripo.»

Wir begrüßten uns höflich, und alle bekamen noch einmal die Situation geschildert, so dass sie sich ein Bild machen konnten. Holgersen, ein kräftiger Mann mit kurz geschorenem Haar und stark geröteten Wangen fragte: «Dieser Mann von der Reederei hatte den Ort also verlassen, als der Container an Land gebracht wurde?»

«Ja», sagte ich.

Liland war von schmalerem Format, er hatte nur um die Ohren noch dünne Haarsträhnen. Er sah mich nachdenklich an. «Das heißt, sie wussten möglicherweise nichts davon?»

«Könnte sein, ja.»

«Aber das entbindet sie nicht von der Verantwortung für all das andere, was von Utvik aus verschifft wird», sagte Torunn

Sætre sah sie fragend an. «Alles andere?»

«Problemmüll, Chemikalien und so weiter.»

Holgersen warf einen Blick zu Sætre. «Ist dir das bekannt?»

Sætre schüttelte den Kopf. «Ich kann mich nicht erinnern, dass sich jemand beschwert hätte.»

«Ach was, Beschwerden!», rief Torunn aus. «Für Beschwerden haben sie woanders mehr Grund als hier!»

«Alles, was man hier bemerkt, ist wohl der Verkehr», fügte ich hinzu, «und der findet, nach dem, was ich gehört habe, hauptsächlich nachts statt.»

«Tja…» Holgersen sah zum Tor, durch das gerade ein weißer Kombi hereinfuhr. Jetzt kam er direkt auf uns zu. Es war ein Toyota Carina, auf dessen Seite mit großen Buchstaben HA stand. «Oh Scheiße! Die Geier kommen. Grade hinstellen, Liland. Und den Fotografen anlächeln!»

«Die Presse?», fragte ich.

«Die lokale, vorläufig», murmelte Holgersen.

«Dann bekommst du Konkurrenz», sagte ich leise zu Torunn.

«Vielleicht ist es an der Zeit… Sie brauchen uns doch nicht mehr, oder?», fragte sie.

«Nein, das ist in Ordnung. Haben wir Ihren Namen und die Telefonnummer?»

Sætre nickte.

Bevor Torunns Kollegen von der «Haugesund Avis» auf ihren Plätzen waren, hatten wir uns diskret in Richtung Tor zurückgezogen.

«Ich mochte es noch nie, wenn mein Bild in der Zeitung war», sagte ich.

208

«Du kannst mir glauben», sagte sie, «ich auch nicht.»

Wir gingen mit festem Blick und energischen Bewegungen, als seien wir in wichtiger Sache unterwegs. Niemand stellte sich uns in den Weg, bis wir das Auto erreichten. Niemand rief und bat uns zu bleiben.

Als wir uns in Bergen trennten, dreieinhalb Stunden später, war es Sonntagmorgen. «Was wirst du jetzt tun?», fragte ich.

«Schlafen, vor allem. Dann werde ich die Eindrücke auf dem Computer sortieren. Und du?»

«Dasselbe wie du. Schlafen, meine ich. Danach habe ich immer noch diesen Fall, an dem ich arbeite. Vielleicht kann ich ja heute das Knäuel etwas entwirren.»

Sie sah mich schräg an. «Ja, dann danke, dass du mich begleitet hast, erst einmal», sage sie, sah mich kurz prüfend an, beugte sich vor und umarmte mich kurz.

«Vergiss mein Angebot nicht», sagte ich. «Falls du auf die Idee kommst, zur TWO zu fahren.»

«Leibwächter, stimmt's? Normalerweise komme ich ohne aus.»

«Ich kann dich zum Flughafen fahren, wenn du willst.»

«Vielleicht eine Kombination?»

Ein weiterer prüfender Blick, dann lächelte sie, öffnete die Tür, holte ihren Rucksack vom Rücksitz und winkte mir, als sie das Hotel betrat, ein letztes Mal zu.

Ich fuhr nach Hause, kroch in die Koje und schlief bis sieben Uhr abends. Aber bevor ich ins Bett ging, hatte ich noch im Telefonbuch die Adresse von Kåre Brodahl nachgeschlagen.

38

An der Ostseite der Fosswinckelsgate, direkt beim Frøkenstift, wohnte Kåre Brodahl, nur wenige Meter entfernt von den Damen reifen Alters, die noch immer das ehrwürdige Stift bewohnten. Sollte es ihm einmal an Gesprächspartnern mangeln, brauchte er nicht weit zu gehen. Sie redeten normalerweise gerne, diese so genannten «unverheirateten Frauenzimmer», und wenn sie abends beim Bridge saßen, konnte man die unglaublichsten Sprüche hören.

Mit einem Gefühl wie Mehltau auf den Augen, dem Resultat eines langen Tages Schlaf nach den Ereignissen der Nacht zuvor, hatte ich beschlossen, zu Fuß durch die Stadt zu gehen. Bei der Grieghalle bog ich in die Strømgate ein und von dort in die Fosswinckelsgate. Ich fand das Haus, in dem Kåre Brodahl wohnte. Den Namensschildern neben den Klingeln nach zu urteilen, wohnte er im Erdgeschoss. Dort war Licht, aber die Gardinen waren vorgezogen. Nur ein geheimnisvoller Schein, wie von einer Opiumhöhle, drang durch den schweren, geometrisch gemusterten Stoff.

Ich klingelte. Es dauerte nicht lange, dann hörte ich Brodahls Stimme aus der Gegensprechanlage neben den Klingeln. «Ja?»

«Hier ist Veum. Ich weiß nicht, ob Sie sich an mich erinnern?»

«Doch.»

«Haben Sie einen Moment Zeit?»

Es blieb still. Er zögerte.

«Es wird nicht lange dauern.»

«Tja, na gut…»

Dann summte das Türschloss, und ich trat ins Haus.

Brodahl stand in der Tür zu Linken, ein paar Treppenstufen weiter oben. Er trug eine burgunderfarbene altmodische Hausjacke mit einem zierlichen Muster auf dem Aufschlag, ein weißes Hemd mit Schlips, gut gebügelte dunkle Hosen, schwarze Strümpfe und rotbraune Lederhausschuhe. In der einen Hand hielt er ein kleines Heft in CD-Format, mit der anderen gab er mir ein Zeichen, dass ich hereinkommen sollte. Das Licht aus der Wohnung verlieh seinen wohlfrisierten Locken einen silbernen Schimmer, aber sein Gesicht lag im Schatten.

«Worum geht es?», fragte er, als er mit missbilligender Miene meine verschlissene Lederjacke entgegennahm und sie aufhängte, nachdem er vorher an der Garderobe einen guten Abstand zu seinen eigenen Jacken hergestellt hatte.

«Rendezvous mit vergessenen Jahren hatte ich beim letzten Mal vorgeschlagen», sagte ich. «Wenn Sie eine solche Literarisierung des Ganzen vertragen.»

«Literarisierung?»

«Ja.»

Die Wohnung lag nach Westen; eine Junggesellenbude von der geschmackvollen Sorte, mit Landschaftsbildern an den Wänden, ledergebundenen Werken in eindrucksvollen Regalen und kleinen Skulpturen auf Sekretär und Vitrinen. Die CD-Sammlung machte einen soliden Eindruck und war auf drei Stative aus glatt poliertem, dunklem Holz verteilt. Über die Musikanlage spielte Mozart elegant mit den Fagotten, so wie es Ellington einige Jahrhunderte später mit den Holzblasinstrumenten tat. Brodahl ging zum Verstärker, drehte die Lautstärke herunter und wies mich zu ein paar gemütlichen Ledersesseln, die um einen kleinen Tisch standen, perfekt platziert im Verhältnis zu den Lautsprechern. Vor dem einen Sessel stand ein Glas, in dem es sprudelte, und bevor er sich setzte, fragte er, ob ich ihm Gesellschaft leisten wolle. «Ein kleiner Whisky-Soda, Veum?»

«Warum nicht?»

Er schenkte mir ein, stellte das Glas auf ein kleines Tablett, trug es zu mir herüber und überreichte es mir wie ein professioneller Kellner. Endlich setzte er sich mir gegenüber, hob sein Glas und prostete mir stumm zu.

Ich prostete zurück, stellte dann mein Glas wieder ab und sah mich um. «Sie leben allein?»

«Er nickte leicht. «Es hat sich so ergeben.» Bevor ich ansetzen konnte, fuhr er fort: «Was meinten Sie mit – vergessenen Jahren, Veum?»

«Sind Sie sicher, dass Sie es sich nicht denken können?»

«Vergessen ist vergessen. Möglicherweise müssen Sie mich dann erst erinnern.»

«Das Vergessen ist ein merkwürdiges Phänomen», philosophierte ich. «Ich meine… Wir haben alle schon mal erlebt, dass bestimmte Ereignisse völlig weg sind, obwohl unsere Nächsten sich an sie erinnern können. Aus ungeklärtem Grund. Möglicherweise, weil man sie als unangenehm erlebt hat, natürlich. Episoden aus der Zeit, als man klein war, zum Beispiel, die ein Schulkamerad erinnert, aber die man selbst verdrängt hat. Dann gibt es Dinge, die man bewusst vergisst, soweit man dazu in der Lage ist, und auch Erlebnisse, die so unwichtig sind, dass man sich nicht an sie erinnern muss. Vergessen ist ein willkürliches Phänomen, aber ich kann Ihnen versichern, Brodahl – es ist wirklich verblüffend, was das Gehirn verdrängen kann, wenn es das will.»

Er zog ironisch die Augenbrauen hoch. «Was Sie nicht sagen! Und worauf wollen Sie mit dieser Vorlesung hinaus, Veum?»

«Ich brauche Hilfe, um ein paar Lücken auszufüllen, Brodahl.»

«Ein paar Lücken?»

«Aus unserem letzten Gespräch. Ich glaube, Sie haben mir nicht alles erzählt. Ich glaube, Sie haben etwas vergessen.»

Er strich sich mit einer mageren Hand durchs Haar und sah mich nachdenklich an. «Und was sollte das sein?»

«Sara Taraldsen, die spätere Frau Breheim. Nummer zwei, sozusagen. Sie haben vergessen zu erzählen, dass Sie so gut wie verlobt waren.»

«Wer hat das gesagt?»

«Eine verlässliche Quelle. Und als ich letzten Montag mit Sara Breheim sprach, wollte sie den Namen ihres Kavaliers nicht nennen, mit dem sie an dem Abend im September 1957 in dem Hotel war, als Tordis Breheim und ihr Geliebter umkamen. Des Mannes, der mit ihr zusammen Breheim hinterher nach Hause gebracht hatte. Warum nicht?» Als er nicht antwortete, fügte ich hinzu: «Das waren doch Sie, oder, Brodahl?»

«Ach ja? Das hatte ich fast vergessen.»

«Das hätten Sie gern vergessen, wollten Sie wohl sagen.»

Er schaute mich nicht an, aber in seinem Blick lagen weder Trotz noch Feindseligkeit, sondern eher Trauer.

«Der Grund dafür, dass Sie allein leben, vielleicht?»

Er seufzte. «Vielleicht.»

Sara… Die süße, kleine, dunkelhaarige Sara, in die er sich sofort verliebt hatte, als sie das Geschäft zum ersten Mal betrat, als der Chef sie herumgeführt und den anderen Angestellten als neue Verkäuferin in der Abteilung für Hemden, Schlipse, Unterwäsche und Strümpfe vorgestellt hatte. Sara mit der guten Laune, dem hellen Lachen und den schelmischen Blicken, die vielleicht nicht immer so bedeutungsvoll waren, wie sie aufgefasst wurden. Sie war einundzwanzig, als sie dort anfing, er selbst ein Jahr älter. Sie waren die beiden jüngsten Angestellten und wurden von den älteren mit einer gewissen Herablassung behandelt. Vielleicht hatten sie einander deshalb gefunden, um sich gegenseitig zu trösten? Erst nach zwei Jahren gemeinsamer Arbeit wagte er es, sie auszuführen – zuerst ins Kino. Er wusste noch … Doris Day und James Stewart … «Que sera, sera» … Hinterher ein belegtes Brot und ein Glas Wein für jeden im Hotel Norge. Das war es, was sie feiern wollten, an jenem Septemberabend im Jahr darauf. Es war genau ein Jahr her, dass er sie zum ersten Mal ausgeführt hatte.

Aber dann …

Er hatte es gewusst, ohne es zu wissen. Erst hinterher sah er klar. Als sie 1958 Ansgar Breheim heiratete, der erst knapp ein Jahr Witwer war, ging ihm auf, wie eine prophetische Erkenntnis, dass ihr Blick die ganze Zeit an ihm gehangen hatte, sie sich aber natürlich zurückgehalten hatte, weil er verheiratet war – und zwar mit keiner gewöhnlichen Frau!

Sara …

Hatte er vielleicht deshalb …

Ich wartete.

Er sah mich an. «Ich … Es stimmt, dass wir … Dass Sara und ich Ansgar Breheim an dem Abend begleitet haben, zuerst in die Notfallambulanz und dann nach Hause.»

Hinterher hatte er Sara nach Hause gebracht. Sie wohnte kurz vor dem Rothaugen, in der Hilbrandt Meyers Gate, aber als er ihr einen Gutenachtkuss geben wollte, schien sie in Gedanken schon ganz woanders zu sein, und im Grunde … Er konnte es ja verstehen. Was ein gemütlicher Abend hatte werden sollen, hatte dramatisch geendet …

Plötzlich stand er auf, ging zum Sekretär, zog eine Schublade heraus und holte eine kleine Schachtel hervor. Dann kam er zurück, setzte sich, öffnete die Schachtel und hielt sie vor mich hin. Ein wunderschöner Ring lag darin, mit einem hellblauen, fast weißen Stein.

Mit belegter Stimme sagte er: «Den hatte ich an dem Abend in der Tasche, Veum. Ich wollte …»

Ich betrachtete den Ring und nickte leicht.

«Später kam es nicht mehr dazu.»

Sie entglitt ihm. Tag für Tag schweifte ihr Blick weiter in die Ferne.

213

Ansgar Breheim forderte mehr und mehr von ihrer Zeit, und als er fragte, entschuldigte sie sich: Aber das musst du doch verstehen, Kåre! Der Mann ist verzweifelt, das ist doch klar …

Verzweifelt? Und das weiß er auszunutzen, Sara.

Auszunutzen! Pass auf, was du sagst. Überleg es dir gut, bevor du weiterredest …

Na gut!

Jetzt sah ich sie. Die Spuren von großer Trauer, die sich nie ganz von seinem Blick abwaschen ließen.

«Aber … Zurück zu dem Abend.»

«Ja.»

«Sie sind allein in den Sundmannsvei gegangen, ja?»

Er antwortete nicht.

«Es ist sechsunddreißig Jahre her, Brodahl! Sie riskieren nichts, wenn Sie es erzählen. Sie verlieren auch nichts dabei.»

«Nein?»

«Vielleicht bekommen Sie endlich ein reines Gewissen?»

Er versuchte, meinen Blick einzufangen, aber es gelang ihm nicht. Er selbst sah immer wieder zur Seite. «Also gut! Ich bin zurückgegangen. Aber er war es gewesen … Er hatte mich darum gebeten.»

«Aha?»

Plötzlich sah er unbeschreiblich jung aus, trotz der silbergrauen Locken. «Er war ja schließlich mein Chef!»

«Na ja …»

«Bevor Sara und ich gingen und während ich ihm ins Bett half, sagte er: Bringen Sie Sara nach Hause, Kåre, und dann kommen Sie wieder. Hierher?, sagte ich. Ja. Sie haben doch fast nichts getrunken, oder? Nein. Dann werden Sie mich fahren … Fahren?, fragte ich. Ich weiß, wo sie sind, Kåre.»

Er hielt inne. Ich drängte ihn weiter. «Aha. Und das taten Sie?»

«Ja. Es war natürlich wie ein Albtraum. Nachdem, was da draußen passiert war … Manche Dinge sind so heftig, so unwirklich, dass man sie deshalb vergisst, Veum! Weil sie so unwirklich sind.»

Die Fahrt dorthin… Ansgar Breheim neben ihm, immer wütender, je weiter sie sich von der Stadt entfernten. Als würde er sich selbst anstacheln: Ich werd's ihnen zeigen, ich werd's ihnen zeigen …

Er hatte versucht, ihn zu beruhigen. Sollten wir nicht lieber wieder nach Hause fahren, Herr Breheim?

Wieder nach Hause? Wozu?

Wir können jetzt sowieso nichts tun …

Doch, das können wir! Das können wir …

Die nächtlichen Straßen, dunkel und verlassen. Er wusste nicht mehr, ob ihnen überhaupt ein einziger Wagen begegnet war. Jedenfalls hatten sich niemals Zeugen gemeldet.

«Noch einen Drink, Veum?»

Ich schob mein Glas zu ihm hinüber. «Ja, bitte.»

Er schenkte uns ein und kam zurück. Diesmal benutzte er das Tablett nicht, und ich konnte deutlich sehen, wie seine Hand zitterte.

«Als wir nach Hjellestad kamen, sahen wir ihr Auto dort stehen.»

«Haben Sie es wieder erkannt?»

«Nein, aber … Es stand auf ihrem Parkplatz. Es war wohl der Wagen von diesem Musiker.»

«Und was geschah dann?»

Er nahm einen kräftigen Schluck aus seinem Glas. «Ich wollte am liebsten im Auto bleiben, aber er bestand darauf …»

Sie kommen mit, Kåre!

Aber, Herr Breheim …

Sie wissen, was passiert, wenn nicht …

Ich sah ihn an. «Er war natürlich Ihr Chef, wie Sie schon sagten, aber trotzdem. So viel konnte er doch nicht von Ihnen verlangen!»

«Da war noch etwas anderes.»

«Ja?»

«Er hatte etwas gegen mich in der Hand.»

«Und was?»

«Ich – war in Geldnot gewesen. Es war im Zusammenhang mit einer Preissenkung im Jahr davor passiert. Ich hatte kleine Änderungen – auf den Preisschildern vorgenommen.»

«Unterschlagung mit anderen Worten.»

Er sah zu Boden. «Er hat es bemerkt, natürlich, sich aber darauf eingelassen, mich nicht anzuzeigen, wenn es sich niemals wiederholte, und wenn ich mich in Zukunft nie mehr seinen Anweisungen wi-

215

dersetzte.» Er sah auf. «Er dachte wohl vor allem an Lohnforderungen und so was, aber – tja, so hat es also geendet.»

«Nun erzählen Sie mir ... Wie hat es geendet?»

«Wir haben sie auf frischer Tat ertappt. Frau Breheim und diesen – Hagenes.»

Sie waren durch den Wald geschlichen. Es war tiefste Nacht, aber durch die Hüttenfenster war genug Licht gefallen, so dass es trotzdem nicht schwer war, den Weg zu finden. Außerdem war Breheim vorangegangen, der sich ja auskannte.

Zusammen waren sie ans Fenster getreten und hatten hineingesehen.

Zuerst sahen sie gar nichts. Nur die Flammen im Kamin, die Deckenlampe, eine Flasche Wein, zwei Gläser ... Etwas bewegte sich auf dem Boden, ein Rücken, der sich bog, dumpfe Geräusche ...

Breheim hatte wie versteinert neben ihm gestanden. Dann hatte er sich plötzlich zurückgezogen. Er selbst war stehen geblieben, während Breheim um die Ecke rauschte, die Treppe hinauf und in die Hütte hinein. Wie im Kino hatte er durch das Fenster die Szene verfolgt, als Breheim die Tür aufriss und plötzlich im Raum stand. Die beiden auf dem Boden waren aufgestanden, und er hatte sie – Tordis Breheim – gesehen, wie er noch nie eine Frau gesehen hatte. Einen Augenblick lang war sie ganz nackt gewesen, weiß und rothaarig. Dann hatte sie die Wolldecke, auf der sie gelegen hatte, vor sich gehalten, als müsse sie sich vor einem Fremden verbergen. Der nackte Mann neben ihr hatte so hilflos ausgesehen, dass er fast lachen musste. Er hatte versucht, sein Geschlecht mit den Händen zu bedecken, aber gleichzeitig war es ihm schwer gefallen, sich ganz aufzurichten ...

In den Bewegungen war die unbändige Wut zu sehen gewesen, als Ansgar Breheim zur Wand gegangen war, dort eine Schrotflinte heruntergerissen und sie auf die beiden gerichtet hatte, während er gleichzeitig, ohne sie aus den Augen zu lassen, eine Schublade aufgezogen, eine Schachtel herausgenommen, sie auf der Kommode ausgeleert, die Schrotflinte aufgemacht und zwei Patronen eingelegt hatte.

Ansgar!, hatte er Tordis Breheim durch die Scheibe schreien hören. Nicht!

Herr Breheim! Hatte Hagenes gefleht und war vor Breheim auf die Knie gefallen.

Was Breheim gesagt hatte, hatte er nicht gehört.

Ohne sich zu bewegen war er stehen geblieben und hatte mit angesehen, wie Tordis Breheim und ihrem Liebhaber befohlen wurde, sich anzuziehen, von der Unterwäsche bis zu den Schuhen, um dann aus der Hütte geführt zu werden, mit der geladenen Flinte in Breheims Händen als unangreifbarem Argument hinter sich. Er selbst hatte kaum jemals so eine Flinte gesehen.

Als sie aus der Hütte traten und Tordis Breheim ihn entdeckte, hatte sich ein Ausdruck der Erleichterung auf ihrem Gesicht ausgebreitet. Oh, Herr Brodahl ... Gott sei Dank! Ich dachte schon, er sei allein ...

Johan Hagenes hatte ihn verständnislos angesehen. Es fiel ihm schwer, die Füße voreinander zu setzen.

Runter zum Auto!, hatte Breheim kommandiert. Und macht keinen Blödsinn! Ich schieße bei der kleinsten Bewegung ... Zu ihm hatte er gesagt: Kåre! Da drinnen liegt ein Saxophon. Geh rein und hol es ...

Aber ...

Mach schon!

Es hatte keinen Sinn gehabt zu protestieren. Er war hineingegangen und hatte das Instrument geholt.

«Moment mal!»

Er sah mich verwundert an. «Was?»

«Erinnern Sie sich ... War das Mundstück am Saxophon?»

«Das Mundstück? Keine Ahnung! Ich verstehe genauso wenig von Saxophonen wie von Schrotflinten.»

«Gut ... Dann hatte er es wohl selbst abgenommen und weder Breheim noch Sie haben es bemerkt.»

«Soll ich weitermachen?»

Bevor er die Hütte verließ, hatte er einen letzten Blick um sich herum geworfen. Die Weinflasche, die beiden Gläser, die Wolldecke auf dem Boden – als seien die, die den Abend dort verbracht hatten, einfach gerade ins Bett gegangen ...

Breheim hatte ihn ungeduldig angesehen, als er endlich herauskam. Wie ein stummer Zug waren sie durch den dunklen Wald gegangen; Tordis Breheim zuerst, dann Hagenes, dann Breheim mit erhobener Flinte und dann er selbst, mit dem Saxophon. Als sie die Autos erreichten, hatte Breheim seine Frau und Hagenes in den Opel kommandiert, Todis Breheim hinter das Steuer. Er hatte die hintere Tür geöffnet und die Hand ausgestreckt. Das Saxophon, Kåre ...

Als er das Instrument in der Hand hielt, hatte er es auf den Rücksitz geworfen. Parken Sie aus, so dass wir rauskommen. Aber benutzen Sie die ganze Fahrbahn, damit sie nicht vorbeikommt.

Wie in Trance hatte er getan, wie ihm befohlen worden war.

Breheim hatte sich auf den Rücksitz des schwarzen Wagens gesetzt, mit der Flinte in der Hand. Er hatte die Tür zugezogen, ohne das Schloss einschnappen zu lassen. Er selbst hatte den Volvo ausgeparkt, wie ihm befohlen worden war.

Er sah mich mit halb offenem Mund an, wie ein Fisch auf dem Trockenen. «Das war das Letzte, was ich von ihnen gesehen habe, Veum. Ich schwöre es!»

Ich starrte zurück. «Und Breheim? Den haben Sie wieder gesehen.»

«Ja ... Den habe ich wieder gesehen.»

«Schon in derselben Nacht, tippe ich.»

Er nickte. «Ich fuhr wieder an den Straßenrand und wartete. Es kam kein anderes Auto vorbei, aber ... Nach einer Weile kam er um die Ecke geschlendert. Allein. Ich traute mich nicht einmal zu fragen, was passiert war. Ich hatte Angst, er würde schießen – auch auf mich.»

«Nun hat er die beiden ja auch nicht erschossen.»

«Aber das konnte ich da doch noch nicht wissen!»

«Was ist mit der Flinte passiert?»

«Er ist damit wieder zur Hütte gegangen. Soviel ich weiß, kann sie da immer noch hängen.»

Ich dachte nach. «Ja, das tut sie, glaube ich, tatsächlich.»

«Danach ...»

«Ja?»

«Danach sind wir nach Hause gefahren», sagte er trocken, als habe er damit eine ganz gewöhnliche Erzählung von einem familiären Sonntagsausflug abgeschlossen.

«Aber später, als herauskam, was mit Tordis Breheim und Johan

Hagenes geschehen war ... Warum um Himmels willen haben Sie es nicht der Polizei gemeldet?»

«Um als Mitschuldiger hineingezogen zu werden? Das war ich schließlich, Veum! Er hatte mich in der Hand, noch mehr als vorher.»

«Ja, aber ... Sie ihn doch auch.»

«Schon ... Ja ...»

«Dann kann ich übrigens verstehen, was Frau Sletta meinte, als sie die Stimmung im Geschäft als eine Terrorbalance bezeichnete.»

«Frau Sletta? Also sie hat ...» Er nickte bitter vor sich hin.

«Er hatte Sie in der Hand. Und Sie ihn. Aber in der Hitze des Gefechts haben Sie Sara verloren.»

«Ja.» Wieder wuchs die Trauer in seinem Blick, deutlicher jetzt, nachdem ich den Grund kannte.

Er hatte nie zuvor eine nackte Frau gesehen. Er sollte auch später nie eine sehen, außer im Film und im Fernsehen. Sara hatte er für immer verloren. Andere gab es nicht. Zu einer Prostituierten zu gehen, wäre undenkbar gewesen. Also hatte er einfach gewartet. Gewartet. Gewartet. Aber als Ansgar Breheim dann 1983 starb, war nichts mehr übrig. Jedenfalls nicht für ihn.

Ich ließ ihn fertig denken, bevor ich fragte: «Haben Sie heute noch Kontakt zu Sara?»

Er schüttelte den Kopf. «Nein, ich ... Manchmal höre ich ein bisschen, durch meinen Neffen. Aber das ist alles.»

«Und zu Bodil und Berit haben Sie auch keinen Kontakt?»

«Überhaupt keinen.»

«Tja ...» Ich nahm den letzten Schluck aus meinem Glas und stand auf. «Dann will ich Sie nicht länger stören. Jetzt weiß ich wenigstens, was 1957 passiert ist. Wenn es mir auch nicht viel weiterhilft, aber ... Ich danke Ihnen, dass Sie auf meinen kleinen Druck hin so aufrichtig waren.»

Er antwortete nicht, sondern saß vertrocknet und verkrustet da. Mehr war nicht zu holen, für niemanden. Er hatte sein eigenes Leben gelebt, im Schatten von etwas, das offensichtlich für ihn die große Liebe gewesen war.

Die Liebe macht blind, heißt es, aber das ist die blanke Lüge. Es sollte heißen, Liebe lähmt, wenn sie nicht erwidert wird. Weiser als

Salomo fühlte ich mich, als ich nach Hause ging. Aber das Ergebnis, das ich vorzuweisen hatte, war kein Grund, um besonders stolz zu sein.

39

Am nächsten Morgen fuhr ich früh ins Büro.

Die Geschehnisse in Utvik hatten große Artikel in den Zeitungen zur Folge gehabt, aber weder Torunn Tafjord noch meine eigene Rolle in dem Drama war mit einem Wort erwähnt worden. Sowohl Zeitungen als auch Radio- und Fernsehsender hatten die Sache mit umfangreichem Hintergrundmaterial über legale und illegale Einwanderung, über Menschenschmuggel und die Konsequenzen für die norwegische Asylpolitik unterfüttert, die ja nun kaum noch strenger werden konnte als sie ohnehin war.

Trans World Ocean hatte am Sonntagabend zu einer improvisierten Pressekonferenz eingeladen. Ich hatte sie in den Abendnachrichten verfolgt. Bernt Halvorsen sah blass und verkniffen aus, während er ausführte, dass seine Gesellschaft nicht das Geringste mit dem vermeintlichen Menschenschmuggel zu tun hatte. Man machte den Kapitän der *Seagull* und einen untreuen Diener der Trans World Ocean verantwortlich. Es wurde berichtet, dass die Polizei über Interpol einen Haftbefehl gegen den Kapitän erlassen habe, sobald das Schiff irgendeinen Hafen anlief. Vorläufig befand es sich in internationalen Gewässern, und die Reederei konnte «aus dem Stegreif» auch nicht mitteilen, wohin das Schiff gerade unterwegs war. Wir warten auf Nachricht bezüglich des neuen Zielhafens, war alles, was Halvorsen sagen konnte ... Kein Wunder, sagte ich zu mir selbst, nachdem Kristoffersen sie gebeten hat, zu verschwinden. Was denn mit dem untreuen Diener sei, fragten die Journalisten. Ob Halvorsen den Namen des Betreffenden angeben könne? Nicht zum momentanen Zeitpunkt, lautete die Antwort. Welche Fracht das Schiff normalerweise führe? Das sei von Auftrag zu Auftrag verschieden, antwortete Halvorsen. Welche Routen es gefahren sei? Diesmal sei es von der afrikanischen Westküste gekommen. Was sollte es in Utvik? Nach Plan sollte es überhaupt nicht nach Utvik auf dieser Tour ... Ach nein? Es musste viel auf dem Spiel stehen für sie, wenn sie es wagten, in aller Öffentlichkeit zu lügen.

Ich rief das Anwaltsbüro Breheim, Lygre, Pedersen & Waagenes an. An die Stimme der Frau, die sich meldete, hatte ich mich mittlerweile gewöhnt. Nicht dass mir das viel geholfen hätte. Nein, Anwältin Breheim sei heute nicht im Hause, erzählte sie mir. Sie feiere Überstunden ab.

«Hat sie für so was denn Zeit?», fragte ich.

«Sie hat am Freitag ein schwieriges Verfahren abgeschlossen und brauchte ein paar Tage frei.»

«Dann sollte ich es wohl zu Hause versuchen.»

«Tun Sie das, Herr Veum, und einen schönen Tag noch.»

«Danke, ebenso.»

Ich wählte Berit Breheims Privatnummer. Aber es nahm niemand ab. Bevor ich wie geplant Karin Bjørge anrufen konnte, ging meine Wartezimmertür. Gleich darauf klopfte es heftig an der Tür zu meinem Büro.

«Herein!»

«Danke», sagte Torunn Tafjord, und stand schon mit dem Wanderrucksack locker über der Schulter und in derselben sportlichen Kleidung wie beim letzten Mal im Zimmer. Sie lächelte freundlich. «Hattest du nicht gesagt, du könntest mich nach Flesland fahren?»

«Mit Vergnügen.»

«Ich habe eine Verabredung mit Bernt Halvorsen höchstselbst um 10 Uhr 30, und als ich feststellte, dass das sowieso auf dem Weg zum Flughafen liegt ...»

«Mein Wagen steht zehn Minuten von hier entfernt», sagte ich.

«Was ist das schon gegen die Klettertour, die wir letztens unternommen haben?», sagte sie und zwinkerte mir zu. Sie hatte Lachfältchen um die Augen wie zarte chinesische Fächer, und sie musste gut geschlafen haben. Jedenfalls war sie offensichtlich wieder voller Energie.

Auf dem Weg nach Skansen fragte ich sie, ob sie die Zeitungsartikel über die Pressenkonferenz gesehen hatte. Das hatte sie.

«Und trotzdem darfst du vorsprechen, außerhalb der Tagesordnung?»

«Ich habe ihnen ein Angebot gemacht, dass sie nicht abschlagen konnten.»

Ich schielte zu ihrem klar geschnittenen, willensstarken Profil hinüber. «Ach ja? Hast du ihnen damit gedroht, sonst mich mitzubringen?»

«Das war nicht notwendig. Ich habe ihnen die Wahl gelassen. Entweder sie könnten meine Informationen im Vorhinein «korrigieren» – ha, ha – oder warten, bis sie gedruckt in der Zeitung stünden.»

«Und sie haben angebissen?»

«Bei den Leichen, die sie im Keller haben, wundert mich das nicht gerade.»

«Hoffentlich haben sie nicht schon das Schlachtermesser parat ...»

«Jetzt, wo du dabei bist?»

Auf dem Weg nach Kokstad konnte ich ihr erzählen, dass ich jedenfalls den sechsunddreißig Jahre alten Fall gelöst hatte.

«Bis ins letzte Detail?»

«Ich glaube schon.»

«Dann lass uns hoffen, dass du Recht hast. Aber nach meiner Erfahrung ist es da unten so dunkel, dass man nie ganz sicher sein kann.»

«Nun spielt es allerdings auch keine Rolle, wie korrekt gerade dieser Teil der Geschichte ist. Im Moment frage ich mich eher, wie viel Fernando Garrido über die Aktivitäten in Utvik gewusst hat. Denn das war kaum das erste Mal.»

«Das glaube ich auch nicht.»

Diesmal brauchten wir nicht lange verhandeln, um durch die Sicherheitsschleuse der TWO zu kommen. Wir wurden erwartet. Das heißt, Torunn Tafjord wurde erwartet. Allerdings saß auch nicht derselbe Wachmann an der Schranke. Dieser war nicht ganz so massiv, aber eine gewisse Ähnlichkeit zu seinem Kollegen gab es dennoch. Wahrscheinlich kamen sie beide vom gleichen Lieferanten. Er sah mich skeptisch an, aber sie wischte alle Unsicherheit beiseite, indem sie ihm bestimmt mitteilte: «Er begleitet mich.» Kein Mensch hätte gewagt, zu widersprechen.

Halvorsen und Kristoffersen sahen nicht gerade begeistert aus, als wir auf dem Flur vor Halvorsens Büro auf sie trafen. Kristoffersen kam zuerst heraus, dunkelrot im Gesicht und mit geschwollenen Adern an der Schläfe. Als er mich sah, ballte er die Fäuste und schnauzte: «Ich hätte dir gleich beim ersten Mal die Fresse polieren sollen!»

«Danke, ich habe meinen eigenen plastischen Chirurgen.»

«Du stankst vom ersten Augenblick an nach Ärger.»

«Ein Kompliment, das ich mit Freuden zurückgebe.»

«Und eine große Schnauze hast du auch noch!»

«Ansteckend, fürchte ich …»

Er schlug demonstrativ vor meinem Gesicht in die Luft, nicht um zu treffen, sondern aus Imponiergehabe. Ich zog mich dennoch ein paar Zentimeter zurück.

«Kristoffersen», sagte Halvorsen warnend. «Hast du uns in den letzten Tagen nicht schon genug schlechte Publicity eingebracht?»

«Ich! Das wäre alles nicht passiert, wenn Garrido nicht gewesen wäre. Wegen ihm ist dieser Typ auf der Bildfläche erschienen.»

Torunn verfolgte die Szene sehr aufmerksam, und Halvorsen wandte sich beklommen an sie. «Torunn Tafjord?»

«Das bin ich.»

«Nehmen Sie diesen Auftritt nicht ernst. Der Mann ist verwirrt. Er hat gerade gekündigt.»

«Er auch?», murmelte ich.

Für einen Augenblick war ich unaufmerksam. Kristoffersen nutzte die Gelegenheit, mich an der Schulter zu packen, herumzuwirbeln und an die Wand zu pressen. Sein Gesicht kam dicht an meins, so dicht, dass ich den Nikotingestank aus seinem Mund wahrnahm. «Veum», sagte er mit leiser und drohender Stimme. «Wenn du das nächste Mal eine Straße überquerst, dann sieh dich vor. Es kann sein, das diesmal ich hinter dir stehe.»

Ich begegnete seinem Blick. «Also Sie waren es …»

Er schubste mich heftig gegen die Wand. Dann ließ er los und wandte sich ab. Mit einem letzten, wütenden Blick zu Halvorsen ging er davon.

Ich richtete meine Kleider und sah mit einem schiefen Lächeln die beiden anderen an. Halvorsen wandte sich mit unzufriedener Miene an Torunn. «Ich dachte, wir hätten mit Ihnen eine Verabredung, Frau

Tafjord. Was hat Sie dazu bewogen, den da mitzubringen?» Er machte eine abrupte Handbewegung in meine Richtung.

«Herr Veum hat mir bei dem Fall geholfen. Das, dachte ich, hätten Sie schon mitbekommen. Wurde nicht Kristoffersen deshalb in aller Eile nach Utvik geschickt?»

«In aller Eile? Kristoffersen hat auf eigene Faust gehandelt! Die Reederei hatte absolut nichts mit der Sache zu tun.»

«Ach nein?»

«Nein, aber …» Mit resignierter Miene und einem raschen Blick den Flur entlang, gab er ein Zeichen, dass wir mit in sein Büro kommen sollten. Zu seiner Sekretärin, die mit dem neutralsten Gesichtsausdruck der Welt alles Gesagte absorbiert hatte, sagte er: «Keine Anrufe. Kein Besuch. Wir möchten nicht gestört werden! Ist das klar?»

«Natürlich, Herr Halvorsen», sagte die Frau mit einem kleinen ironischen Unterton. Aber das lag vielleicht an dem etwas unangebrachten «Herr Halvorsen». Ich war mir ziemlich sicher, dass sie sich normalerweise mit Vornamen anredeten, wie üblich in solchen modernen Betrieben. Sie war dunkelhaarig, trug eine Brille mit solider Fassung und solch einen modischen Anzug in Grau und Schwarz, wie ich ihn durchaus auch gern getragen hätte.

Bernt Halvorsen schloss die Tür hinter uns. Er wies uns zu einer Sitzecke, wo auf einem Couchtisch eine üppige Obstschale stand, aber er bot uns nichts an, nicht einmal eine Tasse Kaffee. Sein Gesichtsausdruck war auch nicht besonders entgegenkommend.

Das Büro war feudal. Der blank polierte, dunkelbraune Schreibtisch war zwar nicht viel größer, als dass man zur Not darauf Tischtennis hätte spielen können, aber dafür führte der orientalische Teppich zu einem kleinen Cup mit einem Golfball, und der Sack mit den Schlägern, der griffbereit in einer Ecke stand, verriet, was er in seinen Pausen tat. Gutes Training für die Zielsicherheit.

Breite Fenster gaben den Blick auf Flesland und Kobbeleia frei. Vor dem charakteristischen Profil des Liatårn und Sotra hoben und senkten sich in regelmäßigen Abständen silbern glänzende Flugzeuge. Aber die Fensterscheiben waren so gut isoliert, und die Klimaanlage war so gut eingestellt, dass kaum ein Laut von draußen zu uns herein drang.

Bernt Halvorsen lehnte sich in seinem Ledersessel zurück, strich sich über den gepflegten Bart und sagte mit gemessener Ruhe an Torunn Tafjord gerichtet: «Was ist Ihr Anliegen? Abgesehen von dem, was wir bei der Pressekonferenz gestern Abend mitgeteilt haben, geben wir keine Kommentare ab.»

«Nun ist es so, dass ich dieses Treiben seit mehreren Monaten im Detail verfolgt habe.»

«Welches Treiben? Ich habe ja schon ausgeführt, dass das etwas ist, was Kristoffersen auf eigene Faust in Gang gebracht hat. Und ich kann Ihnen versichern: Die Zeit dieses Mannes in dieser Reederei ist abgelaufen. Er hat selbst gekündigt, vor weniger als zehn Minuten.»

Er sprach nach wie vor äußerst distanziert mit ihr. Wäre ich sie gewesen, hätte ich das als Kompliment aufgefasst.

«Ach –»

«Außerdem habe ich ihm aufs Deutlichste empfohlen, sich selbst bei der Polizei zu melden, bevor es jemand anders tut. Ich wollte seinen Namen nicht angeben, bevor ich mit ihm persönlich gesprochen hatte, aber früher oder später muss es auf den Tisch, dass versteht sich von selbst.»

«Nun dachte ich gar nicht an den Vorwurf des Menschenschmuggels.»

«Nein? An was denn?»

«An den übrigen Verkehr zwischen Utvik und Conakry.»

Er bewahrte die Ruhe, aber ich beobachtete, wie seine Kiefer mahlten. «Conakry?» Als sie nicht reagierte, fügte er hinzu: «An welchen Verkehr denken Sie da?»

«Das wissen Sie ebenso gut wie ich. Und wenn das in Druck geht, ist es dokumentiert.»

«Ach ja?» Er sah sie ironisch an. «Aber Sie haben mir noch nicht erzählt …»

Sie unterbrach ihn. «Abladen von Giftmüll in der Dritten Welt.»

«Abladen von … Ich muss schon sagen. Giftmüll haben Sie gesagt?» Sie unterließ es, ihm zu antworten und ließ ihn auf diese Weise selbst ins Ziel laufen. «In dem Fall gibt es viele Mitschuldige.»

Eine Sekunde lang hielt sie die Luft an und ließ die Worte zwischen uns sacken. Dann richtete sie die Aufmerksamkeit wieder auf ihn. «Sie räumen also mit anderen Worten – Schuld ein?»

Er antwortete nicht, wurde aber langsam rot.

«Auch wenn Sie versuchen, sie mit anderen zu teilen», fuhr sie unbarmherzig fort. «Aber ich kann Ihnen versichern ... Auch die kriegen ihren Pass gestempelt, vom Außenministerium abwärts. Trotzdem ... Sie sind die Exporteure. Sie verdienen Geld damit. Die Fracht erfolgt ja wohl kaum zu den günstigsten Marktpreisen, denke ich.»

«Das müssen Sie die Lieferanten fragen.»

Sie sah ihn säuerlich an. «Lieferanten?»

«Ja, wie soll ich sie sonst nennen?» Sein Blick flackerte. Er war kurz vorm Überkochen.

«Dann können Sie mir sicher ein paar Namen nennen?»

Er sah sie ärgerlich an. «Geschäftsgeheimnis.»

«Sie wollen nicht damit heraus?»

Er schüttelte entschlossen den Kopf. «Nicht mit einem Einzigen.»

Während sie sich wütend anstarrten, nutzte ich die Gelegenheit, mich in das Gespräch einzumischen. «Dann würde ich gern kurz auf Garrido zurückkommen.»

Halvorsen sah in meine Richtung und bellte: «Garrido!»

«Nehmen wir einmal Folgendes an: Wie Sie sagen, hatte Kristoffersen auf eigene Faust operiert, was die Verbindung zu Bjelland angeht.»

«Bjelland? Wer ist das?»

«Der Kopf hinter dem Menschenschmuggel, nehme ich an. Das gehört zu seinen Arbeitsbereichen. Alles, was illegal genug ist, um reichlich Profit zu erbringen.»

Er schnaubte. «Aha! Ich habe nie von ihm gehört.»

«Ich weiß nicht recht, ob ich Ihnen glaube. Aber wie gesagt ... Wenn wir annehmen, dass Garrido auf irgendeine Weise Kristoffersen auf die Schliche gekommen ist, nämlich was da durch den – jedenfalls an der Oberfläche – legalen Verkehr in Utvik kaschiert wurde, kann es die Angst vor Kristoffersen gewesen sein, die Garrido dazu bewogen hat, so plötzlich zu kündigen, um dann unterzutauchen.»

«Die Angst vor Kristoffersen?»

«Er könnte ihm gedroht haben, so wie er eben mir gedroht hat. Er hat gute Verbindungen zum kriminellen Milieu, vergessen Sie das nicht.»

226

«Also ehrlich … Geht jetzt nicht Ihre Fantasie mit Ihnen durch, Veum?»

Torunn mischte sich ein: «Sagen Sie …»

«Ja, ich werde Ihnen was sagen!», bellte Bernt Halvorsen und kam aus seinem Sessel hoch. Dann setzte er sich schwer wieder hin und fuchtelte mit dem Arm in meine Richtung. «Dieser Mann da, dem Sie offensichtlich vollstes Vertrauen entgegenbringen … Wissen Sie, was er sich erlaubt hat, zu behaupten? Ich hätte ein Verhältnis mit der Ehefrau eines meiner Angestellten gehabt. Ich soll sie zu Hause besucht haben, wenn ihr Mann nicht da war. Und wir seien …», er zeichnete große Anführungszeichen in die Luft. «bei ihr auf frischer Tat ertappt worden! Worauf ich einen Krach mit Garrido gehabt hätte, wo ich doch in Wirklichkeit da war, um ihn zu überreden, wieder zu uns zurückzukommen.»

«Aber Sie wissen nicht, was ihn bewogen hat, zu kündigen?»

«Ich sage doch, ich habe keine Ahnung!»

«Und dieses andere Frachtgut? Hatte er nichts dagegen? Wusste er davon?»

«Welches Frachtgut?»

«Der Giftmüll», sagte Torunn.

«Ja, ja. Darüber hatte er nie ein negatives Wort verlauten lassen. Warum sollte er auch? Wir haben die Behörden hinter uns, Frau Tafjord! Das hier ist, ob es Ihnen gefällt oder nicht, offizielle norwegische Politik.»

«Offiziell?»

«Na ja … Unter dem Mantel der Diskretion.»

«Das können wir sicher so sagen. Ein sehr dicker Mantel, wenn Sie mich fragen.»

«Ebenso undurchdringlich wie der, den Kristoffersen über die Verbindung zu Bjelland gebreitet hat?», mischte ich mich ein.

«Können wir Kristoffersen mal vergessen? Er ist tot!», fauchte Halvorsen und biss sich dann schnell auf die Zunge. «Ja, also, hier in der Firma, meine ich natürlich.»

Ich sah ihn durchdringend an. «Nicht der Einzige vielleicht … Wir haben Garrido immer noch nicht gefunden.»

«Sie übertreiben, Veum. Was ich gesagt habe, hat nichts genützt.

Garrido ließ sich nicht überreden. Er hat sich selbst entschieden, zu gehen.»

«Und was geschah dann?»

«Er hat gekündigt, sage ich doch! Montagmorgen war er kurz da und hat seinen Schreibtisch aufgeräumt. Seitdem hat ihn hier niemand mehr gesehen. Keiner bedauert das mehr als ich!»

Torunn sah ihn scharf an. «Na gut, aber das hier ist bestenfalls eine Nebenspur. Ich will zum Hauptthema zurück. Sie bestätigen also, dass Sie wissentlich und willentlich Giftmüll von chemischen Betrieben in Norwegen in die Dritte Welt transportiert haben?»

«Die da unten nehmen es mit Freuden entgegen!»

«Mit Freuden?»

«Sie bekommen das bezahlt!»

«Was manche Blutgeld nennen würden.»

Er sah sie ärgerlich an. «Nennen Sie es, wie Sie wollen! Wir sind nicht die einzige Reederei in Norwegen, die so etwas tut.»

«Sicher nicht. Aber Sie sind die erste, die es zugegeben hat. Kann das daher kommen, dass …» Sie hielt inne.

«Ja?»

«Na ja, ich denke gerade …In Anbetracht dessen, was Veum und ich da unten am Wochenende beobachtet haben, finden Sie das andere wohl nicht mehr so besonders gravierend?»

Er sah sie mit deutlichem Widerwillen an. «Ich denke, Sie sollten jetzt gehen. Ich habe gesagt, was ich zu sagen habe. Sie können wiederkommen, wenn Sie den Rest Ihrer Behauptungen belegen können, Frau Tafjord. Bis dahin weigere ich mich, auch nur den kleinsten weiteren Kommentar abzugeben.»

«Kein Kommentar ist auch eine Art Antwort», murmelte ich.

Er war aufgestanden, aber Torunn blieb sitzen. «Sie sollten wirklich nicht so sicher sein, dass es uns nicht gelingt, die Beweise heranzuschaffen, die Sie so selbstsicher einfordern, Herr Halvorsen.»

«Dann her damit!», sagte er hitzig. «Für heute ist Ihre Zeit um.» Er wandte sich an mich. «Von deiner ganz zu schweigen.» Ich hatte mich längst daran gewöhnt, dass er mich duzte, anders als sie. Nichtsdestotrotz imponierte mir seine Konsequenz.

Er machte sich nicht die Mühe, uns hinauszubegleiten. Als wir gin-

228

gen, hört ich ihn zu seiner Sekretärin sagen: «Ich nehme nach wie vor keine Telefonate entgegen. Ich werde selbst telefonieren.»

«Mit wem?», murmelte ich, als wir in den Fahrstuhl stiegen, der uns nach unten bringen sollte. Unterwegs fragte ich: «Wohin willst du eigentlich?»

«Zunächst mal nach Hause. Nach Dublin. Aber ich bleibe nicht lange. Sobald ich herausgefunden habe, wo die *Seagull* vor Anker geht, habe ich vor, mit dem Rest des Empfangskomitees am Kai zu stehen.»

«Ich weiß nicht, ob du viel Nutzen von mir hattest.»

«Größeren als du ahnst, Veum.»

Ich fuhr sie nach Flesland. Dort begleitete ich sie bis zur Sicherheitskontrolle. Wie immer an solchen Orten bekam ich das klassische Casablanca-Gefühl. – Von allen Privatdetekteien der Welt …

Bevor sie zu den wartenden Beamten hineinging, streckte sie sich und umarmte mich kurz. Mit der einen Hand auf meiner Schulter lehnte sie sich ein wenig nach hinten und sah mir noch einmal prüfend in die Augen. Dann lächelte sie, warf den Kopf in den Nacken und ging davon.

Sie kam ungehindert durch die Kontrollen. Auf der anderen Seite drehte sie sich kurz um und winkte mir zum letzten Mal zu. Dann war sie verschwunden, wie der Traum von einer netten Reisebegleitung. Ich vermisste sie sofort.

Langsam ging ich zum Auto zurück. Da ich sowieso in der Gegend war, hatte ich beschlossen, der Hütte in Hjellestad einen erneuten Besuch abzustatten. Aus irgendeinem Grund hatte ich das Gefühl, dort noch etwas suchen zu müssen.

40

Vor der Küste in Hjellestad war auffällig wenig Verkehr, und auf den Straßen ebenso. Das Wetter war endgültig umgeschlagen. Die Wolken verzogen sich langsam, getragen von einer gut gelaunten Brise, und das Thermometer war bis dicht unter die zwanzig Grad-Marke gestiegen, Aufsehen erregend hoch, selbst für Ende April.

Ich parkte an derselben Stelle wie beim letzten Mal, stieg aus und ging den Pfad zur Hütte hinauf. Mitten im Wald war die Wärme fast drückend. Der Duft von Wald und Heide war stark wie Parfüm, und das Vogelgezwitscher war noch lebhafter als beim vorigen Mal. Es schien, als seien sie niemals so bereit für den Lebenskampf gewesen wie in diesem Jahr, diese kleinen vor Hormonen strotzenden Federbälle.

Oben auf dem offenen Hügel tauchte die Hütte zwischen den Baumstämmen auf, rot mit blauen Fensterrahmen. Der Holzstapel war unberührt, die Beete ebenso zugewachsen wie beim letzten Mal. Es war, als habe die Zeit dort still gestanden, als ruhte der ganze Ort in sich selbst, etwas abseits des Daseins.

Vor der Hütte blieb ich stehen und sah mich um. Ein Unbehagen breitete sich in meinem Körper aus, eine Art Vorahnung von etwas Unbestimmtem und Gefährlichem, als seien die Schatten der hohen Bäume um mich herum Zeugen vergangener Untaten, die sich niemals von der Atmosphäre dieses Hauses trennen lassen würden. Sogar das starke, klare Tageslicht flößte mir irgendwie Angst ein. Wäre es Nacht gewesen, hätte ich mich in der Dunkelheit verstecken können. Jetzt stand ich schutzlos und nackt vor allem, was geschehen mochte.

Da ich nun wusste, was sich 1957 hier abgespielt hatte, kam mir plötzlich der Gedanke: War es eine Art Echo, das ich sah, ein Spiegelbild, das ich hörte? Hinter den Baumstämmen dort hinten … Konnte ich noch ihre Schatten im Septemberdunkel wahrnehmen? Ansgar Breheim und Kåre Brodahl, die sich langsam der Hütte näherten, den Blick auf das erleuchtete Fenster gerichtet, leise und ohne ein Wort zu sprechen? Das sich umarmende Paar dort drinnen … Waren sie immer noch ineinander versunken? Oder ruhten sie sich in den Armen des anderen aus, ermattet, glücklich und vielleicht trotz allem ein klein wenig beschämt? Konnten sie vielleicht die dunklen Schatten ahnen, die sich der Hütte näherten: die schwarzen Späher der Nacht, die Abgesandten des Totenreichs? Fühlten sie in ihrem Herzen, dass dies das letzte Mal war, dass sie sich niemals mehr lieben würden? Wie viel weiß man, bevor der Tod plötzlich mit einer ungesicherten Schrotflinte in den Händen und allen Flammen der Hölle im Blick in der Tür steht? Hatten sie gebetet? Waren sie auf die Knie gefallen? Hatten sie gehofft, Breheim überzeugen zu können? Gehofft, dass zumindest Kåre Brodahl mit sich reden lassen würde?

Schatten von Echos, Echos von Schatten.

Aber dann plötzlich … Wie ein Widerschein in der Luft, eine Form von Erdstrahlung … Jetzt sah ich andere Bilder, frischere, hörte den Widerhall von Worten, Lügen, die impulsive Kunst der Verschleierung, die weitaus klügere Leute als mich hinters Licht zu führen vermochte. Ich erahnte ein Muster, die Konturen eines Plans, halb unleserlich auf einer vergessenen Schreibunterlage. Noch einmal breitete sich eine Kälte in meinem Körper aus, grundlos an einem Tag wie diesem.

Der Frieden war gestört. Ich betrachtete die Hütte zwischen den Bäumen. Sie lag idyllisch da. Das Sonnenlicht malte goldene Flecken auf das graue Dach, spiegelte sich in dem hellen Holz der abgehackten Baumstämme. Darunter wuchsen cremegelb Primelbüschel; die ersten und standhaftesten Blumen des Frühlings. Aber die Idylle trog. Etwas stimmte nicht.

Gab es erkennbare Zeichen? Etwas, das verriet, dass etwas nicht in Ordnung war?

Ich lauschte. Die Vögel sangen noch immer, aber es war kein Balzgesang mehr. Es waren Choräle über vergebliche Liebe, eine Elegie über Tordis und Johan, die genau hier, zwischen diesen Bäumen, im September 1957 ihrem Schicksal begegneten. Noch heute, so viele Jahre später, sangen die Vögel für sie. Oder? Sangen sie für jemand anderen? Der Gedanke verursachte mir ein Schwindelgefühl. Vergangenheit und Gegenwart wurden eins, und in diesem Strudel wurde ich herumgewirbelt.

Um mich von dem Unbehagen loszureißen, umfasste ich hart den Schlüsselbund in meiner Jackentasche. Ich zog ihn heraus und rasselte mit den Schlüsseln, wie um die Gespenster da drinnen zu warnen, dass ein Gast aus der Wirklichkeit, ein Mensch aus Fleisch und Blut draußen stand und herein wollte.

Ich suchte den richtigen Schlüssel heraus, steckte ihn ins Schloss und drehte ihn herum. Als ich die Tür aufschob, gab es keinen Zweifel mehr, dass etwas Dramatisches geschehen war. In der Hütte war alles voller Blut.

41

Einen Moment lang stand ich wie erstarrt. Ein breiter Streifen Blut reichte von der Tür, die ich selbst geöffnet hatte, bis zur Wohnzimmertür, die sperrangelweit offen stand.

Ich beugte mich vor und sah in die Hütte hinein. Ich konnte nichts erkennen.

«Hallo? Ist da jemand?»

Kein Laut.

Ich unterdrückte den Impuls, hineinzugehen. Stattdessen zog ich mich zurück, auf die Rasenfläche vor der Hütte. Ich holte mein Handy heraus, musste aber erst aus dem Wald treten, um Empfang zu bekommen. Von dort aus rief ich die Polizei an und erzählte, was ich gefunden hatte.

«Blut?», fragte der Mann am anderen Ende, als sei er nicht sicher, ob er richtig gehört hatte.

«Ja.»

«Aber keine Verletzten?»

«Ich habe hineingerufen, aber es hat niemand geantwortet.»

«Sie haben also keine Ahnung, was passiert sein kann?»

«Kein Rauch ohne Feuer, heißt es nicht –»

Er fiel mir ins Wort. «Sie haben mit anderen Worten die Hütte nicht durchsucht?»

«Es könnte ein Tatort sein. Habe ich die Genehmigung, da reinzugehen?» Als er zögerte, fügte ich hinzu: «Sie haben nicht zufällig Helleve in der Nähe? Er kennt den Fall.»

«Einen Moment.» Er war schnell wieder dran. «Er ist unterwegs. Sonst jemand?»

«Bergesen, vielleicht?»

«Okay, Moment.»

Diesmal hatte ich Glück, und ihre Stimme tönte in mein Ohr.

«Hier ist Polizeiobermeisterin Bergesen.»

«Hier ist Veum.»

«Oh! Du hast also schon Bescheid bekommen?»

«Bescheid? Ich verstehe nicht.»

«Helleve und Solheim sind grad da.»

«Wo?»

«Im Landesgefängnis Bergen. Der Mann, der dich an dem Morgen geschubst hat, hat gestanden.»

«Aha?»

«Er wurde von mehreren Zeugen anhand von Archivfotos erkannt. Offensichtlich ein alter Bekannter, möglicherweise auch für dich.»

«Ich warte.»

«Ein Mann namens Fredrik Hansen. Spitzname –»

«Fred! Also steckte doch Bjelland dahinter.»

«Das nehmen wir auch an. Deshalb sind Helleve und Solheim jetzt bei ihm.»

«Bei Bjelland? Der wird niemals auch nur das Geringste zugeben!»

«Das wird sich zeigen. Aber …»

«Außerdem habe ich einen Verdacht, wer ihn angeheuert hat.»

«Ja?»

«Ein gewisser Kristoffersen, aber das ist nicht der Grund für meinen Anruf.»

«Nicht?» Sie klang verwundert.

«Nein.»

«Worum geht es dann?»

«Ich fürchte, ich bin in meinem Fall an einem Punkt angelangt, wo ich gezwungen bin, euch einzuschalten.»

«Was war das noch? Dieses verschwundene Ehepaar?»

«Ja. Ich bin bei ihrer Hütte, oben in Hjellestad. Und diesmal ist hier verdammt viel Blut.»

Nachdem ich ihr kurz die Situation geschildert hatte, war ihre Reaktion klar und bestimmt: «Bleib wo du bist, Veum. Das heißt … Geh zur Straße runter und warte auf uns. Wir kommen sofort.»

Bevor ich tat, was sie gesagt hatte, ging ich langsam um die Hütte herum. Ich passte gut auf, wo ich hintrat, um nicht eventuelle Spuren zu verwischen, und als ich mich zu einem der Fenster beugte, achtete ich darauf, nichts zu berühren.

Ich sah keine Toten. Die Möbel standen wie vorher. Die Landschaftsbilder und die alten Fotos hingen an ihrem Platz, der Fernseher stand in seiner Ecke, das Radio und der Plattenspieler auf dem Regal daneben. Aber auf dem Tisch sah ich eine halb volle Flasche Rotwein und zwei Gläser, von denen nur eines geleert war. Und als ich die Wand hinauf blickte, sah ich es: Die Schrotflinte war weg.

Ich lehnte mich vor. Mitten im Zimmer hatte jemand stark geblutet. Ein Blutstreifen führte zur Tür, als sei jemand dorthin gezerrt worden.

Weiter kam ich nicht. Von ferne hörte ich Sirenen und ging zur Straße hinunter, um sie zu empfangen. Ich blieb beim Auto stehen und wartete, als sei ich der Gastgeber, der zu einem feierlichen Ausflug ins Grüne einlud. Aber weder Jakob E. Hamre noch Annemette Bergesen sahen sonderlich fröhlich aus. Und ihr Begleittrupp war so groß, als erwarteten sie ein Massaker.

«Wie viele Tote sind es?», fragte Hamre sofort, als er aus dem Auto stieg.

«Keine Ahnung. Verdammt viel Blut, habe ich gesagt.»

Er sah mich skeptisch an. «Willst du behaupten, dass du noch nicht drinnen nachgeschaut hast?»

«Ja. Durch Schaden klug geworden. Aber …»

Bergesen trat neben ihn und hörte zu.

«Ja?»

«Ich habe durch eins der Fenster geschaut und konnte niemanden sehen.»

Er sah, wenn möglich, noch skeptischer aus. «Das sag ich dir, Veum, wenn du uns alle hier raufzitiert hast, um Nasenblut von einer unschuldigen Schlägerei zu studieren, dann …»

«Schick mir eine Rechnung, Hamre. Hast du vor, in Muus' Fußstapfen zu treten, nachdem er abgetreten ist?»

Bergesen räusperte sich. «Vielleicht sollten wir …» Sie nickte zum Weg hinter uns.

«Natürlich», brummte Hamre. «Wenn wir hier rumstehen und

tratschen, bekommen wir bestimmt keine Antwort. Zeig uns den Weg, Veum, wo du dich hier doch so gut auskennst.»

Auf dem Weg zur Hütte fragte Bergesen: «Hast du einen Verdacht, was passiert sein könnte?»

«Um genau zu sein … Ich habe eine begründete Angst, dass ich das Ehepaar, das ich seit gut einer Woche suche, endlich gefunden habe.»

«Hast du nach denen etwa auch in Utvik gesucht?», fragte Hamre ironisch.

«Nein, das war ursprünglich ein anderer Fall. Habt ihr denn damit was zu tun?»

«Oh, sie haben uns aus Haugesund angerufen. Mit der Bitte, ein paar lokale Details zu überprüfen.»

«Trans World Ocean?»

«Zum Beispiel.»

«Möglicherweise gibt es eine Verbindung.»

«Ach ja? Und welche?»

«Tja … Das werden wir noch sehen.»

«Nicht dass du uns Informationen vorenthältst, Veum.»

«Nein, nein. Aber lass uns eins nach dem anderen angehen, Hamre.»

Wir waren vor der Hütte angelangt. Ich hatte die Tür offen stehen lassen, und sie gingen sofort darauf zu. Dann blieben auch sie einen Moment stehen und starrten hinein. Hamre gab einem der Kollegen von der technischen Abteilung ein Zeichen. Er und Bergesen bekamen, was sie brauchten. Sie zogen durchsichtige Mützen und Handschuhe an und Schutzüberzüge über ihre Schuhe, bevor sie die Hütte betraten.

Ich blieb draußen stehen. Niemand hatte mich mit hineingebeten. Aufmerksam lauschte ich auf Ausrufe oder andere Reaktionen von drinnen. Aber ich hörte nichts. Nicht einmal ein resigniertes Seufzen.

Ich wandte mich ab und begegnete dem Blick eines jungen Polizisten mit rotblondem Haar, der auch draußen geblieben war. Vielleicht weil sie ihn schonen wollten? Oder damit jemand mich im Auge behielt?

Ich nickte ihm zu. «Wir kennen uns wohl noch nicht.» Ich streckte ihm die Hand entgegen. «Veum.»

Er drückte sie schnell. «Melvær.»

«Aus Sunnfjord?»

«Nein. Aber mein Vater.»

«Und Sie sind also in seine Fußstapfen getreten?»

Er schüttelte bestimmt den Kopf. «Nein, nein. Er war Hochschullehrer.»

«Ach, ja», sagte ich. «Nichts ist mehr wie es war. Weder die Sunnfjorder noch das Polizeikorps.»

Mein Blick fiel auf den viereckigen Brunnendeckel mit dem soliden Hängeschloss und dem neuen Rahmen. Was zum Teufel …?

Unwillkürlich machte ich ein paar Schritte in die Richtung. Er sah mich misstrauisch an.

Ich fing seinen Blick auf und zeigte nach unten. «Sehen Sie dasselbe wie ich?»

Sein Gesicht drückte Verwunderung aus. Dann nickte er. «Da ist auch Blut.»

Das Gras war heruntergetreten. Es war eindeutig, dass etwas durch das hohe Gras gezogen worden war. Ich nickte zum Brunnen. «Da hin, meinen Sie nicht auch?»

Wir folgten der Spur jeder auf einer Seite und kamen beide am Brunnen an. Melvær beugte sich hinunter und betrachtete das Hängeschloss. «Nicht berühren», sagte ich.

Er sah mich an, als hielte ich ihn für einen Idioten. «Es ist abgeschlossen.»

«Blut», sagte ich und zeigte auf den Rand des Deckels.

Er nickte. «Wer hier … Irgendjemand muss hier ganz wahnsinnig geblutet haben.»

«Das tut man meistens, wenn man aus geringem Abstand von einer Schrotflinte in die Brust getroffen wird.»

«Mal hören, was Hamre dazu sagt», sagte er und richtete sich wieder auf.

Wir blieben am Brunnen stehen und warteten. Die Gedanken rasten durch meinen Kopf. Am letzten Freitag war das Blut noch nicht da gewesen. Weder hier noch in der Hütte. Wer hatte hier also in der Zwischenzeit geblutet?

Wieder sah ich das tragische Dreieck von 1957 vor mir. Tordis Bre

236

heim, Johan Hagenes und Ansgar Breheim – mit Kåre Brodahl als geometrischem Punkt am Rande. Und wenn es nun nicht so war? Wenn er auch ein Teil des Dreiecks gewesen war? Hatte er Tordis Breheim näher gestanden, als er zugeben wollte, auch wenn es sechsunddreißig Jahre her war? Vielleicht war Breheim überhaupt nicht hier draußen gewesen. Vielleicht war es Kåre Brodahl allein gewesen, der... Hatte ich diese Erfahrung nicht schon bei früheren Fällen gemacht – dass alle logen? Dass die größte Schwierigkeit meistens darin bestand, alle Lügen zu durchschauen, um zu erkennen, was darunter lag und was man mit unbedachter Übertreibung die Wahrheit nannte?

Aber die Spuren von 1957 waren längst verwischt. Diese waren frisch.

Bodil Breheim und Fernando Garrido konnte ich mir schwer vorstellen. Ich hatte nur ein paar mehrere Jahre alte Fotos, die zwar ausreichten, um sie wieder zu erkennen, falls ich sie träfe, aber nicht so gut, um sie mir als lebendige Menschen vorstellen zu können.

Und jetzt? Würde ich sie wieder erkennen, wenn sie sich in diesem Brunnen befanden?

Hamre und Bergesen kamen in der Tür zum Vorschein, blass und konzentriert. Direkt davor blieben sie stehen und redeten miteinander. Nachdenklich sahen sie in meine Richtung.

Neben mir sagte Melvær: «Hamre!» Als er ihre Aufmerksamkeit erregt hatte, zeigte er auf den Boden vor ihnen.

Sie sahen hinunter und ihre Blicke folgten der Spur von der Türschwelle bis zum Brunnen.

Als sie bei uns ankamen, sagte Hamre zu Melvær: «Hast du nachgesehen?»

«Es ist abgeschlossen.»

Hamre sah mich an. «Weißt du von einem Schlüssel?»

Ich holte das Schlüsselbund aus meiner Tasche und versuchte es mit den Schlüsseln, die ich noch nicht benutzt hatte. «Keiner von diesen, glaube ich. Er hängt bestimmt irgendwo in der Hütte.»

«Ich werde nachsehen», sagte Bergesen. «Steht ein Firmenname auf dem Schloss?»

Melvær beugte sich hinunter. «Stico.»

Sie ging wieder hinein, während Hamre bei uns stehen blieb. Ich fragte: «Habt ihr da drinnen was gefunden?»

«Nein. Da war nichts, abgesehen von dem Blut.»

«Dann habt ihr jedenfalls was zu analysieren.»

«Wir sollten uns um eine Sache zurzeit kümmern, Veum. Dieses Ehepaar ... Was verband sie mit dieser Hütte?»

«Sie gehört der Familie. Ihrer Familie, sollte ich wohl sagen.»

«Und wie heißen diese Leute?»

«Bodil Breheim und Fernando Garrido.»

«Breheim?»

«Die Schwester von Berit Breheim, wenn dir das was sagt.»

«Der Anwältin?»

Ich nickte.

«Aha. Und seit wann sind sie verschwunden?»

«Um ganz genau zu sein ... Sie sind, soweit ich weiß, seit Mittwoch vor Ostern nicht mehr in ihrem Haus gewesen.»

«Also seit fast drei Wochen.»

«Garrido wurde zuletzt am Montag davor an seinem Arbeitsplatz gesehen. Aber ich bin, seit sie verschwunden sind, schon einmal hier draußen gewesen. Freitag vorletzter Woche. Und da war hier kein Blut.»

Er sah mich mit seinem nüchternen, immer aufmerksamen Blick an. Es war mittlerweile einige Jahre her, dass sich unsere Wege zum ersten Mal gekreuzt hatten. Im Laufe der Zeit hatte ich Jakob E. Hamre als einen Polizisten kennen gelernt, der weder etwas Übereiltes tat noch sagte. Wenn er schließlich zur Tat schritt, dann war es immer wohl überlegt.

«Garrido hatte gerade seine Stellung bei Trans World Ocean gekündigt», fügte ich hinzu.

Ich sah, wie die Information in ihn einsickerte. «Willst du damit sagen, dass er in die Geschichte da unten in Sveio verwickelt sein könnte?»

Bevor ich antworten konnte, tauchte Bergesen wieder in der Tür auf. «Den hier hab ich in der Küche gefunden.» Sie hielt einen kleinen Schlüssel hoch. «Das ist jedenfalls die gleiche Firma.»

Wir versammelten uns um den Brunnendeckel. Noch immer mi

Handschuhen an den Händen ging die Polizeiobermeisterin in die Hocke. Ohne mehr als absolut nötig zu berühren, steckte sie den Schlüssel ins Schloss und drehte ihn herum. Ein kleines Klicken war zu hören und der Ring sprang auf. Geschickt entfernte sie das Schloss vom Haken und legte es in eine durchsichtige Plastiktüte, die sie daraufhin dem jungen Polizisten gab. «Gib bitte das Andersen.»

Hamre hatte sich neben sie gehockt und die Finger unter den Deckelrand geschoben. Mit einem kleinen Ruck hob er ihn auf. Eine rasselnde Kette spannte sich, so dass der Deckel nicht ganz hintenüber kippte. Ein strenger Geruch schlug uns entgegen. Aus reinem Reflex machte ich den Mund zu. Dieses Brunnenwasser hätte ich nicht mehr getrunken. Die beiden Polizisten sahen auch nicht besonders durstig aus.

Wir beugten uns alle vor, um in den Brunnen zu sehen. Er war fast voll. Das Wasser reichte bis knapp vierzig Zentimeter unter den Betonrand.

«Mein Gott», stieß Bergesen hervor.

«Hm», sagte Hamre.

Ich sagte nichts.

Einen Augenblick lang richteten wir uns auf und sahen einander düster in die Augen. Wir hatten gefunden, was wir befürchtet hatten.

Ein bleiches Gesicht war uns zugewandt. Der Blick war gebrochen. Der größte Teil des Oberkörpers war zu sehen. In der Brust klaffte eine große, offene Wunde, wo ihn die Ladung der Schrotflinte getroffen hatte. Einige der Schrotkörner hatten sich in gesplitterten Knochenresten wie schwarze Beulen in der fleischfarbenen Wunde festgesetzt. Das Wasser war trübe. Das Haar des Toten schwamm an der Oberfläche. Mich durchzuckte eine Schockwelle. Das hier waren weder Bodil Breheim noch Fernando Garrido. Das hier war jemand, mit dem ich erst vor wenigen Tagen gesprochen hatte. Er würde nie wieder Saxophon spielen.

Hamre las in meinem Gesicht. «Ist es Garrido, Veum?»

«Nein. Das ist Hallvard Hagenes. Sein Onkel ist hier oben gestorben, und zwar vor sechsunddreißig Jahren.»

«Sechsunddreißig?»

«Und da soll es einen Zusammenhang geben?», fragte Bergesen ungläubig.

«Ich kann es mir nicht wirklich vorstellen», antwortete ich.

42

Tote Männer spielen kein Saxophon. Tote Männer liegen mit leerem Blick da und lauschen einer Musik, die wir anderen nicht hören können. Und ihre Geheimnisse haben sie mitgenommen.

Ich spürte ihre Blicke auf meinem Gesicht, als warteten sie nur auf eine ausführlichere Erklärung. Stattdessen dachte ich laut. «Er und Bodil Breheim hatten, wie es aussieht, ein Verhältnis.»

Bergesen nickte. «Was wir hier sehen, könnte also das Resultat eines Eifersuchtsdramas sein.»

«Wie war das mit dem Onkel, Veum?», fragte Hamre.

«Sein Onkel und Bodil Breheims Mutter hatten 1957 ein Verhältnis. Sie wurden sozusagen hier oben von deren Ehemann und – noch einem anderen – auf frischer Tat ertappt. Die Details könnt ihr später haben. Johan Hagenes und Tordis Breheim wurden, so wie es mir kürzlich berichtet wurde, gezwungen, draußen am Kai von Hjellestad ins Meer zu fahren. Sie kamen beide ums Leben.»

Hamre sah mich skeptisch an. «Gezwungen?»

«Mit Hilfe einer Schrotflinte, die da drinnen, als ich das letzte Mal hier draußen war, noch an der Wand hing.»

«Dieselbe Schrotflinte?»

«Tja, genau das kann ich nicht beantworten. Aber es hing jedenfalls eine Flinte da, und jetzt ist sie weg.»

«Woher weißt du das?»

«Ich hab durchs Fenster gesehen, nachdem ich euch angerufen hatte.»

«Hm.» Er betrachtete mich nachdenklich. «Und dieser Breheim, wurde er angeklagt?»

«Nein. Der Fall wurde nie aufgeklärt. Das heißt, eine Untersuchung fand nie statt, denn es wurde als Selbstmord definiert. Ein

240

Todespakt, hieß es, zwischen zwei unglücklichen Liebenden. Erst jetzt … Es sieht so aus, dass ich der Sache erst auf den Grund gekommen bin.»

«Meisterdetektiv Veum hat wieder zugeschlagen», sagte Hamre ironisch. «Und seiner Gewohnheit treu», fügte er an seine Kollegin gewandt hinzu, «immer zu spät. In diesem Fall sogar sechsunddreißig Jahre.»

Bergesen nickte mit einem sachlichen Gesichtsausdruck. «Aber das alles hat, soweit ich es beurteilen kann, nicht das Geringste mit dem hier zu tun.» Sie nickte zur Leiche im Brunnen und sah dann mich an.

Ich zuckte mit den Schultern. «Außer vielleicht, dass sich der Hang zu solchen Handlungen vererben kann.»

«Vielleicht sollten wir jemanden schicken, der auch den Kai von Hjellestad überprüft?», fragte Hamre ironisch.

Ich antwortete nicht.

«Kannst du uns noch mehr über diesen Hagenes erzählen?», fragte sie.

Ich sagte ihr, was ich wusste, hörte aber selbst, dass es nicht sehr viel war.

In der Zwischenzeit waren noch weitere Polizisten angekommen. Hamre gab einem von ihnen den Auftrag, einen Wagen zu bestellen, so dass der Tote abtransportiert werden konnte. Dann wandte er sich wieder an mich. «Wann hast du ihn zuletzt gesehen, Veum?»

Ich rechnete nach. «Das muss am Dienstag gewesen sein.»

«Also morgen vor einer Woche.» Sein Blick wanderte zu Bergesen. «Aber so lange hat er hier eindeutig noch nicht gelegen.»

«Ganz sicher nicht», sagte sie. «Ich würde tippen, dass es vor kurzem passiert ist. Höchstwahrscheinlich jetzt am Wochenende.»

Hamre fasste zusammen: «Wir haben also eine Leiche in einem Brunnen, mit einer tödlichen Schusswunde in der Brust. Uns fehlt die vermeintliche Tatwaffe, wahrscheinlich eine Schrotflinte, die unser Hauptzeuge, Herr Veum, an der Wand in der Hütte gesehen hat. Wir haben ein namentlich bekanntes Ehepaar, das seit Ostern verschwunden ist. Vieles ist noch unklar, aber alles deutet darauf hin, dass wir es mit einem klassischen Mord aus Eifersucht zu tun haben.»

241

Ich spürte, wie sich etwas um meine Stirn zusammenzog. «Vielleicht, Hamre, vielleicht ist dein Vorschlag gar nicht so dumm.»

«Welcher Vorschlag?»

«Den Kai in Hjellestad zu untersuchen.»

Er sah mich missbilligend an. «Meinst du das ernst?»

Bergesen war bereit, darüber zu diskutieren. «Du stellst dir vor, dass jemand ganz einfach das kopiert hat, was hier 1957 passiert ist?»

Ich nickte. «Vielleicht nicht im Detail, aber … Ja.»

Hamre strich sich über die Stirn. «Verstehe ich dich recht, Veum, du meinst, wenn wir das Meer vor Hjellestad durchforsten, könnten wir vielleicht das Ehepaar Garrido finden?»

«Aber wie ich es verstanden habe», sagte Bergesen, «hat man bei der Hütte selbst damals keine Toten gefunden.»

«Nein», sagte ich. «Und das könnte der große Unterschied sein.»

«Dann sieht das Bild also trotzdem anders aus?»

«Ja … Oder spiegelverkehrt, verstehst du?»

«Nein, ich glaube, nicht so ganz.»

Ich sah Hamre an. «Und? Was ist nun?»

Er sah resigniert von mir zu seiner Kollegin. «Hast du Lust, mit ihm runterzugehen? Wenn ihr irgendetwas sehen solltet, das darauf hindeutet, dass an seiner Geschichte etwas dran ist, dann müssen wir ja auf jeden Fall einen Kranwagen rufen. Das kann ein langer Tag werden, verdammt. Ein sehr langer Tag.»

Annemette Bergesen und ich wechselten einen Blick. Ihre Augen waren blau und bodenlos, ihre Lippen voll, die Konturen ihres Gesichts etwas kantig. Um den Hals trug sie ein lose geknotetes, türkisfarbenes Seidentuch.

«Und du hattest gedacht, du kämst in eine friedliche Stadt», sagte ich.

Sie lächelte leicht. «Nun ist das hier ja schließlich mein Job.»

«Tote Menschen.»

«Meistens lebendige, Gott sei Dank.»

«Schuldig oder unschuldig.»

«Mehr oder weniger, ja.» Sie wandte sich wieder an Hamre. «Du solltest vielleicht auch mitkommen, oder? Falls wir da unten was finden?»

Hamre sah sie düster an. «Fängst du jetzt auch noch an?»

«Man weiß nie.»

«Na gut, na gut!»

Am Ende gingen wir alle drei zur Straße hinunter und fuhren zum Kai in Hjellestad, Bergesen saß am Steuer. Dort unten war Hochsommer. Die Sonne brannte von einem wolkenlosen Himmel, und das Thermometer vor dem Lebensmittelgeschäft zeigte 22 Grad. Ich wäre selbst auch gern ins Meer gesprungen.

Östlich des Kais führt eine Slipanlage aus Beton direkt ins Wasser. Wir gingen auf den Kai hinaus. Vor der Slipanlage sahen wir den hellen Meeresboden mit Flecken von Tang, der dann plötzlich steil abfiel und in die dunkle Tiefe führte.

Und genau da …

Es hätte natürlich ein gesunkenes Boot sein können, das zu heben niemand sich die Mühe gemacht hatte. Es hätte irgendein Schrott sein können, den einfach jemand dort versenkt hatte, wie manche es eben taten. Oder es konnte der Widerschein der Heckscheibe eines Autos sein, das dort für immer geparkt hatte – oder zumindest, bis jemand es für gut befände zu überprüfen, ob die Parkzeit abgelaufen war.

Ich weiß nicht, wer von uns es zuerst entdeckte. Aber Bergesen kam mit dem ersten, vorsichtigen Kommentar. «Sag mal …» Sie zeigte ins Wasser. «Da unten … Das sieht doch wirklich aus wie … Oder nicht?»

Hamre nickte düster.

«Hat jemand Lust auf ein Bad?», fragte ich.

Hamre war schon auf dem Weg zurück zum Auto, um der Zentrale Meldung zu machen. Bergesen schüttelte den Kopf. «Es ist sowieso zu spät. Außerdem habe ich meinen Badeanzug zu Hause vergessen.»

«Badeanzug?», sagte ich und öffnete die Gürtelschnalle. Aber dabei ließ ich es auch bewenden. Sie hatte Recht. Es war zu spät.

Die Wartezeit wurde lang. Hätten wir gewollt, hätten wir im Laufe dieses Tages gute Freunde werden können; zumindest hätten wir uns besser kennen lernen können. Hamre kam mit der Meldung zurück, die Froschmänner seien unterwegs. Wir hörten den Wagen, lange bevor wir ihn sehen konnten; er kam mit lautem Sirenengeheul. Die beiden Taucher begrüßten Hamre und bekamen ihre Instruktionen. Während sie abtauchten, blieben wir am Kai stehen und begleiteten sie mit den Blicken. Die Luftblasen, die verrieten, wo sie sich befanden, zeichneten ein zufälliges Muster auf die graugrüne Wasseroberfläche; Blasen stiegen auf und zerplatzten wie zerberstende Träume. Wenn wir unsere Augen anstrengten, konnten wir sie dort unten erkennen, wie sie sich um den Wagen herum bewegten, wie Aasfresser um ein Beutetier.

Erst nach zehn Minuten kamen sie wieder herauf. Einer von ihnen nahm die Maske ab und gab Hamre ein Zeichen. Wir anderen folgten. Der Mann sah zu uns auf. «Es ist ein Taxi.»

«Aha», sagte Hamre.

«Hinter dem Steuer sitzt eine Frau. Angeschnallt. Sie ist allein. Und noch etwas. Auf dem Rücksitz liegt eine Schrotflinte.»

«Kein Saxophon», fragte ich.

Er sah mich verständnislos an. «Nein. Eine Schrotflinte. Pengpeng, wissen Sie?»

Hamre seufzte schwer. «Gut. Der Kranwagen ist unterwegs. Könnt ihr in der Zwischenzeit gründlich die Umgebung des Wagens untersuchen? Vielleicht findet ihr irgendetwas, das von Bedeutung sein könnte.»

«Und überprüfen Sie, ob die hintere Tür richtig zu ist», sagte ich.

Der Taucher sah Hamre fragend an. Der nickte.

Und wieder Wartezeit; neue chaotische Gedanken. Plötzlich schien alles vor meinen Augen zu explodieren. Was anfangs ein nur zum Teil verdächtiges Verschwinden von zwei Menschen gewesen war, ein Fall, der schwer in den Griff zu bekommen war, hatte sich im Laufe von ein paar Stunden zu einem Drama von unerwarteten Dimensionen entwickelt. Nicht nur durch die Leiche im Brunnen bei der Hütte, sondern jetzt mit einer noch stärkeren Ähnlichkeit mit dem Drama von 1957: Eine tote Frau in einem Auto, das bei Hjellestad ins Meer gefahren war.

«Wenn es also Bodil Breheim ist, die in dem Auto sitzt», sagte Hamre, während wir auf den Kranwagen warteten, «dann haben wir mindestens zwei Möglichkeiten. Sie kann Hagenes umgebracht haben. Danach hat sie die Tatwaffe mitgenommen, sich ins Auto gesetzt und ist aus eigenem freiem Willen ins Meer gefahren. So was ist schon öfter vorgekommen.»

«Und die andere Möglichkeit?», fragte ich.

«Wenn wir von dem ausgehen, was du uns über die Geschichte von 1957 erzählt hast, sieht es folgendermaßen aus: Dann ist Fernando Garrido der Schuldige. Dann hätte er, nachdem er Hagenes erschossen hat, mit der Flinte in der Hand seine Frau gezwungen, die Tat ihrer Mutter von 1957 zu wiederholen, und dann wäre er – wie du behauptest, dass Breheim es damals gemacht hat – rechtzeitig aus dem Wagen gesprungen. In dem Fall bleibt uns noch die Aufgabe, ihn zu finden.»

«Und die dritte?», insistierte ich.

«Gibt es denn eine dritte?»

Ich sah zu Bergesen, als könnte von ihr eventuell ein Vorschlag kommen, bevor ich an Hamre gewandt fort fuhr. «Das Problem ist, dass sowohl Bodil Breheim wie auch ihr Mann seit mehr als vierzehn Tagen vermisst werden. Hallvard Hagenes habe ich in der Zwischenzeit getroffen. Zweimal. Das Szenario, dass er und Bodil Breheim hier oben herumgemacht hätten und dann von Garrido überrascht wurden, ergibt ganz einfach keinen Sinn.»

«Es passt nicht zu 1957, meinst du?», sagte Hamre ironisch.

«Es passt hinten und vorne nicht!»

Der Kranwagen kam, und der letzte Teil der Wartezeit begann, der letzte und schwerste. Wir hatten keine weiteren Gedanken mehr auszutauschen, sondern konnten nur noch die Hebung des Wagens verfolgen.

Der Kranwagen setzte so weit zurück, wie er konnte. Die beiden Taucher nahmen den Haken mit unter Wasser. Nach einer Weile kam einer von ihnen wieder an die Oberfläche und signalisierte, dass der Wagen sicher befestigt sei. Dann wurde der schwarze Mercedes rückwärts aus dem Meer gezogen. Der Kranwagen fuhr die Slipanlage hinauf und zog Hallvard Hagenes' Auto hinter sich her. Das Wasser lief und sickerte heraus, währenddessen traten wir näher, beugten uns vor und betrachteten die Frau, die blass und nass und so tot, wie man nur sein konnte, hinter dem Steuer saß.

Zum zweiten Mal an diesem Tag bekam ich einen Schock und

dachte dabei nicht einen Augenblick darüber nach, wem ich denn nun die Rechnung schicken sollte. Denn es war nicht Bodil Breheim, die am Steuer saß. Es war ihre Schwester.

43

Noch ein Mensch, den ich erst seit kurzem kannte, wurde an diesem Tag in den Leichensack gelegt und zwecks Obduktion zum Gades-Institut gebracht. Sie nahmen die Flinte vom Rücksitz und packten auch sie vorsichtig ein. Ich selbst stand tatenlos am Kai. Mich packte niemand ein, und das war auch gut so. Ich war noch am Leben.

Annemette Bergesen kam zu mir herüber, wenn auch nicht, um mich zu trösten. «Und wie sollen wir das deuten, Veum? Hast du eine Idee?»

Ich zuckte mit den Schultern. «Sie haben sich gekannt. Vor langer Zeit.»

«Und wie gut?»

«Sie waren zusammen, als sie beide noch sehr jung waren. 1972–73. Aber die Schwester kam dazwischen.»

«Aha?»

«Sie hatten wohl eine Art Dreiecksbeziehung damals. Ich meine … Berit hat Hallvard an ihre Schwester verloren, verstehst du?»

«Sie hat ihn ihr weggenommen?»

«Tja. Wer wem wen wegnahm, dazu kann ich nichts sagen. Und außerdem ist es zwanzig Jahre her.»

«Später hatten sie keinen Kontakt mehr?»

«Doch. Wahrscheinlich. Ich weiß sicher, dass er erst im Februar dieses Jahres bei Bodil zu Hause war.»

Sie sah mich interessiert an. «Aha?»

«Seiner Aussage nach ganz unschuldig, aber … Er kann mich natürlich angelogen haben. Die Erfahrung macht man in diesem Beruf. Die Leute lügen die ganze Zeit. Außerdem hat er es zum Teil selbst zugegeben, dass er auch Berit wieder getroffen hatte, zu einem späteren Zeitpunkt. Aber dass man dann gleich …»

«Keiner von ihnen war verheiratet?»

«Er nicht. Sie war geschieden.»

«Von wem?»

«Tja, das weiß ich nicht. Ich habe ja nicht nach ihr geforscht, sondern nach ihrer Schwester.»

«Also waren Bodil Breheim und Hallvard Hagenes …» Sie sah aufs Meer. «Wo, glaubst du, ist sie jetzt?»

«Bodil?» Ich hob ratlos die Arme. «Keine Ahnung. Im Moment fühle ich mich nicht gerade wie ein außergewöhnlich gescheiter Detektiv. Wenn die Leichen, die man findet, ganz andere sind, als man erwartet hatte, dann steht irgendwie alles auf dem Kopf. Nichts war offenbar so, wie es aussah – oder so wie die, mit denen ich geredet habe, es aussehen ließen.»

«Meinst du, sie hat dich angelogen?»

«Berit Breheim?»

«Ja.»

«Jetzt sieht es ja wohl so aus. Aber was für Gründe mag sie dafür gehabt haben?»

«Tja, wenn ich das wüsste. Vielleicht, um ein anderes Verbrechen zu vertuschen?»

«Das klingt vollkommen sinnlos. Außerdem haben wir noch nicht das Geringste gefunden, das darauf hindeutet, dass mit ihrer Schwester und deren Mann etwas Kriminelles passiert ist.»

«Nein, eher im Gegenteil. Im Moment werden sie wohl unsere Hauptverdächtigen sein.»

Ich sah sie lange an. «Du glaubst also nicht …»

«Was?»

«Na ja. Die wahrscheinlichste Erklärung ist doch wohl, dass Berit Breheim selbst ins Meer gefahren ist, nachdem sie Hallvard Hagenes erschossen hatte.»

«Und warum hätte sie das tun sollen?»

«Wie ich gesagt habe … Vor zwanzig Jahren hatten sie eine Dreiecksbeziehung. Vielleicht später auch noch. Was ist, wenn dieses Dreieck noch einmal rekonstruiert worden ist, sozusagen?»

Sie sah mich skeptisch an. «Glaubst du das?»

«Ich glaube gar nichts mehr. Und meine Auftraggeberin ist tot. So gesehen ist der Fall für mich abgeschlossen.»

«Gut.» Sie nickte entschlossen. «Dann schlage ich vor, dass du nach Hause fährst, Veum. Wenn du zur Vorgeschichte eine Idee hast, dann gibt sie doch bitte direkt an uns weiter. Wie du selbst gesagt hast … Für dich ist der Fall abgeschlossen.»

Wir nickten einander zu, etwas müde, wie nach einer langwierigen Gerichtsverhandlung, mit deren Resultat wir beide nicht zufrieden waren. Ich trottete zurück zu meinem Wagen. Sie blieb auf dem Kai.

Ich hatte ihr nichts versprochen. Das war sicher gut so. Ich war noch nicht einmal auf dem Flyplassveien angelangt, als ich die nächste Ausfahrt nahm, mein Handy aus der Tasche holte und die Nummer wählte, die ich in den letzten zehn Tagen in regelmäßigen Abständen immer wieder angerufen hatte. Da erfuhr ich die dritte Überraschung des Tages. Zum ersten Mal nahm jemand ab.

«Fernando», sagte eine sonore Männerstimme, und ich hörte kaum einen Akzent. Ich war so verdutzt, dass es mir die Sprache verschlug. «Hallo? Ist da jemand?», wiederholte er ärgerlich, jetzt mit deutlicherem Akzent. Ich wusste immer noch nicht, was ich sagen sollte, und bevor mir etwas Vernünftiges eingefallen war, fluchte er ganz akzentfrei in seiner Muttersprache und knallte den Hörer auf.

Es war auch egal. Jetzt wusste ich, wohin ich wollte. Und auf dem Weg nach Morvik konnte ich nicht umhin zu denken, dass es doch ein eigenartiger Zeitpunkt war, gerade jetzt wieder aufzutauchen, wo auch immer sie gewesen sein mochten.

44

Es war früher Nachmittag als ich an dem Schild mit der Aufschrift «Privatweg» vorbei und den steilen Hang hinunterfuhr und auf dem Platz hinter dem weißen Kastenhaus parkte. In der Zwischenzeit waren die Schneeglöckchen aufgeblüht und die Osterglocken gewachsen. Die Garagentür stand offen, und ich konnte den Panzer eines Wagens darin glänzen sehen. Es war ein BMW 520. Ich warf automatisch einen Blick hinauf zum Nachbarhaus, aber ich sah in den großen Fenstern nur den Himmel sich spiegeln.

Ich stieg aus, ging zur Haustür und klingelte. Kurz darauf hörte ich drinnen schnelle Schritte. Die Tür ging auf und zum ersten Mal stand ich Fernando Garrido von Angesicht zu Angesicht gegenüber. Ich erkannte ihn von dem Hochzeitsfoto wieder. Er hatte regelmäßige Züge, markante Augenbrauen und einen dunkelgoldenen Teint. Seine Zähne waren kreideweiß und seine Augen braun, aber das wohlfrisierte Haar, das auf dem Foto ganz schwarz gewesen war, hatte seitdem eine silberne Patina bekommen. Er sah mich misstrauisch an. «Ja?»

«Mein Name ist Veum. Ist Bodil Breheim zu Hause?»

«Das ist meine Frau, ja. Worum geht es?»

«Es geht um ihre Schwester.»

«Berit?»

«Ja. Könnte ich hereinkommen?»

Er zuckte mit den Schultern, öffnete die Tür und ließ mich hinein. Die Eingangshalle war ebenso groß und leer wie beim letzten Mal, aber aus der Stereoanlage im Wohnzimmer ertönte harmonische Gitarrenmusik, und es roch leicht nach Essen. Das Haus war mit einem Mal bewohnt.

Er zeigte mir den Weg, und ich folgte ihm ins Wohnzimmer. Dort standen brennende Kerzen und jemand hatte frische Blumen in eine Vase gestellt. «Sie waren verreist?», fragte ich leise.

«Ja», sagte er kurz. Ohne weiteren Kommentar wies er mich zu einem der exklusiven Sessel. «Nehmen Sie Platz. Ich werde meine Frau holen.»

Ich blieb am Fenster stehen. Unten auf dem Fjord spielte ein Montagssegler mit dem Wind – ein privilegierter Mensch, bei dem schönen Wetter. Auf Askøy schwang ein großer gelber Kran über eine Baustelle. Nicht alle hatten frei. Als ich hinter mir Schritte hörte, drehte ich mich herum.

Bodil Breheim stand in der Tür, mit kürzerem Haar als auf dem Foto, in verschlissenen Jeans und einer grau melierten Hemdbluse. Auf dem Arm trug sie ein schwarzhaariges Kind, knapp ein Jahr alt, mit dunkelbraunen, mandelförmigen Augen und goldbrauner Haut. Das Kind sah vertrauensvoll zu ihr auf, und sie konnte sich kaum von seinem Blick losreißen, um mich anzusehen. «Was ist los?»

Hinter ihr erschien ihr Mann. Keiner von uns setzte sich. Einen Augenblick hatte ich stark den Eindruck, dass wir wie eine Skulpturengruppe dastanden, ein weiteres Dreieck in diesem merkwürdigen Fall, aber mit einem ganz neuen und überraschenden Faktor in unserer Mitte.

«Ich sollte mich wohl vorstellen. Mein Name ist Veum, Varg Veum, und vor eineinhalb Wochen bekam ich einen Auftrag von Ihrer Schwester.»

Sie sah mich verwundert an. «Was für einen Auftrag denn?»

«Sie waren verreist?»

«Ja, wir waren in China und haben – die kleine Therese hier geholt. Oder Li, wie sie eigentlich heißt.»

«Wir waren zweieinhalb Wochen unterwegs», fügte Garrido hinzu.

«Ja», sagte ich. «Das haben wir wohl gemerkt.»

«Gemerkt?»

Ich sah Bodil an. «Sie haben nicht daran gedacht, Ihre Schwester von Ihren Reiseplänen zu unterrichten?»

«Warum? Berit und ich haben ja in den letzten vier Jahren kaum miteinander geredet.»

«Nein?»

Sie schüttelte stumm den Kopf. Das kleine Mädchen auf ihrem Arm gab einen trillernden Laut von sich. Sie sah zu ihr hinunter und lächelte. Als sie ihren Blick wieder hob, waren ihre Augen feucht.

«Ihre Schwester hatte also keine Ahnung, dass Sie nach China fahren wollten, um ein Kind zu holen?»

«Wie gesagt … Wir haben keinen besonders guten Kontakt gehabt, seit Papa gestorben ist – und noch weniger, nachdem sie und Rolf sich 1989 getrennt haben.»

«Aber Ihre Stiefmutter hat doch erzählt … Waren Sie nicht zusammen auf einer Weihnachtsfeier bei Ihrem Halbbruder Rune?»

«Aus Rücksicht auf Sara, ja. Aber wir haben nicht miteinander geredet. Berit und ich, meine ich.»

«Merkwürdig.»

«Wenn Sie eine Ahnung hätten …»

«Ja?»

«Nein, das ist Privatsache. Tut mir Leid.»

Ich wandte mich an Garrido. «Aber Sie hatten jedenfalls Kontakt mit Berit, vor drei Wochen.»

Er sah zu Boden. «Ja.»

Bodil sah abrupt zu ihm auf, und einen Moment lang schien es zwischen den Eheleuten zu knistern. Dann wandte sie sich wieder an mich. «Was wissen Sie davon?»

«Ich weiß, dass es eine Anzeige wegen Ruhestörung von einem Nachbarn …»

«Nachbar!», schnaubte sie, und das kleine Mädchen auf ihrem Arm sah erschrocken zu ihr auf. Ihr Gesicht verzog sich langsam zum Weinen. «Nein, nein …» Schnell begann sie wieder zu lächeln. «Es ist gut, Kleines. Mama ist nicht böse. Nicht auf dich …»

«Das alles war meine Schuld», sagte Garrido. «Ich konnte mein Temperament nicht zügeln, und plötzlich stand die Polizei vor der Tür. Ich wurde rasend, und – na ja, sie haben mich mitgenommen. Ich musste in der Ausnüchterungszelle übernachten!» Das Temperament begann sich offensichtlich wieder zu rühren. Jedenfalls in seiner Stimme. «Der einzige Anwalt, den ich kannte, außer Geschäftsanwälten, war – Berit.» Er sah beschämt zu seiner Frau. «Ich hätte natürlich an Bodil denken sollen, aber … Ich war verzweifelt. Ich brauchte einen Menschen, der für mich bürgte.»

«Aber – was war der Grund für Ihren Temperamentsausbruch?»

«Das …»

Bodil unterbrach ihn. «Ich finde, ehrlich gesagt, Sie sollten erst einmal erzählen, wer Sie sind, außer Ihrem Namen, was Sie hier tun, und was wir eventuell für Sie tun können!»

«Ja. Wie ich Ihrem Mann schon sagte, als ich ankam … Es geht um Ihre Schwester.»

«Soviel habe ich verstanden. Aber was für ein Auftrag das war, haben Sie uns noch nicht erzählt.»

«Nein. In erster Linie … Ich bin Privatdetektiv, wie gesagt, und ich bekam den Auftrag, Sie und Ihren Mann ausfindig zu machen, für Ihre Schwester, die vergeblich versucht hatte, Kontakt zu Ihnen aufzunehmen.»

«Berit? Kontakt zu uns?» Sie sah mich skeptisch an. Dann wanderte ihr Blick zu Garrido. «Ich muss sagen, dass ist eine ziemliche Überraschung.»

«Also. Jedenfalls hat sie es mir so dargestellt. In der Zwischenzeit habe ich versucht, Sie zu finden. Ich war bei Trans World Ocean, wo ich erfuhr, dass Ihr Mann gekündigt hatte ...»

Wieder knisterte es in ihrem Blick. Offensichtlich war Garrido nicht der Einzige in diesem Haus, der Probleme hatte, sein Temperament zu zügeln.

«Ich war in Hjellestad und Ustaoset. Wir haben über Barcelona geredet. Aber bis nach China hatte ich nicht vor zu fahren.»

«Und warum sollte Berit so absolut mit uns reden wollen?»

«Sie machte sich Sorgen um Sie, wie sie behauptete.»

«Sorgen? Berit? Dass ich nicht lache. Sie brütet bestimmt irgendeine Teufelei aus, wie ich sie kenne.»

«Jedenfalls hat sie das gesagt.»

«Dann sollten Sie noch einmal mit ihr reden, und um eine bessere Erklärung bitten.»

«Genau das – wird schwierig sein.»

«Und warum das?», fragte sie, aber ich sah, dass sie schon zu verstehen begann, was meine Worte zu bedeuten hatten.

«Ihre Schwester ist tot, Frau Breheim.»

Sie sah mich stumm an und wartete auf die Fortsetzung.

Garrido konnte sich nicht zurückhalten und rief: «Tot? Berit?»

«Wir haben sie bei Hjellestad im Meer gefunden. Sie war mit dem Auto ins Wasser gefahren.»

Es dauerte ein paar Sekunden, bevor sie begriffen hatte, was ich gesagt hatte. Dann breitete sich die Reaktion in ihrem Gesicht aus. Einen Augenblick lang schwankte sie. Garrido trat zu ihr, um sie zu stützen, und sie reichte ihm das Kind. «Nimm Therese! Ich ...»

Dann riss sie sich zusammen und ging zum nächsten Sessel und ließ sich schwer hineinfallen. Garrido stand mit einem hilflosen Gesichtsausdruck da, hin und her gerissen zwischen seiner Frau und dem kleinen Menschlein auf seinem Arm.

Bodil Breheim sah mit Tränen in den Augen wieder zu mir. «Genau wie ...»

«Wie Ihre Mutter, ja.»

«Aber sie war allein? Im Auto?»

«Ja.» Ich wartete einen Moment, bevor ich fortfuhr. «Aber da oben gab es noch eine Leiche.»

«Noch eine? Wer denn?»

«Sie kannten ihn gut», bereitete ich sie vor.

Wieder schien sie vorauszusehen, was ich sagen würde. Ihre Pupillen wurden groß und schwarz, und ein Zucken lief über ihr ovales, ursprünglich so anziehendes Gesicht.

«Hallvard Hagenes», sagte ich, und diesmal brach sie in Tränen aus. Sie verbarg ihr Gesicht in den Händen und schluchzte laut. Ihr ganzer Körper zuckte und zitterte, wie von unsichtbaren Kräften übermannt.

Garrido sah mich an. «Hallvard Hagenes? Wer ist das?»

«Sie kannten ihn nicht?»

«Ich habe noch nicht einmal seinen Namen gehört!»

Wie von seiner frisch gebackenen Stiefmutter angesteckt, begann das Kind auf seinem Arm plötzlich zu weinen. Einen Augenblick lang sah es so aus, als wolle er es am liebsten von sich werfen und hinausstürmen, weg von allem. Im nächsten Moment sah er mich an. Ohne weiter darüber nachzudenken, reichte er mir mit entschlossener Miene das kleine, brüllende Bündel. Sobald ich es entgegengenommen hatte, ging er zu seiner Frau, setzte sich auf ihre Sessellehne, beugte sich zu ihr, nahm sie in den Arm und murmelte ein paar unhörbare Worte in ihr blondes Haar. Ich stand da, ebenso hilflos wie er es ein paar Sekunden zuvor gewesen war, und hatte die kleine Therese Li in meinem Gewahrsam, für Gott weiß wie lange.

Während Fernando Garrido seine Frau tröstete, unternahm ich einige beruhigende Armbewegungen, sprach mit weicher Stimme und tat alles, was mir einfiel, außer ihm die Brust zu geben, um das kleine Kind zu trösten. Langsam, fast synchron, beruhigten sie sich wieder; die erwachsene Frau in dem Sessel an der Tür und die Kleine auf meinem Arm.

Als Bodil Breheim mich schließlich wieder ansah, waren ihre Augen gerötet und ihre Wangen nass. Sie hatte hektische rote Flecken am Hals und sah alt und verzweifelt aus. «Aber was ist denn bloß passiert?», rief sie.

«Das wüsste ich auch gern», sagte ich. «Sind Sie bereit, darüber zu sprechen?»

«Aber ich weiß doch nichts!»

«Nein?»

«Nein....»

Ich trat zu ihr und übergab ihr das Kind. Sie nahm es mit einem dankbaren Lächeln entgegen. Es hatte jetzt die Augen geschlossen und schien zu schlafen.

«Dann lassen Sie uns Stück für Stück vorgehen. Zunächst ... Diese Ruhestörung vor drei Wochen. Ich wiederhole meine Frage von vorhin: Was war der Grund?»

«Das hatte nichts mit dieser Sache zu tun. Es ging um Fernando und – seinen Job.»

«Bernt Halvorsen?»

«Ja ...»

Garrido mischte sich ein. «Die Sache ist einfach, Veum. Ich hatte beschlossen zu kündigen. Halvorsen kam hierher, er wollte mich überreden, zu bleiben. Es endete mit einer heftigen Auseinandersetzung.» Er hob entschuldigend die Arme. «Mein angeborenes Temperament, wie gesagt.»

«Einen Moment, Garrido. Sie sagen, Sie hätten beschlossen, zu kündigen. Aber ich habe es so verstanden, dass Sie fristlos gekündigt haben.»

Sein Blick flackerte. «Na ja. Es kam zu einer Konfrontation ...»

«Mit Halvorsen?»

Er zögerte.

«Oder vielleicht mit Kristoffersen?»

Er begegnete meinem Blick auf eine Weise, die mir sagte, dass ich ins Schwarze getroffen hatte.

«Haben Sie sich in irgendeiner Weise von Kristoffersen bedroht gefühlt? War das der Grund, warum Sie so plötzlich gegangen sind?»

«Ich ...»

«Er war hier auf der Suche nach Ihnen.»

«Wer? Kristoffersen?» Plötzlich sah er aus, als hätte er Angst.

«Hören Sie, Garrido. Ich kenne die Verbindungen zwischen Kristoffersen und Bjelland. Der Menschenschmuggel von Utvik wird gerade von vorne bis hinten aufgerollt.»

«Was sagen Sie da? Ist er aufgeflogen?»

«Sie haben offenbar noch nicht in die Zeitungen gesehen.»

Bodil mischte sich ein. «Fernando? Wovon redet er da? Davon hast du mir nichts erzählt. Mir hast du gesagt –»

Er schnitt ihr mit einer Handbewegung das Wort ab. «Wo ist Kristoffersen jetzt, Veum?»

«Ich hoffe, er hat sich schon freiwillig der Polizei gestellt. Wenn nicht, bekommt er demnächst Besuch. Er hat jedenfalls auch bei der TWO aufgehört. Aber er wurde gefeuert. Und Bjelland sitzt im Gefängnis. Sie verlieren nichts, wenn Sie die Karten auf den Tisch legen.»

«Welche Karten? Meine Weste ist sauber. Deshalb bin ich ja abgehauen.»

«Können Sie mir dann nicht ganz einfach erzählen, was passiert ist?»

Er sah seine Frau an. Sie starrte ihm herausfordernd in die Augen und nickte. Dann wanderte sein Blick langsam wieder zu mir. «Na gut! Das war so … Ich bekam zufällig eine Nachricht vom Kapitän der *Seagull* an Kristoffersen mit. Als ich ihn damit konfrontierte, wurde er sehr aggressiv. Er hat mir mit diesem – Bjelland gedroht. Es gäbe keine Grenzen für das, was dem alles einfallen würde, und ich muss zugeben, ich bekam Angst. So wie ich die Sache sah, hatte ich nur zwei Möglichkeiten. Entweder ich musste Halvorsen informieren, mit allen Konsequenzen, die das haben würde, für Kristoffersen und für mich. Und in der Situation hier zu Hause. Wir wollten gerade nach China … ich wählte den einfachsten Weg. Ich warf das Handtuch und kündigte fristlos. Als Halvorsen an dem Samstag zu uns kam, versuchte ich alle möglichen Argumente zu finden. Aber er glaubte mir nicht, natürlich nicht, und am Ende – sie wissen es ja.»

«Sie denken an die Ruhestörung.»

«Ja … Das Ganze war einfach so peinlich! Halvorsen kam hier an, und wir gerieten heftig aneinander, Bodil war unfreiwillig Zeugin. Später, als Halvorsen gegangen war, fing ich an zu trinken. Ich war so was von rasend! Ich musste einfach … Sonst hätte ich mir selbst oder anderen – Schaden zugefügt. Bodil wurde sauer. Erstens gefiel es ihr nicht, dass ich plötzlich ohne Arbeit war, wo wir doch … Wir wollten endlich eine Familie gründen, nachdem wir es so viele Jahre vergeblich – selbst versucht hatten. Und dann habe ich uns diese Probleme aufgehalst. Außerdem war sie sauer, weil ich getrunken hatte, und es endete mit …» Noch einmal sah er beschämt zu seiner Frau. «Dem schlimmsten Streit, den wir je hatten, seit wir uns kennen.»

«So laut, dass der Nachbar die Polizei rief …»

«Ja.»

«Und am Montag waren Sie in der Firma und haben Ihren Schreibtisch aufgeräumt?»

«Ja, und da bin ich von Kristoffersen fast überfallen worden. Er meinte, ich würde mit meiner fristlosen Kündigung verraten, dass da draußen etwas Illegales lief. Und er hat mir noch mal gedroht, so sehr, dass ich zu Hause sofort …»

«Ja?»

«Na ja … Wir wollten ja sowieso in Oslo umsteigen. Wir haben unsere Sachen gepackt, uns ins Auto gesetzt und sind über die Berge gefahren, noch am gleichen Tag.»

«Was hat Sie dazu gebracht, so auf Kristoffersens Machenschaften zu reagieren?»

«Erstens war es ja illoyal gegenüber der Reederei und uns anderen, die wir unwissend mit hineingezogen wurden. Und außerdem war es eine moralisch verwerfliche Geschichte. Er und Bjelland haben dickes Geld gemacht mit dem Unglück anderer Menschen – und welchem Schicksal haben sie sie überlassen?»

«Welchem denn?»

«Ich habe doch keine Ahnung! Aber ich bin schließlich selbst Ausländer und war einfach gezwungen zu reagieren.»

«Und das andere Geschäft in Utvik, bei dem hatten Sie keine moralischen Skrupel? Nicht einmal als Ausländer.»

«Sie denken an …»

«Sie wissen sehr genau, woran ich denke. An den Giftmüll, der in Länder der Dritten Welt verschifft wurde.»

«Sie sind offenbar gut informiert.»

«Gut genug.»

Er sah zu Boden. «Na ja. Den Teil des Geschäfts habe ich als von den Behörden abgesegnet betrachtet. Was hätte ich dagegen tun sollen?»

«Tja, da können Sie Recht haben.» Ich zögerte etwas. «Aber zurück zu dem Samstag, als Sie in der Zelle landeten. Dieser Streit zwischen Ihnen und Ihrer Frau hatte also nichts mit Hallvard Hagenes zu tun?»

Bodil reagierte mit einer heftigen Bewegung. Aber dieses Mal wurde ich das Opfer ihres wütenden Blickes.

Garrido sah mich verzweifelt an. «Hallvard Hagenes schon wieder! Wer war dieser Hagenes?»

Ich sah seine Frau an. «Er war im Februar hier und hat Sie besucht, stimmt das?»

Sie schloss die Augen und öffnete sie wieder, ohne dass es die Wut darin mildern konnte.

Garrido richtete seinen Blick wieder auf sie. «Bodil? Besucht ...» Wieder begann es in ihm zu arbeiten. Die Adern an seinen Schläfen schwollen an, und er wurde blutrot im Gesicht.

Sie erwiderte hitzig seinen Blick. «Es ist nichts passiert – was ich nicht erzählen könnte!»

«Aber stimmt es, was dieser ...», er wedelte mit der Hand unbestimmt in meine Richtung, «Mann erzählt? Du hattest Besuch von einem ... Kanntest du ihn? Hallvard Hagenes?»

«Natürlich kannte ich ihn!»

«War er dein ... Wart ihr ...»

«Vor vielen Jahren. Lange bevor ich dich getroffen habe.»

«Du hast mich nicht erst im Februar dieses Jahres getroffen!», protestierte er verständlicherweise.

«Aber ... Es war nicht ... Lass es mich erklären!»

«Das ist jetzt wohl tatsächlich angebracht», sagte er hart und blickte in meine Richtung.

Auch sie sah mich an. Vielleicht war es leichter für sie, wenn sie es einem anderen erzählte. «Berit und Hallvard waren zusammen, vor vielen Jahren. Anfang der Siebziger ...»

Wie sie sich an dem Wochenende gelangweilt hatte! Niemand wollte mit ihr ausgehen. Den Samstag hatte sie auf ihrem Zimmer verbracht, mit dem Plattenspieler und einem Stapel Zeitschriften.

Am Sonntag hatte sie sich mit Mühe dazu nötigen lassen, zum Abendessen runterzukommen, und da …

Berit hatte ihn nach Hause in den Sudmanns Vei zum Essen eingeladen, und er war so jung gewesen – viel zu jung für Berit! Sie hatten sich nicht einmal die Hand gegeben, und er war viel zu schüchtern gewesen, um sich aufzudrängen. Aber sie hatte seine Hände betrachtet, während sie aßen, wie sie das Besteck hielten: lange, schlanke Finger, sensibel und nervös. Sie hatte gehört, wie er sich zaghaft räusperte, wenn es ab und zu still wurde um den Tisch. Sie hatte seinen hilflosen Antworten zugehört, die wenigen Male, die Sara ihm eine Frage gestellt hatte. Der Vater hatte kein Wort gesagt. Er hatte dieses neue Element am Esstisch deutlich missbilligt, und ihre nervigen Halbbrüder, die …

Als Berit und Hallvard gingen, hatte sie oben im ersten Stock am Fenster hinter der Gardine gestanden und sie beobachtet. Sie hatte gesehen, wie Berit seine Hand nahm und ihn anlachte, und sie war so neidisch gewesen! Es hatte gebrodelt und gekocht in ihr, eine Aufregung, die so stark war, dass sie … Sie hatte die Tür abgeschlossen, sich aufs Bett gelegt und … Die Finger tief in sich selbst vergraben, hatte sie geschworen: Du sollst mir gehören, Hallvard! Du sollst mir gehören …

«Aber es ging zu Ende, und eine Weile waren stattdessen wir zusammen. Hallvard und ich.»

«Ging es zu Ende, oder ging es – Ihretwegen kaputt?»

Sie wandte den Blick ab. «Wir hatten eine kurze Affäre, wenn man es denn so nennen kann, wenn es sich um zwei Achtzehnjährige handelt. Wir waren von Juli bis September zusammen, und dann war es vorbei. Später hab ich ihn nur sporadisch gesehen, im Vorbeigehen. Und dann bei einer Gelegenheit 1988, als Berit und er wieder zusammengekommen waren.»

Ich hob die Hand, um sie zu bremsen. «Warten Sie. Was sagen Sie da? Das war 1988?»

Es war gegen neun Uhr an einem Freitagabend Mitte August gewesen. Fernando und sie waren oben auf dem Geitanuken gewesen und hatten sich den Sonnenuntergang angesehen. Als sie fast wieder unten waren, gingen sie auf dem Stichweg zum Wasser hinunter direkt hinter einem Mann, den zunächst keiner von ihnen zu kennen meinte. Aber als er zum Nachbarhaus abbog, hatte er einen Blick hinter sich geworfen, und …

Sie hatte gestutzt. – Hallvard?

Er war stehen geblieben. Mit seinem leicht wieder erkennbaren, jungenhaften Lächeln hatte er sie beschämt angesehen. Bodil?

Was machst du hier?

Ich …

Plötzlich hatte sie es begriffen. Sag nicht, dass … Berit und du, seid ihr wieder zusammen?

Er hatte mit den Schultern gezuckt und befremdet zu Fernando gesehen. Dann hatte er die Hand zu einer Art Gruß gehoben und war weiter auf das Haus zugegangen, wo …

«Wir haben ihn kurz getroffen, hier draußen am Stichweg. Fernando und ich waren abends noch mal den Berg hoch gelaufen, und er war auf dem Weg zu Berit.»

«Ach, das war Hallvard Hagenes», murmelte ihr Mann.

«Und er wollte zu …», begann ich.

«Ja. Sie wohnte ja auch hier oben, damals.» Sie nickte in Richtung des Nachbarhauses.

Eine neue und bedeutungsvolle Perspektive begann mir langsam zu dämmern. «Also haben sie sich gar nicht wegen Hallvard Hagenes gestritten? Es war ein klassischer Erbstreit?»

«Ja. Das kommt ja oft vor, leider, dass die Erbverteilung schief geht. Das ist die einfache Wahrheit. Hier unten, wo wir wohnen, lag ursprünglich eine Hütte, die der Familie meines Vaters gehörte. Sie wurde viele Jahre nicht genutzt, weil wir ja nach Hjellestad oder Ustaoset fahren konnten. Als Berit und Rolf 1978 geheiratet hatten, durften sie sich da oben ein Haus auf der Hälfte des Grundstücks bauen. Als Fernando und ich fünf Jahre später heiraten wollten, bekamen wir Papas Zustimmung, die Hütte abzureißen und hier unten zu bauen. Aber da stellte sich Berit plötzlich auf die Hinterbeine. Es gäbe keinen Zweifel, dass dieser Teil des Grundstücks der wertvollere sei und als die Ältere verlangte sie das Vorkaufsrecht dafür.»

«Es hatte also keine Nachlassteilung gegeben?»

«Nein, aber es wurde so, wie Papa bestimmt hatte, trotz Berits wilder Proteste. Aber dann starb Papa – und in dem Sommer und danach haben wir fast nicht mehr miteinander geredet.»

«Aber … Sie haben das längste Streichholz gezogen?»

«Ja. Aber es waren schlimme Jahre. Erst 1985 konnten wir mit dem Bau beginnen. Anfang des nächsten Jahres zogen wir ein, und 1989 kam der Bruch zwischen Berit und Rolf …»

«Wegen Hallvard Hagenes?»

«Es war jedenfalls eine schmerzhafte und zerstörerische Scheidung, für beide Partner. Ich habe keine Ahnung, was der Grund war, aber da gab es viel unterdrückte Aggressionen, das kann ich Ihnen versichern! Jedenfalls hatte der Grundstücksstreit endlich ein Ende. Rolf behielt das Haus und das Grundstück und Berit zog aus.»

«Und die Beziehung zwischen ihr und Hallvard Hagenes war auch nicht von Dauer, soweit ich sehe.»

«Nein? Haben Sie mir denn nicht gerade erzählt, sie seien zusammen in den Tod gegangen?»

«Oder jeder für sich.» Ich warf Garrido einen schnellen Blick zu, bevor ich mich wieder an sie wandte. «Als er im Februar hier war … hat er da nichts gesagt?»

«Worüber?»

«Dass Ihre Schwester und er jetzt auch wieder zusammen waren?»

Sie schüttelte den Kopf. Ihr Mund war verkniffen, ihr Blick verschlossen.

«Möchten Sie –»

Sie unterbrach mich. «Es war nur so ein Einfall. Wir haben uns ganz zufällig im Den Stundesløse getroffen. Fernando war auf Geschäftsreise. Ich habe mich allein gefühlt. Er ist mit zu uns gekommen, wir haben uns eine Weile unterhalten, er hat ein paar Stücke auf seinem Saxophon gespielt …»

Garrido schaute düster zu ihr hinüber. Sie wandte sich zu ihm um und sah ihn direkt an. «Es ist nichts passiert! Wir haben geredet, er hat gespielt, und dann ist er gegangen. Danach habe ich ihn nicht mehr gesehen, und jetzt …» Ihre Stimme brach und ihre Augen füllten sich noch einmal mit Tränen. «Jetzt werde ich ihn auch nie mehr …», sagte sie schluchzend, ohne den Satz zu vollenden.

«Aber als Sie sich unterhalten haben ... Kam das Gespräch auch auf die Sache zwischen ihm und Ihrer Schwester 1988?»

«Ja ... wir haben es erwähnt.»

Sie hatten im Halbdunkel gesessen. Er hatte das Saxophon zwischen seinen Händen gehalten wie ein kleines Kind, das er beschützte. Sie hatte ihn angesehen, ungeduldig, wollte wissen und verstehen. Was ist eigentlich 1988 zwischen dir und Berit passiert, als ihr euch wieder getroffen habt?

Er hatte sie traurig angesehen. Weißt du ... als Berit und ich das erste Mal zusammen waren, sind wir in gewisser Weise nie zum Ende gekommen, weil du dazwischenkamst. Du hast uns auseinander gerissen, ob du willst oder nicht. Als wir uns im Sommer 1988 wieder getroffen haben ... Ich habe im Fossli Hotel gespielt, ganz oben im Måbødalen, an einem Wochenende. Sie war ein paar Tage in den Bergen westlich davon gewandert und war im Hotel eingekehrt, um ein bisschen mehr Luxus zu haben nach all den Wandererhütten. Sie hatte geplant, am nächsten Tag mit dem Bus zurückzufahren, aber ich habe gesagt, wenn sie bis Montagmorgen bliebe, könnte sie mit mir fahren ...

Und das war der Anfang?

Es war ein Wiedersehen mit etwas, das ich glaubte, für immer verloren zu haben, Bodil! Wir erlebten einen heftigen Herbst und Winter, bis ihr Mann begann, Verdacht zu schöpfen, und schließlich kam es zu einer Auseinandersetzung. Du weißt, wie es ausgegangen ist.

Berit und er haben sich scheiden lassen. Aber mit ihr und dir ...

Ich weiß nicht. Was weißt du noch von dem, was damals mit deiner Mutter passiert ist?

Ich? Nichts! Denk doch mal nach ... Ich war zwei Jahre alt.

Ja, richtig. Aber Berit ... Sie war fünf? Sechs?

Sechs.

Auf sie muss es einen starken Eindruck gemacht haben. Nicht zuletzt weil sie nicht so viel erfahren hat! Für sie war die Liebe zwischen Mann und Frau für immer mit etwas Verräterischem und Bösen verknüpft, dem sich niemand freiwillig aussetzen sollte – über längere Zeit.

Und was meinst du damit?

Es ging hin und her mit Berit und mir. Sie hatte eine Art von Eifersucht entwickelt, die die merkwürdigsten Formen annehmen konnte. Wenn ich ein Engagement hatte und spät nach Hause kam, war sie immer noch wach und wartete auf mich. Und dann hat sie manchmal ein Kreuzverhör angefangen. Wer war da gewesen und hatte uns zugehört? Ob ich mit jemandem gesprochen hatte? Wieso ich nicht direkt nach Hause gekommen war, gleich nachdem wir fertig waren? Solche Sachen.

Ich weiß, was du meinst. Sie konnte schrecklich anstrengend sein.

Es war ganz einfach krankhaft geworden. Am Ende war es nicht mehr auszuhalten. Also … Es starb einfach, auch dieses Mal. Aber ohne einen so deutlichen Auslöser, wie du es gewesen warst. Vielleicht war deine Schuld damals also doch nicht so groß, Bodil. Es hätte sicher auch 1973 so geendet.

Sie sah mich an. «Sie haben sicher nur die offizielle Berit kennen gelernt. Professionell und erfolgreich. Aber hinter der Fassade gab es noch eine andere Person, Veum, die nur ihre Nächsten zu sehen bekamen.»

«Aber sie hatte es immerhin geschafft, zu heiraten.»

«Ja, schon. Aber einen, der zehn Jahre älter war als sie und vage an …» Sie hielt inne.

«Ihren Vater erinnerte?»

Sie nickte stumm.

Ich sah aus dem Fenster, zum Wasser hinunter, auf den Kai, wo ich Sjøstrøm bei meinem letzten Besuch getroffen hatte. «Also ihn hatte Berit geheiratet. Das hätte ich vielleicht begreifen müssen.»

«Wussten Sie das nicht?»

«Nein. Es gab ziemlich vieles, was ich nicht wusste, das merke ich jetzt langsam, wo alles zu spät ist. Haben Sie ihn gesehen, nachdem Sie nach Hause gekommen sind?»

«Wen? Rolf?»

«Ja.»

«Nur kurz durchs Fenster. Ich meine, wir reden auch mit ihm nicht mehr als unbedingt nötig.»

«Nein, aber es wird vielleicht Zeit, dass ich es tue, zum allerletzten Mal.»

Ich stand auf und sah sie alle drei an. Ich hatte so eine Ahnung, dass die Zukunft für die kleine Familie Breheim Garrido nicht so einfach werden würde. Sie hatten viele zu begraben, Lebende wie Tote.

Aber es gab da noch einen, mit dem ich reden musste, und der hoffentlich noch unter den Lebenden weilte.

45

Ich lehnte mich schwer gegen die Klingel. Niemand kam, um aufzumachen. Ich drückte gegen die Tür. Sie war offen.

Ich trat ein und rief ins Haus hinein: «Sjøstrøm? Sind Sie da?»

Keine Antwort.

Ich ging die Treppe hinauf ins Wohnzimmer. Sjøstrøm saß am Fenster, weit genug zurückgezogen, so dass man ihn von außen nicht sehen konnte. Sein Blick war nach draußen gerichtet, und er reagierte überhaupt nicht, als ich den Raum betrat.

Einen Augenblick befürchtete ich fast, er wäre tot, bis eine winzige Bewegung seiner Hand, die fest um eine erloschene Zigarettenkippe geballt war, verriet, dass er noch lebte.

Ich ging in einem Bogen um ihn herum und blieb vor dem Fenster stehen, so dass er mich ansehen musste. Er starrte unbeweglich auf mein Hemd, das unter der offenen Lederjacke hervorsah, ohne den Blick zu heben.

Ich seufzte schwer. «Sie wissen natürlich, worum es geht.»

Er antwortete nicht.

«Ihre frühere Frau ist tot. Ebenso ihr – phasenweiser Geliebter. Wo waren Sie, als es passierte?»

Langsam hob er den Blick. Noch mehr als beim letzten Mal fiel mir auf, dass er wie jemand aussah, den das Leben verlassen hatte, für den alle Hoffnung verloren war. Die halbe Zimmereinrichtung, die leeren Flecken an den Wänden, das verlassene Aquarium; alles bekam jetzt eine neue Bedeutung, wo ich wusste, wer die Möbel, die Bilder und die Fische mitgenommen hatte.

«Ich?»

«Sie haben all das in Gang gesetzt. Sie haben die Polizei angerufen und sich über den Lärm beschwert, mit dem Erfolg, dass Garrido verhaftet wurde. Sie haben mir erzählt, von wem Bodil Breheim Besuch bekam, auch wenn Ihre Interpretationen vielleicht nicht ganz zutrafen. Bernt Halvorsen war gekommen, um mit Garrido zu sprechen, und Hallvard Hagenes war nur ein einziges Mal da! Was haben Sie damit bezweckt?»

Er antwortete nicht. In seinen Augen funkelte es, es sah aus wie eine Art verspäteter Triumph, dass er es auch dieses Mal geschafft hatte.

«Um Unfrieden zu stiften? Um die gute Nachbarfeindschaft aufrechtzuerhalten? Oder gab es einen tieferen, persönlichen Grund?»

Ein Zucken der Mundwinkel war alles, was verriet, dass er überhaupt hörte, was ich sagte.

«Sie hatten noch mehrere Rechnungen offen, hatten Grund, so viel böses Blut wie möglich zu schaffen, und Sie hatten reichlich Möglichkeiten.»

Wieder wippte sein Blick kurz in meinen. Dann sank er wieder zurück.

«Aber am meisten hatten Sie mit Berit auszukämpfen. Mit Berit und Hallvard Hagenes. Woher wussten Sie, dass sie wieder zusammen waren, zum dritten Mal?»

«Ich …» Seine Stimme war belegt und undeutlich, als hätte er sie lange nicht benutzt. Er räusperte sich. «Sie hat angerufen und es mir erzählt.»

«Berit hat Sie angerufen?»

«Sie hat mich gehasst! Und sie war ganz unbegreiflich eifersüchtig. Ich durfte kaum einen Blick auf eine andere Frau werfen, ohne dass sie mit Wut reagierte. Sogar nachdem wir geschieden waren … Sie hat mich manchmal mitten in der Nacht angerufen, nur um mich auszuschimpfen. Sie war ja schon schwierig, als wir noch verheiratet waren, aber es wurde nach der Scheidung fast noch schlimmer. Sie tat alles, was sie konnte, um mich zu quälen. Und es nahm kein Ende. Vier Jahre lang! Erst letzte Woche rief sie an und sagte: Rate mal, wer heute zum Essen zu mir kommt, Rolf?»

«Letzte Woche? Dienstag?»

«Ja, das war es wohl.»

«Und warum sollte sie so etwas tun?»

«Ich habe es ja gesagt. Sie hat nie aufgehört! Sie hat die ganze Zeit solche Sachen gemacht.»

«Und das soll ich Ihnen glauben?»

«Warum sollte ich lügen?»

«Sie haben mich schon mal angelogen.»

«Tja …»

Aber jetzt hatte er es nicht mehr ausgehalten. Vor vier Jahren hatte er sie an die Wand gestellt und gesagt: Du musst wählen, Berit! Zwischen mir und dem da.

«Ich bin viel gereist, als ich noch gearbeitet habe. Hatte das ganze Vestland als mein Gebiet. Von Møre bis zum Ryfylke. Und einmal musste ich den Wagen in Førde stehen lassen wegen Ölverlust. Stattdessen flog ich von Bringeland nach Hause und habe sie überrascht. Da drinnen. In unserem eigenen Schlafzimmer.»

Es war so still gewesen im Haus. Er hatte nicht das Geringste geahnt. Im Wohnzimmer hatte er gestutzt, als er die Gläser auf dem Tisch sah. Es waren zwei. Aber sie hatte vielleicht Besuch von einer Freundin gehabt …

Er hatte die Tür zum Schlafzimmer geöffnet. Glaubte erst, sie würde im Schlaf sprechen, bevor er begriff, was vor sich ging. Sie redete mit einem anderen.

«Berit und dieser – Hagenes.»

«Also hatten Sie Ihrerseits auch Grund zur Eifersucht?»

«Ja, klar! Ich kann Ihnen jedenfalls versichern, dass der Kerl mit dem Kopf zuerst aus dem Haus geflogen ist, und anziehen musste er sich draußen.» Einen Augenblick flackerte ein Lächeln über seine Lippen; dann war es verschwunden.

«Das war 1989 oder so, stimmt's?»

«Ja.»

«Im Moment interessiert mich allerdings mehr, was in den letzten Tagen passiert ist.»

«Das wissen Sie wohl selbst am besten! Sind Sie nicht Detektiv?»

Er hatte es schon damals gesagt: Wenn ich dich noch einmal mit Berit zusammen sehe, bringe ich dich um!

«Sie waren ein ungleiches Paar, stimmt's? Ein herumreisender Vertreter – in welcher Branche?»

«Papierwaren.»

«Und eine erfolgreiche, junge Anwältin …»

«Sie muss mich wohl mal geliebt haben, früher. Jedenfalls hat sie mich geheiratet.»

«Sie hatte sicher ihre Gründe. Aber genug davon. Ich glaube, dass Sie mir ein schiefes Bild von Ihrer Beziehung zu Berit Breheim vermitteln. Die Eifersucht war sicher auf beiden Seiten gleich stark, würde ich tippen. Sie sind doch immer noch so verbittert über das, was vor vier Jahren passiert ist. Und als Sie hörten, dass sie wieder mit Hagenes zusammen war …»

«Was zum Teufel sollte es mich interessieren, mit wem sie zusammen war? Sie war die Eifersüchtige, Veum! Nicht ich. Krankhaft eifersüchtig.»

«Sicher?»

«Ja.»

Er hatte sie angerufen, mitten in der Nacht, im Februar. Haha-ha! Haha-ha!

Rolf? Was ist los? Ich höre, dass du es bist! Ich rufe die Polizei, wenn du nicht …

Rate mal, wer Bodil heute Abend besucht hat?

Bodil? Woher soll ich …

Hallvard Hagenes, hieß er nicht so, dein Herzensfreund von damals?

Hallvard? So ein Unsinn!

Unsinn? Glaubst du mir nicht?

Nein, ich glaube dir nicht. Ich weiß, dass du lügst.

Und wie kannst du dir da so sicher sein?

Weil er gerade hier ist.

Bei dir? Jetzt?

Ja.

Dann frag ihn, wo er heute Abend vorher war!

Es war jetzt eine dunkle Glut in seinem Blick; noch ein verspäteter Triumph. «Sie hat aufgelegt, aber der Gedanke hatte sich bestimmt eingenistet. Ich kannte sie zu gut, um nicht zu wissen, wie sie reagieren würde.»

«Mit anderen Worten … Deshalb wurde sie also so unruhig, als es so aussah, als wären Bodil und Fernando verschwunden. Sie hatte den Verdacht, die Beziehung zwischen Bodil und Fernando sei in Gefahr, nach dem Krach, den sie hatten, Aber sie konnte nicht selbst … Sie wollte sich ihrer Sache sicher sein, bevor sie … Ich erkenne die Konturen von zwei sich überlappenden Dreiecksbeziehungen, Sjøstrøm – mindestens zwei. Noch einmal Bodil, Berit und Hagenes. Das stimmte zwar nicht, aber das konnte Berit nicht wissen. Genau das sollte ich für sie herausfinden. Das andere Dreieck waren Berit, Hagenes und Sie. Und das war sicherlich realer, jedenfalls für einen von Ihnen.»

«Ach ja?»

«Ja …»

Er hatte beschlossen, herauszufinden, wo sie waren. Er hatte herumtelefoniert. Hatte bei ihr zu Hause angerufen. Bei Hagenes. Nirgends hatte er jemanden erreicht. Dann war er nach Hjellestad gefahren. Auf dem Parkplatz hatte ein Taxi gestanden, also hatte er seinen eigenen Wagen in einiger Entfernung abgestellt.

Hjellestad …

Sie waren ein paar Mal da gewesen, als Berits Vater noch lebte. Er hatte keine Probleme, den Pfad durch den Wald zu finden, zwischen den Bäumen hindurch, bis zur Hütte.

1989 hatte es ihn überraschend erwischt. Diesmal wusste er genau, was ihn erwartete. Sein Herz klopfte heftig. Er hatte kurz gedacht: War es nicht hier, wo ihre Mutter und ihr Geliebter … Darüber hatte sie nie gesprochen, nicht wirklich, und er ahnte nur Bruchteile der alten Geschichte, aber dennoch …

Als er zwischen den Bäumen hervortrat, hatte er einen Moment das Gefühl gehabt, nicht mehr allein zu sein, so als sei noch jemand bei ihm, auf dem Weg zur selben Hüttenwand, zum selben erleuchteten Fenster. Schatten aus der Vergangenheit, ein Aufflackern des Schicksals.

Er war zum Fenster gegangen und hatte hineingesehen. Durch sein eigenes Spiegelbild hindurch hatte er sie gesehen. Ihre kurzen, roten Haare hatten merkwürdig geschimmert. Berit hatte auf der Tischkante gesessen, nackt und mit gespreizten Beinen, wie eine x-beliebige

Hure. Hagenes hatte vor ihr gestanden und sie festgehalten, während er in sie stieß und stieß und stieß. Sie hatte den Kopf zurückgelegt, blind zur Scheibe gesehen. Einen Augenblick hatten sie sich direkt in die Augen geschaut. Sie hatte ihn gesehen, bevor sie noch begriff, was sie sah, und er selbst war zurückgeschreckt, als hätte er sich an ihrem Haar verbrannt.

Als er die Tür aufriss und hineinstürmte, hatte sie aufgeschrien, wie in Todesangst. Er war auf sie gestürzt. Der Mann hatte sich zu ihm umgedreht, nackt und völlig schutzlos. Sie waren zu Boden getaumelt. Er hatte den Arm um ihn gelegt und zugedrückt. Hagenes hatte mit der Faust auf seinen Rücken eingeschlagen. Von weit her hatte er unbestimmbare Geräusche gehört, scharf, metallisch. Hagenes hatte sich losgerissen. Er selbst war mühsam aufgestanden, außer Atem.

Berit hatte mit der Schrotflinte in der Hand dagestanden. Der Lauf war direkt auf seine Brust gerichtet. Rühr dich nicht! Ich schieße!

Hallvard Hagenes hatte die Hand gehoben. Nein! Denk doch an …

Er selbst hatte wie Panik reagiert. Er war direkt auf sie zu gesprungen und hatte den Lauf zur Seite geschlagen. Im selben Moment ging mit einem ohrenbetäubenden Knall der Schuss los. Hinter sich hatte er einen merkwürdigen, abgeschnittenen Schrei gehört und das Geräusch eines Körpers, der rückwärts taumelt, einen umstürzenden Stuhl, etwas, das über den Boden rollt.

Berit hatte die Flinte fallen lassen. Hallvard! Oh, Hallvard …

Schnell hatte er die Waffe gegriffen, kontrolliert, dass die zweite Patrone noch drin steckte und war dann abwartend stehen geblieben. Sie hatte sich schützend über den sterbenden Mann gelegt. Sie waren nackt wie neugeborene Kinder. Ihr weißes Hinterteil hatte hilflos gezuckt, und zwischen ihnen rann das Blut hervor und wurde zu einem großen, wachsenden See um sie herum. Er hatte einfach nur dagestanden und zugesehen, mit der Flinte in der Hand. Bald würden Berit und er losfahren.

«Berit hat es getan.»

«Was?»

«Ihn erschossen. Wegen der Sache mit Bodil. Und dann hat sie aus Verzweiflung mich angerufen.» Er machte ihre Stimme nach: «Oh

Rolf! Du musst kommen und mir helfen. Es ist etwas Furchtbares passiert! Du musst hierher nach Hjellestad kommen! Nach Hjellestad?, fragte ich. Ja …» Er sah mich aus leeren, unversöhnlichen Augen an. «Also bin ich hingefahren. Aber ich habe sie nicht gefunden. Keinen von ihnen. Alles, was ich sah, war das Blut. Und dann war mir klar, – was sie getan hatte.»

«Was für ein Blödsinn! Es war doch gar nichts zwischen Bodil und Hagenes.»

«Aber das konnte sie nicht wissen.»

«Sie hätte es niemals allein geschafft, Hagenes in den Brunnen zu hieven.»

«Sicher?»

«Und dann ins Meer zu fahren?»

«Wie ihre Mutter 1957 oder wann das war.»

«Sie lügen.»

«Beweisen Sie es!»

Sie hatte sich wie in Trance angezogen. Er brauchte sie kaum in den Wagen zu zwingen.

Aber … Hallvard?

Darum kümmere ich mich.

Er hatte auf dem Rücksitz gesessen, mit der Flinte neben sich. Sie hatte Vollgas gegeben, und er hatte gerufen: Halt! Halt, zum Teufel!

Er hatte die Tür geöffnet und sich hinausgeworfen, während der Wagen ins Meer rutschte, und sich so gut er konnte mit den Händen abgefangen. Als er aufsah, konnte er gerade noch sehen, wie das Heck des Wagens in der Tiefe versank.

«Ihre Schürfwunden. An den Händen, und da – an der Stirn …»

Hinterher hatte er am Kai gestanden und in das schwarze Wasser gestarrt. Große Luftblasen waren an die Oberfläche gestiegen, geplatzt und verschwunden. Und das war alles gewesen. Am Ende kamen keine Luftblasen mehr.

«Ich muss gefallen sein.»

Es klingelte an der Tür. Keiner von uns reagierte.

Noch einmal. Wir sahen uns an.

Dann hörten wir, wie die Tür aufging. Hamre sagte laut: «Hallo! Ist jemand da?»

Ich ging zur Wohnzimmertür. «Hier oben!», rief ich zu ihnen hinunter. «Er sitzt hier und wartet auf euch.»

46

Anfang Juni bekam ich einen merkwürdigen Anruf.

Der Mann am anderen Ende der Leitung hatte einen deutlichen ausländischen Akzent. «Herr Veum?»

«Das bin ich. Mit wem spreche ich?»

Er zögerte etwas, als suche er nach Worten. «Das tut nichts zur Sache.»

«Für Sie vielleicht nicht. Aber ich weiß immer gern, mit wem ich spreche.»

Wieder die kleine Pause. Ich hätte natürlich auflegen können, aber andererseits … Etwas an seinem Tonfall ließ mich dranbleiben. «Sie waren in Utvik, nicht wahr?»

«Wenn Sie an … Haben Sie vielleicht die Artikelserie gelesen?»

«Ja.»

«Dann …»

«Ich rufe für eine Gruppe an.»

«Aha?»

«Wir haben einen Beschluss gefasst.»

«Und zwar?»

«Sie haben unseren Landsleuten einen großen Dienst erwiesen, Herr Veum. Ohne Sie wären sie alle jetzt tot.»

«Na ja. Ich war nicht allein. Diese Journalistin, die diese Serie geschrieben hat – ihr sollten Sie danken.»

«Das haben wir schon getan.»

«Und wie?»

«Wir haben ihr ein paar Namen geschickt, die ihr nützlich sein werden. Vielleicht wird daraus eine neue Artikelserie, in ein paar Monaten.»

«Interessant.»

«Aber wir wollen auch Ihnen danken. Die Frage ist … Können wir etwas für Sie tun?»

«Nein, ich … Was sollte das sein?»

«Gar nichts?»

«Nein. Gar nichts. Ich danke Ihnen für das Angebot, aber … Wie war doch gleich Ihr Name?»

«Ich habe ihn nicht genannt. Er spielt keine Rolle.»

«Nein. Ja, dann –»

Zum ersten Mal unterbrach er mich. «Dann tun wir, was wir geplant haben, Herr Veum.»

«Geplant?» Ich war mir nicht sicher, ob mir die Entwicklung des Gesprächs gefiel. «Und was ist das?»

«Das werden Sie rechtzeitig erfahren, Herr Veum. Lesen Sie die Zeitungen. Und denken Sie daran … Dies ist unsere Art, Danke zu sagen.»

«Aber …»

«Danke, Herr Veum», sagte er abschließend und legte auf.

Ich grübelte eine Weile über seine Worte nach. Dann versuchte ich, Torunn Tafjord anzurufen, unter der Dubliner Nummer, die sie mir angegeben hatte. Aber es nahm niemand ab. Vielleicht war sie unterwegs und überprüfte die Namen, die er ihr genannt hatte, irgendwo auf der Welt, wo niemand sie erreichen konnte, bevor sie sich nicht selbst zu erkennen gab. Sonst fiel mir niemand ein, den ich anrufen konnte.

Vierzehn Tage später las ich in der Zeitung: «Bekannter Krimineller im Landesgefängnis Bergen niedergestochen. Starb im Krankenhaus Haukeland gestern Nacht.» – Aus der Kurzmitteilung ging hervor, dass ein Strafgefangener mit ausländischem Hintergrund von der Polizei verhört wurde. Es hatte seit mehreren Wochen Gerüchte über Rassenkonflikte im Gefängnis gegeben, aber die Polizei hatte zum gegebenen Zeitpunkt keine Theorie über die Ursache dieser fatalen Episode.

Ich brauchte nicht bei der Polizei anzurufen, um herauszufinden, wer der Tote war. Ich hatte die Meldung erhalten: *Danke, Herr Veum*.

Um den ersten Juli herum versuchte ich noch einmal, Torunn Tafjord anzurufen. Auch diesmal ohne Erfolg.